죽음의 법칙

#02 생각의 법칙

제임스 대시너의

죽음의 법칙

The Rule of Thoughts

#02 생각의 법칙

제임스 대시너 지음
강동혁 옮김

문학수첩

대시너군대DashnerArmy를 위해.

우리는 함께다.

CONTENTS ▸▸▸

CHAPTER 1 집 안의 낯선 자 … 9
CHAPTER 2 크고 고약한 세상 … 23
CHAPTER 3 가슴이 철렁 … 31
CHAPTER 4 색이 흐려지다 … 39
CHAPTER 5 엉망이 된 주방 … 53
CHAPTER 6 번쩍이는 빛 … 76
CHAPTER 7 코드 속으로 뛰어들다 … 93
CHAPTER 8 탐험가들 … 110
CHAPTER 9 쉬운 결정 … 121
CHAPTER 10 오래된 장치 … 139
CHAPTER 11 검은 얼굴 가리개 … 153
CHAPTER 12 깨진 벽돌 … 167
CHAPTER 13 즐거운 춤 … 195
CHAPTER 14 평평한 문 … 215
CHAPTER 15 최후의 픽셀까지 … 231
CHAPTER 16 끝없는 사다리 … 251
CHAPTER 17 코르크 스크루 … 264
CHAPTER 18 랜스 코드 … 285
CHAPTER 19 스퀴즈 … 311
CHAPTER 20 설치하고 폭파하다 … 322
CHAPTER 21 범죄자 … 349
CHAPTER 22 두 면회객 … 353

EPILOGUE … 364

CHAPTER 1

집 안의 낯선 자

1

마이클은 마이클이 아니었다.

그는 낯선 사람의 침대에 누워, 고작 어제 처음 본 천장을 쳐다보고 있었다. 밤새도록 현기증이 나고 속이 메스꺼웠다. 잠을 잤지만 잠깐씩 불안하게, 악몽이 들끓는 쪽잠을 잤을 뿐이었다. 그의 인생이 통째로 날아갔다. 이성을 잃을 것만 같았다. 다름 아닌 주변 환경이, 낯선 방과 낯선 침대가 무시무시하고 새로운 인생을 가차 없이 들이밀었다. 공포가 핏줄을 타고 짜릿하게 번졌다.

가족에 대한 생각도. 그의 가족에게는 무슨 일이 일어난 걸까? 마이클은 가족을 생각할 때마다 조금씩 지쳐갔다.

새벽의 첫 기척인 어둑하고 창백한 빛이 들어오자 블라인드가 쳐진 창문이 으스스하게 빛났다. 침대 옆의 코핀은 아무 소리 없이 시커멓게 웅크리고 있었다. 무덤에서 파낸 관처럼 불길해 보였다. 마이클은 그런 관의 모습이 머릿속에 그려질 것만 같았다. 나무는 썩어가고 갈라져 있으며 인간의 유해가 쏟아져 나오는. 더는 주변 사물을, *진짜* 사물들을 살펴볼 방법을 알 수가 없었다. *진짜*라는 단어조차 이해되지 않았다. 누군가가 마이클이 세상에 대해 가지고 있던 모든 지식을 깔개라도 되는 것처럼 그의 발밑에서 확 당겨 빼낸 것만 같았다.

마이클의 두뇌는 그 모든 것을 파악할 수 없었다.

그의… *두뇌*라니.

마이클은 하마터면 웃음을 터뜨릴 뻔했지만, 웃음은 가슴속에서 스러졌다.

마이클에게 물리적인 두뇌가 *진짜*로 있었던 것은 겨우 지난 열두 시간 동안뿐이었다. 채 하루도 안 됐다. 그 사실을 깨닫자 가슴속 구덩이가 두 배는 커지는 것 같았다.

그 모든 게 정말 진짜라니, 가능한 일일까? 정말로?

그가 알았던 모든 것이 인공지능의 결과였다. 만들어진 데이터와 기억 들. 프로그래밍된 기술. 창조된 삶. 마이클은 얼마든지 이런 표현을 생각해 낼 수 있었다. 점점 더 나쁜 표현들을. 그에게 *진짜*는 아무것도 없었다. 그런데도 지금 그는 이곳에 와 있었다. 버트넷과 죽음의 법칙 프로그램을 통해 이식되어, 진짜 인간으로 변한 것이다. 살아 있는, 숨을 쉬는 유기체로. 훔쳐낸 인생. 그렇게 그는 자신이 이해하지도 못하는 어떤 존재가 될 수 있었다. 세상에 대한 그의 관점은 산산조각 났다. 완전히.

이 사실을 정말로 믿어도 된다는 확신이 들지 않았기에 특히 그랬다. 마이클이 아는 한 그는 또 다른 프로그램, *라이프블러드 딥*의 또 다른 층 속에 들어와 있는 것일 수도 있었기 때문이다. 무엇이 진짜고 가짜인지 도대체 어떻게 다시 믿을 수 있을까? 그 불확실성에 마이클은 미칠 것만 같았다.

그는 몸을 굴려 베개에 대고 고함을 질렀다. 훔쳐 온, 낯선 머리가 밀려드는 수천 가지 생각으로 아팠다. 그 모든 생각이 마이클의 관심을 얻으려고 싸웠다. 처리되고, 이해되려고. 여기서 느끼는 고통은 탄젠트로서 느낀 고통과 전혀 다르지 않았다. 마이클은 더욱 혼란스럽기만 했다. 그는 어젯밤까지만 해도 자신이 그저 하나의 프로그램, 길게 작성된 코드일 뿐이라는 사실을 받아들일 수 없었다. *계산이* 맞지 않았다. 이 생각만은 마이클을 *실제로* 웃게 했다. 머릿속 고통이 강화되며 번져나가 그의 목구멍을 할퀴고 가슴을 가득 채웠다.

그는 다시 고함을 질렀다. 아무 도움도 되지 않았다. 그런 다음, 마이클은 억지로 침대에서 다리를 내리고 앉았다. 발이 서늘한 나무 바닥에 닿았다. 낯선 곳에 와 있다는 사실이 다시 한번 떠올랐다. 그가 언제나 알아왔던 아파트의 바닥은 멋진 카펫으로 덮여 있었다. 그게 더 편안하고 따뜻하고 안전하게 느껴졌다. 차갑지도, 딱딱하지도 않았다. 그는 유모인 헬가와 이야기하고 싶었다. 부모님을 보고 싶었다.

바로 그 생각에 마이클은 하마터면 완벽하게 무너질 뻔했다. 마이클은 그들을 피해왔다. 수천 개의 다른 생각들이 맥동하는 소용돌이 밖으로 그들을 밀어냈다. 그러나 그들은 어디로도 가지 않았고 불쑥 솟아나 관심을 요구했다.

헬가. 부모님.

케인이 한 말이 사실이라면? 마이클의 프로그래밍된 손톱이 그렇듯 그들도 합성된 것이라면? 마이클의 기억까지도 말이다. 마이클은 어떤 기억이 그의 인공지능 안에 프로그래밍된 것이고, 어떤 기억이 *라이프블러드 딥*의 코드 안에서 실제로 경험한 것인지 절대로 알 수 없을 터였다. 그는 자신이 얼마나 오랫동안 존재해 왔는지조차, 그러니까 그의 진짜 나이조차 몰랐다. 그는 두 달밖에 안 됐을 수도 있고, 세 살이거나 백 살일 수도 있었다.

그는 부모님과 헬가가 가짜거나 사라졌다고, 혹은 죽었다고 상상했다. 어쩌면 애초에 존재하지도 않는 사람들이었을지 몰랐다. 도저히 말이 되지 않았다.

가슴으로 스며들던 통증이 심장을 가득 채웠다. 마이클은 슬픔에 사로잡혔다. 그는 다시 침대로 쓰러져 몸을 굴리며 베개에 얼굴을 처박았다. 존재하면서 처음으로, 마이클은 진짜 인간으로서 울었다. 하지만 눈물은 예전과 전혀 다르지 않게 느껴졌다.

2

그 순간은 마이클이 예상했던 것보다 빠르게 지나갔다. 절망에 통째로 삼켜질 거라고 생각한 바로 그 순간, 절망은 물러나며 마이클에게 약간의 휴식을 허락했다. 어쩌면 눈물 때문인지도 몰랐다. 탄젠트로 살던 시절에 그는 거의 울지 않았다. 아마 어린아이였을 때부터 그랬을 것이다. 마이클은 언제나 자신은 우는 스타일이 아니라고 말해왔다. 그리고 지금은 그 사실이 후회됐다. 눈물은 확실히 고통을 누그러뜨리는 듯했으니까.

그는 다시 한번 침대에서 빠져나가려 했다. 이번에는 성공했다. 두 발이 딱딱하고 서늘한 바닥에 단단히 자리 잡았고 감정은 통제됐다. 이제는 전날 밤에 차마 할 수 없었던 일을 할 시간이었다. 이 세상에서는 과연 그가 누구로 변했는지 알아볼 시간. 그의 비명을 듣고 달려온 사람이 아무도 없었으므로, 마이클은 자신이 혼자라는 사실을 알고 있었다.

그는 실내를 가로질러 가 전등을 켜고 블라인드를 걷어내 아침 햇살을 들이치게 했다. 자신의 집이 되어버린 이 이상한 곳을 속속들이 보고, 이곳을 이대로 놔둘 수 있는지, 또 그렇게 놔둬야 하는지 판단하고 싶었다.

창밖의 도시는 옛 아파트에서 내다보았던 곳이 아니었다. 하지만 최소한 *도시이기*는 했다. 그 익숙함에 약간이나마 안도감이 느껴졌다. 많은 건물들 옆에 쌓여 있는 건물들, 거리를 이리저리 비집고 지나가는 자동차들, 언제나 그 자리에 존재하면서 시야를 흐리는 스모그. 자기 일에 바빠 분주하게 돌아다니는 저 아래의 사람들. 뭔가를 아쉬워하는 듯한, 칙칙하고 푸른 하늘에는 구름 한 점 없었다.

마이클은 탐색을 시작했다.

침실은 여러 개가 있었지만, 이상한 점은 하나도 없었다. 옷, 가구, 월스크린에서 번갈아 표시되는 사진들. 마이클은 가만히 서서 안방의 커다란 월스크린을 잠시 쳐다봤다. 엄마, 아빠, 아들, 딸로 이루어진 가족의 다양한 사진이 번갈아 가며 공간을 채우는 모습을 지켜보았다. 자신의 현재 모습이 어떤지 어렴풋하게 알고 있는 마이클은, 그 소년이 마이클 자신에게는 아무 의미도 없는 수많은 상황에 놓여 있는 모습을 보고 있자니 보통 심란한 게 아니었다. 햇살 가득한 하늘 아래, 거대한 오크나무들이 늘어선 개울 앞에 서 있는 가족들의 사진. 아이들은 어렸고, 소년은 아빠 무릎에 앉아 있었다. 가장 최근에 찍은 사진은 얼룩덜룩한 회색 벽지를 배경으로 스튜디오에서 찍은 것이었다. 마이클은 오랫동안 거울 속에서 봤던 자신의 새 얼굴이 벽에서 자신을 내려다보자 으스스한 기분이 들었다.

좀 더 일상적인 사진들도 있었다. 야구 경기에 나가 공을 치기 직전인 소년, 카메라를 올려다보며 미소 짓는 얼굴로 바닥에서 은색 블록들을 가지고 노는 소녀, 온 가족이 함께한 소풍, 수영장, 레스토랑, 게임하는 모습.

마이클은 결국 눈을 돌렸다. 마이클 자신은 영영 가족을 잃었을지도 모르는데 행복한 가족을 보고 있자니 마음이 아팠다. 가슴이 무거워진 그는 옆방으로 걸어갔다. 소녀의 방이 틀림없었다. 그 방의 월스크린에는 가족사진이 한 장도 없었다. 그저 소녀가 가장 좋아하는 밴드와 영화배우 들의 사진이 있었을 뿐이다. 마이클은 *라이프블러드*를 통해 그들을 모두 알고 있었다. 주로 핑크색으로 이루어진 소녀의 침대 옆 탁자에는 구식 액자가 하나 있었고, 그 안에는 실제로 인쇄된 사진이 들어 있었다. 소녀와 그 애의 남동생—*마이클* 말이다—이 얼굴 가득 얼빠진 미소를 짓고 있었다. 소녀는 소년보다 두 살쯤 많아 보였다.

그 사진을 보자 마이클은 기분이 더 나빠지기만 했다. 그래서 그는 이 사람들이 누구인지 단서를 찾아보려고 서랍들을 뒤지기 시작했다. 많은 것을 찾지는 못했지만, 가족의 성이 포터이며 소녀의 이름이 에밀리아Emileah라는 것은 알 수 있었다. 스펠링이 특이했다.

그러다가 마이클은 마침내 소년의 방으로 돌아갈 용기를 냈다. *그의* 방으로. 구겨진 이불과 코핀과 딱딱하고 차가운 바닥이 있는 곳으로. 그때 마이클은 자신이 찾고 있으면서도 두려워하던 것을 보았다. 소년의 이름이었다. 그에게 인생을 도둑맞은 소년의 이름을. 그 이름은 서랍장 맨 위에 놓여 있던, 종이로 된 생일카드에 적혀 있었다.

잭슨.

잭슨 포터.

손으로 그린 독특한 빨간색 하트 무늬가 카드 여기저기에 찍혀 있었다. 귀여운데. 카드 안에는 가브리엘라라는 이름의 소녀가 보낸 메시지가 있었다. 잭슨에 대한 불멸의 사랑을 선언하면서, 다른 사람한테 보여주면 그의 허리 아랫부분을 해치겠다는 다양한 물리적 위협이 담겨 있었다. 물론, 옆에는 이모티콘처럼 웃는 표정이 그려져 있었다. 아랫부분에는 약간 비뚤어진 얼룩이 있었다. 마치 생일 이야기가 나온 직후의 끝부분에서 눈물이 한 방울 떨어진 것 같았다. 마이클은 죄책감을 느끼며 카드를 던져버렸다. 금지된 방 안을 들여다본 것만 같은 기분이었다.

잭슨 포터.

마이클은 참을 수 없었다. 그는 안방으로 돌아가 월스크린을 다시 보았다. 조금 전과 달리 새로운 기분이 느껴졌다. 왠지는 모르겠지만, 소년의 이름을 알자 모든 것이 달라졌다. 마이클은 잠시나마 자신에 대한 생각을 멈추게 됐다. 이제는 *마이클의* 것이 된 얼굴과 몸이 너무도 많은 활동을 하는 것이 보였다. 달리고, 웃고, 누나에게 호스로 물을 뿌리고, 음식을 먹고. 행복한 녀석인 것 같았다.

이제는 사라져버렸지만.

그는 인생을 도난당했다. 가족에게서, *그리고* 여자친구에게서.

이름이 있었던 인생을.

잭슨 포터. 놀랍게도 마이클은 죄책감보다도 슬픔이 더 크게 느껴졌다. 어쨌거나 이건 *마이클의* 선택도, *마이클이* 한 일도 아니었다. 하지만 절망감은 그 어느 때보다도 심하게 그의 마음속을 가득 채웠다.

그는 화면에서 억지로 시선을 떼어내고 계속 아파트를 탐색했다.

3

마이클은 더 이상 찾을 게 별로 없다는 생각이 들 때까지 서랍을 차례로 뒤졌다. 어쩌면 그에게 필요한 답은 아파트에 없을지도 몰랐다. 이제는 그의 할 일 목록 가장 위에 적혀 있어야 하지만, 하고 싶은 마음은 전혀 들지 않는 일을 해야 할 때였다.

그는 온라인으로 돌아가야 했다.

마이클은 어제 새로운 몸에서 깨어난 직후 메시지를 확인했다. 단지 케인이 그렇게 하라고 지시했기 때문이었다. 접속해 보니 화면은 거의 비어 있고, 케인이 직접 보낸 쪽지 한 장이 있을 뿐이었다. 불길하고 인생을 뒤흔들어 놓는 그 쪽지에는 앞서 벌어진 일이 설명돼 있었다. 그러나 마이클은 케인이 일시적으로만 잭슨 포터의 온라인 존재를 도용했다고 생각했다. 지금쯤은 그 정체가 복구됐을 거라고도. 마이클이 해야 할 일이라고는 잭슨 포터의 이어커프를 쑤셔넣는 것뿐이었다. 그러면 잭슨 포터에 관해 알고 싶은 것 이상을 알아낼 수 있을 터였다.

왠지 나쁜 짓을 하는 것 같았다. 하긴, 그 느낌 자체도 전혀 말이 되지 않았지만 말이다. 마이클은 인생의 상당 부분을 최소한의 죄책감도 느끼지 않고 버트넷을 해킹해 댔다. 하지만 이건 달랐다. 여기에는 해킹도, 코딩도 필요하지 않았다. 이건 클릭 한 번, 스와이프 한 번이면 이루어지는 일이었다. 그는 이미 한 인간의 인생을 훔쳤다. 그 사람의 가상현실 속 인생까지도 훔친다는 것은 왠지 너무 지나친 일로 여겨졌다.

마이클은 잘 생각해 보고, 자신에게는 아무 선택지가 없다는 것을 깨달았다. 잭슨 포터는, 잭슨 포터를 인간으로 만드는 본질은 영원히 사라진 것일지도 몰랐다. 앞으로 나아가고 싶다면 마이클은 그 사실을 받아들여야 했다. 게다가 잭슨이 영영 사라진 것이 *아니라면*, 그를 몸으로 돌려놓을 방법이 있다면, 이 모든 사태를 받아들여야만 그 방법을 알아낼 수 있을 터였다.

마이클은 의자를 발견했다. 그저 평범하고 따분한 의자였다. 그가 예전 인생에서 가지고 있었던, 구름처럼 부드럽고 끝내주는 왕좌가 아니었다. 마이클은 창문 옆에 그 의자를 끌어다 놓고 앉아 빛을 좀 가리려고 블라인드를 닫았다. 그는 블라인드 너머로 움직이고 꿈틀거리며 매일의 따분한 일과를 정신없이 헤쳐나가는 도시를 마지막으로 한번 엿보았다. 정신 나간 컴퓨터 프로그램에게 신체를 도둑맞을 수 있다는 사실을 전혀 모르는 그 사람들이 부러웠다. 그들은 이 세상에 잘못된 점이 있다고는 조금도 생각하지 않았다.

마이클은 눈을 감고 숨을 깊이 내쉰 다음 다시 눈을 떴다. 그는 위로 손을 뻗어 이어커프를 꽉 쥐었다. 이어커프 표면에서 희미한 빛이 한 줄기 쏘아져 나와, 그의 눈앞에서 60센티미터쯤 떨어진 곳에 둥둥 떠다니는 커다란 스크린을 만들어 냈다.

마이클이 생각했던 그대로였다. 케인이 도용했던 잭슨 포터의 사적인 온라인 인생이 복구되어 수많은 아이콘들로 빛나는 스크린 표면을 뒤덮고 있었다. 온갖 SNS부터 게임, 학교 관련 자료까지. 마이클은 마음이 놓였지만 망설였다. 뭘 해야 할지 감도 잡히지 않았다. 잭슨인 척해야 할까? 이 세상 속으로 도망쳐 케인에게서 숨어봐야 하나? 버트넷 보안팀의 누군가를 찾아봐야 할까? 어디서부터 시작해야 할지 알 수 없었다. 하지만 뭘 하기로 하든 정보가 필요할 터였다. 엄청나게 많은 정보가. 가능하다면, 누가 집에 돌아오기 전에 그 정보를 파헤쳐야 했다.

그러자 다시 질문이 떠올랐다. 잭슨의 부모님은 어디에 있을까? 누나는? 마이클은 케인이 어떤 식으로든 그들을 제거했을 거라는 가슴 철렁한 생각이 들었다. 마이클의 부모님도 그렇게 해버리겠다고 장담했으니까.

몇몇 SNS 사이트를 빠르게 훑어보고 아무런 성과도 얻지 못한 뒤, 마이클은 개인 문자메시지 함을 발견하고 스크롤을 해가며 메시지를 살펴보았다. 여자친구인 가브리엘라가 보낸 메시지가 몇 통 있었다. 바로 그날 아침에 보낸 것만 세 통이었다. 마이클은 꺼림칙한 마음이 들었지만, 가장 최근 메시지를 열었다.

잭스,
야아아아, 샤워하러 갔다가 머리라도 박은 거야? 비눗물에 침이라도 흘리면서 자고 있어? 하긴, 넌 그래도 귀엽고 사랑스럽겠지만. 보고 싶어. 서둘러 줄래? 난 벌써 커피를 두 잔째 마시고 있고, 옆 테이블에는 나랑 친한 척하려는 머저리가 앉아 있거든. 주식인지 회사인지 죽은 사람 장기인지를 판대. 와서 나 좀 구해줘. 커피 맛 키스를 해줄 수도 있어.
서둘러!

가브리엘라

가브리엘라는 사진을 한 장 첨부해 두었다. 어슴푸레하고 흐린 사진이라, 마이클은 그게 가브리엘라라고 짐작할 수 있을 따름이었다. 짙은 색 피부와 검은 머리카락을 가진 그녀는 예뻤다. 그녀는 입술을 쭉 내밀고, 손가락으로 뺨에 상상 속 눈물 자국을 따라 그리는 중이었다. 그녀의 갈색 눈이 슬픈 척하느라 아래로 향했다. 마음이 무거워진 마이클은 메시지를 스와이프해 닫고, 계속 메시지 함을 살펴보았다.

4

오래 찾을 필요도 없었다.

바로 그날 아침 잭슨의 아빠가 보낸 쪽지를 발견하자 몇 가지 퍼즐 조각이 맞아들어 갔다.

> 잭스,
> 잘 지내고 있었으면 좋겠다, 아들. 지금쯤은 일어나서 일과를 시작했겠지? 맞지? 맞지? ☺
> 우린 잘 있어. 푸에르토리코는 아름답단다. 백만 번째 말하는 거지만, 너도 같이 오지 못한 게 참 아쉽다. 하지만 아빤 이번 주에 네가 큰일을 앞두고 있다는 걸 알고 있어. 그러니까, 우린 널 생각하고 있으마.
> 소식 계속 알려주고, 우리 계정에 접근할 때는 조심해라. 코드 보안 꼭 지켜! (방금 건 엄마가 적은 거야.)
> 다음 주에 보자. 개비는 아직도 아빠 집에 가 있니? 우리 대신 개비한테도 인사를 전해주렴. 벌써 네가 보고 싶구나.
>
> 아빠가

그러니까 잭슨 포터는 가족이 휴가를 떠났을 때만 해도 멀쩡했던 게 틀림없었다. 그 말은, 전 세계에서 발견된 수많은 다른 사람들과는 달리 그의 몸은 뇌사 상태로 목숨만 부지하던 게 아니라는 뜻이었다. 그 뇌사자들은 전부 일종의 실험 대상이었을까? 마이클은 궁금해졌다. 케인은 마이클한테 쓰기 전에 죽음의 법칙이라는 과정을 실제로 완성했던 걸까? 아니면, 마이클이 처음으로 성공한 실험체일까? 어떻게 생각하든 끔찍한 일이었다. 공격이 멈춘 것처럼 보이면 아무도 버트넷을 걱정하지 않을 것이다. 케인은 그냥 계속해서, 누구의 경고음도 울리지 않고서 탄젠트 군대를 세상에 풀어놓을 수 있었다.

하지만 마이클에게는 그보다 당장 눈앞의 걱정거리가 있었다. 잭슨 포터를 어떻게 할 것이냐는 문제였다. 편지를 읽자 마이클은 한 가지 사실을 절대적으로 확신하게 되었다. 그에게는 다른 사람이 된 시늉을 할 방법이 없었다. 이제는 생판 모르는 사람의 가족과 친구들에게 그 사람 행세를 한다는 게 터무니없어 보였다. 특히 가브리엘라가 나타나 그의 귓속에 아무 뜻도 없는 달콤한 말들을 속삭이기 시작한다면 말이다.

그럼 뭘 할 수 있을까?

마이클은 넷스크린을 클릭해 닫고 다시 의자에 깊숙이 앉았다. 그는 이곳에서 빠져나가야 했다. 무슨 변명이 적힌 쪽지를 남겨둬야겠지. 그러면 잭슨 포터의 가족은 크게 상심하겠지만, 최소한 그가 살아 있다는 것은 알게 될 것이다. 심지어 그들과 계속 편지를 주고받으며 속임수를 계속해 나갈 수도 있었다. 컴퓨터 프로그램이 아들의 정신을 지워버리고 다른 정신으로 바꿔놨다는 사실을 알게 되는 것보다는 당연히 그 편이 낫겠지.

하지만 돈 문제는….

뭔가가 아파트 바닥에 세게 떨어지며 쾅 소리를 냈다. 마이클은 깜짝 놀랐다.

그는 뒤로 돌아 소리 난 쪽을 보았다.

쾅. 쾅. 쾅.

다시 그 소리가 들렸다. 나무로 금속을 두드리는 듯한 거친 쿵 소리였다. 다시, 또다시.

마이클은 의자에서 벌떡 일어나 복도를 따라서, 주방을 지나 현관으로 달려갔다. 두드리는 소리가 두 차례 더 들렸다. 누군가가 커다란 물건을 앞뒤로 흔드는….

문틀이 갈라지는 소리와 함께 금속제 문이 안쪽으로 터지듯 열렸다. 마이클은 몸을 보호하려고 두 팔을 위로 들어올리며 웅크렸다. 그 순간 문이 쾅 하며 바닥에 부딪히며 마이클을 아슬아슬하게 빗나갔다. 마이클은 심장이 목구멍까지 올라온 것 같은 마음으로 눈을 들어 문간에 서 있는 사람을 보았다.

두 남자였다. 둘 다 청바지와 민무늬 플란넬 셔츠를 입고 있었으며, 구식 나무 공성 망치 같은 것을 들고 있었다. 둘 다 덩치가 크고 근육질이었다. 한 명은 머리카락이 검었고 다른 한 명은 금발이었다. 둘 다 며칠째 수염을 깎지 않은 듯했고, 표정에 강렬한 긴장감이 깃들어 있었다. 잘못 본 게 아니라면, 그 표정 어딘가에 숨겨진 놀라움이 언뜻 비치는 듯했다.

그들은 긴 나무를 떨어뜨리고 마이클에게 다가왔다.

마이클은 뒤쪽으로 쏜살같이 달려가며 재빨리 주방을 가로지르다가 조리대에 부딪혀 발을 헛디디고 바닥에 쓰러졌다. 두 남자는 겨우 몇 미터 떨어진 곳에 멈춰서서 쌍둥이처럼 비웃음을 띠고 그를 내려다보았다.

"굳이 물어볼 필요도 없겠죠?" 마이클은 간신히 입을 열었다. 그는 용기가 느껴졌으면, 실제로 *용감해졌으면* 좋겠다고 생각했지만 인간의 신체가 가진 취약성이 갑자기 실감 났다. *라이프블러드 딥*에서는 한 번도 해본 적 없는 생각이었다. 그의 세상이 어느 순간에든 끝장날 수 있다는 생각.

두 남자는 대답하지 않았다. 그들은 어리둥절한 표정으로 서로를 보았다. 그래서 마이클이 다시 말했다. “물어봐야 하나 보네요.” 그가 웅얼거렸다. “누구세요?”

둘 다 다시 마이클에게 홱 시선을 돌렸다.

“우린 케인이 보낸 사람들이다.” 검은 머리 남자가 말했다. “지난 하루 이틀 동안 아주 많은 것이 바뀌었어. 케인이 우리를 이곳으로 보낸 건… 너를 어떤 회의에 *부르려는* 거야. 케인이 너를 위해 큰 계획을 세워뒀거든.”

마이클은 가슴이 철렁했다. 시간이 좀 더 있었으면 좋겠다는 생각이 들었다. 그의 머릿속은 여러 가지 질문으로 핑핑 돌았지만, 그의 입에서 나온 말은 그저 멍청하게 들릴 뿐이었다.

“뭐, 그냥 노크를 해도 되는 거였잖아요.”

CHAPTER 2

크고 고약한 세상

1

남자들은 마이클이 자리에서 일어나도록 도와주었다. 금발 남자는 심지어 마이클의 바지에 묻은 먼지를 털어주기까지 했다. 그러나 둘 다 이상하게 침묵을 지켰다. 어색한 분위기가 이어졌다.

"그래서," 마이클이 물었다. "저한테 뭐라도 말해주시긴 할 건가요? 최소한 이름이라든지요." 이 말을 할 때 마이클은 이상하게도 평화로운 기분이 들었다. 남자가 그의 바지에서 먼지를 털어줄 때 즉각적인 위험도 모두 함께 휩쓸려 나간 것처럼.

검은 머리 남자가 허리를 펴고 팔짱을 꼈다. 말을 하는 그의 얼굴에는 아무 감정이 없었다. "내 이름은 킨토다." 그는 그렇게 말하더니 파트너를 고갯짓했다. "이쪽은 더글라스고. 우리 눈엔 네가 아직도 코핀 안에 있다고 생각하는 것처럼 보이더구나. 여전히 법칙 이전 과정을 거치고 있다는."

"보니까 우리가… 잘못된 정보를 얻었나 보네." 더글러스가 걸걸한 목소리로 덧붙였다.

"그래." 킨토가 동의했다. "그런 것 같아."

마이클은 여전히 혼란스러웠지만, 그나마 나아졌다. 최소한 이 남자들은 케인과 죽음의 법칙에 대해 알고 있었다. "그 말은 케인도 인간의 신체를 차지했다는 뜻인가요? 얼마나 많은 탄젠트들이 그런 일을 한 거죠?" 킨토가 그를 조용히 시키려고 손을 들었을 때도 마이클은 입을 열고 있었다.

"그만 입 다물어." 남자의 표정은 완전히 사무적이었다. "케인은 네가 알아야 할 것이 있으면 반드시 알려줄 거야."

"넌 선물을 받았어." 더글러스가 말을 이었다. "인생이라는 선물 말이다. 지금은 그냥 즐기면서 지시받은 대로 해."

"저야 나쁠 게 없죠." 마이클이 대답했다. 그의 마음속은 휘몰아치는 폭풍과도 같았다. 번개, 천둥, 진눈깨비, 강풍, 그 모든 것이 뒤섞여 있었다. 하지만 그는 침착한 인상을 주려 했다. 최근에 마이클은 어딘가로 끌려가면서 끝나는 경험을 너무 많이 했다. 가능하다면 어떻게든 그런 경험을 피하고 싶었다. 도망칠 기회가 알아서 나타날 때까지, 아니면 무슨 일을 해야 할지 깨달을 때까지는 이 남자들에게 장단을 맞춰줄 생각이었다.

"나쁠 게 없다고?" 더글러스는 그 간단한 대답에 놀란 듯 되물었다.

"네, 전 좋아요." 마이클은 침을 꿀꺽 삼켰다. 말은 최소한으로 아끼면서, 더 나은 계획이 생길 때까지는 흐름에 몸을 맡길 생각이었다.

킨토가 문 쪽을 손짓했다. "그럼 가자. 아무 짓도 하지 말라는 말은 굳이 안 해줘도 되겠지. 더글러스가 앞장서고, 그다음이 너, 그다음이 나야. 아무 일 없이, 편안하게 가자."

"삶이 이보다 단순할 수 없어." 더글러스는 무뚝뚝하게 말했지만, 미소를 짓는 바람에 고집스러운 분위기는 무뎌졌다. "네가 날 따라오고, 킨토가 널 따라오고. 그러면 네 모든 꿈이 현실이 될 거야."

더글러스는 대답을 기다리지 않았다. 그는 문 쪽으로 갔고, 마이클은 그의 뒤를 따랐다. 킨토가 마이클을 바짝 뒤따랐다. 그들은 박살 난 문틀을 지나 복도로 들어갔다. 고요한 아파트에는 그들의 발소리만 들렸다.

왠지 마이클은 *라이프블러드 딥*이 떠올랐다. 언젠가 *라이프블러드 딥*에 들어가는 것이 자신의 인생 목표였다는 사실이. 그러자 슬픔이 그를 휩쓸었다. 마이클은 그동안 내내 *라이프블러드 딥*에 있었다. 그런데 지금 꼴은 어떤가? 마이클은 이 일이 모순적이라는 것을 알고 있었다. 어쩌면 심오하게 철학적인 일일지도 몰랐다. 하지만 느껴지는 건 패배감뿐이었다.

그는 계속 걸었다.

2

마이클과 그의 호위대는 복도를 지나 엘리베이터를 타고 건물을 나선 뒤 북적거리는 거리를 통해 지하철 역으로 들어갔다. 지하철이 움직이는 동안 마이클은 두 남자 사이에 끼어 앉아 있었다. 마이클의 생각은 계속해서 잭슨 포터에게로 돌아갔다. 그의 가족에게로. 심지어 그의 여자친구에게로. 가브리엘라에게로.

한때 잭슨이라고 알려졌던 소년의 의식에는 무슨 일이 일어났을까? 잭슨은 그걸로 끝장인 걸까? 그의 정신은, 그의 인격은 지워진 걸까? 아니면 어딘가에, 어떤 방식으로든 저장된 걸까? 마이클이 잭슨의 몸속으로 이전될 수 있었다면, 잭슨도 그 몸 밖으로 이전될 수 있을지 몰랐다.

마이클은 아들과 오빠를 잃은 줄도 모르고 푸에르토리코에서 일광욕을 즐기고 있을 잭슨의 가족을 계속해서 생각했다. 죄책감이 밀려왔다. 마이클이 선택한 일은 아니었지만 그는 한 목숨을 빼앗았다. 그는 어떤 식으로든 잭슨의 가족들이 느낄 상실감을 견딜 만한 것으로 만들 수 있었으면 좋겠다고 생각했다.

아파트를 나선 뒤로 마이클과 두 사람은 한 마디도 나누지 않았다. 방향을 바꿔야 할 때마다 남자들이 툴툴거렸을 뿐이다.

마이클은 조용히 앉아 있었다. 지하철은 역에 접어들어 멈추었다. 문이 열렸고, 마이클은 승객들이 소몰이가 모는 소 떼처럼 밀려드는 모습을 멍하니 지켜봤다. 다른 사람들과 부딪히면 미소를 짓거나 사과하는 사람들이 몇 명 있었지만, 그런 사람은 흔치 않았다. 한 여자가 문에 끼기 직전에 간신히 들어왔다. 여자의 핸드백 한쪽 귀퉁이가 문에 끼었다. 그녀가 핸드백을 힘껏 당겨 빼내고 나서야 문이 닫혔다.

그 모습을 지켜보는 동안 마이클의 머리는 마구 돌아가기 시작했다. 시선이 여자에게서 핸드백으로, 다시 문으로 움직였고 생각은 점점 더 빨라졌다. 대체 뭘 해야 할까? 그는 말 그대로 아는 사람이 한 명도 없었고, 집도 없고, 돈도 없고, 옷도 없었다. 시작할 만한 곳이 없었다. 이 사람들과 계속 함께하며 그 모임 장소라는 곳에, 회의장에 가서 케인이 바라는 것이 무엇인지 알아봐야 할까? 케인에게서 대답을 구해야 하는 건 사실이었다. 하지만 빠져나올 수 없는 상황에 갇히는 위험을 감수해야 할까?

그는 가족과 친구들이 그 무엇보다도 그리웠다. 그 모든 게 가짜일 수는 없었다, 받아들일 수 없었다.

열차는 궤도를 따라 계속 나아가며 빛을 번뜩여 터널의 어둠을 갈라놓았다. 마이클은 사람들에 둘러싸여 있었다. 조는 사람도 있고 뭔가 읽는 사람도 있었다. 많은 사람들은 그냥 멍하니 허공을 바라보고 있었다. 킨토와 더글러스가 마이클의 양옆에 앉아 어깨로 마이클의 어깨를 눌렀다. 그들의 얼굴은 열차에 탄 대부분 다른 사람들처럼 무표정했다.

마이클은 문득 어떤 생각이 들었다. 전날 밤 VNS 요원 웨버가 해준 말이 사실이라면, 마이클은 혼자가 아니었다. 저 크고 고약한 세상 어딘가에, 마이클은 인간이 꿈꿀 수 있는 최고의 친구 두 명을 두고 있었다. 그들은 마이클과 달리 탄젠트가 아니었다. 그들은 한 번도 탄젠트인 적이 없었다. 웨버가 그렇게 말했다. 그들은 *현실*이라고.

브라이스과 세라는.

3

그때 마이클은 자신이 무언가를 두려워하고 있다는 사실을 깨달았다. 친구들은 과연 그를 어떻게 생각할까? 그는 *탄젠트*였다. 그래서 뭔가 바뀔까? 문득 마이클은 그들이 허둥지둥 물러나며 달아나는 끔찍한 모습을 떠올렸다. 실제 인간의 몸을 빼앗은 괴물에게서. 그 몸을 훔친 괴물에게서.

하지만 정말 그럴까? 친구들이라면 이해하지 않을까?

그래. 마이클은 생각했다. 그래, 이해할 거야.

열차가 출렁하며 삐걱거렸다. 모두가 바닥을 내려다보고 있었다. 빛이 깜빡이다가 어두워지더니 다시 확 밝아졌다. 마이클의 두 감시자는 아무 말도 하지 않았다.

마이클은 그들과 갈 수 없었다. 그냥, 그럴 수 없었다. 해답이 필요한 것은 사실이었다. 케인과 대면하여 모든 것의 *이유*를 알아내야 하는 것도 사실이었다. 하지만 이런 방법으로는 아니었다. 그 탄젠트가 모든 것을 좌우하는 방식으로는.

마이클에게는 브라이스과 세라가 필요했다. 그는 가엾은 여자의 핸드백이 걸리는 모습을 보게 해준 운명에 감사했다. 그 모습 덕분에 어떤 아이디어가 번쩍 떠올랐으니까.

침착해야 했다. 그는 온몸이 밀랍 인형처럼 굳을 때까지 가만히 앉아 있었다. 그런 다음, 그는 딱 맞는 순간을 기다렸다. 열차가 느려지기 시작하다가 다음 역에 접어들었다. 문이 열렸다. 승객들은 열차에 *타고* 싶어 하는 사람들을 헤집으며 떼 지어 밀려 나갔다. 들어오는 소 떼, 나가는 소 떼. 마이클은 침착하게 기다리며 그 모든 광경을 지켜보았다. 승객들은 열차를 가득 채우더니 모든 자리가 찰 때까지 좌석을 찾아다니다 천장에 붙어 있는 손잡이나 찻간에 설치된 봉을 붙잡았다. 시끄러운 소리가 들리고 문이 닫히기 시작했다.

마이클은 앉아 있던 자리에서 아무런 말도 없이 뛰어나가며 앞에 있던 사람들을 쓰러뜨리고, 닫히면서 좁아드는 문틈 사이로 몸을 던졌다. 그는 뭔가에 발을 헛디뎌 휘청거리다가 균형을 되찾고 가느다란 틈새에 뛰어들었다. 몸은 틈새를 통과했지만, 오른쪽 종아리가 문에 쾅 부딪혔다. 고무 실링이 다물리면서 그를 단단히 잡아두었다. 그는 바닥으로 쓰러지며 몸을 비틀어 뒤를 보았다. 두 남자가 열차 안 출입문에 서서 틈새 너머로 침착하게 그를 내려다보고 있었다. 마이클은 그들에게서 송곳니나 날개가 돋아났다 한들 그 평온한 표정만큼 두려울 것 같지는 않았다.

더글러스가 허리를 숙여 마이클의 발을 꽉 잡고 놀라운 힘으로 그를 잡아당겼다. 킨토는 강제로 문을 열려 했다. 문은 꿈쩍도 하지 않았다. 왱왱거리는 벨이 울리더니 기계적인 목소리가 이어졌다.

"문에서 장애물을 전부 제거해 주십시오."

마이클은 이를 악물고 낀 다리를 잡아당기며 다른 다리로는 열차를 걷어차 풀려나려고 꿈틀거렸다. 그러나 더글러스가 열차 안에서 그의 발을 꽉 쥐고서 아프게 비틀었다. 마이클은 소리를 지르며 더 세게 몸부림쳤다. 열차에 타고 있던 한 여자가 비명을 질렀다. 경고음을 눌러버릴 정도로 귀청 따가운 울부짖음이었다. 더글러스가 마이클을 돕고 있지 않다는 걸 확실하게 파악한 것이 틀림없었다.

그러다가 열차가 움직이기 시작했다.

열차는 출렁하면서 앞으로 나가며 마이클을 역의 시멘트 바닥으로 끌고 갔다. 마이클은 근처에 있는 것을 뭐든 잡으려고 했지만, 있는 것이라고는 바닥뿐이었다. 두 번째 경고음이 울렸다. 이번 경고음은 더욱 귀가 먹먹한, 땡땡거리는 전자음이었다. 그 소리가 허공을 가득 채우자 열차가 멈춰섰다. 마이클의 다리는 고통으로 비명을 질러대는 듯했다. 닫히면서 마이클의 종아리를 붙잡은 문이 죔쇠처럼 조여 왔다. 더글러스는 계속 열차 안에서 그의 발을 비틀었고, 다른 승객들은 그가 마이클을 다치게 한다는 사실을, 마이클을 도와주기보다는 고통을 가하고 있다는 사실을 알아차리기 시작했다. 고함이 들렸다. 마이클은 무슨 일이 벌어지는지 보려고 힘을 주다가 옥신각신 실랑이가 벌어지는 장면을 보았다. 누가 주먹질을 했다. 더글러스의 머리가 왼쪽으로 휙 돌아갔다. 하지만 그의 얼굴에는 아픈 기색이 전혀 없었다. 마이클은 멍해진 채로 그 모습을 모두 지켜보았다. 정신이 아픈 몸에서 벗어난 것만 같았다.

그 순간, 누군가가 마이클의 발을 잡아당기는 대신 밀어냈다. 웬 손이 그의 발목을 잡았다. 풀려날 수 있도록 틀어보려는 것이었다. 킨토와 어느 건장한 남자가 열차 안에서 싸우고 있었다. 그들은 바닥에 쓰러졌고, 더글러스는 마이클을 잡고 있던 손을 놓았다. 그는 바닥을 짚고 일어나 다른 발로 열차 문을 밀쳤다. 경고음이 땡땡거리며 귀가 먹을 것 같은 높은음으로 울려댔다. 제복을 입은 두 남자가 그에게로 다가오며 큰 소리로 알아들을 수 없는 명령을 내렸다. 열차에 탄 사람들은 고함을 지르며 창문 너머로 그를 손가락질했다.

마침내 마이클의 다리가 지하철 문이라는 죔쇠에서 빠져나왔고, 문이 쾅 닫혔다.

마이클은 다리를 끌어당기고 종아리와 발목을 문지르며, 자빠진 채로 열차가 다시 출렁하고 움직이는 모습을 지켜보았다. 경고음은 끊어졌고, 열차가 삐걱거리며 출발하는 익숙한 소리가 다시 들렸다. 그는 차량들이 터널 속으로 사라져가는 모습을 쳐다보았다. 마지막 차량에는 더글러스가 서서 때가 잔뜩 끼고 지문이 묻은 창문 너머로 마이클을 마주 보고 있었다. 그는 자기 뒤에서 벌어지는, 여전히 혼란스럽기만 한 장면을 못 본 듯했다.

그리고 처음으로, 그는 화난 표정을 지었다.

CHAPTER 3

가슴이 철렁

1

마이클은 움찔하며 다리를 부여잡고 멀어져 가는 더글러스에게서 시선을 떼어냈다. 열차가 마침내 어두운 터널 속으로 사라지자 끼익 하는 소리도 희미해져 메아리가 되었다. 발소리가 어수선하게 들리더니 역무원 두 명이 그를 일으켜 세웠다. 마이클은 조심조심 다친 다리를 딛고 그들에게 고맙다고 인사했다.

몇 분 동안 야단치고 꾸짖은 뒤, 그들은 마이클에게 다시는 그렇게 멍청한 짓을 하지 말라고 경고하며 그를 보내주었다. 둘 중 누구도 그가 사실 납치범들에게서 탈출한 것이라거나, 돌처럼 차갑고 무표정한 두 남자가 그를 다시 열차로 끌어들이려 했다는 사실을 눈치채지 못했다. 다행이었다. 마이클은 더 이상 관심을 끌고 싶지 않았다. 그는 옷에서 먼지를 털어내고 다리를 짚어 보았다. 다리는 아팠지만 부러지지는 않았다. 마이클은 한참 만에 절뚝거리며 역을 나서 도시의 보행자 도로에 올라섰다.

그는 잠시 멈추어 주변을 둘러보았다. 사방에 사람과 자동차 들이 있었다. 세상은 소리로 가득했다. 경적과 엔진 소리, 이야기하고 소리치고 웃는 소리. 비행 경찰차가 쌩하며 그의 머리 위를 지나갔다. 대낮의 밝은 빛에 약간 눈이 부셨다. 모든 것이 흐릿한 움직임의 바다로 보였다. 마이클은 더글러스와 킨토를 따돌리고 나서 여전히 몸을 떨고 있었다. 적응하기까지는 시간이 좀 걸릴 터였다.

마이클은 벤치를 찾아 앉았다. 다리가 아파서만은 아니었다. 가브리엘라와 잭슨 포터의 아버지가 보낸 편지를 읽은 뒤부터 사건들이 휘몰아치듯 일어나는 바람에 마이클은 무슨 일이 벌어지는 건지 생각하지 않아도 됐다. 케인이라면 답을 주었을지도 몰랐지만, 마이클은 도망치겠다는 자신의 결정을 조금도 의심하지 않았다. 그는 최대한 케인에게서 멀리 떨어져 있어야 했다. 탄젠트를 어떻게 믿는다고?

마이클은 팔꿈치를 무릎에 괴고 얼굴을 두 손에 묻은 채 숨을 깊이 내쉬었다. 현실은, 브라이스과 세라를 찾으려면 마이클에게 없는 무언가가 필요하다는 것이었다. 다음번에 먹을 *끼니*만 때우려고 해도.

그에게 필요한 것은 돈이었다.

그는 돈이 절실하게 필요했다.

마이클의 배에서 꼬르륵 소리가 났다. 마이클은 하마터면 웃을 뻔했다. 옛 시절의 “가짜” 인생이 새로운 지금 인생과 닮았다니 우스운 일이었다. 구걸하거나 쓰레기통을 뒤질 게 아니라면, 그는 금고에 전자 화폐를 채울 방법을 찾아야 했다. 그때 마이클은 더 큰 문제를 깨달았다. 그는 금고가 *없었다*. 마이클이라고 알려진 아이는 이 세상에 존재하지 않았으니까.

하지만 잭슨 포터는 존재했다. 그리고 포터 가족이 남긴 쪽지를 보면, 그의 가족은 자신들이 푸에르토리코에 가 있는 동안 잭슨에게 돈이 필요하리라는 사실을 알고 있었다.

마이클은 또 한 번 찔리는 듯한 죄책감을 느끼고, 잭슨이라는 소년에게 이런 일을 저지른 것은 자신이 아니라 케인이라는 사실을 떠올렸다. 그는 눈을 꽉 감고 그 생각을 억지로 받아들이려 했다. 하지만 그럴 수 없었다. 이제는 그가 실제 세상에 존재하고 있으니 잭슨의 가족은 절대 예전처럼 지낼 수 없을 것이다. 마이클은 잭슨 시늉을 하며 포터 가족에게 아들이 살아 있다고, 그저 세상을 구경하러 떠났다고 믿게 할 수도 있었다. 가브리엘라는 말할 것도 없고 잭슨의 가족도 슬퍼하겠지만, 완전히 절망에 빠지지는 않을 것이다.

어쨌든, 마이클은 당분간 안전할 터였다. 그는 그저 필요한 돈을 가져갈 생각이었다. 가족이 휴가에서 돌아와 잭슨이 사라졌다는 것을 알게 된다면… 뭐, 그때 일은 그때 생각해야지.

당장 그에게 필요한 것은 앉아 있을 만한 더 나은 장소였다. 넷스크린이 좀 더 선명하게 보이는, 약간 어두운 장소면 좋을 듯했다. 버트넷에서 보낼 시간도 필요했다. 마이클은 난봉꾼들이 끼어들지 못하게 막아줄 정도로만 차량 통행이 있는 골목에서 비교적 깨끗한 귀퉁이를 발견하고, 단단한 보도에 앉아 작업을 시작했다. 이어커프를 누르자 잭슨 포터의 반짝이는 초록색 화면이 눈앞에 번쩍 살아났다.

그러자 서늘한 두려움이 그의 등줄기를 타고 기어 올랐다. 슬립에서의 삶처럼 그의 코딩 기술도 가짜라면? 웨이크에서는, 그러니까, *진짜* 웨이크에서는 코드가 어떤 식으로든 다르다면? 그러니까, *진짜* 웨이크에서는 말이다.

마이클은 그 문제를 어떻게 헤쳐 나갈지 갈피를 못 잡은 채 작업을 시작했지만, 그 두려움에 아무 근거가 없다는 사실을 깨달았다.

그는 화면을 스와이프하고 타자를 치며 정신이 이 상황을 지배하도록 놔두었다. 그는 점점 더 깊은 곳으로 잭슨과 그의 가족이 살았던 삶을 파고들었고, 전에 사용했거나 들어봤던 코드와 파일을 찾아서 넷을 뒤졌다. 암호 해독기, 가짜 신분 제조기, 은행의 세세한 사이버 보안체계에 관한 비밀 사이트들. 얼마 지나지 않아 마이클은 완전히 새로운 인간을 만들어 냈다. 어쨌거나 가상현실 세계에는 알려지지 않았던 인간이었다. 마이클은 이 새로운 인간을 마이클 피터슨이라고 불렀다.

케인은 마이클이라는 이름을 알고 있었지만, 마이클은 흔한 이름이었다. 세상에 마이클이 수천 명은 있을 게 틀림없었다. 수십만 명이. 마이클은 차마 완전히 다른 이름을 쓸 수는 없었다. 이름은 빼앗긴 삶에서 남은 유일한 것이었다. 게다가 케인은 아마 그가 이름을 *바꿀 거라고* 예상할 것이었다.

다행히 포터 가족은 경제적으로 별다른 고생을 하지 않았다. 마이클은 자금을 이동하는 과정을 시작했다. 그는 모든 흔적이 그들의 귀여운 아들, 잭슨의 소행인 것처럼 보이도록 했으며 사실상 추적이 불가능한 캐시 크레디트 인출(cash credit. 이자와 기한을 정하고 지정된 계좌에서 금융기관의 돈을 빌리는 대출 방식—옮긴이)을 활용했다.

일은 마이클이 기대했던 것보다 더 매끄럽고 빠르게 진행됐다. 마이클은 막 자신이 자랑스러워지려던 터였다. 그때 작은 문제가 발생했다. 밝은 파란색의 사선이 넷스크린을 갈랐다. 그 선은 겨우 0.5초 정도 나타났지만, 마이클은 가슴이 철렁했다. 그 오류를 잘못 알아볼 수는 없었다. 누군가가 그의 시스템에 침입하려 했다.

또 한 번의 사선. 더 밝은색. 그리고 또 한 번.

마이클의 두 손이 스크린과 키보드 사이를 날아다녔다. 이제는 그의 본능이 통제권을 잡았다. 그는 임시로 방화벽을 만들고 그의, 아니 잭슨 포터의 디지털 신호를 재빠르게 조작하며 침입자를 막기 위해 다른 프로그램들을 빠르게 코딩했다. 하지만 강력한 반격 코드를 보니 누군지는 몰라도 상대가 엄청난 실력을 갖추고 있다는 것을 알 수 있었다.

마이클의 머릿속에는 아무 의구심도 떠오르지 않았다. 상대는 케인이었다.

2

마이클은 케인을 그리 오랫동안 막을 수 없었다. 자신을 잡아가려고 왔던, 무표정한 얼굴의 두 남자가 지휘계통을 통해 보고한 게 틀림없었다. 마이클은 이제 공식적인 문제아가 되어 있었으며, 케인은 별로 기뻐하지 않을 터였다.

마이클은 잔뜩 긴장한 채 작업을 이어나갔다. 로그아웃하기 전에 몇 가지 작업을 마무리해야 했다. 나중에 접근할 수 있도록 새로운 신분을 마무리하고, 케인이 그를 찾을 수 없도록 취약한 문제점을 보완해야 했다. 계좌를 마무리하고 돈을 확보하고 다른 어딘가에서 그 돈에 접근할 수 있는지 확인해야 했으며, 아들이 안전하게 있다는 것을 알 수 있도록 포터 가족에게도 답장을 보내야 했다.

하지만 그보다 중요한 것이 한 가지 있었다.

브라이슨과 세라를 찾는 것. 최소한 둘 중 한 명을 찾는 것. 최소한 그들이 사는 곳을 대강이라도 찾아내는 것. 잭슨의 계정이 위태로워졌으니, 마이클이 감히 다시 넷에 접속하기까지는 시간이 좀 걸릴지도 몰랐다.

밝은 빛으로 이루어진 선이 다시 그의 넷스크린을 갈랐다. 이번에는 선이 더 넓었고 화면에 머문 시간도 더 길었다. 임의의 숫자와 문자 들이 번쩍이다가 사라졌다. 케인은—케인이 *틀림없었다*—이제 전력을 다해, 해킹하는 대신 파괴하고 있었다. 마이클도 지난 세월 동안 비슷한 일을 했기에 그 징조를 알고 있었다. 마이클은 코드를 몰아치듯 쏟아부어 반격했다. 다시는 할 수 없을 만큼 맹렬하게.

본능이 꿈틀대더니 작동했다. 마이클은 계속해서 탐색하고, 한때는 그에게 너무도 큰 의미가 있었던 게임인 *라이프블러드*의 아카이브를 파헤쳤다. 플레이어, 점수 기록, 날짜, 이벤트 로그에 관한 데이터. 금문교에서 떨어져 죽은 소녀, 타냐의 모습이 그의 머릿속에 번뜩 떠올랐다. 마이클은 사실 *라이프블러드 딥*에서 리프트해 *라이프블러드* 게임을 했던 탄젠트일 뿐이었다. 하지만 브라이슨과 세라는 현실이었다. 어쨌든 웨버 요원은 그렇게 말했다. 그렇다면 케인이 가엾은 잭슨 포터의 디지털 존재를 파괴하기 전에, 그 모든 *라이프블러드*의 데이터로부터 실제 세계에 대한 정보를 한 조각이라도 파낼 수 있을 게 틀림없었다.

타는 듯한 흰 빛이 넷스크린을 세 차례 태울 듯 가로지르며 마이클이 코드를 파헤쳐 만들어 놓았던 길을 없애버렸다. 숫자와 글자들이 서로 이어지며 한 번 더 번쩍이더니, 그 움직임으로 화면이 흐려져 배경이 사라졌다. 마이클은 최후의 순간에 완전히 불법적인 코드를 써서 그 문자들을 쓸어버렸다. 화면이 한 번 더 깨끗해졌고, 마이클은 전속력으로 *라이프블러드* 데이터 아카이브에 다시 뛰어들었다. 너무 집중하는 바람에 눈에 눈물이 맺혀 따가웠다.

작업을 하느라 이마에는 땀방울이 맺혔다가 관자놀이로 흘러내리며 피부에 번들거렸다. *라이프블러드*의 코드는 복잡했고 강력하게 보호되었다. 하지만 마이클은 실력이 좋았다. 다름 아닌 그가 코드의 일부였으니까. 그는 파고들어 탐색하며, 친구들에 대해 찾을 수 있는 모든 배경 파일을 찾았다. 가상현실 세계에서는 개인 정보가 신성한 것이었다. 신성한 것.

그의 시스템을 파괴하려는 케인의 노력이 느껴졌다. 거의 손에 만져질 듯한 압박감이 그를 내리눌렀다. 마이클은 최선을 다해 그 압박감을 무시하면서 데이터의 바다 속을 헤엄치며 뒤지고 또 뒤졌다.

있었다. 침대에 개어놓은 빨랫감처럼 모든 경험치가 차곡차곡 쌓여 있는 어떤 플레이어의 파일. 모든 것이 익숙해 보였고, 마이클이 입력한 기준과 일치했다. 그는 눈앞에 보이는 것을, 코드로 적혀 있는 것을 너무 많이 알아보았다. 한때 마이클은 바로 그 플레이어의 곁에 존재했으니까.

세라.

압박감이 강해졌다. 화면의 캐릭터들이 뛰어오르고 움찔거리며 북이 울리듯 맥동했다. 전에는 한 번도 본 적이 없는 일이었다. 화면의 오른쪽 윗부분이 빛나며 불거진 빛이 거대한 물집처럼 형성되었다. 마이클은 장소 파일을 찾아 자신의 기억 속에 낙인찍었다. 세라. 세라를 찾았다. 그녀는 현실이었다. 안도감, 그리고 행복감에 가까운 무언가가 가슴속에서 부풀어 올랐다.

그런 다음 모든 것이 무너지기 시작했다.

눈부신 빛의 칼이 화면 전체에 번쩍였다. 마이클은 본능에 따라 손을 위로 뻗고 이어커프를 꽉 쥐었지만, 그래봐야 아무 소용이 없으리라는 것을 알고 있었다. 선명한 형태가 사라지고 모서리가 흐릿해지긴 했지만 넷스크린은 원래 있던 자리에 머물렀다. 숫자와 글자들이 소용돌이쳤다. 깜빡이는 빛의 일제 사격 속에서는 그 모습조차 알아보기가 힘들었다. 시끄럽게 윙윙대는 소리가 났다. 마이클은 뒤로 몸을 젖히려고, 고동치는 화면에서 탈출하려고 했지만 등 뒤의 벽에 머리를 부딪혔다. 엄청난 규모의 전면적인 사이버 공격이었다.

뭔가가 튀어나왔고, 이어서 눈부신 빛이 마지막으로 한 번 폭발했다. 마이클은 눈을 감고 고개를 돌렸다가, 어둠 속에서 어질어질하게 움직이는 점들을 보았다. 온몸이 땀으로 젖었다. 그런 다음 윙윙대는 소리가 멈추고 다른 소리로 바뀌었다. 멀리서 울어대는 경적, 그리고 골목 전체에 쓰레기를 날려대는 쌩하는 바람 소리.

마이클은 눈을 떴다. 당연히 고개를 돌리는 행동은 전혀 도움이 되지 않았다. 넷스크린은 눈앞에 떠 있었다. 건물 벽에 기대어 있는 것처럼 보였다. 스크린은 검은색이었고, 흰 글자로 적힌 단어들이 그 공간을 채우고 있었다.

내 명령을 따랐어야지, 마이클.
우리에겐 서로가 필요해.

마이클이 그 메시지를 세 번째로 읽고 있을 때 단어들이 검은 배경 속으로 사라졌다. 그런 다음 화면 전체가 깜빡이며 꺼졌다. 꽉 쥐어볼 필요도 없이, 마이클은 이어커프가 다시는 작동하지 않으리라는 것을 알았다.

CHAPTER 4

색이 흐려지다

1

뇌가 지쳤다.

배가 고파서 아플 지경이었지만, 정신을 집중한 뒤 느끼지는 탈진이 모든 감각을 억눌렀다. 마이클은 자신이 앉아 있는 길거리가 거칠고 더럽다는 것조차 신경 쓰지 않았다. 그는 몸을 푹 숙이고 두 팔에 머리를 기댄 채 다리를 말아 올리고 눈을 감았다.

마이클은 바로 그 골목 한쪽 구석에서, 누가 보든 신경도 쓰지 않고 최면을 거는 듯한 도시의 소음에 왠지 편안함을 느끼며 잠들었다.

2

눈을 떴을 때는 사방이 어두웠다.

그는 자는 내내 자세를 바꾸지 않았다. 눈을 떠보니 차도가 코앞에 보였다. 마이클은 천천히 고개를 돌리고 기지개를 켰다. 몸을 펴자 근육이 신음했고 관절에서 뚝 소리가 났다. 그는 천천히 일어섰다. 여든 살은 된 것 같은 기분이었다. 그는 다시 팔다리를 폈다. 케인의 사이버 공격에 대한 기억이 와락 떠올랐다. 배 속이 뒤집힐 것 같았다. 그런 다음에는 허기가 찾아왔다. 발톱이 내장을 할퀴는 것처럼 느껴지는 근육 경련이 일었다.

음식이 필요했다. 모퉁이를 돌아서 있는 카페의 남자는 마이클이 세 종류의 샌드위치와 감자칩 두 개를 주문하자 좀 놀란 듯했다. 하지만 그곳에 있는 모든 것이 좋아 보였다. 마이클은 칸막이 자리를 찾아서 음식을 모두 배 속에 쓸어넣으며, 세라에 대해 찾은 데이터를 생각하면서 창문 너머로 도시의 불빛을 멍하니 바라보았다. 세라가 있는 곳은 전혀 가깝지 않았다. 수백 킬로미터는 떨어져 있었다. 그렇게 먼 여행을 떠난다는 사실을 생각하자 마이클은 왠지 슬퍼졌다. 잭슨 포터의 집이 사실 그와 아무런 관계가 없다는 점을 생각해 보면 말도 안 되는 일이었다.

마이클에게는 아무런 연결고리도 없었다. 그 어느 곳에도. 그는 어디로 가든 상관없었다.

마이클은 두 번째 샌드위치에서 두 손을 들고 말았다. 아빠, *가짜* 아빠의 말처럼 마이클은 다 먹지도 못할 것을 욕심냈던 셈이다. 콘크리트 침대에서 자느라 여전히 몸이 쑤셨지만, 그는 일어나 카페를 나서며 남은 샌드위치와 감자칩 한 봉지를 근처에서 보았던 여자 노숙자에게 넘겼다. 알 수 없는 이유로 마이클은 그녀가 부러웠다. 최소한 그녀에게는 세상이 *있었다*. 그의 세상은 파괴되어 버렸고.

마을을 떠나기 전에 해야 할 일이 엄청나게 많았다. 해야 할 일의 목록을 머릿속으로 막 만들기 시작했을 때, 그는 누군가가 등 뒤에서 외치는 소리를 들었다.

"잭스!"

소녀의 목소리였다. 마이클은 그저 궁금한 마음에 돌아섰다. 처음에는 그 목소리를 자신과 전혀 연결하지 못했다. 하지만 자신에게 집중하는 짙은 눈동자를 보자 퍼뜩 드는 생각이 있었다. 예쁘장한 십 대 소녀가 인도를 달려오고 있었다. *그녀였다.* 가브리엘라. 짧은 쪽지 속 흐릿한 사진을 보았을 뿐이지만 알 수 있었다.

마이클은 얼굴을 찡그리고 나직하게 욕했다. 그는 획 돌아서서 힘차게 걸어가기 시작했다. 이 문제를 해결할 방법이 전혀 생각나지 않았다.

가브리엘라가 마이클을 따라잡더니 그의 셔츠를 꽉 쥐고 억지로 돌려세워 다시 한번 그녀를 마주 보게 했다. 그는 멈춰서서 가브리엘라를 빤히 보았다. 그는 자기 안색이 완전히 하얗게 질렸으리라고 확신했다.

"너 대체 뭐가 *문제야?*" 소녀가 물었다. 그녀의 표정은 혼란과 분노 사이 어딘가에 있었다. "잭스. 너 꼭··· 꼭 좀비 같아. 대체 무슨 일이 벌어지고 있는 건지 말해. 이틀 동안 연락도 없었잖아!"

마이클의 입이 움직였다. 딱히 뭘 한다기보다는 움찔거린 것이었다. 아무 말도 나오지 않았다.

가브리엘라는 그의 셔츠를 놓고 물러섰다. 이제 그녀는 그저 상처받은 것처럼 보였다. "너희 부모님이 집을 비우셨을 때 놀기로 한 건 어떻게 된 거야? 우리 인생 최고의 순간이었는데! 거기다 이젠 내 메시지에 답장도 안 보내? 전화도 안 걸고? 무슨···." 가브리엘라의 말이 흐려졌다. 그녀의 이마에 주름이 잡혔다. "잭스. 진심으로 묻는 거야. 뭐가 문제야? 무슨 일 있었어?"

"음." 마이클은 간신히 말했다. "어, 그게, 음, 가브리엘라···." 한 마디 한 마디가 나올 때마다 가브리엘라는 더욱 아리송한 표정이 되었다. 전에는 그저 의심했을 뿐이라면, 이제 마이클은 확실히 *알게* 되었다. 그가 잭슨 포터인 척할 방법은 전혀 없었다. "저기, 뭐가 좀 변했어. 백만 년이 걸려도 다 설명할 수 없을 거야. 미안. 정말이야. 안녕."

마이클은 돌아서서 사람들을 밀치고 쇼핑객들을 피하며 걸어가다가 뛰기 시작했다. 그는 도시를 가로질러 달리고 달리고 또 달렸으며 단 한 번도 뒤를 돌아보지 않았다. 가브리엘라가 쫓아올까 봐 두려웠다. 그러다가 그는 멀리 떨어진 곳의 다른 골목을 발견했다. 가브리엘라를 따돌린 게 분명했다. 가브리엘라는 심지어 그를 부르지도 않았다. 너무 당황해 말이 나오지 않아 그를 불러볼 생각조차 못했는지도 몰랐다.

그는 혼자였다.

숨을 가쁘게 몰아쉬면서, 그는 모퉁이를 돌아 주저앉고 몸을 웅송그렸다. 그는 자신이 그 가엾은 여자아이에게, 알지도 못하는 소녀에게 저지른 행동 때문에 마음이 아팠다.

하지만 세라는… 세라는 그가 *아는* 사람이었다.

그녀를 찾아야 했다.

3

20시간 후, 마이클은 기차를 타고 있었다. *진짜* 기차였다. 거의 시속 320킬로미터로 운행하는, 날렵한 불릿스트림 열차였다. 그는 탄젠트로서 가상의 인생을 살 때 한 번도 그런 기차를 타본 적이 없었다. 덕분에 마이클은 한 가지 생각을 하게 됐다. 예전에는 이런 생각을 해본 적이 없었다니 도저히 *믿기지* 않았지만, 마이클은 그 오랜 세월 동안 단 한 번도 가족과 함께 어딘가에 가본 적이 없었다. 어쨌거나, 꽤 멀리 떨어진 곳에는 말이다. 그 사실이 마이클에게는 한 번도 이상하게 느껴지지 않았다. 삶이 원래 그런 것 같았다. 사람은 일을 하거나 학교에 가고, 코핀에 들어가 세상을 등질, 다음 차례를 손꼽아 기다리는 것이다. 마이클에게는 그런 일이 정상적으로 보였으며, 현실이 그렇지 않을 수도 있다는 생각은 한 번도 해보지 않았다. 최소한, 그게 누구에게나 정상인 건 아닐 수도 있다는 생각은.

타당한 이유는 없었지만, 마이클은 자신의 인생이 조작당했다는 사실에 불쾌감을 느꼈다. 하지만 그게 바로 프로그램으로 존재한다는 것의 정의 아닐까? 마이클은 이유를 알 수 없었지만 왠지 화가 났다. 그 모든 것이. 그런데 지금 그는 살과 피로 이루어진 인간이 되어 있었다. 그는 이런 일이 언제 시작됐는지, 또 언제 끝나게 될지 확신할 수 없었다. 그러나 느리지만 확실하게 자신이 변해간다는 사실, 그가… "자아"를 소유하기 시작했다는 걸 알고 있었다. 인공적으로 존재할 때의 불안정성은 사라지기 시작했다. 마이클은 그 사실을 어떻게 느껴야 할지 잘 알 수 없었다. 그 사실은 마이클의 마음에 들지 않는, 혹은 이해하기 어려운 오만함과 함께 찾아왔다.

골치 아픈 문제 중 하나는 가브리엘라에 대한 생각을 멈출 수 없다는 것이었다. 마이클은 가브리엘라에 대해 느껴서는 안 되는 어떤 것을 느꼈다. 꼭 감정이라는 게 정말로 심장 속에 존재하는 것만 같았다. 그러니까, 마이클의 경우에는 여전히 잭슨 포터의 것인 심장에 말이다.

어쩌면 마이클은 단지 가브리엘라라는 소녀의 기분을 그토록 끔찍하게 망쳐버린 점에 대해 죄책감을 느끼고 있는 것일지도 몰랐다. 그는 한숨을 쉬며 좌석 옆 창문에 머리를 기대고 휙휙 지나가는 풍경을 내다보았다. 마이클이 탄 기차가 너무 빨리 움직이고 있어서 여러 장소를 서로 구분하는 것은 거의 불가능했다. 그는 흐릿한 도시의 건물들과 흐릿한 농장, 흐릿한 숲을 지나갔다. 이제 풍경은 끝없이 이어지는 집과 아파트 단지의 바다가 되어, 여러 줄의 색채를 이루어 빠르게 지나갔다.

바쁜 하루였다. 그는 전날 밤에 기대했던 것보다 훨씬 잘 쉬었다. 마이클은 가브리엘라에게서 도망치다가 가게 된, 바로 그 어두운 골목에서 잠을 잤다. 하지만 잠을 깼을 때는 개운한 기분이 들었으며, 새로운 삶을 살아나간다는 사실, 특히 세라를 찾겠다는 생각에 조금 흥분을 느꼈다. 그런 다음에 펼쳐진 하루는 여행을 준비하기 위한 잡일들의 소용돌이였다.

그는 잭슨 포터의 가족에게 짧은 쪽지를 써서 아파트에 남겼다. 펜과 종이를 사용하는 구식 방법보다 나은 방법이 떠오르지 않았다. 마이클은 자신이 잭슨의 몸을 차지했을 때 필적이 바뀌지 않았기를, 그리고 케인이 더 많은 사람들을 시켜 그의 집을 감시하고 있지 않기를 바랐다. 메시지는 그 집 아들답지 않은 말을 하는 위험을 줄이려고 짧게 썼다. 그저 세상에 나가서 보고 싶은 것, 하고 싶은 것 들이 있다고만 했다. 너무 많은 돈을 가져간 점은 미안하지만, 자신이 잘 지내리라는 것을 가족들에게 알려주고 싶었다고, 어쩌면 언젠가는 돌아올지 모른다고.

어쩌고저쩌고.

물론 터무니없는 짓이었다. 마이클이 무슨 쪽지를 쓰든 가족들은 경찰을 부르고 그를 찾으러 나설 터였다. 하지만 최소한 그들은 잭슨 포터가 살아 있다는 사실을 알게 될 것이다. 망가진 문을 보고 나면, 그들의 마음은 잭슨 포터가 어디에 있을지에 관한 끔찍한 상상으로 미쳐 날뛸 게 틀림없었다.

마이클은 가족들을 사랑한다고 쓰고 나서 편지에 서명했다. 그러자 목이 메어 왔다. 꼭 *라이프블러드 딥*에서 알았던 부모님에게 그 말을 하는 것처럼 느껴졌다. 지금도 그들이 부모님처럼 느껴졌다. 다시는 볼 수 없겠지만.

샤워하고 식사를 한 뒤, 그는 잭슨의 옷장에서 발견한 여행 가방에 짐을 챙긴 다음 아파트 밖 복도에 잠시 서 있었다. 집처럼 느껴져야 하지만 전혀 그렇지 않은 아파트 앞에. 망가진 문은 뭘 어떻게 해야 할지 알 수 없어서 벽에 기대놓았다. 사람들이 뭐라고 생각할지 누가 알까. 마이클은 그저 혼란만 더해주는 슬픔을 느끼며 그곳을 떠났다.

그 이후로 마이클이 처음 한 일은 은행에 가는 것이었다. 잭슨의 넷스크린으로 한 일이 제대로 됐는지 확인해야 했다. 충분한 돈으로 차 있는, 마이클 피터슨 명의의 계좌가 나타나자 그는 크게 안도의 한숨을 푹 쉬었다. 마이클은 그곳에서 넷스토어로 가 시중에 나와 있는 가장 좋은 이어커프 하나를 산 뒤 예전에 쓰던 것은 망가뜨리고 새것을 착용했다. 그는 여행 계획을 짜고 세라가 사는 곳 근처 마을의 호텔을 예약했다. 그렇게 그는 기차에 타고, 가장 친한 친구 둘 중 하나인 소녀에게로 향하고 있었다. 마지막으로 봤을 때 세라는 용암 웅덩이 속에서 녹아가고 있었다. 현실에서는 더 잘 살고 있었으면 좋겠다는 생각이 들었다.

창밖으로 빠르게 스쳐 지나가는 어지러운 풍경을 보고 있자니 마이클은 속이 메스꺼워졌다. 그는 자세를 바꾸어 주변에 앉아 있는 다른 승객들을 훑어보았다. 기차의 좌석은 여행하는 동안 같은 무리의 사람들이 서로를 바라보며 대화할 수 있도록 방향이 바뀌었다. 마이클의 시선은 다섯 줄 떨어진 곳에 앉아 있는 한 여자에게 닿았다. 아주 짧은 순간, 그녀가 마이클과 시선을 마주쳤다. 그녀는 빠르게, *너무* 빠르게 눈길을 떨어뜨리고 자기 넷스크린에 뜬 무언가를 골똘히 살펴보았다.

그녀는 나이가 많았다. 예순은 된 것 같았다. 검은 머리에 새치가 섞여 있었다. 체격이 약간 통통했으며 블라우스와 치마를 입고 있었고, 다리는 발목께에서 단정하게 꼬고 있었다.

마이클은 자신이 창밖을 내다보는 내내 그 여자가 자신을 지켜보고 있었다고 확신했다. 그 여자가 그를 지켜보고 있었던 것이다.

등골이 싸늘했다.

4

마이클은 몇 초에 한 번씩 그 여자에게로 휙휙 시선을 돌렸다. 그는 다시 그녀와 눈을 마주칠 순간을 기다리고 있었다. 하지만 그 여자는 단 한 번도 마이클을 마주 보지 않았다. 그래서 마이클은 여자가 아무 뜻 없이 자기를 지켜보고 있었을지 모른다는 일말의 의구심마저 지워졌다. 누가 자기를 빤히 쳐다보는데, 최소한 한 번이라도 잠깐 쳐다보고 싶은 마음을 자연스럽게 참는 사람은 없었다. 소름끼치는 여자가 소년을 관찰하는 데는 여러 이유가 있을 수 있겠지만, 마이클이 보기에 이번 경우에는 딱 한 가지 이유만이 그럴싸하게 보였다.

케인.

그놈의 탄젠트가 이미 그에게 첩자를 붙이고 지켜보는 걸까? 케인이 정말 *그렇게까지* 모든 걸 다 알 수 있을까? 마이클은 과거의 인생에서 속임수를 잘 쓰곤 했으며, 새로운 신분을 만들어 낼 때도 자신의 출발점을 꽤 잘 숨겼다고 생각했다.

하지만 상대는 케인이었다. 케인은 모든 점에서 그보다 나았다. 세상에, 케인은 인공지능을 진짜 인간의 신체에 집어넣는 방법을 알아내지 않았나! 여기까지 생각이 미치자 마이클은 다시 한번 그 탄젠트가 자기 자신을 위해 죽음의 법칙을 활성화했을지 모른다는 의문이 들었다.

이제는 케인이 어느 순간에든 인간이 되어 낯선 사람의 몸을 차지하고 돌아다닐 수 있었다. 마이클은 자기 자신을 막아야 했다. 이 모든 실험에서 그가 기니피그 역할을 맡은 거라면, 케인이 직접 그런 변신의 위험을 감수하기까지 얼마간 기다릴 수밖에 없도록 말이다. 하지만 과연 케인이 직접 인간이 되는 일을 바라기는 할까? 이론적으로, 탄젠트는 불멸의 존재가 되어 코드로서 영원히 살아갈 수 있었다. 반면 인간이 되면 매일 죽음의 위험을 무릅써야 했다. 케인의 궁극적인 목표는 뭘까?

생각이 마구 내달리는 가운데 마이클은 눈앞이 흐려졌다. 그는 고개를 저으며 다시 여자에게 초점을 맞추었다. 이번에는 여자가 그를 똑바로 마주 보며 시선을 피하지 않았다.

마이클은 움찔했지만 눈을 떼지는 않았다. 여자도 마찬가지였다. 십 대 소년과 할머니가 눈싸움을 벌이다니. 진한 화장을 한 그녀의 무표정한 얼굴은 불안한 느낌을 주었다. 미소를 짓는 기색은 전혀 없었으나 분노나 적대감도 보이지 않았다. 그녀는 마이클을 바라보았고 마이클도 그녀를 마주 보았다.

마침내 여자가 시선을 떨어뜨리고 이어커프를 꽉 쥐었다. 그녀의 눈앞에 넷스크린 투사체가 나타났다. 그녀는 좌석 아래에서 두어 가지 물건을 챙기더니 침착하게 일어나, 마이클을 등지고 돌아서서 통로를 걸어갔다. 마이클은 그 여자가 단 한 번도 뒤를 돌아보지 않고 점점 멀어져 가는 모습을 지켜보았다. 공포감이 밀려왔다. 마이클은 저 여자가 누구인지 알아내야 했다. 그걸 알아낼 가능성이 기차의 다음 차량으로 사라지기 직전이었다.

마이클은 자리에서 일어나, 여자를 쫓아서 통로로 걸어갔다.

5

마이클은 몇 차례 멈춰서서 다른 승객들이 지나갈 수 있도록 몸을 틀고 좌석에 기대야만 했다. 그는 여자가 다음 차량으로 가는 문을 넘어서는 모습을 보았다. 그때까지도 여자는 마이클을 돌아보지 않았다. 심지어 곁눈질도 하지 않았다. 마이클은 걷는 속도를 높였다. 그 바람에 하마터면 노인을 쳐서 넘어뜨릴 뻔했다. 그가 "부모가 교육을 어떻게 시켰는지"라며 툴툴댔다.

예의 없는 행동을 하는 마이클을 노려보는 사람은 한둘이 아니었다. 상관없었다. 한순간, 한순간이 갈수록 긴박감은 더해져만 갔고 심장은 빠르게 뛰었다. 그는 낯선 사람이 누군지 알아야만 했다.

문이 다시 열린 순간 마이클은 문에 다다랐다. 여자 세 명이 최근에 방영된 넷보이어 쇼에 관해 수다를 떨며 지나갔다. 그들은 선명한 립스틱과 풍성한 머리 스타일로 잔뜩 치장하고 있었다. 마이클은 그들을 밀쳐버리고 싶은 충동을 억눌러야만 했다. 그는 재주껏 그들을 지나 다음 차량으로 갔다. 늙은 여자가 아주 잠깐 보였다. 여자는 어느새 반대편 출입문에 다다라 있었다. 서 있는 사람이 별로 없었으므로 마이클은 다시 발걸음을 빠르게 해, 쫓기는 사람처럼 통로를 나아갔다. 승무원 한 사람이 건성으로 그에게 속도를 늦추라고 소리쳤지만, 마이클은 못 들은 체했다.

그는 다음 문을 서둘러 열고 들어갔다. 여자도 속도를 올렸지만, 아직 차량을 반밖에 지나지 못하고 있었다. 마이클은 여자가 다음 문에 도착할 때쯤 따라잡을 수 있겠다고 생각하며 움직였다. 그런 다음, 마이클은 여자의 팔을 잡고 대체 무슨 일인지 친절하지만 단호하게 물어볼 생각이었다. 왜 자신을 지켜보고 있었느냐고.

하지만 마이클이 그녀에게 다가가기도 전에 그녀가 문 앞에서 멈춰서더니 빙글 돌아 그를 마주 보았다. 표정에는 여전히 아무런 감정도 담겨 있지 않았다. 그토록 빨리 움직이다가 이렇듯 차분한 모습을 보이니 왠지 모르게 불안했다. 마이클은 걷다 말고 멈췄다. 여자가 창백한 한쪽 팔을 들어올리더니 손가락 세 개를 펼쳐 보였다.

그녀는 세 차례 빠르게, 짧게 움찔거리듯 팔을 뻗으며 3이라는 숫자를 마이클에게 강조해 보였다. 그러는 내내 얼굴은 믿기 힘들 정도로 텅 빈 표정을 유지했다.

그러더니 여자는 갑자기 돌아서서, 문을 지나 다음 차량으로 들어갔다.

셋.

뭐가 셋이라는 거야?

마이클은 그녀를 따라갔다.

6

다음 차량은 승객용이 아니었다. 일종의 창고였다. 응급처치용 장비와 소방용 도구, 벽 한쪽에 설치된 금속 선반에 둘둘 말려 묶여 있는 이불 따위와 함께 비상구 두 곳이 있었다. 여자는 그 차량 한가운데에 멈춰서서 마이클을 등지고 바닥을 살펴보는 것처럼 고개를 늘어뜨렸다. 왠지 그 모습을 보자 예전에 좋아하던 좀비 게임, *언데드, 언페드*가 떠올랐다. 반쯤은 그 여자가 돌아서서 발을 질질 끌며 미쳐 날뛰는 굶주린 괴물처럼 피범벅이 된 얼굴로 그에게 다가올 거라는 생각이 들었다. 하지만 그녀는 전혀 움직이지 않았다. 마이클의 목 뒤에 소름이 돋았다.

그는 목을 가다듬었다. 나이 든 여자 때문에 겁을 먹었다는 사실을 인정하고 싶지 않았다.

“누구세요?” 그가 물었다. 다행스럽게도 입 밖으로 나온 목소리는 떨리지 않았다.

여자는 대답하지 않았다. 움직이지도 않았다. 그녀는 얼어붙은 것처럼 마이클을 등지고 서 있었다.

“왜 쳐다봤어요? 그리고 아까 그건 무슨 뜻….”

여자가 다시 한번 천천히 팔을 들어올려 뻣뻣하게 떨리는 세 개의 손가락을 보여주자 마이클은 말을 멈추었다. 여자는 수업 시간에 질문을 하고 싶어 하는 어린애처럼 팔을 끝까지 든 뒤에야 동작을 멈추었다.

마이클은 여자의 등을 빤히 바라보았다. 여자는 세 개의 손가락을 허공에 쳐들고 있었다. 마이클은 무슨 말을 해야 할지 고민했다.

"숫자 3이 저랑 무슨 상관인데요? 누구시냐고요?" 이번에는 목소리가 그리 안정적이지 않았던 것 같기도 했다.

여자는 천천히 돌아섰다. 동작이 굼떴다. 마이클에게서 도망치느라 마지막 에너지까지 다 써버린 듯했다. 마이클을 향해 고개를 돌리는 동안에도 그녀는 머리를 숙이고 있었다. 그러다가 그녀는 눈을 들어 마이클을 마주 보았다. 팔은 여전히 머리 위로 높이 들고 있었다.

"그냥 무슨 일인지 말해주세요." 마이클은 동작 맞히기 게임이 답답하게 느껴져 말했다.

"셋." 여자가 속삭였다. 여자의 입술을 읽어내지 못했더라면 마이클은 그 말을 알아듣지 못했을 것이다. "나도 너희 중 하나야. 셋."

"*뭐가* 셋인데요?" 마이클은 애원했다. "당신도 탄젠트였어요? 앉아서 얘기 좀 해볼 수 없을까요? 부탁이에요."

대답하는 여자의 목소리가 약간 커졌다. "너에게는 사흘이 있다."

"뭐 할 때까지 사흘이요?"

"생각을 바꿀 때까지."

마이클이 케인에 대해 질문하기도 전에 그녀가 마이클의 의심을 확인해 주었다.

"케인은 더 이상 프로그래머에게 복속된 하인이 아니다. 원래의 계획은 바뀌었다. 케인에게는 네 도움이 필요하고, 네게는 케인의 도움이 필요하다. 그리고… 케인은 사람들이 불복종하는 것을 좋아하지 않는다." 처음으로 여자의 표정이 바뀌었다. 그녀는 미소 지었다. 승객들이 양쪽 입구에서 창고 차량으로 들어와, 입을 쩍 벌리고 두 사람을 지켜보고 있었다.

마이클은 침묵을 지켰다.

미소가 사라졌다. 여자는 마침내 팔을 내렸다. 그러자 그녀의 눈은 게슴츠레해졌다. 그러더니 그녀는 다시 돌아섰다가, 열차 옆면의 비상구 문을 똑바로 보고 멈춰섰다. 기차가 출렁하면서, 마이클은 문득 이 기차가 얼마나 빠르게 움직이고 있는지 떠올렸다. 설마 저 여자가….

눈 깜짝할 사이에 여자는 문에 다다라 새빨간 손잡이로 손을 뻗었다. 그녀는 손잡이를 아래쪽으로 홱 당겼다. 문이 벌컥 열리자마자 사나운 바람이 기차 옆면에 쾅 부딪히면서 귀가 찢어질 것 같은 마찰음이 열차 안을 가득 채웠다. 바로 그 순간 경고음이 울리기 시작했다. 안으로 몰아쳐 들어오는 바람을 피하기 위해 마이클은 바닥에 엎드려 숨을 헐떡였다. 줄무늬처럼 보이는 색깔들이, 숲의 초록색과 갈색 들이 빠르게 스쳐 지나갔고 바람은 문틀에 매달려 있는 여자의 옷에 마구 덤벼들었다.

그때, 여자가 한 발을 내디뎌 순식간에 시야에서 사라졌다.

마이클은 앞으로 벌어질 일을 기다리며 흐릿한 풍경을 내다보았지만 아무 일도 벌어지지 않았다. 비명 한 번 없었다.

CHAPTER 5

엉망이 된 주방

1

경고음이 공기를 가득 채웠다. 기차가 속도를 늦추면서 브레이크가 끼익 소리를 냈다. 마침내 기차는 완전히 멈춰섰다. 마이클은 금속 선반을 꽉 붙들고 있었다. 기차가 더 이상 움직이지 않게 된 다음에도 여전히 꽉 쥐고 있었다. 몸이 떨렸다. 피가 몸속을 마구 휘돌았다.

어쩌면 아직은 인간으로 산다는 것에 익숙해져 가는 과정인지도 몰랐다. 모든 것이 달랐다. 더 삭막했다. 더 현실적이었다. 더 두려웠다. 마이클은 그 모든 것을 느꼈다. 과거의 삶에서는 한 번도 겪어보지 못한 느낌이었다. 아니, 그냥 순간의 열기에 그런 식으로 생각하게 되는 걸까?

승무원들이 다가와 그가 일어날 수 있도록 도와준 다음 질문을 던졌다. 잠깐 마이클은 무슨 범죄를 저질렀다고 비난받는 게 아닐까 생각했지만, 여자가 뛰어내리는 데 그가 아무 역할을 하지 않았다는 것을 동영상 기록인 비드피드가 명백히 보여주었다. 그들은 마이클에게 여자가 왜 팔을 들었는지, 그에게 무슨 말을 했는지, 마이클은 왜 그녀와 함께 있었는지 물었다. 하지만 마이클은 계속해서 모른다고, 그냥 호기심 때문에 그녀를 따라왔을 뿐이라고만 말했다. 그게 사실이었다. 사람들은 끝까지 협조적인 모습을 보인 그를 자리로 돌아가게 해주었다. 그들이 보기에는 상황이 퍽 단순했다. 여자가 미쳤다는 것이었다.

마이클은 자리에 앉으면서도 떨고 있었다. 생각해야 할 일이 너무 많았다.

케인은 더 이상 프로그래머에게 복속된 하인이 아니다. 케인에게는 도움이 필요하고, 마이클에게는 케인이 필요하다. 사흘이라는 시간이 지나도 말을 듣지 않으면 벌을 받는다니, 마이클이 케인이라는 탄젠트의 아이라도 된단 말인가. 게다가 그 여자는… 정말 그 여자도 마이클 같은 존재였을까? 과거에 탄젠트였던? 사람이 자기 목숨을 내버리는 장면을 보니 타냐라는 소녀와 함께 금문교에서 뛰어내렸던 일이 너무도 생생하게 떠올랐다. 그 또한 전생에서 벌어진 일이었다.

마이클은 겁을 먹은 채 두 팔로 자기 몸을 부둥켜안고 창문에 뒤통수를 기댔다. 머잖아 기차는 다시 움직이기 시작했고 계속 속도를 올리다가 궤도를 따라 빠르게 달려 나갔다.

2

세라가 사는 도시에 도착했을 즘 마이클은 기분이 훨씬 나아졌다. 그는 앞서 벌어진 모든 일에 너무 기가 질려서 오직 한 가지 일, 그러니까 친구를 찾는 데에만 일부러 정신을 집중했다. 마이클은 세라를 찾아 자신에 관한 진실을 설명한 다음, 그녀에게 뭘 해야 할지 물어볼 생각이었다. 세라라면 알 테니까. 세라는 똑똑했다. 어떤 식으로든 세라라면 알 터였다.

하지만 세라를 찾으려면 일단 머물 곳을 찾아야 했다. 그러기까지 몇 시간이 걸렸다. 택시를 타고 호텔로 가 캐시 크레디트와 가명으로 체크인했다. 음식을 먹고, 마지막으로 넷에서의 새로운 신분을 확인한 다음 *라이프블러드*에서 훔쳐온 데이터를 이 지역의 지도와 비교했다. 그러는 내내 마이클은 갈등했다. 세라에게 연락해 곧 찾아가겠다고 알려야 할까? 그는 계속해서 마음이 흔들렸다. 한편으로는 미리 연락하는 편이 충격을 줄이고 세라가 조금이나마 준비할 수 있도록 해줄 것 같았다. 하지만 한편으로는 어떤 말도 안 되는 이유로 세라가 오지 말라고 말할지 모른다는 두려움이 생겼다. 아니면 마이클이 무슨 마약쟁이라 생각하고 연락을 끊든지. 그보다 더 나쁜 것은, 세라가 마이클을 아예 차단해 버리는 경우였다.

마이클은 계속 같은 판단을 내리게 됐다. 운을 믿고 세라와 정면으로 마주하겠다는 생각이었다. 그는 진실을 털어놓으면서 세라의 눈을 마주 보고 싶었다. 한 번도 본 적 없는 낯선 사람의 눈으로 그녀를 마주 보아야 한대도 말이다. 그것만이 세라를 납득시킬 수 있는 방법이라는 확신이 들었다. 세라는 전혀 예상하지 못했던 마이클의 외모를 보고 놀라겠지만, 그쯤이야 슬립 밖에서 처음 만나는 사이에서는 평범하게 벌어지는 일이었다. 이러니저러니 해도 사람들은 보통 슬립에서 실제 모습과는 다른 오라를 만들어 냈다. 하지만 그들이 패스에서, 또 케인과 함께 겪은 모든 일을 읊으면 세라는 즉시 마이클을 알아볼 터였다. 직접 만난 상태에서는 마이클을 차단할 수도 없을 테고.

마이클은 어느새 세라의 집 현관 계단에 서 있었다. 오후가 저녁으로 바래가고 있었고, 공기는 상쾌하고 시원했다. 세라는 도시 중심가 외곽의 교외에서 살았다. 세라의 가족은 돈이 좀 있는 게 분명했다. 집이 꽤나 컸다. *현관 계단*이 있는 집이었다. 도시에서 어린 시절을 보낸 마이클은 현관 계단이란 오직 버트넷의 판타지 세상에서만 볼 수 있는 것이라고 늘 생각해 왔다. 하긴, 마이클이 대체 뭘 안다고.

그는 문을 두드렸다. 손으로 문을 두드릴 때마다 맥박이 빨라졌다.

몇 초가 흘렀다. 영원처럼 오랜 시간이 흐른 것만 같았다. 그때 발소리가 들렸다. 도어락에서 삑삑 소리가 나기 시작했고, 마이클은 가슴이 철렁했다. 그는 돌아서서 온 힘을 다해 벗어나고 싶은 충동을 느꼈다. 계단 아래로 몸을 던져, 누가 보기 전에 집 모퉁이를 빠르게 돌아 사라지고 싶었다. 하지만 그 순간은 지나갔다. 잠금장치가 풀리고 문이 열렸다.

한 여자가 서 있었다. 나이는 쉰 살쯤 되어 보였고 금발이었으며, 두드러지지 않았지만 예쁜 얼굴에는 세월의 주름이 지기 시작했다. 그녀는 미소를 지으며 낯선 사람이 현관 계단에 서 있는 이유를 모르겠다는 듯한 의구심, 걱정에 가까운 어떤 감정을 두 눈에서 감추지 못했다.

"안녕하세요." 마이클이 평소보다 빠르게 말했다. "어, 저는 마이클이에요." 그때, 설명할 수 없는 어떤 이유로 마이클은 머릿속이 하얗게 변했다. 다음으로 무슨 말을 해야 할지 생각나지 않았다. 그는 입을 열었다가 다물었다.

"그렇구나." 여자가 마침내 머뭇거리며 말했다. "마이클, 내가 도와줄 일이 있니?"

"네, 어, 맞아요." 그가 말을 더듬었다. "저는 세라를 만나러 왔어요. 세라가 아주머니 딸 맞나요?" 그는 부끄러워졌다. 대체 무슨 멍청한 소리람. 답은 뻔했다.

"세라는 내 딸이 맞아. 세라랑 아는 사이니? 무슨 일이야?" 정확히 언제 그랬는지 몰라도 여자의 얼굴에서 미소가 사라졌다.

마이클은 가슴이 쿵쾅거렸다. 그는 슬립 안에서 대체로 실물과 비슷한 몸을 사용해 왔고, 세라도 그 사실을 알고 있었다. 그런데 지금 마이클의 모습은 완전히 달라져 있었다. 그렇긴 해도, 완전히 다른 오라를 쓰는 것이 그렇게 이상한 일은 아니었다. 최악의 경우라도 세라는 마이클이 자기 외모를 사실과 다르게 말했다고 생각할 터였다. 이야기할 기회만 있으면, 마이클은 빠르게 자신의 정체를 설명할 수 있을 듯했다.

세라의 엄마는 경계하는 기색이 역력했다. "나중에 다시 오는 게 좋겠구나." 그녀는 예의 있는 말투를 유지했다.

"죄송해요." 마이클이 불쑥 말했다. "죄송해요…. 그냥 긴장이 돼서요. 세라는 제가 슬립에서 사귄 가장 친한 친구 중 한 명이에요. 제 말은, 버트넷에서요. 웨이크에서 만난 적은 한 번도 없어요. 깜짝 방문을 해서 세라를 놀라게 해주고 싶었는데, 아주머니네 집 문을 두드리고 아주머니가 저를 스토커라고 생각하시게 만들었네요. 죄송해요. 그냥 마이클이 왔다고만 전해주실 수 있을까요? 마이크 더 스파이크Mikethespike라고요. 부탁드릴게요." 마이클은 어색하게 미소 지었다.

여자는 눈을 휘둥그렇게 뜨고 한 걸음 물러났다. 처음에는 나쁜 징조처럼 보였지만, 그 순간 미소가 떠오르며 여자의 얼굴이 밝아졌다. 이번 미소는 좀 더 진짜처럼 느껴졌다.

"괜찮을까요?" 마이클은 최대한 예의 바른 태도를 보이려고 애쓰며 다시 말했다. *나도 이런 인간 일을 잘할 수 있어.* 그는 그렇게 생각하며 더 밝게 미소 지었다.

"들어오려무나." 세라의 엄마는 문을 활짝 열며 말했다. "네 얘기를 아주 많이 들었어. 너는 상상도 못 할 거다, 얘야. 우리 딸은 몇 년 동안이나 너를 직접 만나고 싶어 했어. 하지만 이런… 깜짝 방문은 생각도 못 했네." 또 한 번의 따뜻한 미소. "아줌마 이름은 낸시야."

마이클은 모자가 있었으면 좋겠다는 생각이 들 뻔했다. 조심스레 안으로 들어가면서, 마이클은 오래된 흑백영화에서처럼 그 모자를 벗어서 두 손으로 비틀어 짜고 싶었다. 그는 고개를 끄덕이며 시선을 떨어트리는 것으로 만족하기로 했다. 단 한 번뿐인 이 기회를 망치고 싶지 않았다.

낸시는 마이클이 들어오자마자 문을 닫고 복도로 걸어갔다. 복도는 주방 쪽으로 이어져 있었다. 마이클은 낸시가 잠금장치를 잠그는 소리를 확실히 들은 것 같았다. 아니, 어쩌면 자동으로 잠긴 걸지도 몰랐다.

"제러드, 이제 나와도 돼!" 낸시가 소리쳤다. "그냥 세라 친구래!"

복도 옆면에 나 있는 문이 홱 열리며 삐걱거리는 소리가 났다. 건장하고 퉁명스럽게 생긴 한 남자가 손마디가 하얗게 질리도록 작은 총 한 자루를 쥐고 나와 마이클을 똑바로 겨누었다.

"그럼 가서 좀 앉지." 남자가 말했다.

3

마이클은 세라 가족의 소파 가운데에 앉아, 이건 게임이 아니라는 생각을 거듭 떠올렸다. 남자에게 덤벼들어 태클을 걸고, 어쩌면 몸싸움으로 총을 빼앗는다는 선택 사항은 더 이상 선택 사항이 아니라는 생각 말이다. 그건 형편없는 아이디어였다. 상황이 너무 괴이해서, 마이클은 버트넷에 들어와 있는 것만 같은 기분이었다. 하지만 이 경우, 가슴에 총상을 입는다는 건 다시 게임을 플레이해야 한다는 짜증 나는 상황이 아니라 죽음을 의미했다. 그는 가만히 앉아서 돌발적인 행동을 보이지 않기 위해 신경 썼다. 미소를 지으면서.

세라의 부모가—진짜 부모일까?—그의 맞은편에, 서로 떨어진 의자에 앉아 있었다. 그녀의 아버지는 총열을 계속 마이클에게 향한 채 무릎 위에 총을 내려놓고 있었다. 정확히 말하면, 마이클의 얼굴을. 완벽하게 둥근 검은 구멍과 확실한 죽음으로 이어지는 어두운 통로가 보였다. 숨을 들이쉬자 가슴이 뛰고 있는 것이 느껴졌다.

세라 어머니의 얼굴을 장식했던 친절한 미소는 다시 한번 사라졌다.

"제가… 어… 뭔가 잘못했나요?" 그가 물었다. "세라는 어디 있어요?" 말을 하니 도움이 됐다. 용기가 생겼다.

"세라는 곧 돌아올 거다." 낸시가 대답했다. "네가 신경 쓸 일은 아니야."

"그냥 네가 누군지만 말해 봐라." 제러드는 총을 든 사람치고 이상할 만큼 침착했다. "너도 알겠지만, 요즘에는 특히 주의해야 하거든."

특히 주의해야 한다고? 마이클은 숨을 가다듬었다. "말씀드린 그대로예요. 제 이름은 마이클이에요. 세라와 딱 5분만 이야기할 수 있으면 쉽게 증명할 수 있을 거예요. 세라랑 웨이크에서 만나본 적은 한 번도 없으니까 처음에는 저를 못 알아보겠죠. 하지만 우린 몇 년 동안이나 가장 친한 친구로 지냈어요. 우리 둘이랑, 브라이슨이라는 다른 녀석이랑요."

두 사람은 눈짓을 주고받더니 다시 마이클을 보았다.

"수상한데." 제러드가 말했다. "너랑 비슷한 다른 녀석들도 여기 온 적이 있다." 그가 총을 꽉 쥐었다가 놓았다.

마이클은 두 사람이 왜 이렇게까지 자신을 믿지 못하는지 궁금해졌다. 케인 쪽 사람들이 왔다 간 걸까? 그는 두 손을 들었다. "정말로 무슨 말씀이신지 모르겠어요."

둘 다 대답하지 않았다.

"저기, 세라랑 얘기만 좀 해보면 안 될까요? 얘기하는 동안 그걸로 제 얼굴을 겨누고 계셔도 돼요. 제 몸도 뒤져보시고요. 가슴에 총을 메고 있지도 않고, 신발에 칼을 숨겨놓지도 않았어요. 약속할게요. 저는 그냥, 두 분 딸의 친구일 뿐이에요. 그게 다예요."

"그건 이제부터 알아보면 되겠지." 제러드가 대답했다. 하지만 그는 의자에 깊숙이 앉아 자리를 잡았다. 그는 의자에서 자세를 바꾸며 마이클을 겨눈 총을 거둬들였다.

낸시가 한숨을 쉬더니 바지를 잡아당겨 주름을 폈다. "잘 알겠다. 세라가 집에 오면 뭐라고 하는지 보자. 하지만 우리도 운만 믿을 수는 없어, 전에도…." 그녀는 말을 흐리더니 바닥을 내려다보았다.

케인이구나. 마이클은 그렇게 생각했다. 이제는 확신이 들었다. *케인이 이 사람들한테 무슨 짓을 한 거야. 아니면 세라가 패스에서 타 죽고 나서 마음에 상처를 입었든지.* 두 사람이 의심하는 것도 이

상하지 않았다.

"딴생각을 좀 해야겠는데." 제러드가 툴툴거렸다. 그는 근처에 있던 리모컨 버튼을 눌렀다. 반대편 벽에 홀로그램 프로젝터가 비쳤다. 투사된 화면에서는 한 남자가 커다란 지도를 가리키며 날씨 얘기를 하고 있었다.

집 밖에는 멋진 저녁이 찾아온 것 같았다.

4

"아니, 또야?" 제러드가 웅얼거렸다.

마이클은 한숨을 쉬었다. 지난 한 시간 동안 남자가 숨죽이고 불평을 한 게 이번으로 열 번째였다. 그가 인생에서 가장 좋아하는 일은 뉴스밥을 보며 거기에 나오는 모든 말에 반대하는 것인 듯했다. 혼란스러웠던 부분은, 똑같이 반대 의견을 가진 사람들이 토론을 할 때조차 그가 그렇게 불평을 했다는 점이다. 제러드에게는 두 관점이 모두 틀린 모양이었다. 불신이 그를 머리끝부터 발끝까지 채우고 있었다.

복도 저쪽에서 삑 소리가 나더니, 경첩이 연달아 돌아가는 소리와 문이 쾅 닫히는 소리가 이어졌다. 마이클은 자기가 무슨 행동을 하는 건지 깨닫기도 전에 일어서고 말았다.

"앉아!" 제러드가 그에게 소리쳤다.

낸시는 좀 더 교양이 있었다. "앉아 있으렴. 조심해야 해서 그래. 네가 정말 마이클이 맞으면 우리 모두가 곧 그 사실을 알게 되지 않겠니?"

마이클은 그녀에게 고개를 끄덕이며 천천히 자리에 앉았다. 이미 그들을 향해 발소리가 다가오고 있었다. 그 소리를 듣자 마이클은 심장이 두근거렸다. 동시에 가슴에 힘이 들어가기도 했다. 세라였다. 세라를 보기 직전이었다.

세라가 거실로 걸어왔다. 방금 넷스크린을 끈 그녀는 이어커프에서 손을 떼고 있었다. 마이클은 숨이 멎었다. 그녀는 마이클이 예상했던 그대로이기도 하고 전혀 다르기도 했다. 세라는 슬립 안에서의 오라 모습과 대체로 닮았으면서도 전혀 다른 모습이 발견될 만큼 새롭기도 했다.

예컨대 그녀는 키가 정말로 컸다. 어쩌면 그 점이 콤플렉스라, 버트넷에서는 키를 좀 줄여 보완했던 걸지도 몰랐다. 머리는 귀 바로 아래까지 내려오는 금발이었다. 귀엽기는 했지만 아름답지는 않았다. 눈을 빼면. 그녀의 눈은 *정말로* 아름다웠다. 이런 생각이 느끼하기도 했다. 두 눈은 그녀의 오라와 똑같은 녹색이었지만, 믿을 수 없을 만큼 색깔이 선명했다. 부자연스러울 정도였다. 그녀는 부모님에게 뭔가 말하려고 입을 열었다가 목소리가 나오기 전에 멈추고 말았다. 크립토나이트 색깔의 두 눈이 마이클에게 붙박여 있었다. 낯선 사람이 의자에 앉아 있었으니까. 아마도 멍청히 입을 벌리고 있었겠지. 게다가 그녀의 아빠는 총을 들고 있었다.

세라. 세라를 만났다니, 마이클은 믿을 수가 없었다.

“아.” 그녀가 말했다. “어, 안녕하세요. 음….” 그녀는 눈썹을 치뜨며 엄마를 보았다.

낸시가 일어섰다. “어서 와, 우리 딸. 여기 이 녀석이 네 친구라는구나.”

세라는 마이클을 빤히 보았다. 얼굴에는 혼란스러운 기색이 떠올랐다. "아 네. 혹시 우리가 어디서…." 그녀는 말을 멈추었다. 얼굴에는 알 수 없는 표정을 지었다.

나라는 걸 아는 거야? 마이클은 궁금해졌다. 설명할 게 엄청 많았지만, 어쩌면 쉽게 진행될지도 몰랐다. 그는 순간순간이 두려웠다.

"네 친구 맞아?" 제러드가 총을 만지작거리며 물었다. "최근에 그런 소동이 있었으니, 방심할 순 없어."

세라는 침묵을 지켰고, 마이클은 서둘러 그 정적을 채웠다.

"나야, 세라. 나… 마이클." 그는 말을 더듬었다. "그냥 이렇게 나타났다는 게 말도 안 된다는 건 나도 알아. 하지만 다 설명할 수 있어. 널 만나야만 했어. 너한테 미리 알려주면 실제로 만날 기회가 생기기도 전에 전부 무너져 내릴지 모른다는 걱정이 들었어. 멍청한 생각이었다는 거 알아. 어쨌든 난 여기 왔고, 너랑 얘기만 하면 돼. 음… 둘이서만 얘기하면 어떨까?" 마이클은 간신히 그렇게 물었다. 그는 세라의 부모님이 절대 그렇게 내버려두지 않으리라는 걸 알고 있었다.

제러드가 그 생각을 확인해 주었다. "내 딸한테 하고 싶은 말은 뭐든 우리한테도 하면 된다."

세라는 마침내 목소리를 되찾았다. 바위처럼 흔들림 없는 목소리였다. "엄마, 아빠, 어려울 것 없어요. 마이클인 척할 수 있는 사람은 아무도 없거든요. 이 사람 말이 사실이면, 아무리 오래 걸려도 3분 안에는 제가 알게 될 거예요. 근데 정말로 단둘이 얘기해야 해요."

그 말은 사실이었지만, 마이클은 거의 얼굴을 붉힐 뻔했다. 그들이 할 모든 이야기는 세라의 부모님을 심하게 흥분시킬 만한 것이었다. 세라도 자신이 가상 세계에서 용암에 빠져 죽은 뒤로 무슨 일이 일어났는지 알고 싶어 죽을 지경일 테고.

제러드와 낸시는 눈길을 주고받았다. 그들이 경계하는 것도 이해할 만했다.

"전 이제 곧 열여덟 살이 돼요." 세라가 말했다. "아직도 절 믿지 못하신다면 앞으로도 영영 믿지 못하시겠죠. 이 사람이 제 친구라면, 전 단둘이 얘기하고 싶어요. 친구가 아니라고 해도 3분 안에 무슨 짓을 할 수 있겠어요?" 세라는 마이클을 한번 훑어보았다. *보세요, 파리 한 마리 못 죽이게 생겼잖아요*, 라고 말하는 듯했다.

제러드는 일어서서 마이클 옆으로 다가오더니, 마이클의 무릎으로 고꾸라질 것처럼 몸을 숙였다. 그는 사향 냄새가 나는 향수를 뿌린 것 같았다.

"일어나." 그가 명령했다.

마이클은 시키는 대로 했다. 제러드는 노련한 경찰이라도 된 것처럼 빈손으로 마이클의 몸을 수색했다.

"아빠." 세라가 끙 소리를 냈다.

제러드는 수색을 마치고 한발 물러섰다. "좋아, 그럼. 우리는 주방에 있으마. 내 딸이 눈짓 한 번이라도 보내면, 내가 눈도 깜빡하기 전에 이리로 돌아올 거다." 그는 코를 훌쩍이더니 아내의 손을 잡았다. 그는 거실을 나서기 직전에 멈춰서 돌아보았다. 이렇게 덧붙일 때는 미소를 눌러 참는 것처럼 보였다. "그리고… 만나서 반갑다."

마이클은 크게 숨을 내쉬었다. 남자의 태도가 누그러지고 있었다.

세라는 재빨리 앞으로, 마이클 곁으로 걸어왔다.

"좋아." 그녀가 말했다. "날 설득해 봐."

5

그들은 소파에 앉아 서로를 마주 보았다. 세라는 무릎을 끌어안고 한쪽 팔을 발목께에 늘어뜨리고서 진지하게 마이클을 바라보았다. 마이클은 마음속에서 너무 많은 감정이 끓어올랐다. 하지만 대체로 그가 느낀 것은 사태가 참 초현실적으로 변해버렸다는 압도적인 느낌뿐이었다. 이 소녀는 그의 가장 친한 친구였다. 어쨌든, 가장 친한 친구 둘 중 하나였다. 그런데도 그들은 이제야 평생 처음으로 만났다. 마이클 입장에서는 인간이 된 이후 처음으로 그녀를 만나는 것이기도 했다.

"나는… 어디서부터 말을 시작해야 할지 모르겠어." 그가 말했다.

"어디든 필요한 데서부터 해." 그녀가 대답했다. 초록색 눈이 불타오르는 듯했다. "난 네가 정말 너인지 알아야 해, 마이클."

그는 고개를 끄덕였다. "응, 그래. 뭐, 나는 네가 패스에서 죽었을 때 너와 함께 있었어. 그 용암 말이야. 나는 죽어서 너와 함께 웨이크로 돌아가고 싶었지만… 네가 나한테 끝까지 가겠다고 약속하라고 했어. 나는 그러겠다고 약속했고, 대충은."

"그걸로는 충분하지 않아, 바보야. 우리가 한 모든 일을 케인이 지켜보고 있었으니까. 네가 케인한테서 무슨 말을 해야 하는지 듣고 왔을 수도 있잖아? 아니면 네가 직접 봤을 수도 있고."

마이클은 한숨을 쉬었다. 갑자기 그는 자기 신분을 증명하는 데 필요한 모든 인내심을 잃었다. 그에게는 세라가 놀라서 입을 바닥에 닿을 만큼 쩍 벌리고 다시는 다물지 못하게 할 만큼 엄청난 이야깃거리가 있었으니까. 하지만 어떻게 거기까지 이야기를 끌어가야 할까?

"우리는 댄더맨델리에서 만났어." 그가 입을 열었다. "너랑 나는 블르칩을 좋아해. 브라이슨은 아주 싫어하고. 브라이슨은 블르칩에서 발 냄새가 난대. 트롤 발 냄새. 네가 가장 좋아하는 게임은 *라이프블러드*야. 너는 내 경험치를 따라잡으려고 애썼지만, 내가 항상 조금씩 앞섰어. 브라이슨은 나한테 너무 심하게 뒤처지지만 않으면 별로 신경 쓰지 않았고. 우리는 외곽 지역에 요새를 프로그래밍해 놨어. 그건 아무도 몰라. 우리 셋만 아는 거야."

마이클이 말을 이어나가자 세라의 얼굴에는 점점 미소가 번져나갔다. 하지만 그녀는 마이클의 말을 멈추고 싶은 기색을 전혀 드러내지 않았다. 어쩌면 마이클이 조금 고생하는 모습을 보는 게 즐거운지도 모르겠다.

"한번은 *라이프블러드*에서 협동 미션을 수행해야 하는데 브라이슨을 찾을 수가 없었어. 우리는 사방을 뒤졌지. 결국 고르곤 둥지에서 브라이슨이 외계인 여자랑 키스하고 있는 걸 찾아냈어. 그 여자가 탄젠트인지 아닌지는 끝내 알아내지 못했고."

세라는 비웃음이라고 분류될 수 있을 만한 소리를 냈다.

마이클은 말을 이었다. 기억이 쏟아져 나왔다. 깊이 파고들 필요도 없었다. 기억은 모두 그 자리에, 표면 가까운 곳에 있었다. 대부분의 기억이 즐거운 것, 이야기하기에 재미있는 것들이었다. 들어가서는 안 되는 곳으로 해킹해 들어갔던 이야기. VNS 요원들에게 추적당한다는 것이 문자 그대로 목숨이 달린 문제가 되기 전까지는 그런 추적이 재미있는 경험이었다. 좋은 것이든 나쁜 것이든 게임했던 경험에 관한 이야기. 그 모든 기억을 공유하자 마이클은 가슴속이 따뜻해졌다. 그들이 함께했던 좋은 시절을 모두 떠올렸기 때문만이 아니라, 죽음의 법칙이 그를 구성하는 모든 것을, 그를 정말로 옮겨

놓았다는 것을 알게 되었기에.

"알았어, 이제 그만해도 돼." 세라가 말했다. "네 말 믿어."

마이클은 *기만과 파괴*라는 게임에 대한 이야기를 하고 있었지만, 기쁜 마음으로 입을 다물었다. 그는 얼굴이 뜨끈했다. 거의 뜨거울 지경이었다. 세라는 그가 마이클이라는 것을 알고 있었다. 마이클은 말을 시작한 순간부터 그 점에 대해서는 더 이상 걱정하지 않았다. 하지만 이제는 묵직한 쇳덩이가 가슴에 놓여 있는 것만 같은 기분이 들었다. 그는 세라에게 진실을 말해야 했다. 그녀가 마이클이라 알고 있는 친구가 한때 잭슨 포터라는 이름으로 불렸던 사람의 몸에 갇혀 있다는 진실을.

홀로그램 프로젝터가 계속 벽을 비추며 뉴스 기사를 연달아 보여주었다. 마이클은 그 프로젝터를 거의 잊고 있었다. 몰아치는 생각 속에 그 소리가 묻혀버렸기 때문이다. 그는 잠시 딴생각을 하고 싶어 영상을 보다가 세라에게 눈을 돌렸다. 세라는 뭔가 잘못되었다는 것을 알아차렸다.

"네가 뭔가 숨기고 있다는 기분이 드는 건 왜일까?" 세라가 물었다. "내가 죽은 뒤로 패스에서 일어난 일만 숨기는 게 아닌 것 같은데."

마이클은 한숨을 쉬었다. 지금 말하지 않으면 앞으로도 영영 기회가 없을 터였다. 지금 말할 수밖에 없었다. "네 말이 맞아. 확실히 모든 걸 말했다고는 할 수 없어. 말해도 네가 믿을지도 모르겠고. 그냥 네가 내 생각을 읽을 수 있었으면 좋겠다."

"불어, 꼬맹아."

세라의 입에서 그 말이 나오기가 무섭게 주방에서 총성이 집 안을 뒤흔들었다. 두 사람은 여자가 비명을 지르는 소리에 이어 냄비가 바닥으로 떨어지는 쨍그랑 소리와 접시들이 깨지는 시끄러운 소리를 들었다. 그런 다음 총이 다시 발사됐다. 그 이후 아무 소리도 들리지 않았다.

6

소파에서 일어난 세라는 어느새 멀어져 있었다. 마이클이 붙잡을 기회도 없이 움직였다. 그녀는 거실 건너편에서 주방 쪽으로 가고 있었고, 마이클이 그 뒤를 바짝 따랐다.

"세라, 멈춰!" 그가 소리쳤다. "거기 서!"

세라는 속도조차 늦추지 않았다. 마이클은 누군가가 장전된 총을 들고, 죽일 준비를 갖추고서 그녀를 기다리고 있을 거라고 상상했다. 그는 세라를 잡으려 했지만 그녀가 너무 멀었다. 마이클은 복도로 나가 주방으로 달렸다. 세라는 문을 막 지난 곳에 얼어붙은 채 서 있었다. 마이클은 가슴이 철렁했다. 그는 또 한 번 총성이 들릴 거라고 생각했다. 그의 세상이 눈앞에서 무너져 내릴 거라고.

하지만 아무 일도 벌어지지 않았다.

마이클은 친구를 끌어안고 그녀를 뒤로 몇 걸음 끌어당겼다. 그런 다음, 마이클은 세라가 본 것을 보았다. 주방이 엉망진창이었다. 서랍과 찬장 들이 활짝 열려 있고, 사방에 냄비며 프라이팬이 있으며, 바닥에는 온통 깨진 접시가 흩어져 있었다. 누군가가 부숴서 연 뒷문이 경첩 하나에 삐딱하게 걸려 조금씩 흔들리고 있었다. 그리고 피가 있었다. 많지는 않았지만, 피가 확실했다.

세라의 부모님이 사라졌다.

세라는 떨면서 두 손을 들어 입을 틀어막았다. 하지만 소리는 내지 않았다. 마이클은 뒤뜰로 달려갔다. 뒤뜰은 넓은 파티오(보통 집 뒤쪽에 만드는 테라스—옮긴이)와 작은 나무 몇 그루가 심어진 잔디밭으로 이루어져 있었다. 마이클은 주위를 둘러보았지만 아무도 보이지 않았다. 그는 다시 안으로 들어갔고, 세라를 끌어안으려 했다. 하지만 세라가 저항했다. 그녀의 얼굴은 눈물로 젖어 있는 대신 분노로 빨개져 있었다.

"무슨…." 그녀는 입을 열어 말하려고 했지만, 그 문장을 맺지는 않았다. 마이클도 똑같이 할 말이 없었다.

그는 단서를 찾아 주방을 뒤졌다. 폐허 속 공터 안에, 주방 한가운데에 있는 화강암 아일랜드 테이블 위에 세라 아버지의 총이 놓여 있었다. 일부러 거기에 놔둔 것처럼 보였다. 총 밑에 봉투가 깔려 있었다. 봉투라니, 낯설게 느껴졌다. 사람들은 더 이상 종이를 별로 쓰지 않았다. 마이클은 그 안에 뭔가 끔찍한 말이 적혀 있을 거라고 확신했다. 그냥 알았다.

"놈들이 쪽지를 남겼어." 그가 세라에게 속삭였다.

"뭐?" 세라는 당연하게도 넋이 나간 목소리로 물었다. "어디에?"

마이클은 봉투를 가리켰고, 세라가 그 봉투를 집어 들었다.

둘은 꼭 슬립 안으로 다시 옮겨진 것만 같았다. 버트넷 게임 속에 몰입된 듯했다. 봉투를 집어 들고 찢어서 열어 보는 세라가 꼭 슬로 모션으로 움직이는 것처럼 보였다. 복도를 타고 울리는 뉴스밥 아나운서의 말조차 변형된 것처럼 들렸다. 세라가 손으로 쪽지를 꺼내는 모습을 바라보는 마이클의 시야가 흐려졌다.

세라는 종이를 펼쳐 빠르게 훑어보았다. 그런 다음 마이클을 올려다보았다. 눈에 눈물이 고여 있었다.

"뭐래?" 마이클은 자기가 말하는 소리를 들었다. 그의 목소리는 터널 너머에서 나오는 것처럼 들렸다. 아나운서의 목소리보다 별로 크지도 않은 듯했다. 그는 무엇에도 집중할 수 없었고, 귀가 이상하게 울렸다.

세라는 더더욱 창백해져 있었다. 그녀는 종이를 다시 내려다보더니 거기에 적힌 말을 소리 내서 읽었다.

"이게 마지막 경고다. 다시는 불복종의 결과를 의심하지 마라. 복종하면 그들을 살려주겠다. 불복종하면 죽인다. 나를 도와라, 마이클. 그리고 영원히 살아라."

마이클은 심장이 덜컹했다. 이제는 그의 문제가 세라의 인생에까지 스며들어 그녀의 부모님을 위험에 빠뜨렸다. 케인은 제정신이 아니었다. 완전히, 미쳐버렸다. 단지 그렇게 할 수 있다는 것을 증명하기 위해 세라의 부모님을 납치했고… 아마 해쳤을 것이다. 자신이 원하는 것을 확실히 가지려고.

하지만 뭔가 맞지 않았다. 뉴스밥 여자 아나운서의 목소리가 파도처럼 그에게 부딪혀 왔다. 잠시 시간이 흐른 뒤에야 마이클은 그녀의 말을 이해할 수 있었다. 뒤죽박죽이 된 머릿속 안개를 뚫고 빛이 들어오는 것만 같았다.

"안 돼." 그가 속삭였다. "안 돼." 어떻게 모든 것이 이토록 갑자기 무너져 내릴 수 있을까?

"뭐?" 세라가 물었다. 그녀의 표정이 마이클이 느낀 공포를 비추었다.

마이클은 대답하는 대신 돌아서서 주방을 나섰다. 그는 아나운서의 목소리를 따라 거실로 갔다. 홀로그램 프로젝터가 그때까지도 벽에 영상을 비추고 있었다. 세라에게는 그걸 보여주고 싶지 않았다. 그가 들은 내용이 사실이 아니기를 바랐다. 하지만 그런 선택지는 없었다. 세라가 이미 그의 곁에 와서 화면을 보고 있었다.

잭슨 포터의 커다란 사진이 벽 절반을 채웠다.

잭슨 포터. 마이클이라고도 알려짐.

화면 아래쪽에 휘갈겨진 단어들이 사라진 청소년, 사이버 테러 관련 범죄로 수배된 청소년을 찾는 국가 단위의 수색에 관한 소식을 전하고 있었다. 제보자에게는 큰 상금을 주겠다고 했다.

그는 세라를 돌아보았다. 그녀의 표정에 마음이 무너질 듯했다.

"내가 다 설명할게."

영화에서 이런 대사를 하는 주인공의 모습을 얼마나 많이 봐왔던가? 차라리 뉴스에 보도된 죄를 인정하고 싶을 지경이었다. 세라의 표정은 변하지 않았다. 마이클은 그녀가 넷스크린을 켜고, 100킬로미터 안에서 총을 들고 다닐 권한을 가진 모든 경찰을 부를 때까지 10초면 충분하겠다고 생각했다. 더 나쁜 경우에는 세라가 그를 직접 공격할 수도 있었다.

"죽음의 법칙이야." 그가 말했다. "방금 말하려고 했어. 케인 짓이야. 케인이 나한테 이런 짓을 했어. 저 녀석, 잭슨 포터한테도." 그는 벽을 가리켰지만, 뉴스밥은 마침내 그의 얼굴을 거대한 화면에서 자비롭게 지워주며 다른 이야기로 넘어가 있었다.

"무슨 소리야?" 세라가 대답했다. 최소한 그녀는 그 자리에 남아 있었다.

"있잖아…." 마이클은 이야기를 시작할 만한 단어들을 찾아보았다. "좀 앉을래?"

"우리 부모님이 *사라졌어!*"

마이클은 자신이 세라를 잃기 일보 직전이라는 것을 알았다. "알아, 나도 알아." 그는 세라가 얼마나 불안해하는지 알 수 있었으며 그녀에게 손을 건네고 싶었다. 어떻게든 그녀와 연결되고 싶었다.

하지만 그럴 겨를도 없이 세라가 그에게 등을 돌리고 멀어져 갔다. 그녀는 이어커프를 쥐려고 손을 들었다. 그녀가 어깨 너머로 말했다. "내 생각을 말해줄까? 넌 네 동료가 우리 부모님을 납치할 수 있게 내 관심을 끈 거야. 다음에는 몸값을 요구하겠지. 경찰을 부르겠어."

"내가 *탄젠트*였어, 세라."

세라가 문간에서 멈춰섰다. 넷스크린이 그녀의 눈앞을 떠다니며 음산한 녹색 불빛으로 복도를 밝혔다. 손가락으로 몇 번 스와이프하는 것만으로 그녀는 이미 부모님의 납치를 신고했다. 오직 납치*만* 신고한 것이면 좋겠지만. 세라로서는 어쩔 수 없는 일이었다. 마이클도 알고 있었다. 하지만 마이클은 관계자들이 모습을 드러내면 근처에 머물 수 없다는 것도 알고 있었다.

마침내 세라가 다시 그를 마주 보았다. "좋아. 무슨 일이 벌어지는 건지는 모르겠지만, 네가 마이클이라는 건 알겠어. 경찰이 널 체포하기 전에 떠나는 게 좋을 거야. 너도 알겠지만, 네가 여기 왔다는 건 말하지 않을게."

마이클은 그녀가 이해해 주기를 절박하게 바랐다. "케인이 그런 거야. 케인이 자기 실험에 가장 적합한 프로그램을 찾으려고 탄젠트들을 유혹해 자신을 찾게 하고 그 모든 함정을 설치한 거야. 내 생각에는 케인이 VNS까지 속여넘긴 것 같아. 나는 시험을 통과했고, 방법은 모르겠지만 케인이 나의… 뭐라 부르든 상관없지만, 나의 뭔가를 옮겨놨어. 나를 이 녀석의 몸속에 집어넣었다고. 잭슨 포터의 몸속에 말이야. 케인이 포터를 죽였어. *내가* 이 녀석을 죽였어, 세라. 내가… 이 녀석을 훔쳤어."

세라는 바닥을 내려다보고 있었다. 한쪽 눈에서 눈물방울이 떨어졌다. 슬립에서 그녀는 우는 일이 거의 없었다.

"케인이 사람 둘을 보내서 나를 무슨 모임에 데려가려 했는데 내가 빠져나왔어." 세라가 대답하지 않자 마이클이 말을 이었다. "잭슨에 대한 저 기사도 함정일지 몰라. 케인이 나를 함정에 빠뜨리려는 거야. 아니면, 젠장, 잭슨이 *정말*로 사이버 테러리스트일지도 모르지. 나도 모르겠어! 나는 가짜 신분을 만들어서, 아무에게도 알리지 않고 여기로 온 거야. 하지만 케인은 내가 널 찾아갈 거라고 생각했던 게 분명해."

"넌 떠나야 해." 세라가 말했다.

"뭐?" 이곳을 떠난다니, 마이클은 상상도 되지 않았다. 그에게는 세라가 필요했다. "얘기를 해야 한다니까."

세라가 그에게로 다가오며 손을 뻗어 그의 팔을 꽉 잡고 힘을 주었다.

"케인이 우리를 찾은 게 그냥 네가 *여기*로 올 거라는 걸 알았기 때문이라고, 그렇게만 생각하자." 그녀가 말했다. "케인이 네 신분을 해킹했기 때문이 아니고. 하지만 넌 *가야만* 해. 안전한 곳을 찾아. 그런 다음 무슨 방법을 써서든 네가 어디에 있는지 알려줘. 내가 찾아갈게. 그러고 나서 같이 브라이스를 찾자."

"알았어." 세라는 마이클을 도와줄 것이다. 안도감에 마이클은 눈물이 차올랐다.

잠시 뒤 그는 거리를 달리고 있었다. 밤이 되어 해가 가라앉자 세상에 어둠이 내렸다. 그는 세라가 사태를 제대로 이해하고 그런 말을 한 건지조차 알 수 없었다. 하지만 그렇더라도 세라가 그런 말을 하는 걸 들었다는 사실에는 변함이 없었다.

마이클 때문에 세라의 부모님이 사라졌다. 어쩌면 죽었을지도 몰랐다.

7

마이클은 거의 숨을 고를 수 없을 때까지 이웃 동네와 텅 빈 거리를 지나 달려갔다. 마침내 그는 도시 외곽에 이르렀다. 지쳐 쓰러질지 모른다는 생각이 들었을 때에야 비로소 멈춰섰다. 그는 허리를 굽힌 채 폐에 산소를 끌어들이며 심장이 느려지기를 바랐다. 마이클은 자신이 무엇으로부터 도망치는 건지 잘 알 수 없었다. 경찰일까? 케인일까? 아니면 자신이 세라와 그녀의 가족에게 영향을 끼친 사건에 관한 진실로부터 도망치고 싶은 걸까?

이제는 밤이 세상 전부를 늪에 잠기게 했지만, 마이클은 다시 잠드는 것을 상상할 수 없었다. 꿈이라는 위협에, 세라의 부모님이 무슨 자동차 뒤에 묶여 있는 모습을 본다거나 주방 바닥에 피가 흩뿌려진 모습을 꿈속에서 볼까 봐 겁이 났다. 여러 해 동안 게임을 하면서 얼마나 많은 피를 봐왔던가? 하지만 그중 무엇도 마이클이 실제 사건을 대비하는 데 도움이 되지는 못했다.

그는 택시를 잡아 호텔로 돌아가 달라고 했다가 생각을 고쳐먹고 숙소를 *바꿨다.* 만에 하나 케인이 그의 가짜 정체를 알아냈을 때를 대비해 처음부터 다시 시작하기로 했다. 이번에는 더 열심히 노력했다. 그는 깊이 파고들어, 자신의 이면에 깔린 프로그램들을 헐어내고 자신의 흔적을 감추고자 다른 프로그램들을 분해했다. 방화벽과 삼중 보호를 위한 숨김 코드, 생각나는 모든 것들을.

그날 밤이 꼬박 걸렸다. 그는 새벽의 첫 햇살이 커튼 너머에서 빛났을 때에야 마침내 잠들었다. 시간이 지나 오후쯤에, 누군가가 문 두드리는 소리에 마이클은 눈을 떴다. 세라가 그 사이 자신을 찾아냈을 거라는 설명할 수 없는 생각을 하며, 그는 침대에서 벌떡 일어나 활짝 문을 열었다. 문구멍을 내다보기도 전에.

그는 깜짝 놀라서, 자신이 아직 꿈을 꾸고 있는 거라고 확신하며 방문객을 바라보았다.

짙은 색 피부, 검은 머리, 예쁜 얼굴.

"날 가브리엘라라고 부르면 안 됐어." 그녀가 말했다. "그러면 내가 뭔가 잘못됐다는 걸 알게 되거든. 심하게 잘못됐다는 걸."

CHAPTER 6

번쩍이는 빛

1

마이클은 엄청나게 많은 경험을 했지만, 그 순간처럼 할 말을 잃었던 적은 확실히 없었다. 가브리엘라를 쳐다보는 그의 입이 말 그대로 떡 벌어졌다.

"들여보내 주기나 해." 그녀가 말했다. 그녀의 얼굴은 고집스러웠지만, 불친절하다고는 할 수 없었다. "무슨 일이 벌어지는 건지 모르겠지만, 나한텐 자초지종을 들을 자격이 있다고 생각해."

"어, 응." 마이클이 대답했다. 멍해진 그는 뒤로 물러나며 문을 더 활짝 열었다. "이번에는 도망 못 칠 것 같네. 어쨌든 여기는 내 호텔 방이니까."

가브리엘라는 미소 지었지만, 그녀의 눈에서는 진실이 드러났다. 그녀는 도시에서 벌였던 그 곡예가 별로 마음에 들지 않았던 것이다. "고마워." 그녀는 안으로 들어와 작은 주방 옆의 작은 소파에 앉더니, 자신이 이곳의 주인이라도 된 것처럼 등받이에 몸을 기대고 다리를 꼬았다.

마이클은 복도 쪽으로 시선을 돌렸다. 바깥의 뭔가가 어떻게 일을 풀어나가야 할지 힌트를 주기라도 할 것처럼. 그를 기다리는 것은 보기 싫은 무늬가 들어간 카펫과 밋밋한 벽뿐이었다. 그는 문을 닫고 돌아서서 여자친구라는 새로운 재앙을 마주 보았다.

그는 의자를 끌고 왔다. 리놀륨에 나무가 끌리는 소리가 길게 나며 어색한 침묵을 파고들었다. 그는 자리에 앉아 기다렸다. 가브리엘라는 그때까지 한 마디도 하지 않았다. 그는 무릎에 두 손을 얹어놓고 그 손을 바라보았다. 엄마한테서 벌 받기 직전의 열 살짜리 꼬마가 된 기분이었다.

"그럼." 마침내 가브리엘라가 재촉했다. "말해 봐. 얘기해. 해줄 거지?"

마이클은 그녀를 쳐다보았다. "내가 너한테 무슨 일이 벌어지는 건지 설명할 방법은 전혀 없어. 믿어줘. 내가 설명한다고 해도 넌 절대 믿지 않을 거야."

"내가 아는 거라곤 네가 한 번도, 단 한 번도 나를 가브리엘라라고 부른 적이 없다는 거야. 내가 온 동네를 뒤져서 너를 찾아내기 전까지는." 그녀는 앞으로 몸을 숙였다. 표정에 애원하는 듯한 빛이 어려 있었다. "항상 개비라고 불렀지. 그리고 지난번에 봤을 때만 해도 넌 평소대로 행동했어. *사랑해 개비, 키스해 줘 개비, 한 시간만 더 있어 개비*, 온통 그런 말뿐이었다고. 그런데 지금은 날 알지도 못하는 것처럼 굴잖아. 난 알 수 있어. 넌 나라는 사람을 보는 게 아냐. 모르는 사람을 보고 있어."

마이클은 어깨를 으쓱했다. "그건 백 퍼센트 사실이네."

"그럼 설명을 해봐! 무슨 일인데? 이게 나랑 헤어지려는 무슨 작전이라고 생각하기엔 내가 널 너무 잘 알아. 머리라도 맞았니?"

마이클은 가슴에서부터 웃음이 터졌지만, 그 이유를 알 수 없었다. 그는 두 손으로 얼굴을 문지르며 호흡을 가다듬고 가브리엘라의 눈을 마주 보았다. "잘 들어. 나는 잭슨 포터가… 아, 진짜. 이건 미친 짓이야. 못 하겠어."

"할 수 있어. 아니면 내가 경찰을 부를 테니까."

"경찰을? 왜?"

"음, 글쎄. 뉴스밥에서 네가 사이버 테러리스트라는 뉴스를 봤기 때문일까?"

마이클은 웃음을 터뜨렸고, 이번에는 멈출 수 없었다. 그는 단단히 미칠 것만 같았다.

"안 웃겨." 가브리엘라가 차갑게 말했다. "눈곱만큼도."

마이클은 자세를 가다듬었다. "알아. 나도 안다고. 있잖아, 무슨 일이 벌어지기는 했는데 내가 그걸 설명하면 미친 소리처럼 들릴 거야. 슬립이랑 탄젠트랑 인공위성이랑, 그 모든 엉망진창이랑 관련된 일이야."

가브리엘라는 두 손을 번쩍 들고 소파에 기댔다. "세상에, 작년 내내 너랑 사랑에 빠져 있지 않았다면, 너를 후려치…."

"알았어, 알았다니까!" 마이클이 소리쳤다. "진실을 원해? 진실을 말해줄게. 내 이름은 마이클이야. 나는 탄젠트였어. 완전히 프로그램으로만 이루어져 있었다고. 하지만 나는 내가 진짜라고 생각했어. 그런데 어찌어찌해서 내 지능이 잭슨 포터의 뇌에 *다운로드된* 거야. *네* 남자친구 말이야. 잭슨 포터가 어떻게 됐는지는 전혀 모르겠어. 하지만 그 녀석은 더 이상 여기 없어." 그는 자기 왼쪽 관자놀이를 톡톡 두드렸다. "*내가* 있거든. 나는 잭슨 포터의 몸과 다른 누군가의 정신을 가지고 있어. 자, 말했네. 이게 진실이야."

가브리엘라의 얼굴이 얼어붙었다. 그녀의 아랫입술이 떨리고 있었다. 슬퍼서인지, 화가 나서인지 마이클로서는 알 수 없었다. 가브리엘라는 몇 번 표정이 바뀌었지만, 여전히 그 표정을 읽을 수 없었다. 그녀가 사람을 꿰뚫어 보는 듯한 그 검은 눈으로 마이클을 노려보는 가운데 점점 시간이 흘러갔다. 그러다가 그녀가 일어섰다.

"대체…." 그녀는 입을 열었다가 다물었다. 콧등을 두 손가락으로 짚으며 숨을 내쉬었다. "대체 내가 얼마나 바보라고 생각하는 거야? 도대체… 도대체 얼마나 겁쟁이기에 나한테 이런 거짓말을 할 수가 있어? 나도 가만히 손 놓고 진실을 알려달라고 애걸복걸하지는 않을 거야. 널 따라가겠다고 평생 외출 금지당할 위협을 무릅썼다니 믿기지가 않는다. 잘 있어. 넌 치료가 필요한 것 같아. 진지하게 말하는 거야."

가브리엘라는 오랫동안 슬픈 눈으로 그를 바라보았지만, 아무리 노력해도 마이클은 대답을 떠올릴 수 없었다. 그저 그녀가 문을 나서 다시는 돌아오지 않았으면 좋겠다는 생각뿐이었다. 하지만 그때, 마이클의 일부가….

"잘 살아, 잭스." 그녀가 말했다. 너무도 침착한 말투라 상처가 됐다. "도망치고 숨고 딴 사람인 척하고…. 완전히 미친 사람처럼 굴고 싶은가 본데, 좋아. 기다릴 테니까 병원 가서 약이나 좀 먹고 와." 그녀는 고개를 젓고 문 쪽으로 향했다. "나는 애틀랜타로 아빠를 만나러 가야 해. 아빠가 아프셔. 난 네가 걱정할 줄 알았지만, 그냥 잊어버려."

마이클은 갑자기 자리에서 일어났다. "잠깐만! 잠깐… 기다려 봐."

그녀는 돌아서서 그를 보았다. 무표정했다.

"대체 내가 어떻게 그런 이야기를 지어내겠어?" 그가 물었다. "너도… 너도 여기에 왔을 때 직접 말했잖아. …내가 잭슨이 아니라는 걸 알 수 있다고."

그녀는 씁쓸하게 웃었다. "내가 그 말을 한 건, 글쎄 모르겠다. 비유 같은 거였어. 넌 어딘가 *잘못됐어*. 넌 내가 알던 잭스가 *아니야*. 너 정말 누군가가 네 뇌를 다른 사람 뇌랑 바꿨다는 말을 내가 믿을 거라고 생각하는 거야? 어떻게 그럴 수가 있어? 우리 아빠가…." 그녀는 말을 멈추고 홱 돌아서서 문을 열었다.

"너희 아빠가 뭐?" 마이클이 소리쳤다.

가브리엘라는 대답하지 않고 복도로 나갔다. 그녀는 문을 당겨 닫으려 했다.

"너희 아빠가 뭐?" 마이클이 다시 소리쳤다.

하지만 문은 방이 흔들릴 정도로 세게 닫혔고, 가브리엘라는 떠나 버렸다.

2

마이클은 가브리엘라를 쫓아갈까 생각했다. 하지만 어떻게 그럴 수 있을까? 아무리 가브리엘라에게 상처를 준 일로 죄책감이 든다지만, 어떻게 친구들 찾는 일보다 그 죄책감을 우선할 수 있을까? 마이클은 자기 인생을 해결해야 했다. 슬립으로 돌아가야 했다. 인공 세상에 그의 가족이 아직 존재하는지 알아봐야 했다.

그는 애초에 왜 이 호텔에 와 있는지 떠올렸다. 다른 도시에 있는 호텔에.

그건 세라 때문이었다.

그녀는 이틀 후 마이클을 찾아왔다.

기다리는 시간은 고통스러웠다. 마이클은 거의 미쳐버릴 뻔했지만, 호텔을 나서기에는 너무 불안했고 세라와 함께할 수 없다면 슬립에 들어가고 싶지 않았다. 익명성 속에 몸을 숨기고 있는 동안에도. 기차에서 만났던 케인의 심부름꾼, 뛰어내려 죽은 그 여자가 경고한 사흘째 날이 왔다가 그대로 흘러간 이후에는 더더욱.

그는 기다리는 동안 세라에게 몇 차례 암호화된 메시지를 보냈다. 그들이 버트넷에서 방문했던 장소들에 관한 일련의 단서를 이용해 그녀를 새로운 호텔로 이끌었다. 그런 다음, 마이클은 세라가 오지 않기로 했을지 모른다는 걱정을 애써 누그러트리며 방 안을 어슬렁거렸다. 아니면 그녀에게 무슨 일이 일어났다든가. 아니면 케인이 그들을 따라잡았다든가. 세라는 경찰 일을 해결하고 가족 문제도 처리해야 할 터였다. 정신이 나갈 만큼 불안하리라는 건 말할 필요도 없었다. 하지만 마이클의 마음은 그 모든 문제에 아무 관심이 없었다. 세라가 문을 두드리기 전까지 그는 아팠다.

그러다가 그녀가 나타났다.

"정말 미안해, 세라."

마이클이 할 수 있는 말은 그게 전부였다. 그는 침대 모서리에, 그녀는 책상 옆 의자에 앉았다. 그들은 오랫동안 조용히 포옹을 나누었다. 마이클은 입을 열었지만, 그의 말은 우스꽝스러울 만큼 불충분하게 느껴졌다.

"마이클…." 세라가 잠시 말을 멈추었고, 마이클은 문득 그녀가 아무 말도 하지 않기를 바랐다. 자신이 세라를 찾으러 가지 않았으면 좋았을 거란 생각이 들었다. 세라 없이 과연 무엇을 할 수 있을지 상상조차 할 수 없었지만.

"저기." 그녀가 말했다. "난 우리 부모님이 살아계신다고 믿어야만 해. 그리고, 음… 경찰이 그분들을 찾아낼 거라고도. 그래야만 해. 거기다가… 이 일이 벌어지기 한참 전부터 우리 인생은 엉망진창이었어. 네 잘못이 아니야."

마이클은 한참 웃음을 터뜨린 뒤에야 자제할 수 있었다. "아니, 퍽이나. 이건 *완전히* 내 잘못이야! 이 난장판에 너랑 브라이슨을 끌어들인 사람은 나라고."

세라는 답답한 듯 끙 소리를 냈다. "내가 하고 싶은 말은 그 정반대야. 브라이슨이랑 나는 싫다고 간단하게 말할 수 있었어. 도망칠 수도 있었고. 우리는 너를 따라서 패스에 들어설 필요가 없었다고. 그건 우리 선택이었어. 나는 네가 자책하는 말을 또 듣고 싶지는 않아. 특히 우리 부모님에 관해서는. 결국에는 아마 케인이 나랑 우리 가족을 찾아냈을 거야. 난 너무 많은 걸 알고 있으니까. 마이클, 넌 나랑 가장 친한 친구야. 끝. 나도 이 일에 발을 담그고 있어."

세라의 말은 분명 안도감을 전해 주었지만, 마이클은 감히 마음 놓고 그 안도감을 느낄 수 없었다. "하지만 그게 바로 문제야." 그가 대답했다. "난 심지어 진짜도 아니라고. 컴퓨터 프로그램이야. 어떻게 한 줄의 코드가 너랑 가장 친한 친구라고 할 수 있어?"

세라는 일어나 그에게 다가오더니 침대에 앉았다. "할 수 있으니까." 그녀가 말했다. 그러더니 그녀는 마이클을 꽉 끌어안고 그의 귓속에 직접 속삭였다. 마이클은 그녀의 따뜻한 숨결을 느낄 수 있었다.

"난 무슨 일이 일어나고 있는지 몰라. 내가 아는 건, 네가 너라는 것뿐이야. 너는 마이클이야. 네가 입을 연 바로 그 순간부터 알 수 있었어. 네 그 다정하고 바보 같은 눈을 보고 알았어."

"내 눈도 아닌데." 그가 웅얼거렸다. 그는 가브리엘라를 생각했다. 세라에게 가브리엘라 얘기를 해야 할지에 대해서.

"하지만 너도 내 진짜 눈은 본 적 없잖아. 뭐가 달라? 네가 늘 알고 지낸 세라도 기본적으로는 한 줄의 코드야. 우리는 생각과 기억과 성격으로 이루어져 있어. 나는 세라고 너는 마이클이야. 넌 똑같아. 그러니까 *제발* 이 얘기는 그만하고, 뭘 해야 할지 생각해 보면 안 될까?"

누군가가 이토록 훌륭한 친구가 될 수 있으리라 믿는 건 불가능한 일일 거라고 마이클은 생각했다. 그는 세라에게 입을 맞추고 싶었다. 달리 감정을 표현할 방법이 떠오르지 않았다. 하지만 그런 일을 하려다가 모든 것을 망쳐버린다면 팔자 탓도 못 하겠지.

"고마워, 세라. 진심이야. 인생을 변화시킬 무슨 말을 하려고 해본들 멍청한 소리로만 들리겠지. 내가 얼마나 마음이 놓이는지 넌 절대 모를 거야."

세라가 그의 뺨에 입을 맞췄다. "이제 나한테는 너랑 브라이슨밖에 없어. 우린 브라이슨을 찾아야 해, 마이클. 브라이슨이 우리를 도와줄 수 있어. 그런 다음에는 무슨 꿍꿍이속인지 몰라도 케인을 막고, 우리 부모님을 찾아야 해. 혹시 케인이 그분들도 탄젠트로 바꿀 계획을 세우고 있는 걸까?" 소리 내서 말하기 전까지 세라는 이 생각을 해본 적이 없는 듯했다. 마이클을 바라보는 그녀의 눈이 슬픔으로 흐려졌다.

마이클은 그녀의 어깨를 꽉 쥐었다. "우린 너희 엄마, 아빠를 찾아낼 거야." 그가 대답했다. "케인 문제도 해결할 거야. 나는 그냥… 브라이슨을 찾는 게…. 혹시 놈들이 브라이슨한테 무슨 짓을 하면 어쩌지?"

세라는 한숨을 쉬었다. "브라이슨은 이미 위험해. 우린 브라이슨 없이 이 일을 해낼 수 없고. 똑똑하게, 신중하게 행동해야 해."

마이클은 둘 중 누구도 케인에게 굽히고 들어가는 방법을, 그 탄젠트가 원하는 대로 출근을 하든 뭘 하든 하는 방법을 아예 고려조차 하지 않는다는 점이 무척 마음에 들었다. 그는 가브리엘라를 한 번 더 생각했지만, 세라에게 그녀 이야기를 하는 것은 여전히 맞지 않는 일처럼 느껴졌다. 나중에 하는 게 나을 것 같았다.

"좋아, 그럼." 이제는 죄책감을 내려놓고 일을 시작할 시간이었다. "내가 할 일 목록을 만들어 놨어."

3

다음 날, 둘은 식탁에 앉아 시리얼을 먹고 있었다. 포장지에 건강에 좋다는 거짓말이 적혀 있는, 마시멜로가 많이 들어 있는 시리얼이었다. 마이클은 안전해진 기분이 들었다. 여러 겹으로 이루어진 그와 세라의 새 신분이 그들을 찾는 사람에게서 둘을 숨겨줄 게 확실했다. 상대가 착한 놈이든, 나쁜 놈이든. 그들은 월세 아파트도 찾아두었다. 가브리엘라와 만난 이후로 마이클은 거처를 옮겨야 한다고 생각했다.

그러던 중 세라가 입에 음식이 있을 때는 말하면 안 된다는 규칙을 잊어버렸다.

“나쁜 곳은 아니야, 정말.” 그녀는 음식 한 숟가락을 더 입에 밀어 넣은 뒤 말했다. 그녀는 작은 주방과 그 옆에 붙어 있는 텅 빈 거실을 둘러본 다음 침실 두어 곳이 있는 복도 쪽을 보았다. 침실에는 각기 두 개의 물건이 들어 있었다. 매트리스 하나와 완전히 작동하는, 최신형 코핀이었다. 코핀이 결코 싸지 않았기에 마이클은 꺼림칙한 마음이 들었지만, 포터 가족에게 언젠가 돈을 갚겠다고 다짐했다. 아들을 훔쳐 간 일에는 사과하지 못한다 해도 돈에 대해서는 말이다.

“글쎄, 나만의 첫 공간을 생각했을 때 상상했던 모습은 딱히 이렇지 않았는데.” 마이클이 말했다. “뭐랄까, 약쟁이들과 창녀들 옆에 살다니 말이야.”

“약쟁이들?”

“응.” 마이클이 눈을 굴려댔다. “마약하는 사람들 말이야. 약쟁이.”

세라는 멍하니 그를 바라보았다.

마이클이 미소 지었다. “너 온실 속의 화초로 컸구나.”

“넌 컴퓨터 프로그램이었잖아.” 그녀가 맞받아쳤다.

“너무하네.” 그가 음식을 한 숟갈 입에 넣고 씹어 삼켰다. “더는 미룰 수 없을 것 같아. 슬립에 들어갈 시간이야. 준비됐어?”

세라는 숟가락을 내려놓았다. “난 됐어. 근데 너도 나랑 같은 의견이야?”

“응.”

그녀는 웨이크에서 브라이슨을 찾으려 들기보다 슬립 속으로 싱크해 들어가 그곳에서 브라이슨을 찾아야 한다는 주장을 고집해 왔다. 그들은 웨이크보다 버트넷에서 몸을 숨기는 기술이 훨씬 뛰어났으니까. 그들에게나 브라이슨에게나 그 편이 더 안전할 터였다. 그들은 슬립 안으로 들어가기 전까지 브라이슨과의 접촉을 일부러 미뤄왔다. 더 이상 기다릴 수 없는 순간이 오기까지는 새로운 신분을 얼마나 잘 설정했는지 시험하는 위험을 무릅쓸 필요가 없었다.

"지금쯤은 상황이 정리됐겠지?" 그녀가 물었다.

"최소한 조금은 그렇겠지. 놈들이 슬립을 지켜보고 있었다면, 지금쯤은 우리가 들어갔을 거라고 생각할 거야, 틀림없어." 사실, 마이클은 그 점이 걱정스러웠다. 케인은 버트넷 안에서는 *더더욱* 강력했다. 하지만 그렇게 치면 마이클과 세라도 마찬가지였다. 이 방법이 옳았다. "그냥 브라이슨이 무사하기만을 바라자. 놈들은 분명 매의 눈으로 브라이슨을 지켜보고 있을 거야."

"매의 눈이라." 세라가 씩 웃으며 그 말을 따라 했다. 그녀는 노인들의 상투적인 표현을 쓰는 마이클을 늘 놀려왔다. "브라이슨의 새로운 신분은 우리 것보다도 괜찮을 거야, 확실해."

"응. 다 먹었어?" 그는 시리얼을 고갯짓했다. 유모인 헬가가 집에 없을 때는 그 시리얼이 진수성찬이나 마찬가지였다. 헬가를 떠올리자 마이클은 마음이 아팠다. 그 정신 나간 독일인 할머니가 너무도 그리웠다. 솔직히, 부모님보다도. 하지만 그는 더 이상 생각하지 않기 위해 마음을 추슬렀다. 그들이 지금까지도 존재할 가능성은 여전히 있었으니까. *정말로.*

"세 그릇 먹었으니 충분해야겠지." 세라가 확인해 주었다.

"그럼 싱크하자."

그들은 식탁에 그릇을 남겨두었다.

4

코핀에 들어가다니, 마이클은 이상한 기분이 들었다. 예전에 수없이 했던 싱크와 느낌이 다르지는 않았다. 문제는 뼈와 살로 이루어진 인간으로서 코핀에 들어가는 게 처음이라는 점이었다. 마이클은 두려운 동시에 흥분됐다. 인생이 형편없는 수준에서 쓰레기 같은 수준으로 떨어지긴 했지만, 마이클은 다시 슬립 안으로 싱크하고 싶은 마음이 굴뚝같았다. 여러모로, 그는 문자 그대로 집에 가는 것이었다.

세라는 자기 방문을 닫았다. 대부분의 사람은 너브박스에 들어가기 전에 옷을 모두 벗었다. 마이클은 혹시나 해서 사각팬티를 벗지 않고 최신형 코핀에 들어갔다. 최근 출시된, 가장 큰 모델이었다. 마이클은 그곳에 몸을 눕혔다. 그는 경첩에 달려 있는 문을 닫고, 가느다란 너브와이어들이 피부를 가로질러 안으로 파고드는 느낌과 주변의 에어퍼프나 리퀴젤의 소리와 촉감을 즐겼다. 모든 시스템이 그가 진짜 버트넷 경험을 할 수 있도록 시험 가동을 시작했다.

물론, 마음 한구석에서는 겁도 났다. 지금은 상황이 너무도 달라졌다. 무슨 일이 일어날지 어떻게 알겠는가? 게다가 그곳에는 케인도 있었다. 케인은 늘 있었다. 하지만….

그곳에는 헬가도 있었다. 그의 부모님도. 옛 인생도. 어쩌면 그냥 가정일 뿐이지만, 그들이 저 바깥 어딘가에 있을지도 몰랐다. 어떤 식으로든.

그는 눈을 감았다. 슬립이 그를 멀리 데려갔다.

5

대부분의 사람들은 버트넷으로 싱크할 때 공공장소에 있는 포털로 나타나게 된다. 그곳은 도시의 길거리나 쇼핑몰 등 어디라도 될 수 있다. 그런 다음, 가고 싶은 마음이 드는 목적지로 뭔가를 타고 가거나 걸어가는 것이다. 레스토랑, 영화관, 마사지 샵, 댄스 홀. 아니면, 당연히 게임을 할 수 있는 장소로 가도 됐다. 마이클은 바로 그런 게임을 하고 싶어서 좀이 쑤셨지만, 절대 해서는 안 될 일이 한 가지 있다면 바로 그게 게임이라는 사실을 알고 있었다. 이번은 게임을 하기 위한 외출이 아니었다.

이번에 슬립 속으로 싱크하면서, 그는 심우주 같은 허무 속에 나타나는 편을 선택했다. 주변에서는 코드가 소용돌이치고 있었다. 이런 식의 싱크 장소도 존재하기는 했지만, 일반적인 게임 플레이어라면 이런 장소를 찾는 방법을 몰랐다. 사실, 별로 찾고 싶어 하지도 않았다. 그리고 마이클과 세라는 결코 누구의 눈에도 띄기 싫었다.

마이클은 흐리게 보일 정도로 빨리 움직이는 숫자와 글자 사이에 떠 있었다. 그는 세라의 존재감이 쉽게 느껴졌고, 주변의 코드를 조작하려고 가상의 손가락을 뻗기도 했다. 그는 여전히 뭔가를 만질 능력이 있다는 사실을 알게 되어 마음이 놓였다. 스와이프하기도 하고 타자를 치기도 하면서, 그는 거의 생각의 속도를 넘어서는 빠르기로 주변의 코드를 움직였다. 세라도 둘이서 미리 세워둔 계획에 따라 똑같은 일을 하고 있었다.

머잖아 검은 정사각형 구멍이 나타났다. 그 구멍은 코드를 배경으로 나타난 실루엣처럼 보였다. 패스의 원반 주변에서 번쩍이던 포털들 같았다. 마이클은 몸을 날려 구멍을 지나, 세상에서 오직 세 사람만이 아는 장소로 향했다.

두 발이 부드러운 숲 바닥에 내려섰다. 촉촉한 낙엽이 그의 몸에 눌려 철벅거렸다. 물안개가 두 다리를 휘감았고, 거대한 나무들이 그를 둘러쌌다. 이끼가 나뭇가지들에 녹아내리는 것처럼 걸려 있었다. 숲은 예술작품이었다. 아주 오래된 것처럼 보였다. 마이클과 그의 친구들은 코드로 이런 숲을 만들어 내기 위해 셀 수 없이 많은 시간을 보냈다. 하지만 진짜 걸작은 그들이 프로그램으로 짜둔 나무집이었다. 그 집은 마이클이 무엇보다 자랑스럽게 여기는 업적 중 하나로, *라이프블러드*의 외곽 중에서도 외곽, 누구도 가지 않는 곳에 있었다. 설령 누가 온다고 해도 나무집을 보지는 못할 터였다. 그 집은 숨겨둔 코드의 기발한 사례였다.

세라는 이미 사다리를 기어 올라 바닥문 너머로 사라지고 있었다. 마이클은 실재하지 않지만 깨끗한 공기를 깊이 들이마시고 그녀를 따라 올라갔다. 다시 슬립에 들어가면 기분이 이상할 것 같다고 생각했지만, 예전과 똑같이 느껴졌다. 평소와 다른 것은 아무것도 없었다. 그래서 편안함과 안도감이 동시에 느껴졌다.

맨 꼭대기 가로대에 막 이르렀을 때 뭔가가 왼쪽으로 아주 빠르고, 흐릿하게 지나갔다. 그는 돌아서서 바라보았지만 아무것도 없었다. 그저 이리저리 꼬이고 옹이가 박힌 오크나무뿐이었다.

아냐. 그는 겁을 먹었다기보다는 짜증이 났다. *누가 일부러 이곳을 찾아왔을 리는 없어.* 우연이 틀림없었다. 웬 녀석이 시간을 죽이는 것이다.

"세라." 그가 낮게 속삭였다. "내가 뭘 본 것 같아."

그는 세라의 대답을 기다리지 않았다. 움직임이 보인 곳에 눈길을 고정하고 재빨리 사다리를 내려와 오크나무 쪽으로 천천히 다가가기 시작했다. 나무집에 들어간 게 그토록 여러 번이었지만, 근처에 사람은커녕 모기 새끼 한 마리도 다가온 적이 없었다. 상황을 생각해 볼 때, 마이클은 누군가가 우연히 그들을 발견했을 가능성을 배제했다. 그는 철렁하는 마음을 안고 살펴보기로 했다.

세라는 묻지 않고도 상황을 파악할 만큼 머리가 좋았다. 마이클이 뒤를 힐끗 보니, 그녀가 마이클을 뒤따라 사다리 맨 아래에 거의 이르러 있었다.

마이클은 축축한 낙엽 덕분에 발소리가 나지 않은 사실을 다행스러워하며 움직임이 보였던 쪽으로 천천히, 살금살금 다가갔다. 하지만 나무에 거의 이르렀을 때는 자신감이 사라졌다. 누군가가 당장이라도 뛰어나올 것만 같았다. 총을 쏘아대거나 더 끔찍한 무슨 짓을 하면서 말이다. 그와 세라가 *이곳조차* 안전하게 올 수 없다는 듯이. 마이클은 그들이 브라이슨을 찾거나 다른 무슨 일을 할 방법이 생각나지 않았다. 파멸이 가까워졌다는 묵직한 느낌이 그를 내리눌렀다.

마이클은 나무에서 겨우 몇 미터 떨어진 곳에 다다라 멈추어 선 다음 두 발을 단단히 딛고 무릎을 굽혔다. 몸을 지켜야 할 일이 생기면 반응할 준비를 하고서.

"거기 누구야?" 그는 침입자가 놀라서 소리를 내길 바라며 크게 외쳤다.

"그대로 돌아가." 한 여자가 대답했다. "그렇게만 하면 너희를 해치지 않을게." 어쩐지 귀에 익은 목소리였다.

"누구세요?" 그가 물었다.

낯선 사람은 대답하지 않았다.

침묵 속에 아주 긴 시간이 흘렀다. 마이클은 뭘 해야 할지, 무슨 말을 해야 할지 알 수 없었다. 세라가 살금살금 등 뒤로 다가와 그의 어깨를 가만히 건드렸다.

"말해주시죠." 세라가 소리쳤다. "여긴 어떻게 찾았어요?"

"마지막 경고다." 그 목소리가 경고했다. 이번에 여자는 자기 목소리에 뭔가 이상한 짓을 해서, 소리가 먹먹하게 들리도록 만들었다. "한 발짝도 더 다가오지 마."

마이클은 고개를 돌려 세라를 보았다. 그녀의 얼굴은 언제나 숲에서 나오는 창백한 빛으로 음산하게 빛났다. 그녀의 등 뒤에서 물안개가 불길한 죽음의 징후처럼 피어올랐다. 그녀는 몸을 숙이고, 마이클이 간신히 알아들을 수 있을 정도로 작게 속삭였다.

"넌 왼쪽으로 돌아가. 내가 오른쪽으로 갈게."

마이클은 고개를 저었다. 그만큼 경험했으면 뭔가 배울 때가 된 것 아닐까?

하지만 세라는 이미 돌진할 자세로, 옆으로 돌아가고 있었다. *왼쪽.* 마이클은 손을 뻗어 세라의 손을 잡으면서 생각했다. 그녀의 손을 한 번 세게 쥐고 나서, 그는 손을 놓고 몸을 웅크렸다. 맥박이 뛰는 것이 느껴졌다.

"지금이야!" 세라가 소리쳤다.

마이클은 아드레날린이 솟구치는 가운데 나무 쪽으로 달려갔다. 겨우 두 걸음을 뗐는데, 눈이 멀 듯한 흰 빛이 번쩍이며 보이지 않는 힘이 그를 뒤쪽으로 쓰러뜨렸다. 그는 나무에 쾅 부딪혀 땅에 쓰러졌다.

빛으로 이루어진 점들이 그의 눈앞을 떠다녔다. 그는 신음하며 가까스로 몸을 일으켰다. 낯선 사람의 모습을 볼 가능성이 사라져 가고 있었다. 마이클은 등이 아팠고 머리가 핑핑 돌았으며, 귀 뒤쪽으로는 현기증이 밀려왔다. 마이클은 눈을 가리고 비틀거리며 앞으로 움직였다.

시야가 천천히 맑아졌다. 발밑에서 숲이 기울어지고 흔들리는 것 같기는 했지만 말이다. 그는 낯선 사람이 숨어 있던 오크나무까지 가는 데 성공했고, 나무둥치를 돌아가면서 그 거친 나무껍질을 손으로 쓸어보고, 나무 뒤쪽에 뭐라도 있는지 보려고 눈에 힘을 주었다. 그는 한 여자가 멀리 달려가는 모습을 힐끗 보았다. 그녀가 이 나무에서 저 나무로 휙휙 움직이면서 그녀의 머리카락이 뒤로 흩날렸다.

마이클은 돌아섰다. 그녀를 따라잡을 가능성은 없다. 여자가 이미 너무 멀어져 있었다. 등의 통증이 심해지며 두 다리를 찢을 듯했다. 그는 비틀거리면서 주변을 살피다가 땅에 쓰러져 있는 세라를 발견했다. 그녀는 움직이지 않았다. 그녀의 머리에는 핏자국이 있었다. 하지만 그녀의 가슴팍은 미약하게나마 오르내리고 있었다. 외곽에서 세라가 죽어버리면 그들은 무슨 일이 벌어졌는지 결코 알아내지 못할 것이다. 현실의 세라는 아마 괜찮겠지만, 마이클은 그녀가 자신을 떠나는 것을 바라지 않았다. 단 1분이라도.

마이클은 털썩 무릎을 꿇었다. 답답한 마음에 소리라도 지르고 싶었지만 그러고 싶은 충동을 눌러 참았다.

그 여자. 그녀의 목소리. 그녀의 머리카락. 그녀의 무언가.

마이클이 아는 사람이었다. 어떻게 아는지는 몰라도, 마이클은 그녀를 알았다.

CHAPTER 7

코드 속으로 뛰어들다

1

몇 분 뒤 세라가 정신을 차렸다.

그녀는 신음하며 몸을 움찔거리더니 좀 더 고통스러운 소리를 뱉어냈다. 마이클은 나무에 기댄 채 세라 바로 옆에 앉아 있었다. 그는 기다리는 것 말고는 달리 뭘 해야 할지 알 수 없었다. 마이클은 그녀가 죽거나 사라질 거라고 생각했다. 그렇다면 그녀를 따라 코핀으로 돌아갈 생각이었다. 그게 아니라면 세라는 결국 정신을 차릴 터였다.

마침내 세라가 마이클 옆에 몸을 기대고 앉았다. 그녀는 머리를 문지르며 고통스러워하며 신음했다.

"괜찮아?" 마이클이 물었다.

"웨이크로 돌아가면 분명 눈에 띄게 엄청 멍 들어 있을 테지만, 괜찮을 거야." 그녀는 몸을 움직여 그를 보았다. 그때까지도 그녀는 아픈 부위를 가만히 만지고 있었다. "그래서… 어떻게 된 거야? 전부 알아낸 것 맞지?"

마이클이 코웃음 쳤다. "당연하지." 사실 그 말은 알아내지 못했다는 뜻이었다. "그 여자가 숲속으로 달려가는 모습을 본 건 *사실이야*. 하지만 걸을 수도 없어서 굳이 따라가지는 않았어."

"날 혼자 두고 가고 싶지 않았겠지." 세라가 말했다. 그녀는 번쩍임이 사라진, 커다란 오크나무 쪽을 가리켰다. "그러니까 어떤 여자가 우리를 따라와 염탐하고, 도망치면서는 자기 모습을 감추려고 멋진 불꽃놀이를 했다 이거지. 왜 우리한테 경고한 걸까? 좀 이상하지 않아?"

"그 여잔 우릴 다치게 하고 싶지 않았던 것 같아. 하지만…."

"뭔데?"

방금 마이클의 머릿속에서 마지막 퍼즐 조각이 맞아들어 갔다. "내가 아는 목소리였어. 그 여자가 도망칠 때 움직이는 모습도 그랬고."

"그래?"

"VNS의 웨버 요원이었던 것 같아. 하지만 대체 그 여자가 여기서 우릴 어떻게 찾은 거지?"

2

세라는 그 정도면 충분히 놀라운 폭탄 선언이라고 생각했는지, 사다리를 올라가 나무집에 편안하게 자리를 잡자고 했다.

"확실히 웨버 요원 맞아?" 세라는 낡고 초라한 빈백에 앉자마자 물었다. 아주 오래전, 코딩을 하는 단계에서는 브라이슨이 그 기분 좋은 자리를 선택했다.

마이클이 식탁에 앉아, 창밖에 시선을 둔 채 생각에 잠겼다.

"거의 확실해." 그가 대답했다. "특히 목소리가. 너도 기억하겠지만, 내가 웨버 요원을 처음 만난 건 *라이프블러드 딥*에서였어. 하지만 그다음에는 그 여자가 내 아파트로, 그러니까 잭슨 포터의 아파트로 찾아왔어. 내가 그곳에서 깨어난 직후에 말이야. 기본적으로 모습도 똑같았고. 웨버 요원은 내가 탄젠트라는 사실을 모르길 바랐으니까, 웨이크에서와 똑같은 모습으로 자기 오라를 만든 것도 이해가 돼."

"그러게. 그럴 수도 있겠다. 그럼 그 여자가 이곳에서 우리를 찾아냈다는 건 무슨 뜻이야? 이건 엄청난 문제라고."

마이클은 답답해서 고개를 저었다. 누군가가 그들의 비밀 장소에 나타났다는 사실이 너무 많은 걱정거리를 불러일으켰다. "전혀 모르겠어. 더 이상한 건, 웨버가 그렇게까지 비밀스럽게 우리를 염탐한 이유야. 그럴 거면 뭐 하러 그 아파트까지 날 찾아오느냐고?"

"어쩌면 웨버 요원도 케인한테서 숨으려던 건지도 몰라."

"글쎄, 어쨌든 우린 결국 웨버 요원을 찾아야 해. 브라이슨이랑 다시 함께하게 되면, 케인이 나한테 저지른 일을 VNS한테도 꼭 알려야 해. 난 기차에서 봤던 그 미친 여자가 자꾸 생각나. 만약에… 만약에 케인이 다른 탄젠트들을 인간의 몸속에 집어넣었을 뿐만 아니라, 어떤 식으로든 그들을 조종까지 하고 있는 거라면 어쩌지?"

세라의 얼굴이 조금 창백해졌다. "아니면, 케인은 그냥 탄젠트들을 프로그래밍해서 자기가 원하는 일을 하게 하는 걸지도 몰라. 그런 다음에… 그런 다음에 죽음의 법칙을 그 탄젠트들한테 *집행하는* 거야."

마이클의 생각은 기차에서의 사건과 그가 받았던 경고로 돌아갔다. 사흘. 이미 사흘이 지나갔고, 그들은 여전히 잡히지 않고 있었다. 다음번에 케인이 그들을 찾는다면… 글쎄, 마이클은 그 부분을 생각하고 싶지 않았다.

"넌 무슨 생각을 그렇게 골똘히 하는 거야?" 세라가 물었다.

마이클은 가슴속에서 들끓는 모든 소란을 뿜어내려는 듯 한숨을 쉬었다. "그냥 너희 부모님을 떠올리고 있었어. 두 분이 어디 계실지 전혀 모르겠어서. 어떻게 찾지? 우리 부모님은 말할 것도 없고. 언젠가 나는 *라이프블러드 딥*으로 돌아가서 부모님과 헬가를 찾아봐야 해. 케인은 그분들이 돌아가셨다나 프로그램상 해체되었다나 뭐라나 하지만. 그리고… 그냥, 브라이슨을 이 일에 끌어들이는 일에 대해서도 다시 생각해 보고 있었어. 모든 걸 다시 생각해 보는 중이야."

세라가 일어서서 그에게 다가왔다. "브라이슨은 걔가 원하든 원하지 않든 이 일에 발을 담그고 있어. 우리는 케인보다 먼저 브라이슨을 찾아야 해. 우리 부모님은… 있잖아, 우린 케인이 이 모든 일의 배후에 있다는 걸 알고 있어. 우리 부모님을 위해서 할 수 있는 가장 좋은 일은 계속 나아가는 거야." 세라의 눈에 깃든 고통을 보니, 그녀도 스스로를 설득해서 그 말을 믿고 받아들이려 한다는 걸 알 수 있었다.

마이클은 그녀를 쳐다보았다. "그럼 브라이슨을 데려오자."

세라가 고개를 끄덕였다. "나도 그 말을 듣고 싶었어."

세라는 식탁을 사이에 두고 마이클 건너편에 앉았다. 그들은 고대의 의식을 시작하는 것처럼 눈을 감았다. 그런 다음 코드 속으로 뛰어들었다.

3

그들이 브라이슨을 찾는 데 쓸 만한 방법은 수백 가지나 있었다. 그리고 그들은 슬립으로 싱크하기 하루이틀 전에 그 모든 방법을 생각해 본 것만 같은 기분이었다. 그들은 게시판에 메시지를 띄우는 것에서부터 브라이슨을 우연히 만나게 될 거라 기대하며 쇼핑몰을 헤매고 다니는 것까지 모든 방법을 의논했다. 마이클이 세라를 찾을 때 그랬듯 웨이크에서 브라이슨을 찾아보는 방법까지도 고려했다. 하지만 그들이 아는 모든 것과 지금까지 마주쳤던 위험에 근거해서, 또 케인이 버트넷의 구석구석을 모두 지켜보고 있을지 모른다는 사실을 염두에 두고 생각해 본 다음, 두 사람은 다른 방식으로 브라이슨을 찾아보기로 했다. 그들이 가장 잘하는 일을 하기로 한 것이다.

그들은 해킹을 하기로 했다.

아무리 사태가 나빠지더라도 우주에는 해가 동쪽에서 뜨고 사람이 늙으면 죽는다는 것만큼이나 확실한 사실이 한 가지 있었다. 브라이슨이 계속 게임을 할 거라는 사실이었다. 브라이슨은 게임을 사랑했고, 게임을 하기 위해 살았다. 마이클과 세라는 그가 가장 좋아하는 게임을 모두 알고 있는 덕분에 어디를 찾아봐야 할지 알고 있었다. 그 누구도 모르게 찾아볼 방법까지도. 예전에 그들은 게임에서 진짜로 반칙을 해야 할 이유를 별로 느끼지 못했다. 게임에서 속임수를 쓴다는 건 게임의 목적에 어긋나는 것만 같았다. 속임수를 써서 이긴다는 것은 아예 게임을 하지 않는 것만큼 재미가 없었다.

하지만 이제는 상황이 달라졌다. 다행히도 그들은 브라이슨이 가장 좋아하는 게임의 프로그램을 그만큼이나 잘 알고 있었다. 그들 모두 똑같은 게임을 가장 좋아했으니까.

*라이프블러드*가 두말할 나위 없는 첫 번째 선택지였다. 그 생각을 하자 마이클은 마음이 아팠다. 너무 많은 기억이 떠올랐다.

"난 여기가 그리워." 길을 떠나면서 세라가 말했다. "패스 이후로는 이 게임을 해본 적이 없네."

마이클은 대답하지 않았다. 그는 누가 봐도 우울한 상태였다.

두 사람은 프로그램에 은밀하게 들어가 *라이프블러드* 내의 한 장소에서 다른 장소로 펄쩍펄쩍 자리를 옮겼다. 그들은 그 모든 게임을 코드로 보고, 브라이슨이 남긴 흔적을 찾았다. 그들은 버트넷의 에티켓은 말할 것도 없고 엄격한 규칙과 규정을 대략 53개쯤 어기고 있었지만, 이건 새로운 신분이 그들을 지켜줄지 제대로 시험해 볼 기회였다. 마이클은 그들의 친구 브라이슨이 있을 가능성이 가장 큰 곳을 찾아보면서 지금까지는 그럭저럭 시험에 통과했다는 생각이 들었다. 웨버 요원이 그들을 찾아냈다는 사소한, 아니 *중대한* 사고를 빼면 말이다. 단 케인도 같은 일을 해낸다면 두 사람이 그 사실을 알게 될 터였다. 언제 그런 일이 벌어졌는지도.

샌프란시스코, 파리, 상하이, 도쿄, 뉴아프리카, 남극의 황무지, 옛 베이거스, 덜루스, 모든 인기 장소. 아무런 흔적도 없었다. 브라이슨이 평소 들르는 장소를 최근에 방문했다는 흔적조차 없었다.

세라는 마이클의 손을 꽉 쥐었다. 마이클에게 필요한 신호는 그게 전부였다. 머잖아 그들은 다시 나무집에 앉아 있었다. 코드가 소용돌이치다가 다시 나무와 하늘로 바뀌었다.

"너도 브라이슨이 *라이프블러드*에 없다는 게 무슨 뜻인지 알지?" 마이클이 말했다.

"응."

"숨어 있는 거야. 브라이슨은 무슨 일이 터졌다는 걸 알고 있어."

"바로 그거야." 세라도 동의했다. "하지만 브라이슨이 슬립 밖에 머물고 있을 리는 없어. 우린 그냥 브라이슨이 갈 만한… 좀 더 수상한 곳을 살펴보면 돼."

마이클은 수없이 여러 번 장난쳤던 일을 떠올리고 하마터면 웃음을 터뜨릴 뻔했다. 그중에서도 가장 기억에 남는 장난은 브라이슨이 실오라기 하나 걸치지 않은 채, 너무 화가 나 다리가 돋아난 인어 일곱 마리에게 쫓긴 일이었다. 브라이슨은 정확히 무슨 짓을 한 건지 한 번도 털어놓지 않았다.

"그럼 어디로 갈까?" 마이클은 희미한 웃음을 띠는 세라의 얼굴을 보고 물었다. 합리적인 생각은 아니었지만, 세라의 부모님이 납치당했다는 건 마이클에게 엄밀히 말해 애초부터 부모가 없었다는 사실만큼 나쁜 일은 아닌 것 같았다.

"*거미 여왕의 둥지*는 어때?" 그녀가 제안했다.

마이클은 눈동자를 굴려댔다. 브라이슨은 늘 거미 여왕을 노렸지만 여태 입맞춤밖에는 받지 못했다. 시도는 충분히 했는데도.

"거기도 나쁠 거 없지." 마이클이 말했다.

그들은 눈을 감고 다시 뛰어들었다.

4

세 시간이 걸리기는 했지만, 그들은 열한 번째 장소를 찾아보다가 브라이슨을 발견했다. *죽음의 이상한 방법*들이라는 게임에서였다. 터무니없는 상황에서 목숨을 잃으며 웃을 수 있는 게임이었다. 정신 나간 세상이었다.

브라이슨은 게임의 모임 장소에 있는 작은 실외 카페에서 마이클이 한 번도 만나본 적 없는 여자애 두 명과 간식을 먹으며 활기차게 다음번 모험을 이야기하고 있었다. 배터리로 작동하는 토스터를 사용하겠다나, 자연 온천을 활용하겠다면서. 마이클과 세라는 브라이슨 곁에 재깍 모습을 드러낼 만큼 멍청하지는 않았다. 잡히지 않고, 아니면 최소한 눈에 띄지 않고 어길 수 있는 규칙에는 한계가 있었다. 그리고 포털을 통해 입장하는 것은 엄격하게 집행되는 가장 기본적인 규칙 중 하나였다.

그들은 해킹을 통해 가장 가까운 포털로 들어가는 데이터를 해킹했고, 몇 초 후에는 게임에 들어갔다. 마이클은 *파괴의 악마*들에 들어갈 때도 이렇게 쉬웠더라면 좋았겠다는 생각이 들었다. 방금 그들이 어긴 다른 규칙들도 떠올리지 않으려 애썼다.

새로운 신분 때문에 그와 세라는 오라를 바꾸었다. 온갖 번거로운 일을 다 해놓고서 옛 친구나 적이 오라를 통해 그들을 알아보고 위장을 폭로한다면 정말이지 멍청한 일이 될 것이었다. 둘이 브라이슨을 보았던 카페로 들어가 브라이슨과 그의 일행 바로 옆 탁자에 앉았는데도 브라이슨은 두 사람 쪽을 쳐다보지도 않았다.

마이클은 정신없이 빠르게 프로그래밍해서 옛 오라로 모습을 바꾸었다. 브라이슨이 곁눈질로 자신을 알아볼 정도로 잠깐만 말이다. 브라이슨은 놀라서 다시 보는 고전적인 동작을 취했고, 마이클은 즉시 새로운 모습으로 돌아갔다. 어떤 상황에서도 차분함을 유지하는 브라이슨조차 놀란 기색을 감추지 못했다.

"어…." 그는 새 친구들에게 할 말을 잠시 잃었다. 그의 눈이 마이클과 세라가 앉아 있는 곳으로 휙 돌아갔다. "미안, 내가, 어, 우리 사촌 몇 명을 본 것 같아. 그래 맞아, 사촌들이야. 저기, 우리 바로 옆에 앉아 있네. 이게 누구야."

두 소녀가 마이클의 테이블을 돌아보았고, 마이클은 대충 미소 지으며 살짝 손을 흔들었다.

"하지만 거의 준비가 끝났잖아!" 소녀 중 한 명이 불평했다. 정신 빠진 외모와 완벽하게 어울리는 징징대는 목소리였다.

"나중에 보상해 줄게." 브라이스은 그녀를 달래는 목소리로 대답했다. "약속해. 너희들 먼저 가서, 감전사하면서 재미있게 놀아. 그런 경험을 놓치다니 정말 아쉽다."

소녀들은 브라이스의 뺨에 입을 맞췄다. 둘이 떠나자마자 브라이스은 마이클과 세라의 탁자 위로 펄쩍 뛰어오를 듯이 달려들었다. 그의 얼굴에는 혼란스러움과 기쁨이 정신없이 뒤섞여 있었다.

"너희들…." 이번에도 그는 말을 잃었다. "너희… 너희 둘 다… 너희 둘 소식을 들은 적이 없는데…. 여기서 뭐 해?" 그러더니 그는 웃음을 터뜨렸다. 그 소리를 듣자 마이클은 왜 이 녀석과 가장 친한 친구가 되었는지 생각났다.

"만나서 반가워." 세라가 미소 지으며 말했다.

브라이스은 기뻐서든, 동시에 천 가지 말을 하고 싶은 마음에서든 곧 터져버릴 것만 같은 모습이었다. "너희 둘을 걱정하느라 병날 뻔했어. 너한테서는 한 마디 소식도 없었지, 마이클. 패스 이후로 말이야. 그리고 세라, 지난 며칠 동안 어디에 있었던 거야? 너희들, 내가 스무 살이 되기 전에 스트레스로 죽게 하려는 거야, 뭐야? 내 미래의 모든 여자들이 절망을 겪게 될 걸 생각해 보라고."

"우리의 기발한 변장에 대해서는 물어볼 생각 없어?" 마이클이 대답했다.

브라이슨이 코웃음 쳤다. "그럴 필요도 없지. 난 바보가 아니니까. 나도 너희만큼 숨으려고 노력 중이야."

"하지만 네 오라는…." 세라는 입을 열었다가, 브라이슨이 얼굴에 가득 히죽거리는 웃음을 띠고 손을 들자 말을 멈췄다.

"날 좀 믿어 봐." 그가 말했다. "내 코드를 좀 더 깊이 들여다보라고. 나는 *너희* 둘만 내 옛 오라를 볼 수 있도록 프로그래밍되어 있어. 다른 사람들은 완전히 다른 사람을 본다고. 짜잔, 놀랍지, 나도 알아."

마이클은 그의 코드를 자세히 살펴보았다. 아니나 다를까, 브라이슨 녀석은 자기가 말한 그대로였다.

"우와." 마이클이 말했다. "너 진짜 놀랍다. 내가 여태 본 사람 중 가장 놀라워." 사실, 마이클은 *정말로* 감명받았다.

세라가 그들 모두를 현실로 되돌려 놓았다. "그럼 넌 뭐 때문에 숨어 있었던 거야? 무슨 일이라도 있었어? 아니면 그냥 조심한 거야?"

브라이슨의 얼굴에 떠올랐던 즐거워하는 기색은 천천히 걷어지더니 희미해졌다. "난 며칠 동안 뭐랄까, 망가져 있었어. 패스에서 정신을 놔버린 다음에 나 자신으로 돌아오는 데 그 정도 시간이 걸리더라고. 내가 왜 그런 짓을 했는지 모르겠어. 모든 게 단번에 나한테 타격을 줬어."

그는 잠시 말을 멈췄다. 마이클은 지금 자신이 할 수 있는 일은 브라이슨이 다시 입을 열 때까지 기다려 주는 것이라고 생각했다. 아니면 마이클 자신에 대해 알아낸 내용을 설명하기 전에 좀 더 시간이 있기를 바라는 것인지도 몰랐다. 브라이스는 세라만큼 그 사실을 잘 받아들이지 못할 수도 있었다.

"그러다가 세라한테서 용암에 무슨 꼴을 당했는지 들었어." 브라이슨이 말을 이었다. "네 소식은 우리 둘 다 못 들었고." 그가 마이클을 힐끗 보았다. "보기엔 꼭 네가 그냥… *펑!* 하고 사라진 것 같았거든. 아무 데서도 널 찾을 수가 없었어. 세라까지 소식이 끊기고 나니까 더는 못 견디겠더라. 나는 우리 삼촌네 집에 가서 지내려고 했어. 오지에 있는 오두막이야. 거기에서 사촌의 코핀을 썼어. 그 이후로 대부분은 너희들이 날 찾기를 바라면서 슬립에서 숨어 지냈고. 무슨 일이 벌어지고 있다는 건 알고 있어. 그리고 내 귀가 떨어질 때까지 너희들이 그 얘기를 할 거라는 것도 알고. 그러니까 시작해 봐."

기운 없어 보이는 그의 미소는 금세 사라졌다.

신나는 건 여기까지지. 마이클은 생각했다.

"뭐," 세라가 말했다. "한 가지는 확실해. 네 귀가 떨어질 때까지 우리가 이야기를 할 거라는 것 말이야." 그녀는 마이클을 돌아보았다. "너부터 시작하면 어때?"

마이클은 딱히 그러고 싶지 않았지만, 세라의 말을 안 들을 만큼 멍청하지는 않았다.

5

마이클은 이야기를 전하느라 시간 가는 줄 몰랐다. 그는 용암 동굴에서 세라가 죽은 일부터 이야기를 시작했다. 그저 나무탁자의 한 점을 바라보며 모든 이야기가, 자세한 내용 하나하나가 모두 흘러나오게 했다. 전설적인 게이머인 거너 스케일을 만난 일까지도. 브라이슨은 그 부분에 이르러 못 믿겠다는 듯 움찔했지만, 마이클이 탄젠트라고, 가짜라고, 그의 인생 전체가 사기라고 말했을 때는 그러지 않았다. 마이클은 그 모습을 영영 잊지 않을 생각이었다. 그는 브라이슨이 움찔하지 않았다는 사실을 영원히 잊지 않을 것이다.

"네 인생 전체가 사기였던 건 아니야." 브라이슨은 터무니없다는 듯 코웃음 치며 말했다. "너는 우리 눈앞에 앉아 있어. 내가 늘 알아왔던 바로 그 멍청이 마이클로 말이야. 우리가 전부 층층이 쌓인 컴퓨터 프로그램이 아니라고 누가 말할 수 있겠어? 아니면 우리가 꿈을 꾸고 있는 거라든지. 어쩌면 나는 오트밀에 침을 질질 흘리면서 공상에 빠져 있는, 아이슬란드의 못생기고 늙은 마귀 할망구일지도 몰라."

마이클이 미소 지었다. 처음도 아니지만, 브라이슨은 기적적으로 마이클의 기분을 나아지게 했다.

"내 말은 그냥," 브라이슨이 말을 이었다. "네가 탄젠트든, 정말로 똑똑한 라마든 나는 상관없다는 거야. 넌 내 친구고, 중요한 건 그 사실뿐이야."

"나도 그렇게 말했어." 세라가 말했다. "근데 얘가 말을 안 듣네." 그녀는 탁자 밑에서 마이클의 손을 잡고 힘을 주었다.

브라이슨은 의자 등받이에 기대고 팔짱을 꼈다. 방금 엄청난 거래라도 성사시켰다는 듯한 태도였다. "잭슨 포터라는 그 녀석은 안됐네. 뇌에서 빨려 나가 다른 사람으로 대체된다니 분명 엿 같을 거야. 하지만 그게 네 잘못은 아니지. 우리가 할 수 있는 일은 그런 일이 다시 일어나는 걸 막는 것뿐이야. 하지만 중요한 일부터 처리하자. 우리는 케인에 대해서, 이 법칙인지 뭔지에 대해서 더 알아내고 그

걸 멈춰야 해. 맞지?"

"맞아." 마이클이 대답했다. 미래에 집중한다니 마음에 들었다. 그가 할 수 있는 일은 그뿐이었다. 이야기를 시작한 이후로 처음도 아니었지만, 마이클은 잭슨의 여자친구인 가브리엘라 이야기를 꺼내야 할지 망설였다. 하지만 어째서인지 그 말을 꺼낼 수가 없었다.

"그럼, 중요한 문제는 이거야." 브라이스은이 말했다. "다음엔 뭘 하지? 놈을 갈가리 찢어버릴 갈가리 삼총사가 영광스럽게 재결합했어. 우리한테는 사람의 정신을 차지하는 데 미쳐 있는, 사납고 정신 나간 컴퓨터 프로그램이 있고. 아, 거기다 그 컴퓨터 프로그램은 자기를 돕지 않으면 우릴 죽여버리겠다고도 하네."

"돕는다는 건," 세라가 덧붙였다. "말도 안 되지."

브라이스은이 고개를 끄덕였다. "말도 안 되지."

"난 너희를 찾는 데만 너무 집중했어." 마이클이 말했다. "다음에 뭘 해야 할지는 사실 잘 모르겠어. VNS에 가볼까도 생각했지만, 웨버 요원이 나무집에 나타났다니 좀 이상해. 왜 도망쳤을까?"

세라는 마이클의 손을 놓더니 팔꿈치를 괴고 몸을 앞으로 숙였다. "어쩌면 우리가 웨버 요원을 만나러 가야 할 이유가 더 늘어났을 뿐인지도 몰라. 내 말은, 웨버 요원은 그 번쩍거리는 걸 쏘기 전에 우리한테 경고했잖아. 그냥 우리 눈에 띄는 게 싫어서 그랬던 것처럼."

"그리고 걔들이 착한 놈들 아냐?" 브라이스은이 물었다. "걔들은 처음부터 네가, *우리가* 케인을 찾기를 바랐잖아."

이번에는 마이클이 친구의 말에 코웃음 칠 차례였다. "그래, 퍽이나 결과가 좋았네."

"뭐, 너한텐 몸이 생겼잖아?"

마이클은 브라이스이 진심으로 하는 말인지, 아니면 형편없는 농담을 하는 것인지 알 수 없었다. 어떻게 대답해야 할지도. 하지만 마이클의 침묵이 어색하게 느껴지기 전에 덜그럭거리는 소리가 들렸다. 아래를 보니 탁자가 떨리고 있었다. 처음에는 조금씩, 그다음에는 더 강하게. 탁자 다리가 아래쪽의 보도에 닿아 끽끽대는 소리를 냈다.

세라와 브라이스은 똑같은 표정을 짓고 있었다. 눈을 휘둥그렇게 뜨고, 악령이 씌기라도 한 것처럼 그 탁자를 바라보고 있었던 것이다. 마이클은 의자를 재빨리 뒤로 밀어놓고서, 무슨 일이 벌어지면 일어나 도망칠 준비를 했다. 브라이스이 지진에 의한 사망이라도 신청해 둔 걸까?

카페 전체가 흔들렸다. 컵 받침에 놓인 컵들이 달칵거렸고, 식기가 탁자에서 떨어져 바닥에 흩어졌다. 그릇들이 깨져 박살 났고, 파편이 포크와 숟가락 들과 뒤섞였다. 사람들이 비명을 지르며, 어디로 가야 할지 몰라 이쪽저쪽으로 내달렸다. 마이클과 그의 친구들은 가만히 자리를 지키며 서로 두려움에 질린 눈길을 주고받았다.

갑자기 탁자가 튀어오르며, 공중으로 60센티미터쯤 솟아올랐다가 시끄러운 쾅 소리를 내면서 다시 바닥에 부딪혔다. 세라는 길게, 마이클은 짧게 비명을 질렀다. 탁자가 다시 튀어올랐다. 마침내 마이클이 의자에서 일어났다. 주변 세상이 움직이면서 그의 몸도 함께 흔들렸다. 그는 비틀비틀 세라 쪽으로 다가가 그녀의 손을 꽉 잡고 일어나도록 도와주었다. 그런 다음에는 브라이스이 그들에게 다가왔다. 그들은 균형을 잡는 데 도움을 주고받으려고 팔짱을 꼈다. 떨림은 점점 커져 전면적인 진동이 되었고, 탁자들이 튀어오르며 사람들은 서로에게 넘어졌다. 근처에서 창문들이 박살 나면서 유리조각이 바닥에 흩뿌려졌다. 겁에 질린 비명이 사방에서 들려왔다.

"나가자!" 브라이스이 소리쳤다. "내가 나가는 뒷길을 알아. 따라와!"

마이클은 주변의 코드를 조작할 태세로 눈을 감았다. 들어올 때는 포털을 이용했지만, 지금은 그럴 시간이 없었다. 법이야 있든 말든.

천둥 천 번이 치는 듯한 굉음이 공중을 뒤흔들었고, 마이클은 눈을 떴다. 발아래에서 보도가 갈라지고 있었다. 사나운 바람에 그의 옷과 머리카락이 마구 흩날렸다. 그 쉭 소리가 모든 소리를 거머쥐고 제거해 버리는 듯했다. 다른 모든 소리가 잠겨 버렸다. 마이클은 고개를 돌려 카페 건물을 보려고 했지만, 카페는 더 이상 그 자리에 없었다. 카페 대신 그 자리에 있는 것을 보면서, 마이클은 호흡과 쿵쿵대는 심장이 동시에 멈추는 것만 같았다.

빠르게 움직이는, 거대한 보라색 빛기둥이 땅에서 분출됐다. 넓이가 몇 미터쯤 되는, 맥동하는 에너지로 이루어진 밝은 광선이었다. 그 빛이 너무 밝아 마이클은 두 팔을 들어 눈을 가렸다. 그는 천국에 보내는 신호처럼 하늘을 향해 솟아오르는 그 빛을 시선으로 좇았다. 광선의 가장자리를 따라 전기로 이루어진 덩굴들이 일렁거리며 몰아치는 에너지 기둥의 포효를 누르고 타닥타닥 소리를 냈다.

"저게." 브라이스은 뚝뚝 끊어가며 말했다. "도대체. 뭐야."

마이클은 전혀 알 수 없었다. 두 발이 땅에 풀로 붙여놓은 것처럼 느껴졌다. 아무리 애써도 움직일 수가 없었다.

바람.

바람은 점점 강해져 마이클을 할퀴고 그의 몸을 잡아당겼다. 이제는 그를 빛의 기둥 반대편이 아니라, 기둥 쪽으로 끌고 가고 있었다. 우주선에 타고 있는데 봉인된 문이 망가진 것만 같았다. 모든 것이 진공 속으로 빨려 들어가는 듯했다. 의자 하나가 그를 지나쳐 날아가며, 계속 데굴데굴 구르다가 광선의 옆면에 쾅 부딪혔다. 의자는 용접되기라도 한 것처럼 광선에 달라붙어 하늘 쪽으로 미끄러져 올라갔다.

그러더니 수문이 열렸다. 포크, 칼, 숟가락, 깨진 유리, 또 다른 의자가 날아갔다. 보이지 않는 손이 집어 던지기라도 한 것처럼 탁자 하나가 쏘아져 지나가며 원반처럼 빙빙 돌다가 빛 기둥에 부딪히더니 다른 모든 잔해와 함께 위쪽으로 빠르게 올라갔다. 마이클과 그의 친구들은 서로를 꽉 잡고 바람에 맞섰지만, 다른 세계의 것처럼 보이는 밝은 기둥을 향해 미끄러져 가고 있었다.

"집중이 안 돼!" 세라가 소리쳤다. 마이클은 친구를 보고, 자기 눈을 믿을 수 없었다. 세라는 눈을 감고 있었다. 여전히 코드를 통해 이곳에서 벗어나려 애쓰고 있었다.

세 사람은 동시에 발이 미끄러져 균형을 잃었다. 마이클은 강하게 주저앉고 말았다. 날카로운 통증이 꼬리뼈로 솟구쳤다. 그는 발부터 보도를 가로질러 미끄러지고 있었다. 발목에 밧줄이 묶여 끌려가는 것만 같았다. 사납게 맥동하며 전기로 번쩍거리는 빛의 기둥이 하늘로 쏘아져 올라가면서 거대한 자석이라도 되는 듯 그를 끌어당겼고, 사방에서 물건들이 그 기둥 쪽으로 날아가며 기둥의 밝은 표면을 가렸다.

마이클보다 무거운 물건들은 이미 날아간 뒤였고, 가벼운 물건들은 여전히 땅 이곳저곳에서 튀어오르고 있었다. 보라색 광선이 직접 자기가 원하는 것을 고르는 것만 같았다. 마이클은 미끄러지지 않게 막아줄 마찰력 큰 물체라면 뭐든 잡으려고 버둥거렸지만, 아무 소용도 없었다. 세라의 팔이 그의 팔에서 미끄러져 나갔고, 브라이슨의 팔짱도 풀렸다. 그들은 허둥거리며 보도에서 버티려고 했다. 그때, 모든 일이 단숨에 벌어졌다.

문제의 힘이 그들의 몸을 땅에서 완전히 뜯어냈다. 마이클은 얼굴을 아래로 하고서, 세상이 그의 눈 아래에서 멀어져 가는 광경을 지켜보았다. 그런 다음 그는 몸을 비틀어 자신이 향하는 방향을 보았다. 격렬한 힘의 그 무시무시한 광선 쪽을. 곁눈으로는 브라이슨과 세라가 팔을 마구 휘젓고 발길질을 하면서 마이클과 똑같이 광선 쪽으로 날아가는 모습이 보였다. 잠시 후 마이클은 시야를 가득 채우는 보랏빛과 몰아치는 굉음, 그의 온몸을 따끔따끔하게 하는 전기 외에 어떤 감각도 느낄 수 없었다.

그는 빙글빙글 돌며 기둥 옆면에 처박혔다. 그는 사지를 쭉 뻗었다. 머리카락과 팔꿈치, 손마디, 등, 다리 같은 모든 신체 부위가 고무처럼 느껴지는 그 표면에 단단히 붙들렸다. 마이클은 맹렬한 열기가 느껴질 거라고 생각했지만, 오히려 기둥은 서늘했고 전기 때문에 얼얼하게 느껴졌다.

그러다가 마이클은 하늘 쪽으로 날아갔다.

CHAPTER 8

탐험가들

1

세상은 바람과 소리였다.

몸이 보라색 광선에 실려 위쪽으로 빠르게 쏘아져 올라가면서, 마이클은 거의 눈을 뜰 수가 없었다. 굉음이 귀를 가득 채웠고, 바람이 머리와 얼굴과 옷을 할퀴며 그를 기둥에서 떼어내려 했다. 하지만 그는 몸이 기둥 표면에 스며든 것만 같은 기분이었다.

그는 할 수 있는 한 고개를 틀어 아래쪽을 보았다. 땅은 저 멀리에 있었고 산소는 희박해져 갔다. 숨 쉬기가 점점 힘들어졌다. 지구의 곡선이 눈에 들어오기 시작했다. 마이클은 이것이 그저 프로그램일 뿐이라는 사실을 알고 있었지만 너무도 사실적인 느낌이 들었다. 마치 우주 밖으로 발사되기 직전인 것만 같았다. 아니, 우주 밖으로 발사되고 있는 것만 같았다. 마이클은 눈을 감고 코드에 집중하려 했지만, 접근이 차단된 것인지 너무 당황했기 때문인지 집중할 수 없었다.

마이클은 눈을 뜨고 위를 쳐다보았다. 그보다 위쪽에 브라이슨이 보였다. 최소한, 그의 발바닥이 보였다. 하지만 세라는 흔적도 없었다. 그녀는 브라이슨보다 위에 있는 게 틀림없었다. 마이클은 오른손을 들어보려 했지만, 오른손은 광선 기둥에 단단히 잡혀 있었다. 손마디 근처의 피부가 팽팽하게 당겨져 있었다. 마이클은 이 기둥의 정체를 어떤 식으로도 설명할 수 없었지만, 할 수 있다고 해도 손을 떼어서는 안 된다는 생각이 문득 들었다. 그런 동작에는 아주 긴 추락이 이어질 테니까.

갑자기 주변 모든 것이 바뀌었다.

광선 자체가 변한 것은 아니었다. 광선은 아직도 맥동하며 믿을 수 없는 속도로 상승하고 있었다. 그러나 마이클의 주변 환경은 갑자기… *달라졌다*. 그 변화에 마이클은 머리가 핑핑 돌았다. 처음에는 갑작스러운 방향 전환이 있었다. 빛 기둥이 아니라 *세상이* 움직였다. 결국 그들은 더 이상 하늘을 향해 날아가지 않고, 몇 킬로미터 떨어진 땅과 평행으로 달리게 되었다. 마이클은 바람과 소음으로 흔들리며 아주 빠른 미사일처럼 날아갔다.

마이클은 친구들에게 소리치려고, 친구들이 괜찮은지 살펴보려고 입을 열었다. 바람이 그의 폐를 가득 채우며 한마디 하기도 전에 그의 혀를 말아버렸다. 그게 아니라도 친구들이 그의 목소리를 듣지는 못했겠지만. 마이클은 다시 목을 비틀며 가능한 한 먼 곳을 보려고 힘을 주었다. 멀리, 앞쪽에 거대한 검은색 직사각형이 나타났다. 가까이 다가갈수록 그 사각형의 크기가 커졌다. 마이클은 그리로 다가가면서, 보랏빛 기둥이 어둠을 가르고 아무도 모를 곳까지 이어지는 광경을 볼 수 있었다.

마이클은 다시 입을 열려 했다. 이번에는 비명을 질렀다. 그러나 마이클 자신의 목소리조차 들을 수 없었다. 몇 초 후, 그들은 직사각형 구멍에 부딪혔고 세상이 사라졌다. 느껴지기는 했지만, 마이클은 더 이상 광선의 보랏빛을 볼 수 없었다. 그저 칠흑같은 암흑뿐이었다.

2

어둠과 함께 정적이 찾아왔다. 마이클은 다시 비명을 지르려 했지만 소용없었다. 그는 눈도 보이지 않았고, 귀도 들리지 않았으며, 겁에 질리기 시작했다. 그는 보이지 않는 밧줄에서 몸을 풀어내려고 몸부림쳤으나 아무 소용도 없었다. 전기 광선에 붙었던 피부가 아팠다. 마이클은 억지로 마음을 가라앉혀야만 했다. 가상현실 속의 몸이 갈가리 찢기게 될지도 모른다는 걱정이 들었다.

멀리 어딘가에서 빛이 나타나더니, 암흑이 다시 한번 밝아졌다. 그러자마자 보라색 광선이 다시 나타났다. 전기로 이루어진 흰 덩굴손이 광선 표면을 따라 곡선을 그리고 번쩍였다. 그 뒤의 빛은 여전히 맥동하고 있었다. 바람소리도, 그 느낌도 돌아왔다. 눈앞의 빛이 또 다른 구멍으로 변해 점점 커지더니 다가왔다. 다음 순간, 그들은 그 구멍을 통과했다.

아래쪽에 산맥이 나타났다. 바위투성이 산봉우리가 눈부시게 흰 눈으로 뒤덮인 채 햇빛을 받아 반짝이고 있었다. 상록수 숲이 계곡에 자리 잡고 있었으며, 강 한 줄기가 그 숲을 지나 뱀처럼 구불구불 이어지면서 반짝반짝 빛났다. 모든 것이 맑고 투명했다. 공기는 시원하고 상쾌하고 깨끗했으며 소나무 냄새가 났다. 마이클은 그들이 왜 이런 장소로 옮겨진 건지, 누가 이런 짓을 했는지 알 수가 없었다. 그들과 비밀리에 만나려는 케인의 거창한 방법이었을까?

또 다른 검은색 정사각형이 멀리 나타났다. 머잖아 그들은 그 구멍을 지났다. 전과 마찬가지로 모든 감각이 차단됐고, 마이클은 다시 한번 공포에 사로잡혔다. 그는 이상한 인력에서 벗어나려고 발버둥 쳤다. 하지만 아무 소용이 없자, 마이클은 고요해진 순간을 활용해 눈을 감고 다시 한번 코드를 뚫어보려고 애썼다.

최소한, 이번에는 *뭔가*가 흐릿하게나마 보였다. 그는 마음속으로 그것을 향해 손을 뻗었지만, 힘을 줄수록 숫자와 문자는 점점 더 미꾸라지처럼 빠져나갔다. 그는 절대 포기하지 않겠다고, 프로그래밍을 통해 풀려날 때까지 계속 노력하겠다고 맹세했다. 할 수 있었다. 이런 일을 해낼 수 있는 사람이 *한 명이라*도 있다면, 마이클이 바로 그 사람이었다.

마침내 마이클은 눈 뒤쪽에서 어떤 빛을 느꼈다. 돌풍이 몸에 부딪혀 오고, 포효와도 같은 바람 소리가 귀를 두드려 댈 때였다. 눈을 떠보니, 그들은 다시 어둠에서 벗어나 있었다. 이번에는 광활한 바다 위였다. 바닷물이 폭풍 때문에 휘돌고 있었다. 광선이 마이클 뒤에서 다시 한번 빛났다. 하늘에서 비가 쏟아졌고, 그 번쩍이는 빛 속에서 번개가 회색 풍경을 밝혔다. 우르릉대는 천둥소리가 이어졌다. 마이클은 빠르게 쏘아져 올라가는 광선이 얼마나 높은 곳까지 날아가는지 알 수 없었다. 그러나 보기에는 구름 바로 아래에서 멈추는 듯했다. 아래쪽에서는 거대한 파도들이 서로 부딪혔다. 하얗게 부서지는 물거품이 그 파도들의 경계선을 표시했다.

검은 직사각형이 나타났다. 보라색 광선은 그리로 향했다.

어둠.

3

그들은 우중충한 색채와 비로 이루어진 이상한 세계로 나왔다. 아래쪽 땅에 피라미드들이 점점이 박혀 있었고, 쏟아지는 비가 그 경사면을 따라 흘러내리며 모래에 강을 만들고 있었다. 땅은 황폐했다. 사람도, 나무도 없었다. 피라미드와 비뿐. 마이클은 몇 년 전에 해본 게임 덕분에 이 장소를 알아보았지만, 너무 지쳐서 그 땅을 더 자세히 살펴볼 수는 없었다. 그는 흠뻑 젖은 상태였다. 온몸이 쑤시고 살갗이 아팠다. 정신을 잃을 것만 같았다. 다시 한번 코드를 살펴보려 했지만 아무 의미가 없었다.

어둠.

4

아래쪽에 열대우림이 펼쳐졌다. 녹색이 수백 가지 색조로 펼쳐지고 열기가 끓어올랐다. 원숭이들이 나무 사이로 그네를 타며 후텁지근한 공기에 걸려 있는 안개를 휘저었다. 포탑으로 뒤덮인, 거대한 상자 형태의 기계들로 가득 찬 공터가 있었다. 번뜩이는 빛과 천둥 같은 소리도 있었다. 기계화된 병사들이 땅을 따라 달리며 눈부신 빨간색 레이저로 서로를 쏘아댔다.

어둠.

새벽의 도시, 하늘에 닿을 만큼 높은 건물들이 거의 손에 잡힐 듯 가까이 보였다. 눈길이 미치는 곳까지는 온통 콘크리트와 금속으로 이루어진 숲이었다. 탈것들이 공기를 가르며 날아다녔다. 한 여자가 건물 꼭대기에 서서, 빠르게 스쳐 지나가는 마이클을 바라보았다. 그녀는 눈이 세 개였고 머리카락은 없었다. 두 다리는 여섯 개의 은

빛 장치로 대체되어 있었는데, 그 때문에 여자는 로봇 거미처럼 보였다. 그녀는 입을 열었고, 불꽃이 가득한 용암 줄기가 쏘아져 나와 곧장 마이클에게로 향했다.

어둠.

세상과 세상이 이어지고, 게임과 게임이 이어졌다. 마이클은 보라색 광선에 달라붙은 채 계속 그렇게 날아갔다. 고통에 힘이 쭉 빠졌다. 뭔가가 캄캄한 허무와 번갈아 아래쪽을 빠르게 지나갔지만, 마이클은 거의 보지 못했다.

굉음과 바람 소리. 마이클의 정신은 흐려졌다. 이 일의 배후에는 틀림없이 케인이 있었다. 하지만 왜?

타는 듯이 뜨거운 사막, 열기로 일그러진 공기. 괴물들—살갗이 벗겨지고 몸은 기형인, 끔찍한 돌연변이 인간들—이 사구를 가로지르며 행진했다.

어둠.

넓고 느릿한 강이 가르고 지나가는 풀밭. 그 강을 따라 쭉 항해하는 거대한 나무배. 그 배의 갑판에서 하늘 쪽을 가리키는 사람들.

어둠.

외계의 달과 그 달에 가득한, 아래쪽 도시들을 보호하기 위한 여러 개의 돔.

어둠.

외계 우주, 마이클이 여태 보았던 것 중 가장 거대한 우주선, 타오르는 추진기.

어둠.

중세의 마을, 불태우고 약탈하는 침략자들과 비명을 지르는 사람들.

어둠.

10여 개쯤 더 이어지는 세상들.

어둠.

어둠.

어둠.

마이클은 정신을 잃었다.

5

누가 자기 이름을 외치는 소리에 그는 정신을 차렸다.

"마이클!"

마이클은 눈을 깜빡이며 고개를 들어보려 했지만 그럴 수 없었다. 몸속에서 장기가 다시 배치된 것만 같은 기분이었다. 그는 평평한 표면에 누워 있었다. 조금 전과 같은 으스스한 보랏빛이 주변 사방에서 빛나고 있었다. 마이클은 움찔하며 자신이 더 이상 움직이지 않고 있으며 광선도 더 이상 보이지 않는다는 사실을 깨달았다. 광선은 사방으로 무한히 펼쳐진, 빛나는 평야로 대체되었다. 머리 위의 하늘은 검은색이었으며 영원히 이어지는 것처럼 보였다. 마이클은 다시 눈을 감았지만, 몸 아래의 보랏빛을 느낄 수는 있었다.

누군가가 그의 어깨를 건드렸다.

"마이클."

아픈 가슴을 안도감이 가득 채웠다. 세라였다. 마이클은 다시 눈을 떴지만, 그녀가 보이지 않았다. 세라는 그의 뒤에 있었다. 브라이슨이 털썩 주저앉으며 마이클의 시야에 들어왔다.

"여어, 괜찮냐?" 친구가 물었다.

마이클은 신음으로 대답한 다음, 억지로 몸을 일으켜 앉았다. 현기증이 날 것 같은 고통이 머리를 헤집었지만, 몇 번 숨을 내쉬자 잦아들었다. 그는 빛나는, 끝없이 이어진 보라색 평면을 둘러본 다음 검은 하늘을 올려다보았다.

"딱히 물어볼 필요도 없지?" 마이클이 중얼거렸다.

"뭐가 어떻게 된 거냐고?" 세라가 대답했다. 그녀의 오라는 마이클의 기분만큼이나 초췌했다. 머리는 새 둥지 같았고, 살갗은 붉어진 데다 멍이 들었으며, 옷은 땀으로 흠뻑 젖어 있었다. "응, 그럴 필요 없어. 감조차 못 잡겠으니까."

브라이슨이 억지로 웃었다. "아니, 감은 잡았지. 누가 우리를 빛으로 만들어진 마법 기둥에 딱 붙여놨고, 우리는 버트넷을 가로질러 날아오면서 버트넷이 제공하는 훌륭한 세상을 모두 살펴봤어. 이번 여행은…."

"평생 이어질 만한 여행이었다."

남자의 목소리가 브라이슨 대신 그 문장을 맺었다. 마이클은 휙 돌아보았다. 또 한 번 현기증 나는 통증이 밀려들었다. 이제 보니, 방금 말한 사람이 그들에게로 걸어오고 있었다. 그는 키가 컸으며 중년이었고, 값비싼 미용실에서 머리를 다듬은 것 같았으며 말쑥한 옷을 입고 있었다. 잘생긴 남자였다. 어딘지 익숙해 보였다….

"평생 말이다." 남자는 그들의 바로 앞에서 멈춰서며 되풀이했다. "너희 셋이 요구받은 일을 시작하지 않는다면, 그 평생이 아주 빠르게 종말을 맞게 되겠지만."

"케인은 어디 있어요?" 세라가 물었다. "당신이 케인 밑에서 일한다는 걸 알고 있어요."

마이클은 남자가 이 시점에서 웃음을 터뜨릴 거라고 생각했다. 삼류 첩보영화의 악당처럼 말이다. 하지만 그는 웃지 않았다. 대신 아래턱을 긁적였다. 깊은 생각에 잠긴 듯한 표정이 그의 얼굴에 떠올랐다. 세라의 질문에 대한 그럴싸한 답을 떠올리려고 애쓰는 듯했다. 그럴싸한 거짓말일지도 모르고.

그때 마이클은 문득 어떤 생각이 떠올랐다. 누가 야구 방망이를 집어 들고 그의 어깻죽지를 후려친 것만 같았다. 저 남자가 바로 케인이었다. 마이클이 오두막에서, 성 뒤편 숲속에 있는 그 오두막에서 만났던 나이 든 남자의 모습. 죽음의 법칙으로 휩쓸려 들어가기 전, 젊은 시절의 그 남자였다.

"케인." 마이클이 웅얼거렸다. "저 사람이 케인이야." 두려운 감정이 암 덩어리처럼 목구멍에 맺혔다. 그렇게 노력했건만, 이 탄젠트가 그들을 찾아낸 것이다.

"소개해 줘서 고맙구나." 케인이 대답했다. "너도 보면 알겠지만, 가상현실에서의 내 건강은 나날이 좋아지는 것 같다." 그는 거창한 동작으로 두 팔을 휘저으며 젊어진 자기 모습을 내려다보았다. "나처럼 오래된 탄젠트가 된다는 것이 무슨 뜻인지 너희 같은 아이들은 영영 모를 거다. 나는 최초의 탄젠트 중 한 명이다. 너희들이 태어나기도 한참 전에, 나를 프로그래밍한 자들은 나를 이미 잊어버렸어. 내가 강해지기 위해 한 모든 행동은 나 스스로 한 것이다. 아, 너희에게도 해줄 만한 얘기지. 기적에 관한 이야기야. 물론, 앞으로 펼쳐질 일에 비하면 깜빡이는 신호에 불과하다만."

"뭘 원하는지나 말해." 세라가 말했다. 그녀의 목소리는 마이클이 여태 들었던 것보다 단호했다. "당신 협박을 다 받아줄 기분은 아니니까."

"내 말이." 브라이슨이 동의했다. "그럴 기분이 아니라고."

"나도." 마이클이 무슨 말이라도 하려고 말했다.

케인이 미소 지었다. "너희는 나를 굉장히 오해하고 있다." 그는 칼같이 다려놓은 바지 주머니에 두 손을 넣었다. 그의 발밑에서 보랏빛이 그를 비추었고, 그의 얼굴 전체에 심술궂은 그림자가 춤을 추었다. "사실, 나는 너희가 하자는 대로 해도 별 상관없다. 솔직하고 간단하게 말하마. 모욕도, 거짓말도, 변죽만 울리는 일도 없을 거다."

"그 기준이라면, 지금까지는 빵점인데." 브라이슨이 숨죽이고 웅얼거렸다.

공격하려는 뱀처럼 케인이 휙 돌아서더니, 브라이슨의 목을 한 손으로 쥐었다. 탄젠트의 손아귀가 믿을 수 없을 만큼 늘어났다. 그의 손가락이 브라이슨의 목을 완전히 감쌀 수 있을 정도였다. 그 손가락이 조여지자 브라이슨이 숨이 막히는 소리를 냈다.

"하지만 *이런 태도*는," 케인이 냉정하게 말했다. "참아주지 않겠다. 너희는 나를 존중해야 한다. 그게 아니라면… 그에 걸맞은 결과가 따르겠지. 알겠나?"

브라이슨은 얼굴이 붉어지고 두 눈이 튀어나온 채로 고개를 끄덕였다. 그는 두 손으로 케인의 손아귀를 느슨하게 해보려 애썼지만, 아무 소용도 없었다.

케인은 손을 놓고 일어섰다. 전보다 60센티미터는 커 보였다. 브라이슨은 기침하고 침을 튀기며 헐떡헐떡 숨을 들이쉬었다. 세라가 그에게 달려갔다. 그녀는 브라이슨의 어깨를 두 팔로 감싸안고, 증오 어린 눈빛으로 케인을 노려보았다. 마이클은 세라가 사태를 악화시킬 만한 말을 할까 봐 걱정스러웠지만, 세라는 현명하게도 침묵을 지켰다.

탄젠트는 옷 주름을 펴더니 깊이 숨을 들이쉬었다. "나는 너희에게 해줄 말이 있어서 이곳에 왔고, 그 말을 할 생각이다. 너희는 모두 그 말을 듣게 될 거다. 너희 셋 다. 하지만 먼저 브라이슨이 나에게 사과하고 용서를 구해야 할 거다. 그러지 않으면 브라이슨은 더 이상 존재하지 않게 될 테고, 웨이크에서의 몸도 죽어버릴 거다. 이건 공연한 협박이 아니다. 3초를 주겠다."

"죄송해요." 브라이슨이 기침하는 사이로 목멘 소리를 냈다. "제발 용서해 주세요." 마이클은 케인에게 달려들고 싶은 충동을 참아야 했다. 속이 쓰릴 정도였다.

케인이 천천히 손뼉을 쳤다. "아주 잘했다. 네 사과를 받아들이도록 하지. 널 용서한다."

"그냥 무슨 일이 벌어지는 건지나 얘기해 주면 안 돼요?" 마이클이 물었다.

"그래." 탄젠트가 대답했다. 그는 두 손으로 무릎을 짚은 채 상체를 앞으로 숙였다. 그 잘생긴 얼굴이 마이클에게로 가까이 다가왔다. 그 얼굴이 평범한 인간의 머리보다 두 배나 커져 있었다. 마이클이 보기에는 확실히 그랬다.

케인의 다음 말은 그가 전혀 예상하지 못했던 것이었다.

"나는 너희의 도움이 필요하다."

CHAPTER 9

쉬운 결정

1

케인은 그렇게 말한 뒤 침묵이 내려앉도록 내버려 두었다. 마이클은 탄젠트의 말이 무슨 뜻인지 너무도 궁금해지는 자신이 싫었다.

"이제는 너희가 내게 관심을 기울이는구나." 케인이 말했다. 그가 몸을 펴고 일어서자 그의 머리가 일반적인 크기로 줄어들었다. "여기까지 오기 전에 버트넷의 수많은 기적을 일부러 보여준 이유가 궁금할 테지. 단순하다, 내 취향대로 한 거다. 분명 너희도 잘 알고 있으리라 생각한다만. 세상 위에 또 세상이 쌓여 있지. 버트넷은 확장된 인생이 되었다. 버트넷이 삶 그 자체가 *되었다*고도 말할 수 있지. 내가 앞으로 몇 달 동안 최대한 많은 탄젠트들에게 피와 살로 이루어진 육신을 줄 계획이라는 점을 생각하면 역설적인 일이다만."

마이클은 분노를 느끼며 부들부들 몸을 떨었다. 하지만 반짝하며 느껴지는 호기심도 참을 수가 없었다.

"나는 우리의 미래에 대한 놀라운 비전을 가지고 있다." 케인이 말을 이었다. 그의 말투는 눈이 초롱초롱한 황홀감과 좀 더 사무적인 진지함 사이를 오갔다. "나의 옛… *관계자*들은 더 이상 내 관계자가 아니다. 나는 변했다. 나는 웨이크와 슬립 사이의 경계가 더 이상 인간의 지능이라는 무능한 손으로 정의되지 않는 세계를 상상한다. 그 세계를 현실로 만들기 위해, 내게는 인간의 신체가 *필요하다*. 나는 인간 세계에 엄청나게 큰 존재감을 가져야 한다. 그리고 너희 세계와 내 세계를 좀 더 원활하게 연결해야 할 필요도 있다. 너희 셋이 나를 도와야 하는 이유가 그것이다. 특히 너 말이다, 마이클. 나는 너를 위해 잭슨 포터를 특별히 선택했다. 나의 옛 동업자들은 모르지만, 잭슨은 네 정신을 담을 신체라는 것 외에도 여러모로 쓸모가 있다."

"우리가 왜…." 브라이스은 입을 열었다가 용기를 잃은 듯 말을 흐렸다. 마이클은 잭슨에 대해 물어보고 싶었지만 침묵을 지켰다.

"너희들이 왜 나를 돕겠느냐고?" 케인은 그들이 삼킨 질문을 던졌다. 기이한 미소가 그의 얼굴을 밝혔다. "글쎄, 거짓말은 하지 않기로 약속했으니까. 나를 돕지 않는다면, 너희는 죽는다. 여기 이 아가씨의 부모와 함께." 그가 세라를 가리켰다.

마이클은 세라를 보았다. 그녀의 얼굴에 분노가 새겨져 있었다.

케인은 관심 없는 듯했다. "하지만 그 얘기를 오래 하고 싶지는 않다. 대신 보상에 대해 생각해 보거라. 나는 너희들에게 불멸을 약속한다. 지금도 이미 존재하고, 앞으로 다가올 세상에서 살아갈 끝없는 생명 말이다. 가능성은 무한하다. 마이클, 너는 아직 이해하지 못하겠지만 너와 나는 연결돼 있다. 우리는 인간에게든, 탄젠트에게든 불멸을 가능하게 만들 수 있는 다리 같은 존재들이야."

케인은 잠시 말을 멈추고 눈썹을 치켰다. 마이클과 그의 친구들이 벌떡 일어나 기쁨의 함성이라도 지를 거라고 생각하는 듯했다. 그러나 그들은 케인을 빤히 바라보기만 했다. 마이클은 이자가—이 *컴퓨터* 프로그램이—대체 어떻게, 마이클 일행이 자신을 믿을 수도 있다고 생각할 수 있는지 궁금했다.

게다가 잭슨에 대해 한 말은 무슨 뜻일까? 마이클은 케인이 그에게서 다른 친구들에게로 눈을 돌릴 때마다 길게 눈을 깜빡이면서 케인 주변의 코드를 탐색하기 시작했다.

"아직도 배워야 할 것이 많다." 케인이 말을 이었다. "하지만 말했듯, 나는 너희의 도움이 필요하다. 너희는 독특한 패를 쥐고 있다. 다양한 버트넷에서의 경험, 법칙에 대한 지식 같은 것들 말이다. 너희는 VNS와도 연결돼 있다. 너희들은 아직 알지도 못하는 연결이지. 게다가… 다른 기술도 있고. 내가 *확실히* 사용할 기술들 말이다."

간단한 일, 너무 간단해서 거의 멍청하기까지 한 일이었지만, 어쨌든 마이클은 그가 눈을 감고 있다는 사실을 케인이 알지 못하도록 자세를 잡아야 했다. 그것도 케인에게 사방을 모두 보는 눈과 귀가 없다고 가정할 때의 얘기지만. 무모한 가정이었다. 그러나 마이클은 어쨌든 그렇게 가정하는 위험을 무릅써야만 했다.

"우리끼리 이 문제에 대해서 잠깐 얘기해 봐도 될까요?" 마이클은 그렇게 물으며, 자기가 입을 연 것이 다행이라고 생각했다. 세라가 뭔가 말하려 했는데, 영리한 행동은 아닐 것이란 예감이 들었다. "우리끼리 의논해 봐야 할 게 좀 있어요."

표정을 보니 케인은 그 질문이 마음에 들지 않는 듯했다. 용광로의 열기처럼 그의 눈 뒤에서 솟아오르는 무언가가 있었다. "의논할 건 없다. 너희들은 내가 계획을 완수하도록 돕든지, 세라의 부모와 함께 죽을 것이다. 문제는 간단해."

세라가 입을 열었다. 얼굴이 붉어져 있었고, 금방이라도 산사태처럼 말을 쏟아낼 것 같았다. 마이클이 보기에는 확실했다. 그가 서둘러 세라를 막았다. "이건 엄청난 결정이에요, 케인. 우리가 자발적으로 따른다면 좀 더 나은… 하인이 될 거라고 생각하지 않으세요?"

"*그만하면 됐다!*" 케인이 고함을 질렀다. 눈 속에서 분노가 이글거리며 그의 얼굴은 분노의 가면을 쓴 것처럼 변했다. "내가 무지한 인간이라도 된다고 생각하느냐? 지금 이 순간에도 네가 빠져나갈 길을 찾느라 코드를 탐사하고 있다는 사실을 내가 모를 거라고 생각해? 정말로 내가 그런 짓을 허용할 거라고 생각하느냐?"

마이클은 머리가 멍해졌다. 마음속 아주 작은 희망의 거품이 터져버렸다. *대체* 어떻게 케인 몰래 방법을 찾을 수 있다고 생각한 거지? 케인은 슬립의 신이었다. 여기가 어딘지는 몰라도, 당연히 이곳의 신이기도 했다. 세라가 입을 열자 마이클은 차라리 마음이 놓였다.

"인간 세상에 섞여 들어가는 방법을 배우고 싶다면, 배워야 할 게 많은 건 분명하네." 세라는 예절을 모르는 유치원생을 꾸짖는 것만 같았다.

마이클은 그녀를 빤히 쳐다보았다. 나사라도 풀린 것처럼 그의 입이 쩍 벌어졌다.

케인도 마찬가지로 놀랐다. 탄젠트는 실제로 말을 더듬었다. "나는… 넌… 나는 여기 서서 어린애 훈계나 듣고 있지는 않을 거다." 그가 마이클을 가리켰다. "나의 피조물이 하는 말은 들을지 모르지. 하지만 *네* 말은 듣지 않는다." 그의 손가락이 세라를 가리켰다.

탄젠트는 그녀에게 한 걸음 다가가, 코앞까지 얼굴을 들이밀었다.

"나는 이성을 지키려고 애썼다." 그가 속삭였다. "그리고 대체 너희들이 어떻게 불멸을 외면할 수 있는지 이해가 되지 않아. 나만의 불멸이 아니라 모든 이의 불멸인데. 인간이든 탄젠트든 말이다. 세상에는 이미 너무 늦어서 멈출 수 없을 만큼 진행된 일들이 있다. 하지만 내게는 새로운 계획이, 위대한 계획들이 있어. 너희들이 내게 충성하기 전까지는 더 말하지 않겠다. 킬심들이 도착하기 전에 결정하는 게 현명할 거다."

그러더니 케인은 사라졌다.

2

마이클은 세라를 끌어안고 싶은 건지, 흔들고 싶은 건지 알 수 없었다. 어느 쪽이든, 그는 세라에게 다가가 그녀의 어깨를 잡았다. "방금… 방금 뭘 한 거야?"

그녀는 약간 움츠러들었다. "미안. 난 그냥 너무… 그냥… 놈을 죽이고 싶었어. 케인은 그저 한 줄의 코드일 뿐이야. 틀림없이 무슨 방법이 있을 거야!"

마이클은 세라가 얼마나 화가 났는지 알고 있었다. 케인이 그녀의 부모를 잡아갔으니 말이다. 그래도 그녀가 한 말은 상처가 됐다. 겨우 며칠 전까지도 마이클 역시 그런 존재에 불과했다. 한 줄의 코드. 채 감추기도 전에 세라가 마이클의 눈에서 그런 기색을 읽어냈다.

"아! 미안, 미안, 미안해." 세라가 서둘러 말했다. "오늘은 그렇게 컨디션이 좋지 않네. 이번 주라고 해야 하나."

마이클은 달리 뭘 해야 할지 몰라서 그녀를 끌어안았다. "나도 무슨 말인지 알아." 마이클은 부모님을 생각하고 있었다. 그들도 마이클에게서 사라졌다. 하지만 마이클은 세라가 그 점을 이해할지 알 수 없었다.

그들의 발밑, 빛나는 보라색 평원을 따라 정전기가 지직거렸다. 마이클의 온몸을 타고 흐르는, 전기가 흐르는 듯한 소리였다. 박동에 박동이 이어지며 그 소리가 점점 빨라지고 커졌다. 발걸음. 세라의 어깨 너머로 마이클은 한 무리의 그림자가 나타나는 모습을 보았다. 그림자들은 지평선의 보랏빛에 비해 어두워 보였는데, 네 발로 그들을 향해 뛰어오고 있었다. 마이클의 목구멍으로 두려움이 치솟았다. 킬심이었다. 그중 몇몇이 돌격해 오고 있었다.

세라는 마이클이 긴장하는 것을 눈치채고 그의 품에서 벗어나 뒤돌아서 그 모습을 보았다.

"진심이었나 봐." 세라는 별 감정이 느껴지지 않는 목소리로 말했다. 그 말을 들으니 마이클은 얼음이 생각났다. 차갑고 단단한, 커다란 얼음덩어리. "브라이슨? 일어나."

잠시 마이클은 친구를 완전히 잊고 있었다. 땅에 앉아 꼼짝도 하지 않는 브라이슨이 너무도 조용했으니까.

"야." 마이클이 말했다. "너 괜찮아? 문제가 생겼어."

마이클은 브라이슨에게 다가가다가 우뚝 멈춰섰다. 그림자 때문에 감춰져 있던 것이 이제는 분명하게 보였다.

브라이슨의 두 눈이 감겨 있었다.

3

마이클은 먼지처럼 가벼운 희망이 꿈틀대는 것을 느꼈다. 똑똑하게도, 브라이슨은 케인이 사라지지마자 바로 코드 작업을 시작했다.

진심으로 마음만 먹으면 브라이슨은 천재적이었다. *파괴의 악마*들 로비에서 날아다니는 밧줄로 그들을 죽이려던 늙은 여자 미치광이를 제거한 사람이 바로 브라이슨이었다.

그리고 마이클은 정말로, *정말로* 킬심들과 다시 싸우고 싶지 않았다. 블랙앤블루 클럽에서의 그 일을 겪은 뒤에는. *서둘러, 브라이슨.* 그는 신에게 호소하기라도 하듯 생각했다. *우리를 빼내줘.*

짐승들은 훨씬 가까워져 있었다. 늑대를 닮은 놈들의 근육질 몸뚱이가 공기 같은 보랏색 땅을 따라 튀어올랐다. 놈들은 전기음을 내며 으르렁거렸다. 그 발걸음이 이제는 지속적이고 쩌렁쩌렁한 정전기의 울림과 뒤섞였다. 브라이슨만이 유일한 희망이었다. 세라가 마이클의 손을 잡았다. 조용히, 그들은 다가오는 괴물들을 마주 보았다. 앞으로 일어날 일은 뻔했다.

마이클의 목구멍에 자리 잡은 두려움 덩어리는 크기가 두 배로 커졌다. 그 바람에 마이클은 숨 쉬기가 어려웠다. 킬심이 최소 열 마리 있었다. 마이클은 무기를, 게임에서 훔쳐낸 무언가를 불러올까 생각했지만 시간이 모자랐다. 코드를 건드리기가 지금처럼 힘들 때는 특히 그랬다. 게다가 그의 신분이 모든 것을 복잡하게 만들었다. 옛 인생에서 쌓아두었던 무기와 기술 들은 여러 층의 방화벽 너머에 있었다. 그렇다고 케인의 편이 되는 것은 선택 사항이 아니었다. 그들은 최선을 다해 괴물들을 잡아놓을 수밖에 없었다. 브라이슨이 무슨 마법을 부릴 때까지, 브라이슨이 그들을 위한 돌파구를 마련할 때까지.

등이 구부정하고 근육이 우락부락한 그림자 야수들. 놈들이 거대한 발로 보라색 땅을 구르며 주둥이를 딱딱거렸다. 세상이 소음으로 가득 찼다. 케인은 마이클에게, 자신이 마이클 일행을 믿어도 좋은 이유를 제시할 기회를 단 한 번 주었다. 그들은 케인의 시험에 떨어졌고, 탄젠트는 그들을 끝장내고 싶어 했다. 생명이 빨려 나가고 뇌는 죽은 상태로 만들고 싶어 했다. 몸이 머잖아 그 뒤를 따르겠지. 게임오버.

세라는 마이클의 손을 놓고 싸울 태세를 갖췄다. 다리를 구부리고 몸을 웅크린 채 두 손을 위로 쳐들고 주먹을 쥐었다. 마이클은 그녀가 표정만으로 야수 두어 마리를 죽일 수 있을 거라고 생각했다. 그는 세라를 따라 하려고 최선을 다했지만, 마음속으로는 그들이 이런 식으로 이길 방법은 전혀 없다는 사실을 알고 있었다. 어쨌든 마이클은 주먹을 들었다. 가상의 피부에 땀이 맺혔다.

킬심들이 3미터쯤 떨어진 곳까지 다가왔을 때, 커다랗고 검은 구멍이 갑자기 눈앞의 표면에 나타났다. 마이클과 세라는 깜짝 놀라 땅에 넘어졌다. 킬심들은 너무 빨리 움직이고 있어 멈추지 못했다. 마이클은 그 자리에 누워 놈들이 한 놈씩, 한 놈씩 발밑의 심연으로 추락하는 모습을 지켜보았다. 놈들이 검은 균열 속으로 사라지자 그 정전기 섞인 으르렁거리는 소리도 빠르게 희미해졌다. 몇 초 만에 그들은 사라졌다.

마이클은 무슨 일이 일어난 건지 이해할 겨를조차 없었다. 놈들이 사라지자마자 주변 세상 전체가 빛바래기 시작했고, 코드가 벌 떼처럼 다시 나타났다. 그러다가 뭔가 번쩍하며 모든 것이 사라졌다. 마이클은 어느새 코핀에 돌아와 있었다.

나왔다. 웨이크로. 안전하게. 브라이슨이 해냈다.

그들이 이겼다. 아주 작은 승리. 눈 덮인 산의 어마어마한 규모에 비하면 아주 작은 언덕에 오른 것에 불과하다는 걸 마이클도 잘 알고 있었지만, 그래도 승리는 승리였다.

조심해, 케인. 마이클은 생각했다.

4

불행히도 브라이슨은 그곳에 없어서 이 승리를 기념할 수 없었다. 마이클은 브라이슨이 성공을 자축하며 우쭐거리며 준비한 행사에라도 기꺼이 참여해 줄 생각이었다.

마이클과 세라는 그들이 빌린 아파트의 작은 주방 식탁에 앉아 있었다. 그들은 청소를 하고, 인스턴트 라자냐로 서둘러 식사를 마쳤다. 라자냐는 보통 쓰레기 같은 맛이 났지만, 허기가 맛있는 진수성찬으로 만들어 주었다.

"연결되어 있다는 건 무슨 뜻이었을까?" 세라가 냅킨으로 입을 닦은 뒤 물었다. "널 잭슨 포터의 몸에 집어넣은 데에 이유가 있다는 말은 또 무슨 뜻이고?"

마이클은 어깨를 으쓱했다. 생각이 너무 제멋대로, 사방으로 번져 나갔기에 답이 떠오르지 않았다. 바로 떠오르는 유일한 생각은 가브리엘라 생각뿐이었다. 가브리엘라의 아빠는 애틀랜타에 살았다. VNS 본부가 있는 곳이었다. 마이클은 너무 많은 일을 겪은 터라, 그게 우연일 수도 있다는 사실이 믿기지 않았다.

"다른 것보다도, 일단 브라이슨을 찾아야 해." 세라가 덧붙였다. "브라이슨도 탈출했는지 확인해야 해. 얼마 지나지 않아서 케인도 무슨 일이 일어나는지 봤을 거야. 직접 마무리를 지으려고 훅 들어왔을 수도 있어."

마이클은 웃음으로 그 말을 터무니없는 소리로 취급하려 했다.

"왜 이래. 너도 브라이슨을 알잖아. 브라이슨이라면 우리 목숨만큼이나 자기 목숨도 확실하게 챙겼을 거야. 아마 지금쯤은 핫도그를 먹으면서 자기 등을 토닥여주고 있을걸."

"응." 생기 없는 목소리를 듣고 보니 세라는 믿지 않는 듯했다. "브라이슨을 찾아서 이야기를 나눠야 해. 할 수 있는 한 빨리. 케인은 우리가 이런 일을 저지르고도 빠져나가게 놔두지 않을 거야."

마이클은 한숨을 쉬었다. 동의할 수밖에 없었다. "슬립으로 돌아가서 다시 브라이슨을 찾아보자. 그런 다음 웨이크 어디에서 만날지 정하는 거야."

세라가 일어섰다. "아니. 절대 안 돼. 케인은 너무 머리가 좋아. 떠나야 해. 지금."

"잠깐, 무슨 말이야?"

세라는 어느새 문 쪽으로 반 이상이나 다가갔다가 돌아서서 마이클이 자기를 따라오지 않는 모습을 보고 실망한 표정을 지었다. "마이클, 잘 들어. 우리는 버트넷으로 돌아갈 수 없어. 절대 안 돼. 최소한 현실 세계에서는 케인하고 맞서 싸워서 이길 가능성이라도 있잖아. 여기선 케인의 추적을 피해 숨을 수 있다고. 자, 가자."

이번에는 마이클도 그 말에 따랐다.

5

그들은 가까운 공원으로 가서, 큰길과 떨어져 나무 덤불에 숨겨져 있는 벤치를 발견했다. 마이클은 웨이크에서는 상황이 다르다고 계속 자신을 타일렀다. 케인도 웨이크에서는 신이 아니었다. 탄젠트도, 그의 킬심도 원할 때마다 마법처럼 나타날 수는 없었다.

"좋아." 세라가 무릎을 두드리며 말했다. "좋아. 할 수 있어. 그냥 엄청나게 조심하고, 계속 돌아다니고, 신분을 계속 바꾸고, 뭐든 하면 돼. 무슨 일이 있어도 슬립으로 돌아갈 수는 없겠지만."

"하지만 브라이슨은?" 마이클이 말했다. 자신의 목소리에서 약간 징징거리는 기색이 느껴졌다. "너도 말했지만, 우린 브라이슨을 찾아야 해. 그냥 말라 죽게 놔둘 수는 없잖아."

세라는 다시 무릎을 두드렸다. "나도 알아. 그래서 말인데, 일정한 간격을 두고 넷스크린을 한 번씩 쓰면 어떨까 해. 거기서는 케인도 우리를 물리적으로 해칠 수 없어. 그냥 우리 위치를 추적하는 데 넷스크린을 쓸 수 있을 뿐이야. 맞지? 그러니까 우리가 넷스크린을 써서 케인을 방해하는 거야. 산발적으로, 이상한 장소에서 로그인을 하는 방식으로 말이지. 브라이슨도 그만큼 영리했으면 좋겠는데. 브라이슨한테 메시지를 보내자. 무슨 암호를 떠올려 봐."

그녀는 미소 지었다. 시궁창 같은 상황을 좀 더 긍정적으로 바라보게 하려는 다정한 시도였다. 마이클은 그런 노력이 고마웠다.

"알았어." 그가 동의했다. "괜찮은 계획이네. 정신 똑바로 차리고 도망 다니는 거. 달콤한 인생이 될 것 같다."

"넷스크린은 내 걸 쓸까, 네 걸 쓸까?"

"네 거. 내가 아무리 여러 번 새롭고 개선된 신분을 만든다 해도 케인이 사람을 찾는다면 내 쪽이 조금이라도 더 쉬울 것 같아." 그때 마이클은 잭슨 포터를 떠올렸고, 이런 식으로 번지르르하게 말하는 자신이 조금 싫어졌다.

세라는 자기 이어커프를 꽉 쥐었다. 스크린이 그녀의 눈앞에 투사되자마자 마이클은 시계가 째깍거리는 소리가 들리는 것만 같았다.

1초, 1초가 지나는 동안 케인은 언제든 그들에게 덤벼들거나 접근하고, 그들을 죽일 누군가를 보낼 수 있었다.

"뭐라고 말하면 좋을까?" 세라가 물었다. "난 아무 생각이 안 나."

마이클은 손바닥에 땀이 났다. "모르겠어. 웨이크에서 브라이슨을 만나본 적은 한 번도 없어서. 어쩌면 브라이슨은 중국에 살고 있을 수도 있잖아."

세라는 코웃음 쳤다. "케인 때문에 뇌가 타버리기라도 한 거야? 예전에 이 얘길 한 적이 있었잖아. 어딘가에서 만나기로 했던 적이 한두 번이 아닌데. 가장 먼 곳에 있는 건 늘 *너*였어. 브라이슨은 숨어 있더라도 가까운 곳에 있을 거야. 우린 머리만 쓰면 돼. 자, 어서."

마이클은 한숨을 쉬고, 뇌를 압박해 실제로 작동시켰다. 머릿속에 댄더맨델리가, 마이클이 가장 좋아하는 음식인 블르칩과 함께 문득 떠올랐다. 멍청한 짓일지도 모르겠지만, 가장 떠오르는 연결이 바로 그것이었다. 브라이슨이라면 확실히 그 연결을 알아볼 터였다.

"이 주변 웨이크에 블르칩을 파는 식당이 있을까?" 그가 세라에게 물었다. "그러니까, 뭐랄까, 블르칩으로 유명하다든지?" 블르치즈와 베이컨이 듬뿍 뿌려져 있는 구운 감자칩이 잔뜩 쌓인 접시를 상상하자 배 속에서 꼬르륵 소리가 났다.

세라가 그를 흘겨보았다. "정말 *그렇게까지* 배가 고파?" 하지만 그녀는 곧 고개를 끄덕이며 마이클의 말을 알아들었다는 티를 냈다. "사실, 있긴 있어. 스톤그라운드라고. 댄더맨에서 파는 가상현실의 블르칩만큼 맛있지는 않지만, 스톤그라운드는 자기네 블르칩이 세상에서 제일 맛있다고 늘 떠들어대."

"그럼 거기야." 마이클이 말했다. "이렇게 하면 어떨까? 웨이크의 댄더맨. 으으으으음, 맛나네. 내가 제일 좋아하는 거야. 아침에 먹으면 특히 좋고."

세라는 마이클의 말에 동의하고 그 메시지를 보낸 다음 로그아웃했다. 그들은 수상해 보이지 않도록 조심하며 최대한 빠르게 공원을 벗어났다. 혹시 모르니까.

6

브라이슨이 나타나기까지는 사흘이 걸렸다. 그 사흘이 3년처럼 느껴졌다. 세라는 오래전 브라이슨이 보내준 그의 실물 사진을 가지고 있었다. 브라이슨이 자기 남자친구라도 되는 것처럼 지갑 속 눈에 띄는 곳에 넣어두었다. 마이클은 질투가 났지만, 그 사진을 백만 번은 살펴보았다. 만일, *언제가 될지 몰라도* 브라이슨이 마침내 나타난다면, 그가 어떻게 생겼는지 둘 다 알고 있어야 했다. 브라이슨은 그의 오라와 별로 다르지 않았다. 약간 더 마르고, 약간… 근육이 없었다.

매일 아침, 마이클과 세라는 스톤그라운드에 가서 길 건너편 벤치에 앉아 번갈아 가며 주위를 살폈다. 식당은 11시 정각까지 문을 열지 않았지만, 두 사람에게는 잘된 일이었다. 둘이 아침식사를 이야기했으므로, 메시지의 내용을 눈치챈 사람이 이 식당을 눈여겨 볼 가능성이 줄어들었다. 마이클은 그저 브라이슨이 늘 떠들어 대는 것처럼 똑똑하기만을 바랄 뿐이었다.

낮은 잔인할 정도로 길게 느껴졌다. 그에게는 학교도, 일자리도 없었다. 최악은 버트넷이 없다는 것이었다. 그리고 케인이 조종하는, 일처리를 매듭지을 탄젠트가 어느 순간에든 나타날지 모른다는 두려움을 떨쳐낼 수 없었다. 그래서 마이클은 신경이 피아노 줄처럼 단단해져, 한 시간 한 시간이 흐를 때마다 팽팽하게 곤두섰다. 그와 세라는 이야기를 나눴다. 아주 많이. 오래된 서점을 찾아가 어린 시절 이후 처음으로 종이로 장정된 진짜 책을 읽기도 했다. 그들은 매일 정오가 되면 브라이슨을 포기하고—그는 아침에 나타나거나, 아예 나타나지 않을 테니까—아파트로 터덜터덜 돌아갔다. 뭘 먹든 음식은 밋밋하게 느껴졌고, 시간은 죽어가는 나무늘보처럼 기어갔다.

그래서 브라이슨이 세 번째 날 아침 9시 34분에 발을 질질 끌며, 두 손을 주머니에 넣고 고개를 숙인 채 몇 걸음에 한 번씩 주위를 힐끔거리면서 거리 저편에서 나타났을 때, 마이클은 벤치에서 벌떡 일어섰다. 미친 사람처럼 기쁨의 함성을 지르며 친구에게 달려가고 싶은 마음을 참아야만 했다.

"왜 그…." 세라가 입을 열었다가 브라이슨을 보았다. "세상에. 그걸 진짜 알아듣네."

"다리로 가." 근처에 아무도 없었지만 마이클은 목소리를 낮추어 말했다. 그들은 좁은 강이 흐르는 근처 공원을 찾아두었다. 그 강을 건너는 다리 위에 서 있으면, 흐르는 강물 소리가 그들의 대화를 딱 가려줄 만큼 요란하게 들렸다. "내가 브라이슨의 주의를 끌어서 거기까지 따라오게 할게. 거기서 만나자."

"알았어." 세라가 일어나 총총걸음으로 걸으며 모퉁이를 돌아 사라졌다.

브라이슨이 스톤그라운드의 앞문에 접근하자 마이클은 아무렇지 않게, 비스듬히 거리를 가로질러 친구의 앞쪽으로 나아갔다. 브라이슨은 그를 보고서도 움찔하거나 발걸음을 바꾸지 않고 계속 걷기만 했다. 마이클도 다시 뒤를 돌아보지 않고 똑같이 했다. 누가 알아.

그는 생각했다. *누가 우리를 지켜보고 있을지도 모르지. 나중에 후회하느니 안전하게 하는 게 나아.*

상황이 상황이었지만, 마이클은 오랫동안 기다려 온 현실 세계에서의 만남이 흥분됐다. 그는 걷는 속도를 올려 곧장 공원으로 향했다.

7

세라는 미리 계획해 둔 바로 그곳에서 기다리고 있었다. 그녀는 나무다리의 난간 너머로 몸을 숙이고서 흘러가는 물을 내려다보고 있었다. 한때 그 다리는 붉은색으로 칠해져 있었지만, 지금 남아 있는 것은 탁한 색깔의 나무에 목숨 걸고 달라붙어 있는 오래된 페인트 조각뿐이었다.

마이클은 그녀에게 다가가, 세라의 팔 옆에 자기 아래팔을 턱 걸쳤다.

"이제 그 녀석이 나타날 때가 됐어." 그가 속삭였다.

"때가 됐구나." 세라가 미소 지으며 그의 말을 되풀이했다.

"꽤 낭만적인 장소를 골랐네."

마이클은 뒤로 돌아 가까이에서, 직접 현실 세계의 브라이슨을 처음으로 보았다. 그는 사진 속 모습보다 나이가 들었으며 살도 더 빠졌다. 금발 머리는 옆 부분이 덥수룩했고, 얼굴에는 최소 사흘은 깎지 않은 까칠한 수염이 나 있었다. 하지만 파란 눈은 선명했다. 마이클의 머릿속에서, 브라이슨이 그가 언제나 알아왔던 바로 그 브라이슨으로 변하기까지는 잠깐밖에 걸리지 않았다.

"네가 우리의 놀랍도록 기발한 단서를 해독했다니 다행이야." 마이클이 말했다.

브라이슨이 어깨를 으쓱했다. "마지막으로 그 식당을 찾을 때까지 엉뚱한 곳들을 파헤치느라 얼마나 큰돈을 썼는지는 말하지 않을게. 이런, 방금 말해버렸나."

"내 생각엔, 지금이 우리끼리 팀 포옹을 하기에 딱 좋은 때인 것 같아." 세라가 말했다.

셋은 서로의 어깨를 꽉 끌어안은 뒤, 떨어져서 서로를 바라보았다. 어색한 순간이었지만, 마이클은 그 어색함이 오래가지 않으리라는 것을 알고 있었다. 그들은 모두 조금씩 다른 모습이었지만—마이클의 경우는 *아주 많이* 달랐다—늘 그랬듯 잘난 체하기를 좋아하고 모든 것을 다 아는 것처럼 허세를 부리는, 슬립에서 가장 뛰어난 해커이자 십 대 말썽꾼들이었다.

브라이슨이 침묵을 깼다. "그래서, 너희들은 뭘 하고 지냈어? … 그러니까, 전능한 버트넷의 마법 세계들을 여행한 뒤로 말이야. 그런 여행을 후원해 주다니, 케인 진짜 착하지 않냐?"

"납작 엎드려 있었지." 세라가 대답했다. "부모님은 걱정돼서 죽겠고, 너도 기다려야 하고."

"우리 셋이 전부 모이기 전까지는 아무것도 하고 싶지 않았어." 마이클이 덧붙였다. "세라가 싱크하면 안 된다고 고집을 부렸어. 세라가 일단 마음을 먹으면 어떻게 나오는지 너도 알잖아…."

"세라 탓은 못 하겠네." 브라이슨이 말했다. "난 *우리* 실력이 좋다고 생각했어, 친구들. 케인이라는 이 뱀 같은 놈을 만나기 전에는."

세라는 팔짱을 끼고 난간에 등을 기댔다. "그럼 넌 뭘 하고 지냈어?"

"나?" 브라이슨이 대답했다. "난 우리 가족을 숨겨놨어. 여기저기로 보내놨지. 가족들한테 모든 걸 털어놨어. 누가 그 사실을 알아내게 돼도 상관없어. 먼 데로 떠나라고 가족들을 설득할 방법이 그것밖에 없었으니까."

세라는 눈길을 돌리고 몸을 똑바로 세우며 일어섰다.

"미안." 브라이슨이 웅얼거렸다. "멍청한 소리네, 너희 부모님이…." 브라이슨은 굳이 말을 마칠 필요가 없었다.

"괜찮아." 세라는 짧게 숨을 들이쉬고, 눈에 띄게 몸을 떨며 말했다. "작업을 시작해야 할 이유가 더 생겼을 뿐이야. 케인은 우리 부모님이 살아 있는 것처럼 말했어. 우린 그분들을 찾을 거야."

"아멘." 브라이슨이 속삭였다.

마이클은 킬심들을 간신히 따돌렸던 일을 떠올렸다. "그건 그렇고, 어떻게 한 거야?" 그가 브라이슨에게 물었다.

"뭐가?"

세라가 헉하며 숨을 들이쉬었다. "와! 적어놔, 마이클! 브라이슨이 겸손하게 굴고 있어! 모든 일에 처음이라는 게 있다더니."

마이클은 미소 지었지만 브라이슨은 정말로 어리둥절한 표정이었다.

"무슨 소리야?" 그가 물었다.

"아, 왜 이래." 마이클이 말했다. "우리가 무릎을 꿇고 절이라도 하면서, 우리 목숨을 살려준 널 찬양하기라도 해야 하는 거야?"

"너희 목숨을 살렸다고? 케인한테서 말이야? 보라색 땅에서 킬심들과 나들이를 즐긴 그 일을 말하는 거야?" 그러더니 그는 웃음을 터뜨렸다. 들으면 기분이 좋아지는, 전염성 높은 웃음이 아니었다. 왠지 그 웃음소리를 듣자 마이클은 소름이 끼쳤다.

이제는 브라이슨이 친구들의 얼굴에 떠오른 혼란스러운 표정을 살펴볼 차례였다.

"왜? 진심으로 한 말이었어?" 그가 물었다.

마이클은 관자놀이를 문지르며 잠시 눈을 감았다가 다시 떴다. "방금 다른 차원으로 빨려들어간 것 같은 이 기분은 뭐지? 무슨 일이야?"

세라가 대화를 떠맡았다. "브라이슨, 우린 네가 프로그램을 건드리는 걸 봤어. 네가 어떤 식으로든 우릴 빼냈다는 걸 알아. *방법은* 모르겠어. 난 코드도 거의 못 봤거든. 하지만 뭔지는 몰라도 네가 한 일은…."

브라이슨이 끼어들었다. "얘들아. 내가 한 일이 아니야. 그래, 미친 듯이 시도하기는 했지. 하지만 난 아무것도 깨뜨리지 못했어. 난 그냥 너희도 내가 들은 걸 들었다고 생각했는데."

"듣다니?" 마이클이 되물었다. "뭘 들어?"

브라이슨이 다시 웃었다. "와, 너희 둘이서 내가 너희를 살렸다고 생각했다니 끝내준다. 입 다물고 내가 한 것처럼 생각하게 놔둘걸."

"*뭔데?*" 세라가 말했다. "뭘 들었다는 거야?"

"어떤 목소리가 들렸어." 브라이슨의 얼굴이 누그러지며 좀 더 진지한 표정이 됐다. "다시 웨이크로 휩쓸려가기 직전에. 나는 종소리처럼 선명한 어떤 목소리를 들었어."

"그 목소리가 뭐라고 했는데?" 마이클이 물었다.

브라이슨이 씩 웃었다. "*탄젠트 가운데 너희의 친구들이 있다.*"

CHAPTER 10

오래된 장치

1

그날 밤, 마이클에게는 한 명이 아니라 두 명의 룸메이트가 있었다. 브라이슨이 챙겨 온 옷가지가 들어 있는 가방 두어 개를 되찾은 다음 그들은 모두 이야깃거리 백만 가지를 가지고 아파트로 향했다. 날이 저물어 가면서 마이클은 브라이슨의 폭로에 대해 많은 생각을 했고, 그들을 킬심으로부터 자유롭게 해준 신비로운 탄젠트들을 생각했다. 그는 궁금했고 매료됐다. 케인이 또 한 번 그들을 속인 것은 아닐지 걱정되기도 했다.

"이것 좀 봐." 엄선한 핫도그와 햄버거로 이루어진 미식가다운 저녁을 먹고 브라이슨이 말했다. 그는 가방을 뒤져 직사각형 장치를 꺼냈다. 한 면은 유리로 되어 있었고 다른 면은 금속이었다. 브라이슨은 그것을 식탁에 내려놓았다. 장치는 끽끽 소리를 내며 미끄러지듯 식탁에 놓였다. "이건 말이지, 친구들, 넷탭이라는 거야."

"뭐?" 세라는 의심스럽다는 듯 느릿느릿한 말투로 물었다. "넷탭을 쓰는 사람은 이제 없어."

"그래," 브라이슨이 대답했다. "우리 아빠는 수집가라고 해도 될 만한 분이거든. 뭐랄까, 물건을 수집하셔서."

세라는 친구의 형편없는 농담에 눈을 동그랗게 떴다.

마이클은 고대 이집트의 두루마리처럼 부스러져 먼지가 되기라도 할 것처럼 머뭇거리며 그 장치를 집어 들었다. 그만큼 오래돼 보였으니까.

"정말 이게 넷탭이야?" 그가 물었다. "난 한 번도 본 적 없는데. 너무 오래된 물건이잖아."

"맞다니까." 브라이슨은 넷탭을 도로 가져가며 말했다. "넷탭 맞아. 거기다 아직 작동하기도 해. 고맙다는 인사는 나중에 해도 돼. 다만, 이제는 넷스크린을 쓰는 위험을 무릅쓰지 않고도 세상에서 무슨 일이 벌어지는지 계속 알아볼 수 있어."

마음에 드는 얘기였다. 지금 마이클은 케인과 그의 부하들 때문에 상상 이상으로 겁에 질려 있었지만, 어쨌든 온라인에 접속할 필요는 있었다. 무슨 일을 해야 할지 알아봐야 했다.

"어떻게 쓰는 건지 보여줘." 세라가 말했다.

브라이슨은 뿌듯해하는 아빠처럼 활짝 미소 지었다. "어렵지 않아. 어려운 부분은 옛날 시스템을 써서 넷에 접속하는 거야. 하지만 우리 사랑하는 아빠는 그냥 수집가가 아니셨거든. 엄청난 천재이기도 하셔서, 이 귀여운 똥강아지를 완전히 길들여 놓으셨어. 우리는 누구에게도 정체를 들키지 않고 원하는 만큼 넷을 탐색할 수 있어. 이건 우리 신분과 아무 관계가 없거든."

그가 버튼을 누르자 유리 화면이 살아나, 일반적인 넷스크린과 매우 비슷해 보이는 배경 화면을 보여주었다. 다만 개인 정보는 없었고, 새로운 자료와 게임으로 연결되는 링크가 있을 뿐이었다.

“세상에서 무슨 일이 벌어지는지 알아보자.”

브라이스은이 장치를 톡톡 두드리자 그들은 원하는 것을 얻게 되었다.

2

한 시간 동안 케인의 죽음의 법칙을 거친 탄젠트들이 세상에 재앙을 퍼뜨리는 징조가 있는지 뒤져본 뒤, 그들은 기나긴 사건의 목록을 얻었다. 그걸 보자니 어느 때보다도 기분이 나빠졌다. 우연이나 단발성 사건으로 여겨져 아마 평범한 사람들의 레이더에는 걸리지 않았을 일들도 마이클은 훨씬 더 불길한 것이란 걸 알고 있었다. 셋 모두가. 한 걸음 물러나서 모든 것을 바라보면, 케인은 영향력을 동원해 세상을 주무르고 있는 것이 분명했다.

독일에서는 고위 공무원이 하룻밤 사이에 소속 정당을 옮기고, 모든 중요 이슈에 대한 의견을 바꾸었다. 그는 의회에 나가 법제도 검토에 관해 고함을 치고 분통을 터뜨렸다. 하지만 그 이야기는 유머 사이트의 관련 기사로나 나왔을 뿐 묻혀 있었다. 모두 그가 단순히 정신이 나갔다고만 생각했다.

일본에서는 인도주의적인 노력을 기울여 전 세계적 명성을 얻은 한 승려가 밤사이 이 방 저 방 돌아다니며, 잠들어 있는 자신을 따르는 신도를 서른 명도 넘게 절의 부엌에 있는 칼로 찔러 죽였다. 바로 전날, 그 승려는 몇몇 국가에서 온 고관들을 만났으며 정신적 문제의 징후는 전혀 보이지 않았고 평화를 옹호했다. 단, 회담은 버트넷 안에서 이루어졌고, 승려는 확실히 코핀 안에 있었다.

지역 공동체에 헌신적인 자선활동을 해온 것으로 알려진 캐나다의 한 여성도 있었다. 그녀는 슬립에 들어가 있었는데, 슬슬 그녀가 걱정되기 시작한 딸이 그녀를 깨웠다. 어머니는 미친 사람처럼 화를 내며 코핀에서 빠져나왔다. 그녀는 자식들을 모두 죽인 다음, 남편이 집에 돌아오기를 기다렸다가 그마저 죽였다. 그러고는 경찰에게 그저 그렇게 하라는 지시를 들었다는 말만 반복했다.

비슷한 이야기가 너무 많았다. 이웃과 친구 들이 계속해서 같은 말을 했다. "그렇게 착한 사람도 없었어요"라거나, "나쁜 구석이라고는 하나도 없는 사람이었어요"라는 식이었다.

그러나 마이클에게 정말로 확신을 심어준 것은 비폭력적인 사연들이었다. 다 떠나서, 탄젠트들을 인간의 몸에 들여보내 고작 뭔가 끔찍한 짓을 저지르다가 감옥에 갇히게 하다니, 그걸로 케인이 무슨 목표를 이룰 수 있을까? 어쩌면 그런 일들은 인간 신체로의 이식이 제대로 작동하지 *않는다*는 증거일지도 몰랐다.

마이클과 친구들은 평소와 행동이 달라지거나 성급한 판단을 내리게 된 사람들에 관한 몇몇 기사도 발견했다. 회사의 경영자들은 엄청나게 많은 자금을 옮기거나 엄청난 해고를 실시하고 자회사를 매각했다. 정부 관료들은 뉴스밥의 관심을 불러일으킬 만큼 갑작스럽게 사상을 바꿨다. 대부분은 독일의 그 관료처럼 활발하게 활동하지 않았지만 말이다. 배우들이 영화 촬영장에서 걸어나가고, 스포츠 선수들이 팀에서 은퇴하고, 사방의 사람들이 여러 해 동안 유지해온 일자리를 떠났다. 너무 많은 이야기가 있어서 마이클은 사이버테러 혐의로 현상수배 된, 잭슨 포터라는 실종자에 관한 보도를 만났을 때에도 거의, *거의* 움찔하지 않았다.

마이클은 일단 그 기사를 한쪽으로 치워두고, 탄젠트 침략의 가능성에 집중했다. 너무 지나쳤다. 너무 많은 사건이 너무 자주 일어나고 있었다. 마이클은 평생 뉴스 중독자로 살아왔지만, 이런 건 한 번도 본 적이 없었다.

"탄젠트들이 틀림없어." 어떤 정부 인사가 주민들의 뜻을 거스른 또 한 가지 사례에 관한 이야기를 읽고 나서 마이클이 말했다. 그런 말을 하는 게 최소 열 번째인 것 같았다. "이건 말도 안 돼. 어떻게 다들 연관 관계를 눈치채지 못하는 거지?"

"생각해 봐." 브라이스이 대답했다. 그는 아주 오래된 장치를 끄고, 그 장치가 모든 기사의 원인이라도 되는 것처럼 혐오스럽다는 듯 밀어두었다. "사람들은 우리가 아는 걸 몰라. 정말 누가 그냥 일어서서 '알겠다!'라고 소리칠 거라고 생각하는 건 아니지?" 그가 손가락을 꺾었다. "'세상에, 알겠어! 컴퓨터 프로그램이 이 모든 사람들의 정신을 차지하고 있는 거야!'라고 말이야."

마이클은 눈동자를 굴렸다. "나도 *알아*. 하지만 이건 말 그대로 터무니없잖아. 이런 이상한 일들이 전 세계에서 동시에 일어나다니."

"이 중 일부는 모방 사건일지도 몰라." 세라가 말했다. "하지만 거의 모든 사건은 케인이 일으킨 게 틀림없어. 내 생각에, 케인은 무슨 일이 일어나는지 보고 몇 번 수정을 하고 나서 마이클이나 다른 탄젠트 몇 명을 시험군으로 만들었던 것 같아. 그런 다음에, 1주일이나 2주일쯤 지나서 그 시험군을 동시에 내보낸 거지. 케인이 대체 뭘 해내려는 건지 모르겠어."

그건 마이클도 마찬가지였다. "그러게 말이야. 어떤 사건은 너무 마구잡이로 일어난 것처럼 보여. 아무 일관성이 없어. 정부 일이나

기업 일은 약간 이해가 되기도 해. 케인은 다른 사람들이 끼어들어서 그 자리를 차지하도록 만들 계획인지도 몰라. 하지만 왜 폭력 사건까지 이렇게 많이 일으키는 거야?" 마이클은 그 문제가 별로 중요하지 않다는 듯 어깨를 으쓱했다. 잠재적으로는 그 점이야말로 역사상 그 어떤 문제보다 중요했을 텐데 말이다.

"혼란이야." 브라이슨이 으스스하게 속삭였다.

마이클은 브라이슨이 이런 극적인 주장을 좀 더 설명해 주기를 기다리며 그를 쳐다보았다.

"대혼란." 그가 되풀이했다. "어쩌면 지금 이 순간, 케인은 뻔하디 뻔한 대혼란 말고는 아무것도 원하지 않는 걸지도 몰라."

"왜?" 세라가 물었다.

"나도 모르지. 어쩌면 모든 인간들이 큰 전쟁을 일으켜 자살하기를 바라는 걸지도."

"눈곱만큼도 말이 안 되는 소리야." 마이클이 반박했다. "인간을 멸종시키고 싶다면 죽음의 법칙이 다 무슨 소용이야? 케인은 인간이 *되고* 싶은 것 아니냐고."

이번에는 브라이슨이 어깨를 으쓱할 차례였다. "그게 올해의 수수께끼인 것 같다. 케인은 불멸에 대해 온갖 소리를 지껄여 댔어. 그게 인간으로서 불멸한다는 얘기일까, 탄젠트로서 불멸한다는 얘기일까? 그게 우리가 이 녀석의 궁극적인 계획을 알아내야 하는 이유야."

세라가 일어나서 기지개를 켜며, 식탁에서 몸을 젖히고 두 손으로 허리를 눌렀다. 뭔가가 우두둑하는 소리가 났다.

"우리 모두 오늘은 열 좀 식히면서 쉬어야 돼." 그녀가 말했다. "오늘 밤에는 좀 자자. 내일은 어마어마한 날이 될 테니까."

"아, 그래?" 브라이슨이 물었다. "정확히 뭘 하게 되는데?"

세라는 자리에서 일어나더니 돌아서서 걸음을 내딛으며 어깨 너머로 아무렇지 않게 대답했다.

"VNS를 만나러 갈 거야."

3

모든 대도시와 대부분의 소도시는 행정구역 안에 VNS 지부를 두고 있었다. 보통은 그 지부가 눈에 띄지 않지만, 다음 날 늦은 오후 무렵 마이클과 친구들은 지역 VNS 사무실을 찾아 그 앞에 서 있었다. 사무실은 시내 더러운 구역의 별 특징 없고 쇠락한 건물 안에 있었다. 마약상이나 노상강도 들이 거리를 배회하는 모습을 어렵지 않게 볼 수 있는 구역이었다. 안에 들어가 있는 동안 기다려 달라고 마이클이 택시 기사에게 부탁한 것도 그 때문이었다.

"*진짜* 하는 거야?" 브라이슨이 물었다.

"진짜 하는 거야." 세라가 대답했다. "아무튼, 노크 한번 했다고 무슨 피해가 있겠어?"

브라이슨은 손가락으로 턱을 톡톡 두드렸다. "마약에 취한 웬 미친놈이 거래를 하면서, 누구든 노크하는 사람을 쏴버리기로 작정했다면 피해가 있을 수 있지. 그러면 꽤 아플걸."

"그래, 그럼 확실히 아프겠다." 마이클도 동의했다. 하지만 말다툼에는 아무 의미가 없었다. 무슨 일이 벌어지든 이 건물에 들어가리라는 사실은 그들 모두가 아주 잘 알고 있었다.

세라는 앞쪽 벽에 붙어 있는 차양 밑, 손때 묻은 유리문으로 갔다. 달랑 하나 붙어 있는 나사에 의지한 채 금속 손잡이가 비뚜름하게 걸려 있었다. "그럼 노크는 내가 할게, 겁쟁이들아."

세라가 노크하자 마이클과 브라이슨은 그녀 곁으로 재빨리 달려갔다.

사무용 건물에서는 보통 볼 수 없는 낡은 도어매트가 입구 앞에 삐딱하게 놓여 있었다. 한 귀퉁이가 개인지 쥐인지 모를 동물에게 씹혀 있고, 너덜너덜해진 가장자리는 건물 외관과 설묘하게 어울렸다. 매트에는 발을 닦으세요라는 문구가 적혀 있었는데, 마이클은 그게 단도직입적으로 본론을 꺼내는 VNS 같은 조직과 완벽하게 어울린다고 생각했다.

세라가 손을 뻗어 문을 두드렸다. 문은 덜컥거렸고 느슨한 손잡이가 유리에 부딪혔다. 그러나 열리지 않았다. 마이클은 문틀을 자세히 살펴봤다. 프레임은 먼지 낀 금속성 재질이었는데, 금속이 떨어져 나간 자리에 갈색 페인트칠을 한 나뭇살을 덧대어 놓았다. 하지만 나뭇살마저 휘어져 있었다. 마이클은 이곳이 궁금해지기 시작했다. 건물 정면이라기에는 너무했다. 그는 웨버 요원의 사무실을 방문했던 일을 떠올렸다. "방문"했다는 말은 "납치당해 강제로 끌려갔다"는 뜻이었지만. 그때 웨버 요원의 사무실은 축구 경기장 지하에 있었다. VNS는 그림자 속에 숨어 있는 것을 좋아하는 모양이었다.

아무 응답이 없자 세라는 다시 한번 문을 두드렸다. 이번에는 좀 더 세게 노크했기에, 모든 것이 활기차게 흔들렸다.

"나와, 나오라고." 브라이슨이 속삭였다.

반대편에서 달칵하는 소리가 나더니 문이 활짝 열렸다. 그 움직임에 문 꼭대기에 달려 있는 구식 종 하나가 딸랑거렸다. 어째서인지, 마이클의 눈에는 그 종이 건물보다도 더 VNS에 어울리지 않는 것처럼 보였다. VNS는 세계에서 가장 중요한 상업과 오락의 근원지를 보호한다는 기관이었으니까. 손님을 맞으러 나온 사람은 그보다도 더 이상했다.

키가 작고 통통하며 얼굴에는 회색 얼룩이 꾀죄죄하게 묻어 있는 남자가 나타났다. 몇 가닥 안 남은 비듬투성이 머리카락을 넘겨 빗은 그 사람은 얼룩진 러닝셔츠—누레진 그 러닝셔츠에는 더 누런 점들이 찍혀 있었다—를 입고 있었다. 그 바람에 20년 동안 햇빛을 한 번도 쬐어본 적이 없는 것처럼 보이는 털투성이 팔이 드러났다. 갈색 멜빵이 갈색 바지가 벗겨지지 않도록 붙잡고 있었으며, 불도 붙이지 않은 뭉툭한 담배가 그의 입에 매달려 있었다. 남자는 그 담배의 존재를 몇 시간 전에 잊어버린 듯한 모습이었다.

"누구야? 무슨 일이냐?" 그는 놀랄 정도로 높은 목소리로 물었다.

앞장섰던 세라가 나서서 대화를 주도했다. "중요한 일로 요원님과 얘기하러 왔어요. 아주 중요한 일이에요. 버트넷과 관련된 일이요."

마이클은 한숨을 쉬고 싶었다. 그는 세라를 아주 좋아했지만, 방금 한 말은 딱히 용건을 훌륭하게 설명했다고 할 수 없었다. 설익은 거짓말 같았다.

"요원님과 약속이 있어요." 마이클이 본능적으로 말했다.

남자는 입에서 담배를 뱉어내고 기침하기 시작했다. 엄청나게 가슴을 들썩이며 구역질하는 듯한 소리가 나서 꼭 그의 가슴이 터질 것처럼 보였다. 마이클은 움찔했다.

"뭐라고?" 남자는 계속 목을 가다듬으며 거친 목소리로 말했다.

이번에는 브라이슨이 나섰다. "저기요, 아저씨. 우리한테 발뺌할 것 없어요. 우린 여기가 VNS 지부라는 걸 알고 있고, 아주 진지하게 이야기할 게 있다고요. 우리를 요원한테 데려다주세요. 시간이 별로 없어요."

최소한 존댓말은 썼네. 마이클은 생각했다.

남자는 뭉툭한 담배를 잿빛 입술 사이에 다시 물더니 말했다. "요원 이름이 뭐지? 암호는?"

마이클은 문득 슬립이 못 견디게 그리웠다. 그곳에서라면 이런 정보쯤은 해킹으로 알아낼 수 있었다. 지금은 의지할 만한 것이 그들 자신의 재치와 매력뿐이었다.

"저기요." 그가 말했다. "지역 요원의 이름은 몰라요. 암호도 없고요. 우리한테 필요한 건 5분뿐이에요. 맹세하는데, 우리 말에 귀 기울인 걸 후회하지는 않으실 거예요. 부탁드려요."

"나비만큼 무해한 사람들입니다." 브라이슨이 멍청이처럼 미소 지으며 말했다.

남자는 육포 조각이라도 되는 것처럼 담배를 씹어댔다. "들어와, 당장."

마이클은 크게 한숨을 내쉬고, 브라이슨과 세라를 따라 들어갔다. 퀴퀴한 냄새가 나고 어슴푸레한 조명이 밝혀진 로비에는 등받이가 딱딱한 의자 세 개와 텅 빈 책상이 하나 있었다. 남자는 그곳에서 기다리라고 말하더니 문을 쾅 닫았다. 종이 미친 듯이 딸랑거렸다.

그가 다른 문으로 사라진 뒤, 마이클은 친구들을 보았다. "저 사람… 흥미롭네."

세라가 천천히 고개를 끄덕였다. 브라이슨은 두려움에 질려 벌벌 떠는 시늉을 했다.

1분도 채 지나지 않아 담배를 씹어대던 남자가 돌아왔다. 그는 문을 홱 열고 그들에게 들어가라고 고갯짓했다.

"웨버 요원님이 기다리신다."

4

브라이슨과 세라는 그들을 맞아들인 남자의 손짓에 따르려 했지만, 마이클은 망설여졌다. 웨버가 우연히 이곳에, 지저분한 골목 한가운데에 있는 황폐한 쓰레기 더미에 있을 리는 전혀 없었다. 남자가 그의 의심을 눈치챈 듯했다.

"업링크(지상에서 위성으로 보내는 통신 링크—옮긴이)를 통해서 말이야." 남자는 현실에서 말하는 것이 피곤해졌다는 듯 웅얼거렸다.

"아." 마이클이 멍하게 대답했다.

그는 친구들과 함께 문을 지나 긴 복도를 따라 걸어갔다. 복도는 점점 좋아졌다. 새로 페인트칠이 되어 있고 카펫에는 얼룩이 없었다. 걸어갈수록 조명도 밝아졌다. 담배를 문 남자는 뒤에서 그들을 몰아갔다. 그는 왼쪽으로, 그다음에 오른쪽으로 돌라고 소리치고는 계단을 몇 층 내려가라고 했다. 층수 표시는 없었다. 마침내 그는 일행을 다른 문 너머 다른 복도로 안내한 끝에 거대한 월스크린이 켜져 있는 작은 방 안으로 데려갔다.

마이클은 그들을 바라보는 웨버 요원의 거대한 얼굴을 마주하고 헉하며 숨을 들이쉬었다. 목구멍이 죄어오는 듯했다. 웨버 요원의 검은 머리카락과 이국적인 눈, 다 안다는 듯한, 머릿속 가장 깊은 생각까지 읽을 수 있다는 듯한 그 표정.

"앉아라." 남자가 명령했다.

긴 탁자가 있고, 쿠션이 들어간 의자들이 그 탁자를 둘러싸고 있었다. 마이클과 친구들은 아무 말 없이 앉았다. 그는 세라와 브라이슨이 벽면의 여자와 눈을 마주치지 않으려 한다는 것을 알아챘다. 말 그대로 실물보다 훨씬 커져서 머리 위에 떠 있는 웨버의 모습을 보자 원래 모습으로는 충분히 위협적이지 않다고 생각하는 건가 싶었다. 마이클은 가엾은 잭슨의 몸에서 정신을 차린 뒤, 웨버 요원이 그를 만나러 *직접* 찾아왔던 날을 떠올렸다. 그날 그녀를 만나자 마음이 좀 놓였다. 최소한 조금은 그랬다. 마이클은 혼자가 아니고, VNS가 문제를 해결하는 데 도움을 줄 거라는 느낌을 받았으니까. 하지만 마이클은 그 이후로 웨버 요원이든, 다른 누구에게서든 아무 소식을 듣지 못했다. *라이프블러드*의 나무집 옆에서 목격한 사람이 그녀일지도 모르지만 말이다.

그는 분노가 치밀었다. 관자놀이에서 핏줄이 뛰었다.

"이제 나가보세요, 패트릭." 웨버가 말했다. 그녀의 목소리가 사방의 스피커에서 크게 울렸다.

브라이슨은 히죽거리고 싶은 마음을 간신히 참고 있는 듯했다. 그는 여태 들어본 이름 중 가장 우스운 이름이라는 듯, 마이클을 보며 *패트릭*이라고 입 모양으로 말했다.

남자가 담배를 문 채 떠나자 불편한 침묵이 방에 내려앉았다. 마이클은 웨버 요원과 계속 눈을 맞추려고 했다. 웨버 요원과 그들을 연결해 주는 카메라가 정확히 어디에 있을지 궁금했다. 어느 정도 배짱을 보여줄 결심으로, 마이클은 그녀가 먼저 입을 열 때까지 기다렸다. 그러나 웨버 요원은 시간을 끌었다.

결국 그녀가 짧게 말했다. "할 말이 있다고?"

마이클의 맥박이 좀 더 세게 뛰었다.

"할 말이 있느냐고요?" 그가 반문했다. "그것보다는 좀 더 친절하게 말을 건넬 줄 알았는데요. '네가 무사한 걸 보니 정말 좋구나, 마이클. 너랑 연락하려고 했지만, 일이 너무 정신없었어. 내 사과를 받아주렴, 마이클. 아, 그리고 *라이프블러드*에서 널 만나러 갔던 일은 미안하구나, 마이클' 같은 말이요."

웨버 요원은 눈도 깜짝하지 않았다. 그저 마이클을 계속 쏘아볼 뿐이었다. 마치 마이클이 전혀 모르는 사람이라는 투였다. 마이클이 낯선 사람의 몸에 들어가 있는 것은 사실이었지만, 웨버 요원은 이미 그를 본 적이 있었다. 웨버는 그를 만나러 온 적이 있다. 마이클은 이보다 나은 대접을 받을 자격이 있었다. 브라이슨과 세라는 앉은 채로 꿈지럭거렸지만 아무 말도 하지 않았다.

"무슨 말을 하러 여기 왔는지 말해주렴." 웨버가 말했다. "패트릭이 중요한 일이라고 우기던데. VNS는 고등학생들과 장난할 시간 없어. 할 애기 있으면 빨리 해."

마이클은 자리에서 일어섰다. 관자놀이에서 느껴지던 맥박이 이제는 드릴처럼 느껴졌다. "어떻게 감히…."

세라가 마이클의 팔에 손을 얹으며 그의 말을 끊었다. 마이클은 세라가 가까이 다가온 것도 눈치채지 못하고 있었다.

"마이클." 그녀가 말했다. "그냥 우리가 무슨 말을 하러 왔는지만 말해주자. 케인에 대해서, 뉴스에 나온 일들에 대해서."

"정말로 내가 케인에 관해 모를 거라고 생각하니?" 웨버 요원이 말했다. "*그게* 나를 호출한 이유야?"

마이클의 분노는 혼란으로 변했다. 웨버 요원은 왜 이렇게 낯설게 구는 것일까? 아직 브라이슨과 세라를 믿지 못하는 걸까?

"저희는… 얼마 전에 케인한테 납치당했어요." 세라가 놀랄 만큼 평정심을 유지하며 말했다. "케인은 우리가 자길 위해 일하기를, 자길 도와주기를 바랐어요. 우리를 협박했고, 제 부모님을 잡아갔어요."

"*게다가* 우리한테 버트넷 속 세상을 주겠다고 약속하기도 했지." 브라이슨이 덧붙였다. "불멸을 주겠다고. *그거* 잊지 마."

세라는 고개를 끄덕였다. "그 말도 했어요. 케인 말대로 *한다면* 말이죠. 누군가가 우리가 탈출하도록 도와줬어요. 웨이크에서도 이상한 일들이 일어났고요. 마이클 얘기는 아시죠? 죽음의 법칙에 관한 모든 얘기들요. 뉴스에도 말도 안 되는 일이 엄청 많이 나오고… 그 모든 게 어떤 식으로든 연결돼 있어요. 우리는… 그냥 VNS랑 대화하고 싶었어요. 이유를 모르겠는데…."

"그거면 됐다." 웨버 요원이 말했다. 큰 목소리는 아니었지만 위엄이 실려 있었다. "고맙지만, 더 들을 필요는 없겠구나."

마이클은 할 말을 잃었다. 그는 화면을 통해 웨버가 손을 뻗어 뭔가를 누르는 모습을 봤다. 그녀는 패트릭에게 방으로 돌아오라고 말했다. 1초 뒤에는 패트릭이 문 앞에 서 있었다.

"손님들을 건물 밖으로 데려다주세요." 웨버 요원이 그에게 말했다. "살면서 한 번도 본 적이 없는 사람들입니다."

월스크린은 꺼졌다.

CHAPTER 11

검은 얼굴 가리개

1

"저 여자인 거, *확실해?*" 세라는 택시가 VNS 건물에서 벗어나자 마이클에게 물었다. 그들은 버스에 탄 유치원생들처럼 뒷좌석에 구겨 앉아 있었다. 브라이슨이 가운데에 앉았다.

"응." 마이클이 대답했다. 그는 분노를 억누르려고 애썼다. 세라의 잘못은 아니었으니까. "*라이프블러드 딥*에서 본 웨버 요원의 오라와 똑같아. 저 여자가 확실해. 이름도 같고, 외모도 같아. 게다가 나는 저 여자를 잭슨 포터의 아파트에서도 봤어. 저 여자가 틀림없어. 우릴 만난 적도 없는 것처럼 굴다니, 말도 안 돼."

"뭐가 구려서 감추려는 걸지도 모르지." 브라이슨이 말했다. "케인을 찾아서 죽음의 법칙을 막는 게 임무였다면, 저 인간은 이번 일을 역대 급으로 망친 거야. 신이 인류에게 선물을 준 것처럼 우리를 대하던데, 저 여자한테도 윗대가리들이 있을 거 아냐! 웨버 요원 입장에선 최악의 실패작인 너와 오랜 친구나 되는 것처럼 굴면, 그 윗대가리들이 웨버를 쓰레기더미로 걷어차 버릴지도 모를 거야." 그는 마이클을 가리켰다. "물론, 기분 나쁘라고 한 말은 아니야."

"아, 그렇겠지." 마이클은 눈동자를 굴려대며 대답했다. "기분 안 나빠."

세라는 확신이 들지 않는 듯했다. "틀림없이 그 이상의 뭔가가 있을 거야. 웨버 요원이 그냥 우리를 모르는 척하고 빠져나갈 방법은 없어. 뭔가 이상한 일이 벌어지고 있다고."

마이클도 백 퍼센트 똑같은 생각을 하고 있었다.

택시 기사가 갑자기 욕을 하더니 속도를 늦춰 도로 옆으로 차를 세웠다. 그러더니 그는 두 손으로 핸들을 쾅 내리쳤다.

"왜 그래요?" 브라이슨이 물었다.

택시 기사가 그들을 돌아보았다. "빌어먹을 비행 경찰이야." 그는 일행이 지붕 너머를 볼 수 있기라도 한 것처럼 위쪽을 가리켰다. "나보고 차를 세우래. 도넛 씹어대는 것도 지겨워진 웬 놈이 할당량을 채우려는 거겠지."

마이클의 마음속에서 불길한 예감이 싹을 틔웠다. 경찰이 승객들에 대해 묻고, 그들의 신분증을 보겠다고 하면 어쩌지? *진정해.* 그는 자신을 타일렀다. 그들은 가짜 계정을 확인하고 또 확인했다. 그냥 일상적인 업무를 수행하는 경찰쯤이야 속일 수 있었다.

"네 얼굴." 세라가 그에게 속삭였다. 그 말이 이상하게 들렸다.

"응?"

"네 얼굴이 뉴스밥에 도배됐어. 경찰이 널 알아보면?"

대답할 겨를도 없이, 비행 경찰차가 그들 앞에 내려서더니 돌아섰다. 경찰차 추진기에서 나온 열기가 공기 중에 아른거렸다. 은빛 기계는 가볍게 쿵 소리를 내며 아스팔트에 내려앉았다. 엔진 소리가 점점 잦아들더니 꺼졌다. 그런 다음, 경찰차는 그저 그 자리에 가만히 있었다.

"장담하는데, 일부러 저러는 거야." 택시 기사가 앞자리에서 투덜거렸다. "저 교활한 놈들은 그냥 사람들이 땀 흘리게 만드는 걸 좋아하는 거라고. 아마 저 안에 앉아서 커피나 홀짝이며 넷으로 친구랑 수다나 떨고 있겠지. 한심한 개자…."

마이클은 남자의 목소리에 신경을 꺼버렸다. 마음속에서 싹을 틔웠던 그 씨앗이 완전한 공포라는 꽃을 피우고, 땀으로 두 손을 축축하게 적시더니 그의 목구멍에 솜덩이로 틀어막힌 듯한 느낌을 주었다. 기다리다 미칠 것 같았다.

마침내 경찰차 문이 탁 열리며 위쪽으로 휙 올라갔다. 방탄복을 입은 남자가 차량에서 내렸다. 그는 경찰이 착용하는 일반적인 크고 검은 헬멧의 얼굴 가리개를 아래로 당겨 얼굴을 가리고 있었다. 마이클은 도시 이 지역의 경찰들이 보호장구를 갖추고 싶어 하는 이유를 이해할 수 있었지만, 그래도 긴장되기는 마찬가지였다. 이 남자가 자신을 차에서 끌어내, 머리끝부터 발끝까지 피투성이가 되도록 저 검은 장갑을 낀 주먹으로 두들겨 패는 모습이 눈에 선했다. 저 남자는 인간보다는 로봇 괴물에 가까워 보였다.

경찰은 택시 기사가 앉아 있는 쪽으로 돌아오더니 창문을 두드렸다. 기사는 일부러 시간을 끌다가 창문을 열었다. 그저 그렇게 할 수 있다는 걸 보여주려는 것이다.

"뭐가 문젭니까, 경찰관님?" 그가 물었다. 목소리에는 아무 감정이 없었다. 이런 일을 천 번은 해봤다는 식이었다. "어느 모로 보나 저는 과속을 하지 않았는데요. 면허증도 다 있고요."

얼굴 가리개 때문에 약간 막히기는 했지만, 경찰의 목소리에는 여전히 심술궂은 비아냥거림이 담겨 있었다. "그 자리에 앉아서 입을 다물고 계시기 바랍니다, 선생님. 그 정도는 괜찮으시죠? 해주실 수 있죠, 선생님?"

마이클은 택시 기사의 뒤통수밖에 보이지 않았지만, 기사의 목 근육에는 힘이 들어가 있었다. 그는 대답하지 않았다. 최소한, 목소리를 내서 대답하지는 않았다. 짧고 딱딱하게 고개를 끄덕였을 뿐이다.

"좀 낫네요." 경찰이 대답했다. "이제는 법을 지키며 착하게 살아가는, 선생님의 승객들이 차에서 내렸으면 합니다. 신속하게요."

2

경찰은 마이클 일행을 낡은 건물의 차가운 벽돌 벽을 따라 줄 세웠다. 엉성하게 발라둔 시멘트의 거친 모서리에 마이클의 셔츠가 긁혔다. 경찰은 얼굴 가리개를 들어올리지 않았다. 그 바람에 마이클에게는 그가 더욱 로봇처럼 보였다. 마이클은 슬립에서 만났던, 프로그램을 통해 그의 코어를 빼냈던 로봇을 떠올렸다. 탄젠트인 마이클에게 어차피 코어는 별로 필요하지 않았지만. 문득 마이클은 케인이 생각났다. 만일 *케인이* 어떤 식으로든 이번 차량 검문의 배후에 있는 거라면?

제발, 안 돼. 마이클은 우주에 기도했다. 어떻게 케인이 *그렇게까지* 강력할 수 있다는 거야? 마이클은 그럴 리 없을 거라고 스스로를 다독였다. 하지만 그러면서도, 마이클은 경찰을 보며 그가 생명을 얻은 탄젠트는 아닐지 궁금해졌다.

"이름이 뭐지?" 남자가 물었다. 그의 얼굴 가리개 일부에만 불이 들어왔다. 마이클은 얼굴 가리개 안쪽에서 빠르게 지나가는 글자와 그림 들을 보았다. "대답하기 전에, 딱 한 번만 말해주마. 거짓말은, 하지, 마라. 하지 마. 너희에게는 진실을 말할 기회가 딱 한 번 있다. 자, 이름이 뭐지?"

세라가 가장 먼저 말했고, 그다음이 브라이슨, 그다음이 마이클이었다. 그들은 버트넷 안에서 셀 수 없을 만큼 불시 단속을 당했다. 그리고 언제나 빠져나갔다. 몇 줄의 코드를 냉정하고 침착한 태도에 곁들이기만 하면 됐다. 진실을 주물럭거렸달까. 현실 세계에서는 약간 달랐지만, 원칙은 같았다. 하나씩 하나씩, 그들은 평생 써왔다는 듯 가짜 이름을 매끄럽게 댔다.

경찰은 여러 번 *끙끙*대는 소리를 냈다. 아마 귀 기울이며 기록하고 있다는 뜻이었겠지만, 그보다는 배앓이를 하는 원숭이처럼 보였다.

"목격자 제보가 있었다." 경찰이 세 사람 앞을 천천히 오가며 말했다. 그는 마이클 바로 앞에 서서 검은 얼굴 가리개 너머로 그를 빤히 쳐다보았다. 아무튼 그런 것 같았다. "잭슨 포터라는 사람에 대한 제보다. 거의 2주 동안 실종 상태지. 혹시 그 사건에 대해 아는 게 있을까? 이름이 뭐라고 했지? 아, 그래. *마이클*. 할 말 없나? 사이버 테러리스트처럼 보이는 사람 본 적 없어?"

마이클은 온 마음으로 눈을 감고 코드에 접근하고 싶었다. 해킹을 통해 이 상황에서 벗어나고 싶었다. 문득, 그는 탄젠트로 살았던 시절을 간절하게 떠올렸다. 아무것도 모르고 행복하던 그 시절을. 이 경찰에게 거짓말을 하면 끔찍한 일이 벌어질 거란 생각이 들었다. 경찰이 아마 그의 얼굴을 알아보았을 테니 더더욱. 하지만 마이클은 달리 뭘 해야 할지 알 수 없었다.

"본 적 없어요." 그가 말했다. "뉴스밥에서 그 잭슨이라는 녀석 얘기를 들어보긴 했지만 직접 본 적은 없는데요. 너희는 봤어?" 그는 친구들을 돌아보며 답을 구했다. 이미 실수했다는 사실을, 경찰관에게 재수 없이 잘난 척하는 녀석으로 보이게 됐다는 사실을 알고 있었지만. 브라이슨과 세라는 어색하게 고개를 저었으나 마이클은 친구들의 눈을 보고 그들도 마이클이 일을 망쳤다는 사실을 알고 있다는 걸 눈치챘다. 어쩌면 그들은 그냥 진실을 털어놓고, 당국이 그들의 안전을 지켜줄 거라 믿어야 했는지도 몰랐다.

경찰이 마침내 얼굴 가리개를 들어 올리며, 법을 수호하려고 태어난 사람 같은 얼굴을 드러냈다. 돌처럼 단단하게 각진 얼굴과 읽을 수 없는 어둠이 고여 있는 두 눈. 그는 별로 기분이 좋지 않은 듯했다.

"경찰차에 타." 그가 아무 여지도 주지 않고 말했다. "셋 다. 조금이라도 수상하게 행동하면 너희들에게 레이저 수갑을 채우겠다. 난 오늘 딱히 기분이 좋지 않아."

택시 기사가 자동차에서 그들에게 소리쳤다. "저기요! 경찰관님! 저는 가도 되나요? 부탁 좀 합시다!"

"꺼져!" 경찰이 그에게 마주 소리쳤다.

그 말에 복종하는 것이 기쁜 듯 택시 기사는 끽 소리를 내며 거리 저편으로 멀어져 갔다. 마이클은 택시가 모든 희망과 함께 사라지는 모습을 지켜보았다.

3

세라와 브라이슨이 먼저 탔다. 경찰은 필요 이상으로 마이클의 팔을 꽉 잡고 있었다. 마이클은 절망했다. 뻔한 이유 때문만은 아니었다. 경찰 전체가 벌써 케인을 위해 일하는 것은 아닐 터였다. 그러나 그들을 잡은 경찰이 탄젠트일 *가능성이* 있다는 생각은 들었다. 웨버 요원도 이상했다. 두 가지 일이 완전히 무관한 것일지도 몰랐지만. 잭슨 포터는 *실제로* 실종되었고, 중범죄로 수배되어 뉴스밥 전체에 얼굴이 도배되어 있었다. 누군가가 마이클을 제보한 것은 전혀 이상한 일이 아니었다.

아무튼, 놈들이 마이클을 잡아들인다면 너무 많은 것들이 위험에 처하게 된다. 케인이 무슨 일을 꾸미고 있는지 아는 사람이 아무도 없고, 마이클이 그들을 설득할 수 없다면? 마이클은 웨버 요원에게 소리를 지르고 싶었다. 그들에게는 VNS가 필요했다.

"네 차례다." 세라가 미끄러지듯 가운데 자리로 가서 앉자 경찰이 말했다.

그 순간, 절망 어린 감정이 마이클의 얼굴에 드러났다. "저기요, 경찰관님…. 얘기 좀 해도 될까요? 둘이서만요."

남자의 얼굴 가리개는 여전히 들려 있었고, 그의 표정은 조금도 변하지 않았다. 마이클의 부탁에 놀랐는지는 몰라도 경찰은 그런 내색을 전혀 보이지 않았다. "나랑 얘기하고 싶다고. 둘이서만." 그는 묻는다기보다는 진술하듯이 말했다.

마이클이 고개를 끄덕였다. "부탁드립니다."

경찰은 마이클의 팔을 더 세게 잡고, 그를 비행 경찰차에서 몇 미터 떨어진 곳으로 데려갔다. "해봐라, 어디. 말해봐."

"제가 누군지는 경찰관님도, 저도 알고 있어요." 마이클이 말했다.

"내가 역사상 가장 멍청한 경찰이 아니라는 점을 인정해 주다니

고맙구나. 그래서 내가 널 잡아들이는 거다."

마이클은 경찰차를 가리켰다. "쟤네들은 저하고 아무 상관이 없어요. 그냥 도망치다가 만난 애들이에요. 그리고… 제가 *도망친* 데는 이유가 있어요. 경찰관님은 그게 제가 범죄자이기 때문이라고 생각하시겠지만, 사실은 훨씬 더 큰일 때문에 그래요. 경찰관님이 누구 밑에서 일한다고 생각하시는지는 모르겠는데, 그 사람보다 훨씬 높은 사람한테까지 올라가는 일이에요."

"인마, *도대체* 무슨 말을 하는 거냐?"

"절 체포하실 수는 없어요. 그러시면 안 돼요. 우리는 *진짜* 사이버 테러리스트에 대한 정보를 가지고 있고… 그리고… 더 많은 걸 알아내야 해요."

경찰은 마이클이 말을 마치기 한참 전부터 고개를 젓고 있었다. "난 시간 낭비하는 걸 싫어한다, 꼬마야. 수수께끼 같은 소리는 그만둬. 나한테 뭔가 알려주고 싶다면 불어라."

마이클은 몸속에서 피가 꿈틀대는 것만 같은 기분이었다. 이렇게 알아서 구석으로 몰리다니. "그게… 복잡해요. 저기, 제가 어떻게 하면 저희를 놔주실 건가요? 돈? 돈이라면 엄청 많이 드릴 수 있어요. 제… 부모님이 잘사시는 편이거든요. 빈손으로 도망친 건 아니에요."

경찰은 손을 들었고, 마이클은 입을 다물어야 한다는 걸 깨달았다.

"꼬마야, 한 가지 말해주마. 나는 살면서 용감한 사람들을 만나봤다. 끔찍할 만큼 멍청한 사람들도 만나봤고. 너는 둘 다에 해당하는 희귀한 녀석이야. 나한테 뇌물을 먹이겠다고? 내가 8대째 경찰이라는 건 알고 있냐? 우리 할아버지의 할아버지의 몇 번째 할아버지인지도 모를 할아버지께서 말을 타고 순찰을 다니셨다, 이 자식아. *말*

을 타고서. 십 대 꼬마한테서 돈 몇 푼 챙기겠다고 그 모든 걸 쓰레기통에 던져버릴 것 같아?"

젠장. 마이클은 생각했다. 말을 탔다는 이야기에 반박하기는 힘들었다. 그는 벌거벗은 진실이라는 무시무시한 물속으로 뛰어들기로 했다.

"저기, 죄송해요. 제가 정말 절박해서 그래요. 저를 다시 잡아가시는 건 안 돼요. 부탁드릴게요. 이건 케인이 엮어놓은 거라고요, 틀림없어요. 분명 경찰관님도 케인 얘기는 들어보셨겠죠. 저희한테 정보가 있거든요. 저희는 애틀랜타에 있는 VNS 본부로 돌아가야 해요."

"글쎄." 경찰이 대답했다. "네가 그렇게 많은 걸 안다면, 너를 잡아들일 이유가 그만큼 많아지는 셈이지."

"하지만…."

경찰은 참을 만큼 참은 듯했다. "차에, 타."

마이클은 기가 죽어서 시키는 대로 했다.

4

"어쩌면 잘된 일인지도 몰라." 비행 경찰차가 훌쩍 날아오르자 세라가 말했다. 그들은 목이 부러질 것처럼 빠른 속도로, 거의 정부의 자동차들만이 다니도록 지정된 구역을 통과하고 있었다.

"잘된 일이라고?" 마이클이 반문했다. "이유가 뭔지 너무 궁금한데." 마이클은 경찰이 자기 목소리를 들을 수 있다는 사실을 알고 있었지만, 딱히 조심하지 않았다.

"*누구한테*든 말은 해야 해." 세라가 반박했다. "정말 우리끼리 내 부모님을 찾고 케인이나 케인의 탄젠트 군대와 맞설 수 있다고 생각하는 거야? 난 우리가 할 수 있는 일은 거의 다 했다고 봐. VNS에도 가봤지만 별로 잘 풀리지 않았고. 그러니까 지금부터는 경찰한테든, FBI한테든, CIA든, 누구한테든 말하는 거야. 누군가는 우리 말을 들어주겠지."

브라이슨은 세라 편을 들며 고개를 끄덕였지만, 마이클은 고개를 저었다.

"우리 말을 진지하게 받아주는 건 VNS뿐일 거야." 그는 세라가 입을 열기도 전에 항의를 차단했다. "*그래*, 해봤지. VNS에서 우리를 내쫓았다는 것도 알아. 하지만 그렇게 된 데는 틀림없이 무슨 이유가 있을 거야. 어쩌면 웨버 요원이 스파이들을 걱정했을지도 모르고, 우리를 보호하려 한 걸지도 몰라. 모르겠어. 하지만 어쨌든, 우리는 웨버 요원과 직접 만나야 해."

"난 잘 모르겠다." 브라이슨이 말했다. 그 말에 마이클은 침울해졌다. 모험심을 낼 만한 사람이 있다면 그건 바로 브라이슨이었을 테니까. 그가 포기하고 경찰과 함께 가기로 마음먹었다면, 아마 그렇게 해야 할 터였다.

"알았어." 마이클이 말했다. 그도 포기했다. 당분간은. "결국은 누가 우리 말을 들어줬으면 좋겠다. *정말로* 귀를 기울여줬으면 좋겠다는 말이야."

"뭐," 브라이슨이 대답했다. "저 사람을 문밖으로 걷어차고 이 차를 직접 조종하고 싶은 게 아니라면, 지금은 별로 선택할 수 있는 게 없는 것 같은데? 여긴 슬립이 아니야. 코딩으로 우리를 이 상황에서 빼낼 수는 없다고."

정신 나간 듯 한순간에 마이클은 브라이슨의 말대로 해볼까 생각했다. 탈출한 고릴라처럼 앞좌석으로 뛰어드는 것이다. 비행 자동차 조종이 어려워봤자 얼마나 어려울까? 하지만 그 순간은 지나갔고, 마이클은 물러나 앉아서 팔짱을 끼고 창밖을 내다봤다.

아래쪽에서는 *라이프블러드*의 시골에 줄지어 늘어서 있는 농작물처럼 거리들이 빠르게 스쳐 지나갔다.

5

그들은 한동안 말이 없었다. 마이클의 머리는 시한폭탄처럼 째깍거렸다. 그는 경찰과 무슨 일을 겪게 될지, 경찰이 자신들을 누구에게 넘길지 생각하지 않고는 배길 수 없었다. 그들의 말을 들어줄 사람이 있을까? 비행 경찰차를 타고 멀리 갈수록 마이클은 점점 불안해졌다. 머릿속이 정리되지 않았다.

세라와 브라이슨을 제외하면, 그가 아는 유일한 사람은 가브리엘라였다. 가브리엘라는 그들을 도와줄까? 마이클은 가브리엘라가 애틀랜타로 자기 아빠를 만나러 갈 거라는 사실도 잊지 않았다. 말도 안 되는 가능성처럼 보이기는 했지만, 가브리엘라와 그녀의 아빠를 제외하면 마이클이 아는 사람은 한 명도 없었다. 게다가 상황이 절박해져 가고 있었다. 파헤쳐 볼 시간이 조금만 주어진다면 가브리엘라의 넷 주소를 쉽게 찾을 수 있을 텐데….

그들은 도시 중심부에 이르러 있었다. 저물어 가는 햇빛을 반사하는 유리와 강철, 높은 건물의 계곡을 지나 빠르게 나아가는 동안 마이클은 점점 더 멍해져 갔다. 그들과 같은 공중도로를 사용하는 비행 자동차는 몇 대 없었고, 마이클은 그런 자동차가 *지나갈* 때마다 고개를 돌려야 했다. 그 자동차들은 그들을 향해 곧장 날아오다가,

마지막 순간에서야 방향을 트는 듯했다. 마이클은 잔뜩 긴장했다.

그는 몸을 앞으로 숙이고 경찰관에게 말했다. "경찰관님?"

경찰은 다시 얼굴 가리개를 내려쓰고 있었다. 각도 때문에 해석하기는 어려웠지만, 마이클은 정보와 지도 들이 그 검은 화면 안에서 번쩍이는 것이 보였다.

"왜?" 남자가 대답했다. 누가 봐도 관심이 없는 말투였다.

마이클은 이 경찰이 재수 없는 놈일지는 몰라도 법을 수호하는 공무원이라고 생각했다. 세라가 마이클의 어깨를 톡톡 두드리더니, 마이클이 쳐다보자 눈썹을 치켰다. 세라가 여태 마이클에게 지어 보였던 것 중 가장 심한, *대체 뭘 하려는 거야*? 하는 표정이었다. 마이클은 세라를 안심시키려고 *진정해*라는 뜻을 담은 표정을 지어 보인 뒤 다시 경찰을 보았다.

"저희 말을 믿어주셔야 해요. 말도 안 되는 이야기지만 사실이에요."

"무슨 이야기가?"

"뭐, 제가 아직 말씀 안 드렸네요."

남자는 짜증 난다는 듯 두 팔을 번쩍 들었다. 차가 아래로 푹 가라앉았다. 마이클은 심장이 목구멍으로 튀어나올 뻔했고, 브라이스은 창피하게 낑 소리를 냈다.

"그러니까 이제는 나한테 말해주지도 않은 이야기를 믿으라는 거냐?" 경찰이 물었다. "꼬마야, 대답해 봐라. 교도소에 갇혀 본 적 있어? 뇌종양 진단은 받은 적 없고? 아마 자몽 크기는 됐을 것 같은데."

왠지 모르겠지만, 그 말에 마이클은 이 사람에게 좀 더 호감이 느껴졌다. 마이클은 약간 긴장을 풀었다. "알았어요, 들어보세요. 슬립… 그러니까 버트넷에 자주 들어가시나요? 게임을 조금이라도 하세요?"

남자가 껄껄 웃었다. "나한테 전립선 비대증에 걸려서 20분에 한 번씩 소변을 봐야 하느냐고 묻는 거냐? 게임이라면 당연히 하지. 도대체 무슨 뜻으로 하는 말이냐?"

"그럼, 케인이라는 게이머 얘기도 들어보셨겠네요. 그죠? 지난 몇 달 동안 뉴스에 *엄청* 나왔으니까요."

"그래, 자식아. 케인 얘기는 들어봤다." 그는 핸들을 오른쪽으로 틀었고, 비행 자동차는 묵직하게 기울어지더니 폭이 넓은 건물을 빙 돌아갔다. 세라가 몸으로 마이클을 밀었다. 그렇게 심란하지만 않았더라면, 마이클은 기분이 좋았을 것이다. "어디 보자. 그 케인이라는 녀석이 네 삼촌이냐? 아빠인가?"

"아뇨, 케인은 탄젠트예요. 사람들의 몸을 훔쳐서 프로그램을, 그러니까… 탄젠트들의 지능을 그 안에, 사람들 안에 집어넣고 있고요. 케인이 탄젠트들을 사람으로 바꾸고 있어요. 그러려고 진짜 사람들을 죽이고 있어요."

마이클은 움찔했다. 한 마디 한 마디 할 때마다 모든 것이 조금씩 더 이상하게 느껴졌다.

경찰이 마이클을 돌아보았다. "꼬마야, 걱정하지 마라. 경찰서에는 실력 좋은 정신과 의사들이 있단다. 곧 도착할 거야." 그는 다시 앞을 보았다.

마이클은 뻣뻣해진 채로 좌석에 깊숙이 기댔다. 그는 움직이다가 짧은 순간에 경찰의 얼굴 가리개 안에서 뭔가를 보았다. 마이클의 얼굴이 창백해졌다. 세라와 브라이슨이 둘 다 정신과 의사를 추천해

준 것이 좋은 제안이라고 생각하는 듯한 표정을 짓는 걸 보면 그럴 만도 했지만.

"왜 그래?" 세라가 속삭였다.

마이클은 대답할 수 없었다. 숨쉬기도 힘들었다. 그는 자기 눈이 헛것을 본 것이길, 잘못 본 것이라고 생각했다. 하지만 진실은 침몰하는 배와 같아서, 그 사실을 외면해 봐야 아무 소용이 없었다.

그곳에는 세라의 사진이 있고, 사진 밑에는 하나의 짧은 문장이 한 줄 떠 있었다.

실종자 관련 건으로 수배

그는 잭슨과 브라이슨이라는 이름도 힐끗 보았다. 한 단어가 특히 두드러졌다. *공범.*

이제는 그들 *모두가* 도망자였다.

CHAPTER 12

깨진 벽돌

1

세라는 몸을 숙이고, 마이클에게만 얼굴이 보이도록 그를 돌아보았다. 그런 다음 그녀는 입 모양으로 *너 왜 그래?* 라고 말했다. 비행 자동차가 왼쪽으로 기울어지면서 마이클은 그녀 쪽으로 몸을 기울이게 되었다. 마이클은 세라를 붙들고 그녀를 힘껏 끌어안고 싶었다. 그들은 수렁 속으로 점점 더 깊이 빠져드는 것만 같았다. 음울한 슬픔이 그의 가슴을 녹이려 들었다.

세라는 눈썹을 치키며 대답을 기다렸다. 브라이슨은 바보가 아니기에 아무 말도 해서는 안 된다는 걸 알고 있었지만, 좌석에 앉은 채 안절부절못하며 둘을 지켜보았다.

이 경찰관에게 순순히 끌려가면 안 됐다. 이 경찰이 그들을 경찰서로 데려가 확인하고, 체포하고, 뭐든 하려는 일을 하게 둘 수는 없었다. 도망친 사이버 테러리스트와 납치범이라니. 아마 살인 혐의까지도 받고 있을 터였다. 브라이슨에게는 무슨 꼬리표가 붙었을지 또 누가 알까. 하지만 그건 중요하지 않았다. 경찰은 어쨌든 두 소년을 공범으로 수배했다. 모든 것이 다시는 되돌릴 수 없는 지경까지 이르렀다.

"토할 것 같아요." 그는 불쑥 앞좌석을 향해 소리쳤다. "속이 이상해요. 토할 것 같아요. 내려주세요!"

"거의 다 왔어." 경찰은 룸미러를 힐끗 보며 대답했다. "1분만 참아라."

마이클은 방금 한 말을 뒷받침해 줄 만큼 얼굴이 창백해져 있다는 걸 알고 있었다. "진짜예요! 제발요! 여기서 좀 내려달라고요!"

"이런." 남자가 말했다. 목소리에는 짜증과 즐거움이 뒤섞여 있었다. "아주 신기한 위장을 가졌구나. 테러리스트와 그 살인범 친구들이 감방에 들어가기 직전에 속이 이상하다니."

얼굴이 충분히 창백하기는, 퍽이나.

"거짓말 아니에요." 마이클은 무기력하게 대꾸했다. 마이클 자신조차도 그 목소리에 체념이 깃들어 있다는 걸 알 수 있었다.

"잠깐만 참아. 안락한 감방에 들어가면 네가 바라는 만큼 실컷 토할 수 있을 거다."

세라는 테니스 경기라도 보듯 두 사람과 브라이슨을 번갈아 보았다. 그녀의 얼굴에는 혼란스러운 기색이 가득했다. "살인범 친구라뇨? 그게 무슨… 마이클, 저 사람 뭐라는 거야?"

공포가 모퉁이 바로 너머에서 마이클을 노리며 도사리고 있었다. "내가 저 사람 얼굴 가리개 화면에서 뭔가를 봤어. 경찰이 널 네 부모님 실종 사건 용의자로 보고 있어. 브라이슨과 내가 널 도왔다면서."

세라의 얼굴에서 핏기가 사라졌다. 브라이슨은 눈앞의 좌석을 주먹으로 내리쳤다.

"어이, 진정해!" 경찰이 소리쳤다. "다 큰 녀석들처럼 범죄를 저지르고 싶다면, 다 큰 녀석들이 받는 벌을 받게 해주마. 그만 닥쳐. 더 이상 한 마디 말도 꺼내지 마. 다 왔다, 여기, 오른쪽이다."

비행 경찰차는 양옆으로 건물들을 빠르게 스쳐 지나가며 곧 무너질 것 같은 낡디낡은 벽돌 구조물에 다가갔다. 창문에 손때가 뒤덮인 그 건물은 이 세상 어느 도시의 경찰서 중 들어가는 것조차 꺼려지는 곳이었다.

"이번 일로 보너스를 탈지도 모르겠는데." 경찰이 낄낄거리며 말했다. "전부터 하고 싶었는데, 모발이식 수술을 할 수 있겠어."

2

경찰차는 앞부분이 위쪽으로 약간 기울어지면서 당기는 힘을 받아 속도를 늦추었다. 그들은 건물 반대쪽으로 돌아갔다. 몇 층 위의 문이 미끄러지듯 열렸다. 밝은 빛이 안에서 빛나고 있었다. 경찰이 조종간을 조작하자 비행 자동차는 착륙 지점을 향해 움직였다.

마이클은 열린 곳을 바라보았다. 문은 그들을 통째로 삼키고 싶어 하는, 쩍 벌어진 입처럼 보였다. 위기에 처한 것은 그들의 목숨만이 아니었다. 케인이 무슨 일을 꾸미는 건지, 그러니까 그가 정말로 뭘 하려는 건지 아는 사람은 별로 없었다. 마이클 일행이 감금당한다면 탄젠트 케인은 그 모든 일을 자유롭게 할 것이다. 마이클은 강렬한 공포에 전율하며 온몸에서 기운이 빠져나가는 것만 같았다. 숨조차 쉴 수 없었다.

마이클은 이 경찰관에게 끌려가지 않을 작정이었다. 절대로. 그의 머릿속에서 이성은 그 순간 모두 작동을 멈추었고, 순수하고 불같은, 거친 본능이 그 자리를 대신했다.

마이클은 앞으로 몸을 던져 앞좌석과 뒷좌석 사이에 놓인 유리벽의 작은 구멍 틈으로 손을 뻗어 경찰의 헬멧을 잡고 자기 쪽으로 끌어당겼다. 그런 다음 마이클은 그자의 머리를 깨끗이 뜯어내기라도 할 것처럼 있는 힘껏 비틀고 잡아당겼다. 남자의 헬멧 뒤쪽이 바로 뒤의 유리에 쾅 부딪혔고, 남자는 비명을 질렀다. 목이 졸려 고통이 가득한 신음이었다.

"너 이…." 남자는 뭔가 말하려 했지만, 그 말은 날카로운 비명으로 끊기고 말았다. 마이클이 온몸의 힘을 실어 헬멧을 좌우로 흔들어 댔던 것이다. 경찰은 핸들을 조종하려다 말고 두 손을 휙 뻗어 마이클의 두 팔을 잡았다. 남자는 할퀴고 긁어댔지만, 마이클은 미친 사람처럼 온 힘을 다해 공격했다. 경찰차가 왼쪽으로 내팽개쳐졌다가 곤두박질하기 시작하자 마이클은 갑자기 하늘로 훅 날아오르는 듯한 기분이 들었다.

"핸들 잡아!" 그가 세라에게 소리쳤지만, 세라는 유리벽의 작은 틈으로 마이클을 지나갈 수 없었다.

마이클은 경찰의 헬멧을 놓지 않았다. 경찰의 목이 당장이라도 부러질 수 있었다. 마이클은 뒷좌석에 두 발을 단단히 딛고 힘을 주어, 유리벽 틈으로 몸을 날려서 앞좌석 바닥에 내려섰다. 경찰도 그와 함께 넘어졌다. 경찰의 몸이 안전벨트에서 빠져나와 마이클 위에 내려앉았다. 창밖에서는 세상이 빙빙 돌고 있었다. 건물들이 이상한 각도로 보였고, 파란 하늘과 잿빛 강철과 유리가 번갈아 가며 빠르게 지나갔다.

"지금!" 마이클이 소리쳤다. "핸들 잡으라고!"

세라는 틈을 기어 넘으며 앞으로 손을 뻗었다. 브라이슨이 자리에서 일어나 세라를 밀어주면서 도왔다. 마이클은 경찰이 어떻게든 총을 꺼내 쏠지 모른다는 공포에 질린 채 그와 몸싸움을 벌였다. 머잖아 누군가가 그들을 추격해 올 것이다. 경찰차가 추락하는 모습을 경찰서에서도 당연히 봤을 테니까.

경찰이 한 손을 빼내 마이클의 얼굴을 후려치는 그 순간 세라가 핸들을 잡았다. 마이클의 눈앞에서는 바늘구멍 같은 빛들이 번쩍였다. 그는 남자의 얼굴 가리개 아랫부분을 잡고 거세게 당겼다. 얼굴 가리개는 완전히 떨어지지 않았지만, 위로 홱 젖혀지면서 뭔가 부서지는 소리가 났다.

경찰의 얼굴은 분노로 일그러져 있었다. "넌 세상에서 가장 멍청한…." 그는 뭔가를 말하려 했지만, 온 우주의 소용돌이에 말려든 것만 같았다. 모든 것이 빙빙 돌았다. 마이클은 세라가 이 상황을 통제할 수 있기를 기대하며 그녀를 보았다.

세라는 핸들을 힘껏 잡아당기며, 추락을 막기 위해 온 체중을 실어 핸들 쪽으로 몸을 기울였다. 경찰차는 계속해서 방향을 바꾸고 기울어지다가 마침내는 위쪽으로 쏘아져 올라갔다. 엔진이 끔찍한 비명을 지르자 창문이 흔들렸다. 세라는 입술 사이로 혀를 빼물고 있었다. 긴장한 기색이 그녀의 두 눈에 가득했다.

마이클은 계기판 아랫부분에 머리부터 쾅 부딪혔다. 으적하고 끔찍한 소리가 났다. 세상이 흔들렸다. 창문이 깨지고 금속에 금속이 부딪혀 끼익 소리를 내며 벽돌들이 부스러져 내리는 소리가 차 안을 가득 채웠다.

그러다가 모든 것이 멈추었다. 자동차는 오른쪽으로 묵직하게 기울어진 채 고요해졌다. 마이클은 부서진 창문 밖을 보았지만, 저 멀리 땅 말고는 아무것도 보이지 않았다.

3

한바탕 충돌이 있고 난 뒤 이어진 그 고요함은 으스스했다. 롤러코스터를 타고 있었는데, 놀이기구를 제대로 타기도 전에 시간이 얼어붙은 것만 같았다. 신음 소리, 세찬 숨소리, 아래쪽 거리에서 멀찍이 경적이 한두 번 들려왔다.

마이클은 곧장 경찰을 주시했다. 그는 몸싸움을 피하지 않고 경찰을 떨쳐낼 작정이었다. 하지만 경찰은 움직이지 않았다. 그는 바닥에 가만히 누워 있었다. 그의 고개가 조수석 문에 기대어 이상한 각도로 기울어져 있었다.

"너희들 괜찮아?" 마이클은 차 안을 살펴보려고 조심스럽게 움직이며 속삭였다. 한 번이라도 잘못 움직였다가는 비행 경찰차가 미끄러져 추락할까 봐 겁이 났다.

브라이슨이 뒷좌석에서 뭐라고 툴툴거렸지만, 마이클은 그가 보이지 않았다.

세라는 마이클과 경찰이 있는 쪽으로 미끄러지지 않으려고 두 손으로 핸들을 꽉 잡고 있었다. 그녀가 고개를 끄덕였다. 세라의 어깨 너머로 그녀가 앉은 쪽 창밖의 벽돌과 유리 잔해가 보였다. 그 뒤쪽은 먼지투성이 어둠이었다. 경찰차의 플라스틱과 금속은 휘어지고 구부러져 있었고, 망가진 차체는 건물의 훼손된 모서리에 위태롭게 걸려 있었다.

브라이슨의 머리가 앞좌석 뒤, 보호용 유리벽 틈으로 나타났다. 그 유리벽은 여전히 멀쩡했다. "이 차 언제 추락할지 몰라. 나가자."

"저 사람, 죽었어?" 세라가 물었다. 그녀의 두 눈이 움직이지 않는 경찰에게 고정돼 있었다. 헬멧에 달린, 금이 간 얼굴 가리개가 옆으로 튀어나와 있었다. 하지만 문에 눌려 있는 그의 얼굴은 보이지 않았다.

"모르겠어." 마이클은 관절이 틀어져 이상한 자세로 누운 채 대답했다. 몸속 근육이 쑤셨다. 얼마나 견딜 수 있을지 알 수 없었다. "가, 세라. 기어 나가. 이대로 있다간 팔다리가 마비될 것 같아."

"차가 움직이면?" 세라가 물었다.

"차가 움직일 때까지 이 안에 있고 싶어?" 브라이슨이 대답했다. "뒷문은 깨진 벽돌 더미로 막혀 있어. 네 쪽 창문으로 나가야 돼."

"알았어."

그녀는 발을 걸칠 만한 단단한 곳이 나올 때까지 조심스럽게 움직인 다음, 손을 위로 뻗어 창문 아래쪽을 잡았다. 세라는 건물의 벽돌 벽에서 삐져나온 구부러진 금속 조각으로 몸을 기울였다. 그녀는 먼저 그 조각에 몸을 지탱하고 그 위로 올라가 자동차에서 벗어나더니 어둠 속으로 사라졌다. 벽돌들이 움직이는 덜컥덜컥 소리가 마이클의 귀에 들렸다.

"이젠 네 차례야." 마이클이 브라이슨에게 말했다. "나는 자세부터 잡아야겠어." 친구가 핸들을 사다리의 가로대처럼 손과 발을 써서 앞좌석으로 기어 넘어오는 동안, 마이클은 자세를 바로잡기 시작했다.

"경찰을 공격하기엔 완벽한 곳이야." 브라이슨이 세라가 움직이던 대로 깨진 창문을 넘어가면서 어깨 너머로 말했다. "그 경찰의 소속 경찰서가 바로 맞은편에 있고, 그 경찰 친구들이 모두 좋은 구경을 할 수 있는 곳이라니. 5분 뒤면 그 녀석들이 이 건물에 몰려들걸. 총을 장전하고, 방아쇠를 당기고 싶은 마음에 손가락이 근질거리면서 말이야."

"미안." 마이클이 신음했다. 근육이 너무 아팠다. 몸속에서 불이 타오르는 것만 같았다. "다음에 또 경찰을 공격할 일이 있으면 좀 더 일찍 공격할게. 약속."

"좋아." 브라이스은 건물로 들어간 다음, 마이클을 도와주려고 자동차 안으로 다시 손을 뻗었다.

마이클은 준비가 되어 있었다. 그는 간신히 두 손을 풀고 두 발을 몸 아래쪽으로 내려, 몸을 비튼 채 경찰의 상체를 딛고 몸을 일으켰다. 그는 핸들을 찾아 붙들고, 턱걸이하듯 두 팔을 당겼다. 브라이슨도 그의 셔츠를 잡고 당겼다. 어디든 발 디딜 만한 곳을 찾으려고 버둥거리면서, 마이클은 옆으로 누워 있는 자동차의 좌석을 기어 올라 박살 난 창문 틈으로 향했다.

금속이 묵직하게 갈리는 듯한 소리가 나는가 싶더니 벽돌이 갈라지는 소리가 나면서 자동차가 아래쪽으로 움직였다. 브라이슨의 손이 미끄러졌다. 두려움이 목구멍을 옥죄는 사이 마이클은 브레이크 핸들에 발을 끼워 넣었다. 누군가가 비명을 질렀다. 추락하는 자동차는 손마디 정도 움직이더니 우지끈하는 소리와 함께 멈췄다. 금속과 벽돌이 갈리는 소리는 여전했지만.

"거기서 나와!" 세라가 소리쳤다.

"나가려는 중이야!" 마이클이 마주 외쳤다.

브라이슨은 다시 끙끙거리며 마이클의 셔츠를 단단히 잡아당겼다. 마이클의 숨통을 틀어막았던 두려움이 그의 근육에 아드레날린이라는 불을 붙였다. 마이클은 있는 힘껏 팔을 휘젓고 발길질을 해대며 위로 올라가 창문을 넘어섰다. 서두르느라 브라이슨의 몸을 기어 넘어 세라에게 돌진했다. 세라는 그를 힘껏 끌어안았다. 둘 다 거친 숨을 몰아쉬고 있었다.

"인마, 너 방금 내 입에 발 집어넣었어." 브라이슨이 투덜거렸다.

자동차가 다시 움직이자 깨진 벽돌들이 덜컥거리며 폭포수처럼 쏟아졌다. 마이클은 이제 자동차가 추락할 거라 생각했지만, 차는 움직이지 않았다. 건물 안 어딘가에서 경고 벨이 울렸다.

"가자." 세라가 자리에서 일어나 마이클을 일으키며 말했다. 커다란 탁자와 의자들이 있는 것을 보니 그들은 운 좋게도 빈 회의실에 있는 것 같았다.

브라이슨은 두 사람의 옆에서 셔츠와 바지에 묻은 먼지를 털어내고 있었다. "거봐, 내가 그랬잖아. 금방 이리로 몰려들 거라니까."

마이클은 등 뒤의 파괴된 벽을 자세히 살펴보았다. 카펫 여기저기에 흩어져 있는 벽돌과 뜯겨나간 석고판, 구불구불 비어져 나온 기다란 철사와 파이프 들, 신기하게도 용케 매달려 있는 긁히고 찌그러진 비행 자동차. 마이클은 조금 전 경찰을 생각했다.

"저 사람을 도와줘야 해." 절대로 하고 싶지 않은 일이었지만, 그가 속삭였다.

"그 사람 친구들이 곧 도착해서 꺼내줄 거야." 브라이슨이 대답했다. "저 차가 떨어질 거였으면 벌써 떨어졌지. 우린 가야 돼. 빨리."

친구가 그런 결정을 내려준 것이 마이클에게는 다행스러웠다. 그는 경찰이 죽었을지도 모르고, 그 원인은 자신에게 있다는 생각에서 자유로울 수 없었다. 마이클은 그 생각을 물리치고 고개를 끄덕였다. 아직도 그는 제대로 숨을 내쉴 수가 없었다. 세라가 그의 손을 잡았고, 세 사람은 회의실 문으로 달려갔다.

4

복도에서 경고음이 울렸다. 몇몇 사람이 계단으로 달려가고 있었다. 대부분은 이미 탈출한 것 같았지만 말이다. 아니면, 사무실이 한가한 날이었을지도 몰랐다. 회의실에서 나가야겠다는 결정은 쉽게 내렸지만, 이젠 뭘 하지?

"사람들 틈에 쉽게 섞여 들어갈 방법은 없어." 세라가 말했다. 어느새 그녀는 마이클과 맞잡은 손을 놓고 있었다. 마이클은 다시 그 손을 잡고 싶은 바보 같은 충동을 느꼈다. "놈들은 분명 우리 모습을 알고 있을 거야."

"틀림없어." 마이클이 동의했다. "경찰들이 우리 얼굴을 파악해 뒀을 거야."

"지하실에 숨을 수 있을지도 몰라." 세라가 말했다. 그들은 모두 가장 가까운 출입문으로 향하고 있었다. 한 여자가 계단으로 연결된 그 문으로 가기 직전에 그들에게 긴장한 눈길을 던졌다. "앞 출입구로 당당하게 나갈 수 없는 건 분명해. 창문을 넘어가거나… 차고를 지나가야 할 거야. 뒷문이든, 비상구든, 어디든."

그들은 출입문에 이르렀고, 마이클이 문을 열었다. "그냥 최대한 아래쪽까지 내려가자. 거기서 방법을 찾아보는 거야."

그때까지 말이 없던 브라이슨은 세라가 문을 나간 뒤에도 움직이지 않았다. 그는 팔짱을 낀 채 얼굴에는 집중할 때 찡그리는 특유의 표정을 짓고 있었다.

"여기선 해킹으로 빠져나갈 수 없어." 마이클이 투덜거렸다.

"나도 알아." 브라이슨이 대답했다. "생각 중이야."

"그럴 때가 아니야." 마이클이 말했다. 하지만 마음속 깊은 곳에서는 친구가 기발한 계획을 떠올렸으면 좋겠다고 생각했다.

"가자!" 세라도 외쳤다. 더 이상 기다리고만 있을 순 없었다.

"알았어, 알았다고." 브라이슨이 출입문으로 향하며 쏘아붙였다. "따라와."

그러더니 웬일인지, 브라이슨은 계단 아래가 아니라 *위*로 올라갔다.

세라은 숨을 들이쉬었다. 말다툼을 벌이려는 것 같았다. 하지만 마이클이 손을 뻗어 그녀의 팔을 꽉 잡았다. 세라는 입을 다물고, 불안한 듯 마이클을 보았다.

"이번에는 브라이슨이 맞는 것 같아." 그가 말했다. 이렇게 부드럽게 말할 수 있다니 자신이 자랑스러웠다.

체념한 듯한 세라의 얼굴을 보니 그녀도 두 사람이 맞다는 걸 알고 있는 듯했다. "난 그냥 여기서 벗어나고 싶어."

"나도야. 하지만 아래로 내려가면, 바로 놈들의 품에 걸어 들어가는 셈이야. 우리가 이야기를 나누는 지금 이 순간도 경찰들이 저 계단으로 올라오고 있을지 몰라."

"그럼 빨리 움직이는 게 좋겠어."

브라이슨은 이미 위로 올라가는 계단의 모퉁이를 돌아 모습이 보이지 않았다. 그들은 브라이슨을 따라 한 번에 두 단씩 계단을 올라가기 시작했다.

5

사무실 건물은 크기가 대단했다. 출입문마다 붙어 있는, 층수를 알려주는 숫자들이 그 사실을 아주 잘 보여주었다. 20. 25. 30. 마이클은 잠시 멈춰 숨을 고르면서 난간들로 이루어진 직사각형의 나선들이 끝없이 이어진 모습을 보았다. 그 끝은 보이지 않았다. 마이클은 계단을 오르느라 숨이 거칠어져 가슴이 들썩였고, 얼굴에서는 땀이 뚝뚝 떨어졌다.

"계속… 움직여야… 해." 세라도 헉헉대며 말했다.

"계속… 숨을 쉬어야… 해." 마이클이 대답 대신 놀렸다.

갑자기 멀리서 고함과 발소리가 들렸지만, 계단 전체에 울려서 그들의 말을 알아듣거나 말소리를 내는 존재가 얼마나 가까이 있는지 알 수 없었다. 들쑥날쑥한 숨과 함께 두려움이 그의 가슴을 흔들어 놓았다.

"아무튼, 계획이 뭐야?" 세라가 물었다.

어째서인지 브라이슨은 계단 열다섯 층을 달려 올라온 사람이 아니라 방금 휴식을 취한 사람처럼 보였다. 그가 위를 가리켰다. "숨어."

"숨는다." 마이클이 그 말을 되풀이했다.

"응. 숨어." 브라이슨이 잘난 체하며 대답했다. "내가 너희처럼 멋진 녀석들을 이리저리 뺑뺑이 돌리다가 결국 교도소에 갇히게 만들 줄 알았어? 절대 아니야."

"내 생각엔 경찰들이 숨바꼭질을 정말 잘할 것 같은데." 세라가 말했다. "1.5킬로미터 떨어진 곳에서부터 사람 냄새를 맡을 수 있는 개들이니 적외선 센서니 하는 좋은 장비들을 다 가지고 있을 때는 특히 그렇고."

"브라이슨을 믿어." 마이클이 말했다. "쟨 모든 걸 다 아니까." 마이클은 괜히 감싸주는 게 아니었다. 왠지 친구가 여기에서 그들을 빼내 줄 수 있으리라는 생각이 들었다.

"그래." 브라이슨이 대꾸했다. "믿음을 가져. 그리고 기분 나쁘라고 하는 말은 아니지만, 마이크 더 스파이크, 넌 완전히 틀렸어."

"내가? 뭐가?"

"여기서 해킹으로 빠져나갈 수 없다는 말 말이야."

브라이슨은 돌아서서 다시 계단을 올라가며 미소를 감추려 했다. 그가 한 번에 두 단 혹은 세 단씩 뛰어 올라가면서 그의 두 발이 탁탁 소리를 냈다. 마이클과 세라는 눈짓을 주고받았다. 반쯤은 재미있었고, 반쯤은 호기심이 생겼다. 그렇게 그들은 브라이슨을 따라갔다.

아래쪽에서 고함, 발소리, 문이 열렸다가 쾅 닫히는 소리가 확실히 가까워지고 있었다. 마이클은 계단을 달려 올라갔다. 가슴에서 심장이 두방망이질 쳤다.

6

그들이 한 층 한 층 올라가는 내내 브라이슨은 가차 없는 속도를 유지하며 멈추지 않았다. 40층. 45층. 50층. 마이클은 다리 근육에 산(酸)이 주사된 것만 같은 기분이었다. 통증은 시간이 갈수록 점점 심해졌다. 산소를 빨아들이려 애쓰는 폐는 불타오르는 듯했다. 그는 브라이슨에게 속도를 늦추자 말하고 싶었으나 말을 꺼낼 수가 없었다. 세라도 똑같이 힘들어 했지만, 그녀는 마이클 바로 앞에서 계속 올라갔다.

건물은 60층에서 멈추었다. 다행이었다. 마지막 계단을 막아선 여닫이 대문이 있었고, 그 계단의 끝에는 간단히 옥상이라고만 적힌 팻말이 문에 붙어 있었다. 심장이 두근거리면서 마이클의 시야도 두근거려 모든 것이 흔들거렸다. 60이라는 숫자가 꼭대기 층 문에 그를 비웃듯이 인쇄돼 있었다. 그 숫자가 이렇게 말하는 듯했다. *왜 엘리베이터를 타지 않은 거냐, 이 멍청아?*

사실, 그건 좋은 질문이었다. 마이클은 폐 속으로 산소를 빨아들이는 사이사이 그 질문을 브라이슨에게 내뱉었다.

"놈들이 그 엘리베이터라는 녀석들을 카메라로 지켜보고 있으니까. 어쩌면 경찰이 엘리베이터마다 사람을 배치해 놨을지도 몰라. 거기다가." 그가 심호흡했다. "난 이 멍청한 건물이 이렇게까지 높을 줄 몰랐다고!"

세라는 허리를 푹 숙인 채 두 손으로 무릎을 짚고 있다가 몸을 바로 세웠다. "어쨌든 놈들이 오고 있어." 세라가 그 말을 하는 도중에도 마이클은 계단에서 울리는 발소리가 귓속으로 몰아쳐 들어오는 것을 느꼈다. "아마 층마다 뒤지고 있을 거야. 시간은 좀 걸리겠지만, 곧 여기에 도착할 거라고."

"그래서 어쩔 거야?" 마이클이 물었다. 그는 브라이슨이 마침내 계획을 털어놓기를 기다리고 있었다.

브라이슨은 마이클이 전에는 한 번도 본 적이 없는 방식으로, 심지어 슬립에서 보낸 최악의 시간에도 본 적이 없는 방식으로 주도권을 잡았다.

"이렇게 하는 거야." 브라이슨이 말했다. "자." 그는 계단을 다시 걸어 내려가기 시작했다. 너무도 이상한 행동이라 마이클은 굳이 묻고 싶지도 않았다. "난 그냥 이 건물이 얼마나 높은지 알고 싶었을 뿐이야. 하지만 꼭대기 층에 숨을 수는 없지. 너무 뻔하잖아. 몇 층 내려가서 좋은 곳을 찾아보자."

그들이 내려가면서 발소리가 메아리쳤다. 마이클은 브라이스를 따라가면서도 다리에 힘이 쑥 빠지는 기분이었다.

"그래서, 그게 정말 계획이야?" 세라가 물었다. "그냥 숨어서 아무도 우리를 못 찾기를 바라겠다고?"

브라이스는 어깨 너머로 그녀에게 상처 받은 표정을 지어 보였다. 세라의 말에 정말로 마음이 상한 것 같은 진심이 담긴 표정이었다. 하지만 그런 다음, 브라이스는 씩 웃으며 그 표정을 감추었다. "날 좀 믿어달라니까요, 아가씨. 내가 해킹에 대해 했던 말 기억해?"

"응."

갑자기 마이클은 친구가 무엇을 계획했는지 깨달았다. "놈들의 컴퓨터 시스템에 침입해서 자료와 감시장치를 들어보려는 거구나. 그러면 놈들을 피하면서 움직일 수 있으니까."

"맞아." 브라이스가 대답했다.

세라는 처음부터 이 계획을 알고 있었다는 것처럼 대답했다. "건물 약도도 알아낼 수 있을 거야. 우리가 생각지도 못했던 출구가 있을지도 몰라."

"야, 너희들 내 공로를 모두 가로채려나 본데." 브라이스가 불평했다. "이건 내 계획이라고. 잊지 마. 너희들은 머리 잘린 닭처럼 뛰어다니고 싶어 했어."

세라는 코웃음 쳤다. 마이클은 세라가 그런 소리를 내지 않았으면 싶었다. "그래, 그랬으면 지금쯤 길 건너 카페에서 이 꼴을 구경하고 있었을지도 몰라."

브라이슨은 54층에서 멈췄다. "이거면 될 거야." 그는 손을 뻗어 레버처럼 생긴 문손잡이를 돌렸지만, 손잡이는 움직이지 않았다.

잠겨 있었다.

7

마이클은 누군가가 고함지르는 소리를 들었지만, 그 내용은 알아듣기가 어려웠다. 옥상으로 가라는 얘기 같았다.

"잠겼어?" 브라이슨이 답답한 마음에 씩씩거렸다. "진짜로? 잠겼단 말이야?"

"아마 주요 통제실에서 했을 거야." 세라가 믿기지 않을 만큼 침착한 목소리로 말했다. "그냥 놈들의 시스템을 해킹하기만 하면 돼." 그녀는 이미 이어커프를 누른 상태였다. 넷스크린이 그녀의 눈앞을 떠다녔다.

"네트워크를 재설정하는 게 만만치 않을 거야." 마이클이 말했다. 시간이 갈수록 온몸이 긴장감으로 조여드는 기분이었다. "서둘러!"

세라는 집중하고 있었다. 그녀는 투사된 키보드를 맹렬히 쳐대고 넷스크린을 손가락으로 사납게 쓸어댔다. 마이클은 "서둘러"라는 말을 다시 하고 싶었다. 몇 번쯤은 아예 고함을 지르고 싶었다. 넷스크린을 켜고 세라를 돕고 싶은 마음을 참기 위해 그가 할 수 있는 일은 그것뿐이었다. 넷과의 연결고리를 하나만 개방하는 것만도 충분히 위험한 일이었다. 가상현실에서든, 현실에서든 케인은 모든 구석에 도사리고 있는 듯했다.

한 여자가 아래쪽에서 소리쳤다. 그녀의 말이 여운을 남기며 허공 속에 가득 메아리쳤다. "세 명이야! 위에 있어! 열 감지기가…." 그녀의 목소리는 쿵쿵대는 북소리 같은 발소리와 시멘트에 신발이 닿는 소리에 묻혀버렸다.

"뭔가 되고 있어?" 브라이슨이 세라에게 물었다.

세라는 얼굴을 찡그릴 뿐 아무 말도 하지 않았다. 마이클은 그녀의 어깨 너머를 보았지만, 무슨 일이 벌어지고 있는지 알 수 없었다. 그가 본 것이라고는 단어들과 약도들과 휙휙 지나가는 방화벽 화면들이었는데, 전부 너무 빨리 움직여서 파악할 수가 없었다. 하지만 그는 세라를 믿었다.

아래쪽의 소음이 점점 커졌다. 이제는 겨우 몇 층 떨어져 있는 게 틀림없었다. 마이클은 그들이 숨 쉬는 소리가 실제로 들리는 것만 같았다. 게다가 그들의 발소리도 빨라졌다. 마이클의 머릿속에서 그 소리가 울려대는 듯했다.

세라가 마침내 입을 열었다. 잔뜩 긴장해서 목이 메어 있었다. "거의 다 됐어. 너희 둘 중 한 명이 시스템에 들어가야 해. 놈들의 센서를 공격하는 데 도움이 필요해. 마이클, 들어와!" 그녀는 컨트롤 작업을 조금도 멈추지 않았다.

"저놈들이 거의…." 마이클이 입을 열었다.

"빨리!" 그녀가 소리쳤다.

마이클은 이어커프를 쥐면서도 그들에게 달려오는 사람들이 세라의 목소리를 들었다는 걸 눈치챘다. 그들은 아주 잠시 동안 멈췄다. 아마 서로에게 조용히 하라고 손짓했을 것이다. 하지만 다음 순간, 그들은 다시 한번 우레 같은 소리를 내며 계단을 뛰어 올랐다. 이제는 아마 두 층 아래쯤에 온 것 같았다.

마이클은 케인 몰래 넷에 들어갈 방법을 마침내 알아낸 것이기를 바라며 화면을 바라보았다. 세라가 이미 일련의 코드를 보내두었기에 마이클은 그 코드를 작동시켰다. 휘몰아치는 단어와 그림 들, 즉 건물 보안 시스템으로 휩쓸려 들어간 순간, 마이클은 문의 잠금장치가 풀리는 또렷하고도 기계적인 달칵 소리를 들었다. 경찰인지 경비원인지, 누구든 이쪽으로 다가오는 자들은 그들 바로 아래에 있었다. 들리는 소리가 가까운 걸 보면 시야 안에 들어온 듯했다. 실제로 그들이 마이클 일행을 눈으로 본다면 시스템을 조작하려던 시도는 아무 쓸모가 없어질 터였다.

브라이슨이 문을 열고 나갔다. 세라가 스크린에서 거의 눈을 떼지 않은 채 그의 뒤를 바짝 따랐다. 마이클은 자기 스크린에 시선을 고정한 채 그 뒤를 따랐다. 두 사람이 들어오자마자 브라이슨은 재빨리 문을 닫았다. 문이 닫히는 찰칵 소리가 나고 계단의 조명이 차단됐다. 안은 어두웠다. 세라가 시스템을 통제하자마자 잠금장치가 즉시 작동했다. 여태껏 시스템에서 본 바로, 마이클은 건물의 모든 시스템이 중앙에서 통제된다는 것을 알 수 있었다. 잘된 일이었다.

누군가가 문을 두드리며 문손잡이를 돌리기 시작하자 그는 화들짝 놀랐다.

"우릴 본 것 같아." 브라이슨이 맥 빠진 목소리로 말했다.

"내가 시스템을 장악했어." 세라는 버튼을 눌러 변기 물을 내리는 일을 했다는 듯한 목소리로 대답했다. "잠깐은 놈들을 붙들어둘 수 있을 거야."

"이 멍청한 문을 부수고 들어오는 걸 막지는 못할 거라고." 브라이슨이 대답했다.

"좋은 지적이야." 넷스크린의 빛을 받으며, 세라는 돌아서더니 어두운 복도를 달려갔다. 브라이슨도 그 뒤를 따랐고, 마이클도 마찬가지였다. 마이클은 건물 보안 프로그램에 대한 감을 잡으려고 작업물에서 거의 눈을 들지 않았다.

문 뒤에서 추적자들이 뭔가 아주 무거운 것으로 문을 들이받기 시작했다.

8

세라는 화면에 표시된 평면도를 따라가며, 이 건물에서 몇 년이나 일했던 사람처럼 미로 같은 복도를 헤쳐 나갔다. 그녀는 엘리베이터 앞에서 멈춰섰다. 붉은 비상등이 천장에서 악마의 눈처럼 빛나고 있었다. 문을 부수려는 듯 쾅 하고 무엇인가 묵직하게 들이받는 충격음이 건물 전체를 뒤흔드는 듯했다.

"저 사람들, 대체 뭐 하는 거지?" 세라가 화면을 보며 작업을 계속하는 동안 브라이슨이 물었다. "이런 미친, 나무라도 뽑아서 들고 올라온 거야?"

마이클은 아무 말 없이 그저 뭘 해야 할지 세라가 알려주기를 잠자코 기다렸다. 마침내 그녀가 입을 열었다.

"좋아, 계획은 이거야." 그녀가 말했다. 마이클은 그녀가 어떻게 그렇게까지 침착할 수 있는지 놀랍기만 했다. 꼭 다음번 동네 축구 시합의 작전이라도 짜는 듯했다. "브라이슨, 아래로 내려가는 버튼을 눌러. 마이클, 나는 열 감지기에 집중할게. 우리가 엘리베이터를 타고 몇 층 아래로 내려갔다고 생각하게 말이야. 저 아래까지 쭉 내려갈 수는 없어. 엘리베이터가 열리고 놈들이 아무도 타지 않았다는 걸 알 때까지 우리는 시간을 벌 수 있을 거야."

"난 뭘 하면 돼?" 마이클이 물었다.

"넌 카메라 시스템을 차단해. 완전히 파괴해 버려. 열 신호야 조작할 수 있지만, 가짜 동영상을 만들어 낼 순 없어. 그냥 전부 지워버려. 이 건물에 있는 카메라 전부."

"알았어." 마이클은 그렇게 대답하면서, 카메라 제어장치의 위치를 찾기 위해 시스템을 파헤치고 있었다. 얼굴에서 땀방울이 뚝뚝 떨어졌다. 멀리서 계속 들리는, 문을 부수는 쿵쿵 소리가 머릿속의 망치처럼 느껴졌다.

엘리베이터에서 땡 하고 도착하는 소리가 났고, 이어서 문이 열렸다.

"우리 모두 잠깐 이 안으로 들어가야 해." 세라가 그렇게 말하며 가장 먼저 들어갔다. "브라이스, 내가 준비될 때까지 문을 열어놓고 있어. 거의 다 됐어." 마이클은 세라의 손가락이 그렇게 광속으로 날아다니는 걸 한 번도 본 적이 없었다. 사력을 다하는 얼굴은 반짝였고, 목에서는 핏줄이 지푸라기처럼 도드라져 있었다. 그 힘줄 하나하나가 팽팽한 긴장으로 금방이라도 끊어질 것만 같았다.

"됐어!" 세라는 그렇게 소리쳤다. 바로 그 순간, 그녀는 큰 소리로 말하는 것이 좋은 행동이 아니란 걸 깨달은 듯했다. "30층 버튼을 눌러." 그녀가 속삭이듯 말했다.

브라이슨이 누르자 버튼에 불이 들어왔다. 마이클은 자기 화면을 보며 작업하다가, 마침내 카메라 제어판을 보호하는 방화벽을 뚫었다. 그는 카메라를 보는 사람이라면 누구나 전원 오작동 때문에 그런 일이 벌어졌다고, 비행 경찰차의 충돌 때문에 그렇게 됐다고 생각할 법하게 카메라들을 꺼버렸다.

"카메라는 껐어." 그가 말했다. 넷스크린을 끄는 그의 목소리는 안도감으로 가득했다. 그들은 카메라가 어디에 있는지, 아직 그 카메라에 찍히진 않았는지 전혀 알지 못했다. 하지만 걱정해야 할 것이 한 가지라도 줄어들었다는 건 좋은 일이었다. 문과 마찰을 일으키는 새로운 충격음과 함께 으적하고 갈라지는 큰 소리가 들렸다.

"이제 가서 숨자." 세라가 속삭였다. 그녀는 이미 움직이고 있었다. 마이클과 브라이슨은 그녀를 따라 복도로 갔다가, 오른쪽으로 방향을 틀어 붉은 기운이 감도는 어둠 속으로 들어갔다. 등 뒤에서 엘리베이터 문이 닫혔다. "저 엘리베이터의 열 신호를 조작해 놨어. 엘리베이터가 30층에 멈추면, 열 신호를 완전히 닦아낼 거야. 거기다가 카메라까지 먹통이 됐으니, 놈들은 우리가 어디 있는지 전혀 알 수 없어."

마이클은 그녀에게 얼마나 숨어 있을 작정인지 물어보려 했다. 바로 그때, 금속성의 쾅 소리가 허공을 뒤흔들었고 고함과 함께 빠르게 움직이는 발소리가 이어졌다.

"서둘러." 세라가 딱 잘라 말했다. 마이클이 듣기에는 그만큼 사태를 과소평가하는 말도 없었다.

9

세라의 넷스크린에서 나온 초록색 불빛은 그들이 사무실 칸막이와 책상과 화분 들로 이루어진 소름 끼치는 세상을 허둥지둥 지나가는 동안 앞을 밝혀 주었다. 직원들은 이미 대피한 뒤였다. 큰 소리로 지시하는 소리와 카펫에 닿는 부스럭거리는 발소리 등 추적자들의 기척이 층 전체에 울렸다. 사람들이 널리 퍼져나가고 있었다. 결국 무슨 소리가 어디에서 나는 건지 알아내기가 불가능해졌다. 마이클은 식도와 두 귀로 자신의 심장 박동과 맥박이 얼마나 빨라졌는지 느낄 수 있었다. 마침내 세라는 커다란 휴게실에서 멈춰섰다. 설비가 완벽하게 갖추어진 주방에 몇몇 식탁들이 놓여 있었다. 마이클은 더 이상 도망 다니며 위험을 무릅쓸 수 없다고 생각했다. 그들을 쫓는 사람들이 너무 많았고, 너무 넓게 퍼져 있었다.

"저 수납장 아래 숨자." 브라이슨이 긴 주방 조리대 아래에 있는 넓은 문을 가리키며 속삭였다. 그곳에는 토스트기와 커피머신이 자리를 잡고 있었다.

"끝내준다." 세라가 대답했다. "내가 이것들을 계속 집어던지면 되겠어." 그녀는 가운데 수납장을 연 다음 무릎을 꿇고 웅크렸다.

마이클은 그녀의 오른쪽으로 가서 웅크리고, 나무문을 하나 열었다. 공간은 충분했다. 바닥에 종이 접시와 플라스틱 식기 몇 개가 흩어져 있을 뿐이었다. 마이클은 그것들을 한쪽으로 치우고 기어들어가, 문 쪽으로 몸을 돌리고 앉았다. 그는 무릎을 가슴으로 최대한 끌어당기고 손을 뻗어 수납장을 닫았다. 갑자기 어둠이 내리자 그저 넷스크린이 주는 편안함을 느끼기 위해서라도 이어커프를 눌러 넷스크린을 다시 띄우고 싶은 충동이 들었다. 하지만 마이클은 참았다. 그는 아무것도 보지 못하는 채로 기다리며 호흡과 심박을 고르고 움직이는 소리를 듣는 데만 집중했다.

곧 침묵이 내렸다. 언제 그랬는지는 알 수 없었지만, 어느 순간부터 경보음이 더 이상 땡땡거리지 않았다. 그것조차 눈치채지 못했다니, 이 사실만으로도 마이클은 자신이 얼마나 불안해하고 있는지 알 수 있었다. 마이클 자신이 짧게 쉬는 조용한 숨소리를 제외하면, 모든 것이 조용하고 고요했다. 어둡고.

몇 분이 지났다. 마이클은 아무리 자세를 바꿔 봐도 그 작고 비좁은 공간이 편안해지지 않았다. 등이 쑤셨고 근육이 뻣뻣해졌다. 세라가 바로 옆 수납장에 있었다. 아마 그녀는 넷스크린의 밝기를 최대한 낮추고, 여기에서 나갈 방법을 찾고 있을 터였다. 무슨 방법이 있을 게 틀림없었다. 만일 그런 방법이 *있다면*, 마이클은 세라가 분명 알아낼 거라고 생각했다.

그런데도 땀이 멈추지 않았다. 마이클의 신경은 언제라도 끊어질 수 있는, 잔뜩 엉켜 너덜너덜해진 끈이나 마찬가지였다. 사람들이 저 밖에, 복도에, 건물 전체에서 그를 찾고 있었다. 실종자를 찾고 있는 것이 아니다. 그들은 마이클이 테러리스트이자 납치범의 공범자, 도망자라고 생각했다. 경찰에게 잡히면, 케인은 머잖아 그들의 위치를 알게 될 거고, 그다음에는 케인의 부하들이 찾아올 것이다. 마이클은 그들이 자신처럼 탄젠트였던 사람들일 거라고 생각했다.

가까운 곳에서 소리가 났다. 다른 수납장에서 들리는 소리가 아니었다. 기침 소리, 혹은 목을 가다듬는 소리. 마이클은 얼어붙은 채 귀를 기울였다.

발을 질질 끄는 소리가 들렸다. 한 사람의 발소리가 아니었다. 그들은 이곳에서 저곳으로, 이 구역을 샅샅이 훑어볼 기세로 악착같이 움직였다. 마이클은 그 사람들이 복도에 있는지, 주방에 있는지 알 수 없었다. 하지만 그 순간 목소리가 들려왔다. 그들은 겨우 몇 걸음 떨어진 곳에 있는 듯했다.

"아래층에 호출해." 한 남자가 딱딱하게 속삭였다. "새로운 정보가 있는지도 물어보고."

"잠깐." 대답이 들려왔다. 여자였다.

마이클은 가슴에서 심장이 튀어나갈 것만 같았다. 놈들이 너무 가까이에 있었다. 마이클은 마음을 다잡았다. 한 번이라도 엉뚱하게 움직이거나 소리를 냈다간 놈들이 덤벼들 터였다.

무전 신호와 듣기 거북한 잡음이 들릴 듯 말 듯했다. 여자가 다시 말했다.

"시스템이 전부 나갔어. 카메라도 먹통이고, 열 신호가 이상해. 무슨 이유인지 모르겠는데 30층으로 인원이 급파됐어. 우리한테는 이 층을 수색하래, 놈들이 나갔는지 확인하라고."

"정말 팀장님이 진심으로 그렇게 지시했다고 생각해?" 남자가 물었다.

"뭐?" 여자가 물었다. 마이클은 눈을 감고 집중했다. 그렇게 하면 더 잘 들리기라도 할 것처럼.

"무슨 말인지 알잖아."

여자는 잠시 기다렸다가 대답했다. "그래. 진심으로 지시한 거라고 생각해."

둘 중 하나가 혀 차는 소리를 냈다. 몇 초 동안 침묵이 흘렀다.

"아무튼." 남자가 결국 말했다. "죽었든 안 죽었든 난 관심 없어. 집에 가서 저녁만 먹을 수 있으면 돼. 이 쓰레기 같은 짓도 더는 못 해 먹겠다."

여자가 낄낄댔다. "그만 좀 칭얼거려. 가자, 이 수납장들을 살펴보자고. 숨기에는 완벽한 곳인데."

10

몹시 당황한 마이클은 놈들이 수납장 문을 열자마자 달려들 수 있도록 자세를 잡기로 했다. 그는 소리를 내지 않고 천천히 움직여 무릎을 꿇고 앉았다. 등이 수납장 안의 나지막한 윗부분에 스쳤다. 돌아가기에는 이미 너무 늦었다. 저 문이 홱 열리면, 그는 킬심처럼 몸을 내던질 것이다. 죽어라 악을 쓰면서.

발소리가 가까워졌다. 땀 한 방울이 마이클의 오른쪽 눈을 찔렀다. 마이클은 피할 수 없는 일이 닥쳐오기를 기다리며 땀을 훔쳤다. 누군가가 겨우 한 뼘도 안 되는 곳에 서 있었다. 그들의 존재감이 느껴졌다. 그림자 같았다. 상대는 문 바로 앞에서 발을 끌고 다니더니 이윽고 아무 소리도 들리지 않았다. 남자인지, 여자인지 저 사람은 이 순간 허리를 숙이고서 수납장 손잡이 쪽으로 손을 뻗고 있을지도 몰랐다. 마이클은 주먹을 말아쥐고 각오를 다졌다.

아무 일도 일어나지 않았다. 몇 초가 째깍째깍 흘렀다.

하나, 둘, 셋, 넷, 다섯.

아무 소리도 들리지 않았다.

여섯, 일곱, 여덟, 아홉, 열.

아무 소리도 없었다.

그러다가 바닥에 신발이 끌리는 소리가 났다. 여전히 가까운 곳이었다.

침묵.

마이클은 자기가 숨을 참고 있었다는 것을 깨달았다. 숨이 가슴속에 갇혀 있던 것만 같았다. 그는 코로 조심스럽게 숨을 내쉬었다가 천천히 공기를 빨아들였다. 또 한 번 스치는 소리가 났고, 아무 소리도 나지 않는 시간이 더 길게 이어졌다. 주방에 있는 두 사람은 아무 말도 하지 않았다.

뭘 하는 걸까? 마이클은 쥐가 나려 했다. 문을 열고 다 끝장내고 싶은 충동이 들었다. 하지만 그는 그 충동을 참고, 무슨 소리가 들리는지, 귀를 쫑긋 세웠다. 우주 깊은 곳에 있다고 해도 믿을 수 있을 것 같았다. 침묵은 시끄러웠나. 여러 초가 흘러갔다.

그때, 갑자기 세상이 소리로 가득 찼다.

옥신각신하는 발소리, 삐걱거리는 소음, 신음, 작게 쿵 하는 소리, 금속성의 철컥 소리, 숨죽인 신음. 누군가가 손으로 누군가의 입을 막고 있는 것만 같았다. 마이클은 온몸이 긴장됐다. 뭘 해야 할지, 이 사태를 어떻게 받아들여야 할지 알 수 없었다. 친구들이 곤란한 상황에 처했을지도 모른다. 하지만 둘 중 누구도 도와달라고 소리치지 않는다는 점이 이상했다.

몸싸움하는 소리가 더 이어졌다. 어지러운 발소리, 몸뚱이가 냉장고에 부딪히는 것 같은 충격음. 총이 발사되는 천둥 같은 소리. 누군가가 알아들을 수 없는 고함을 내지르더니 달려갔다. 복도에서 발소리가 점점 멀어져 갔다. 가까이에 있는 남자가 고통스럽게 신음했다.

마침내 마이클은 더 이상 참지 못하고 문을 열려고 손을 뻗었다. 바로 그때, 모든 것이 다시 조용해졌다. 마이클의 손이 허공에서 얼어붙었다. 불안이 몸에 흘러넘쳤다.

몇 초 후 다시 신음 소리가 들렸다. 그런 다음에는 묵직하고 고르지 않은 발소리가 주방 바닥을 가로질렀다. 발소리의 주인이 상처를 입은 것 같았다.

쿵, 스윽, 쿵, 스윽.

그 소리는 점점 커졌다. 상대는 마이클이 일진들을 피해 숨어 있는 겁먹은 아이처럼 웅송그리고 있는 수납장으로 곧장 향하고 있었다. 마이클은 더 이상 참을 수가 없었다. 무기가 있었으면 얼마나 좋을까 절박하게 생각하며, 그는 문을 열고 기어 나갔다. 그는 싸울 태세로 벌떡 일어나고 싶었지만, 수납장을 나오려다 바닥의 가장자리 공간에 발이 걸리는 바람에 엎어지고 말았다.

주방 바닥에 쭉 뻗은 마이클은 눈을 들었고, 한 남자의 형체가 서서 그를 내려다보고 있는 모습을 보았다. 그의 눈은 그림자 속에 숨겨져 있었다. 남자는 두 손으로 가슴을 붙잡았다. 마이클은 바닥을 짚고 일어서려고 재빨리 상체를 들었다. 번개 같은 공포 한 줄기가 그의 가슴을 내리쳤다. 남자는 신음하더니 쓰러졌다. 마이클이 뒤로 물러서기도 전에 마이클의 몸 위에 엎어지고 말았다. 그때, 꾸르륵거리는 마지막 숨결이 낯선 사람의 폐에서 빠져나왔다. 그는 완전히 움직임을 멈췄다.

마이클은 얼어붙었다. 방금 무슨 일이 일어난 건지 이해해 보려고 머리를 굴렸다.

복도의 붉은 비상등은 주방의 어둠을 밝히는 데 아무 소용이 없었다. 그는 침입자 밑에서 반쯤 기어 나와 이어커프를 꾹 눌렀다. 넷스크린이 살아나면서 마이클의 무릎에 쓰러졌던 남자에게 빛을 드리웠다. 경찰이었다. 얼굴과 제복에 피가 묻어 있었다. 셔츠에 고정된 반짝이는 배지에도 피가 엉켜 있었고, 두 손도 마찬가지였다. 사방이 피였다. 반짝이는 생기라고는 전혀 없는 눈은 멍하니 천장에 고정되어 있었다. 남자는 죽어 있었다.

마이클은 위를 올려다보았다. 친구들이 있던 수납장은 모두 열려 있었다. 브라이슨과 세라는 그 안에서 마이클을 내려다보고 있었다. 브라이슨은 마이클만큼이나 충격을 받은 표정이었지만, 세라의 표정은 뭔가 이상했다. 두려워하기보다 안도하는 듯한 기색이었다.

"통했네." 그녀가 속삭였다.

CHAPTER 13

즐거운 춤

1

마침내 마이클은 피투성이가 되어 죽은 남자가 자기 무릎에 앉아 있다는 사실을 실감했다. 그는 몸을 떨며 남자를 밀어내고 허둥지둥 물러났다. 그의 등이 벽에 부딪혔다. 그가 움직이는 동안 넷스크린이 아래위로 까딱거리며 주방 전체에 소름 끼치는 그림자를 드리웠다. 숨이 고르지 못하게 터져 나왔다. 그는 세라를 보았다. 그녀가 한 말에 어떻게 대꾸해야 할지 망설여졌다.

세라와 브라이슨은 동시에 숨어 있던 곳에서 기어 나왔다. 세라는 일어서기도 전에 넷스크린으로 무슨 작업을 하고 있었다. 마이클은 주방의 나머지 공간을 둘러보고, 이마에 총알 구멍이 뚫린 채 냉장고에 기대 있는 죽은 여자를 발견했다. 그 여자도 경찰이었다. 대체 세라는 뭘 *한* 걸까?

마이클이 돌아보자 세라는 그의 마음을 읽기라도 한 것처럼 그를 마주 보았다. 그녀는 키보드와 화면에서 손놀림을 잠시 멈추었다. 얼굴에 슬픈 표정이 깃들더니 그녀의 두 어깨가 처졌다.

"어떻게 된 거야?" 마이클이 조용히 물었다.

세라의 시선이 바닥의 남자에게로 떨어졌다. 그녀는 무슨 일이 일어난 건지 방금 깨달았다는 듯 흠칫하더니 죽은 여자에게로 시선을 옮겼다. 세라는 두 눈을 꽉 감고 바닥에 쓰러져 두 팔에 얼굴을 묻었다.

마이클과 브라이스은 놀란 눈길을 주고받은 다음 그녀에게 다가갔다. 아무 도움도 될 수 없었지만, 어쨌든, 마이클은 바보가 된 기분으로 그녀의 팔을 쓸어주었다. 재촉하고 싶지 않았지만, 당장이라도 더 많은 경찰이 그들에게 덤벼들 수도 있었다. 특히… 뭔지는 몰라도 세라가 손을 쓰고 난 다음에 두 사람이 죽었다. *경찰* 두 명이. 최악이었다.

질문을 던지는 일은 브라이스이 맡았다. "세라, 대체 무슨 일이 있었던 거야? 우린 여기서 나가야 해."

"알아, 나도 알아." 그녀가 고개를 들며 말했다. 마이클은 그녀가 눈물을 흘렸을 거라고 생각했지만, 눈물의 흔적은 전혀 없었다. 그저 상심한 사람의 표정을 짓고 있을 따름이었다. "걱정하지 마. 내가 전부 처리했어." 그녀는 자리에서 일어나 자세를 다잡고, 바지에서 먼지를 털어냈다. "나만 따라오면 5분 안에 이곳을 벗어날 수 있을 거야."

"하지만…." 마이클은 할 말이 생각나지 않았다.

세라가 복도 쪽으로 걸어갔다. "가면서 설명할게."

2

30분 뒤, 세 사람은 지하철 철길을 거쳐 승강장의 통로를 걷고 있었다. 현장과는 거리가 먼 출구로 걸어 나가고 있었다. 마이클은 세라 때문에 마음이 아팠다.

마이클은 자신이 *라이프블러드* 게임을 그토록 좋아했던 이유가 무엇인지 수천 번도 넘게 생각해 본 적이 있었다. 그때마다 *라이프블러드*만큼 흥분되고 잔인한 실제 삶은 존재하지 않기 때문이라는 답을 얻었다. 얼마나 바보 같은 생각이었는지. 그 게임이 그렇게 재미있었던 진짜 이유는 진짜 인생이 *아니었기* 때문이었다. *라이프블러드*는 진짜 인생과 비슷하지도 않았다. 전혀 달랐다.

"좀 쉬어야 할지도 모르겠어." 브라이슨이 말했다. "어디 궁둥이 좀 붙이자."

그들은 사람들로 가득한 역에 도착했다. 넷스크린에서 눈을 떼지 않았지만 지하철을 타려고 움직이는 사람들이나 지하철에서 내려 걸어가는 사람들과 부딪히는 일은 없었다. 그러한 행동은 마이클에게는 늘 마법처럼 보였다. 하긴, 걸어가는 동시에 넷스크린을 사용하는 것은 걸어가면서 숨을 쉬는 것만큼이나 자연스러운 삶의 일부가 되었다.

그들은 벤치를 찾아 앉았다. 세라가 가운데였다. 아무도 말을 꺼내지 않았다. 마이클은 지하철역의 차가운 벽에 등을 기대고 눈을 감았다. 세라의 기분을 나아지게 해줄 적당한 말을 어떻게든 떠올려야 했다. 세라의 잘못이 아니었다. 전혀.

세라는 해야만 하는 일을 한 것이었다. 그녀는 통신 시스템을 해킹해 건물에 있는 모든 경찰관에게 최고 수준의 경고를 보냈다. "범법자"들이 경찰 제복을 훔쳐 입고 54층 주방에 폭탄을 설치하고 있다는 내용이었다.

세라가 바란 것은 그저 혼란스럽고 무질서한 상황뿐이었다. 그녀는 누군가가 모든 경찰을 다시 불러들일 테고, 그 틈을 타서 세 사람은 그녀가 미리 건물 약도를 보고 그려둔 숨겨진 길을 따라 탈출할 수 있을 거라고 생각했다. 지하철 통로로 통하는, 알려지지 않은 정비용 입구로 이어지는 길이었다.

최고의 계획이라고는 할 수 없었지만, 그들은 절박한 상황에 처했다. 몇 걸음 떨어진 곳에 경찰이 있었고, 그 경찰들이 수납장을 확인하는 건 시간문제였다. 상대를 확인하지도 않고 총부터 쏘며 들이닥칠 줄, 누가 예상이나 했을까?

세라 덕분에 그들은 탈출했다. 계단실, 직원용 엘리베이터, 안쪽방, 난방 배관, 비상계단…. 세라는 지하철로 내려가는 가장 비밀스러운 최적의 경로를 생각해 두었다. 그들은 탈출할 수 있었다. 하지만 마이클은 전혀 안전하다는 기분이 들지 않았다. 마치 온 세상 모든 사람이 세 도망자를 찾으러 나온 것만 같았다.

놈을 갈가리 찢어버릴 갈가리 삼총사. 마이클은 생각했다. 미소를 지어 보려고 한 생각이지만, 오히려 더 슬퍼졌다.

"여기 이렇게 앉아 있을 순 없어." 그가 말했다. "도망쳐야 해. 숨어야지. 노출되면 안 돼." 급박하다는 느낌에 기가 질릴 것만 같았다. 숨쉬기가 힘들었다.

"긴장하지 않아도 돼." 세라가 대답했다. 마이클은 그렇게 공허한 세라의 목소리는 한 번도 들어본 적이 없었다. "저 사람들은 우리가 아직 건물 안에 있다고 생각해. 내가 그렇게 해놨어."

브라이슨이 일어섰다. "우리는 절대로 긴장을 풀 수 없어. 마이클 말이 맞아. 가자. 지하철을 타고 최대한 멀리 가는 거야."

그들은 역에 바로 들어온 지하철을 탔다.

3

그들은 구석진 자리에 앉아 서로 몸을 기대고 앞으로 닥쳐올 일을 고민했다. 그들의 얼굴이 뉴스밥 전체에 도배되어 있었지만, 아직은 아무도 그들을 알아보지 못하는 듯했다.

"이제 어쩌지?" 세라가 속삭였다. 목소리가 너무 가느다래서 혼잣말을 하는 건지 물어보는 건지 구분이 되지 않았다. "우리 부모님을 구하는 건 둘째치더라도, 어떻게 그분들을 찾아?"

마이클은 어깨를 으쓱했다. 그의 생각은 계속 가브리엘라에게로 흘러갔다. 어떻게든 그녀가 그들을 도와줄 수 있지 않을까 생각했다. 가브리엘라는 아빠와 함께 애틀랜타에 있을 거라고 했다.

브라이슨은 마이클의 생각을 읽기라도 한 것처럼 말했다. "우리를 도와줄 수 있는 사람이 틀림없이 있을 거야."

세라가 무겁게 한숨을 내쉬었다. "그냥 자수했어야 하는 걸지도 몰라."

"그런 소리는 하지도 마." 마이클이 단호하게 말했다. 그는 아직도 가브리엘라 얘기를 꺼낼 준비가 되지 않았다. "진심이야. 이건 얼치기 탐정이 너희 부모님 납치 사건의 범인이 너라고 의심하는 수준이 아니라고. 놈들이 우릴 잡으려고 해. 케인이 우리를 쫓고 있다고. 지금쯤 그 자식이 몇 사람이나 다운로드 받았을지는 아무도 몰라. 왜 케인이 그런 일을 하는지도 모르고. 자수하면, 우리는 내일 아침이 밝자마자 죽을 거야."

세라가 천천히 고개를 돌려 그를 마주 보았다. 그 정도 움직이는 데만도 온 에너지를 써야 하는 듯했다. "좀 과하다는 생각 안 드니?"

"꼭 그렇게 물어야 할까? 그런 일을 겪었는데? 난 이제 상대방을 볼 때 이 사람이 탄젠트일까 아닐까 의심하지 않을 수 없어. 새로 얻은 인간의 손을 시험해 보기 위해서라도 내 목을 졸라보고 싶어 하는 탄젠트 말이야."

세라가 다시 한숨을 쉬었다. "지금 벌어지는 일이 *정말로* 그런 거라면 말이지." 그녀가 툴툴댔다.

마이클은 어디로 가야 할지 알고 있었다. 친구들이 마음에 들어 하지 않으리라는 사실도. "다시 VNS에 가봐야 해."

세라가 고개를 저었다. "담배맨한테 쓰레기통에서 그렇게 상냥하고 따뜻한 환영을 받았는데? 난 별로."

"그래, 그건 별로였어." 브라이슨이 덧붙였다.

"내가 장담할게." 마이클이 고집스럽게 말했다. "시도해 봐야 해."

친구들은 설득되지 않은 것 같았다.

"진심이야!" 마이클은 고함을 지르다시피 했다.

"방금 네가 자수는 안 된다고 했잖아!"

"*경찰한테* 안 된다는 거지." 마이클은 숨을 들이쉰 다음, 답답한 마음을 실어 내쉬었다. "봐, 확실하다니까. 이건 달라. 다시 아무 VNS 지점에나 당당하게 들어가지는 않을 거야. 우리는 애틀랜타로 가서 웨버 요원을 찾아야 해. 필요하다면 침입이라도 해야겠지. 사실, 난 우리가 *반드시* 침입해야 한다고 생각해. 경비원이나 경찰한테 잡히는 위험을 무릅쓰고 싶지는 않으니까. 우리가 위험하더라도 말을 걸어볼 만한 사람은 웨버 요원뿐이야." 그게 통하지 않는다면, 마이클은 가브리엘라에게 연락할 생각이었다.

브라이슨은 진심으로 못 믿겠다는 표정이었다. "그 방법은 이미 써봤어, 마이클. 너도 그 자리에 있었잖아. 기억 안 나? 웨버 요원이 우리를 그냥 모른 척했다고.”

“나도 알아. 하지만 뭔가 이상했어. 어쩌면 패스에서 받은 우리 임무가 최고급 기밀이거나, *나한테* 일어났던 일이 최고급 기밀이었던 걸지도 몰라. 실은, 그럴 거란 확신이 들어. 장담하는데, 죽음의 법칙에 대해 아는 사람은 웨버 요원을 비롯해 몇 명밖에 없을 거야. 특히 죽음의 법칙이 작동했다는 점은. 좀 들어봐. 웨버 요원이 날 찾아왔었다니까. 웨버 요원이 내… *잭슨의* 아파트에 찾아와서, 앞으로 나랑 연락하고 지내겠다고 했다고. 어쩌면 *웨버 요원이* 케인한테 협박당해 물러서 있는 걸지도 몰라. 가능성은 무궁무진해. 어쨌든 이 지구에서 우리한테 기회를 줄 수 있는 유일한 사람은 웨버 요원뿐이야. 우린 이 사태에 너무 깊이 발을 담그게 됐어. 그 때문이라도 VNS한테는 우리가 필요해. 우리한테는 VNS가 필요하고. 누군가는 케인이 시작한 일을 막아야지.”

세라는 생각에 잠긴 듯한 표정을 지었다. “어쩌면 우리 부모님을 찾는 것도 도와줄지 몰라.”

“바로 그거야.” 마이클은 세라를 설득해 냈다. 그는 안심한 기색을 드러내지 않으려고 표정에 신경을 썼다. 세라는 마이클이 생각한 것보다 훨씬 빠르게 그의 편이 되었다. 이제는 둘이서 브라이슨을 설득하기만 하면 됐다.

“넌 어떻게 생각해?” 마이클이 브라이슨에게 물었다. “웨버 요원은 애틀랜타에 있어.”

브라이슨은 마지못해 찬성하며 천천히 고개를 끄덕였다. “그럼 몰래 버스표를 살 방법을 찾아야겠다. 잠이야 가면서 자면 돼.”

4

그들의 앞길에는 기나긴 버스 여행이 기다리고 있었다. 마이클은 도무지 편안히 앉아 있을 수가 없었다. 비행기나 기차, 자동차… 뭐든 버스보다는 나았지만, 그들은 그런 위험을 감수할 수가 없었다. 버스가 노출을 감추고 이용하기에 가장 안전한 교통수단이었다. 초라한 옷을 입고, 어느 먼 곳에 사는 할머니를 반나러 외진 길을 가는 십 대들에게 크게 신경 쓰는 사람은 없는 듯했다.

친구들은 버스에 타자마자 잠들었다. 브라이슨의 머리가 우스꽝스럽게 여기저기에 부딪혔다. 마이클은 가브리엘라에게 연락할 기회를 잡았다. 그는 친구들에게 굳이 가브리엘라 얘기를 꺼내기 전에, 그녀에게 그만한 가치가 있는지 알아볼 생각이었다. 그렇게 해야만 했다.

넷에 오랫동안 접속하는 위험은 감수할 수 없었다. 하지만 짧은 시간 안에 가브리엘라를 설득해 놓고, 친구들과 함께 애틀랜타에 도착해서 그녀를 만날 수 있다면 그녀와 이야기를 나눌 수도 있었다. 마이클은 넷스크린을 켜고 얼마 걸리지 않아 새로운 가짜 신분을 활용해 그녀의 정보를 찾고 메시지를 보냈다. 가브리엘라는 곧바로 답장을 보냈다.

MichaelPeterson240
개비, 잭스야. 얘기 좀 하자.

GabbyWonderWoman
안녕.

MichaelPeterson240
아, 안녕. 답장 빠르네.

GabbyWonderWoman
너 계정 전부 삭제했더라.

MichaelPeterson240
잭슨 계정 말이야?

GabbyWonderWoman
응.

MichaelPeterson240
응. 저기, 모든 걸 설명하기엔 시간이 너무 없었어.

GabbyWonderWoman
그래. 그렇게까지 멍청하게 굴 사람이 어디 있겠어?

MichaelPeterson240
바로 그거야.

GabbyWonderWoman
역사상 나만큼 혼란에 빠진 여자는 없을 거야. 빅뱅 이후로.

MichaelPeterson240
나도 알아. 나도 내가 겪는 이 상황들이 너처럼 혼란스러워.

GabbyWonderWoman
정말로 네가 잭스가 아니라는 말을 하려는 거야?

MichaelPeterson240
직접 설명할 기회를 줘.

GabbyWonderWoman
알았어. 나도 널 만나야겠어. 미칠 것 같아서.

MichaelPeterson240
좋아. 미안해. 이 모든 일이. 안녕.

GabbyWonderWoman
사랑해.

마이클은 마지막 문장을 보고 숨을 내쉬었다. 달리 뭘 해야 할지 알 수 없어서 그는 재빨리 대화를 종료하고 이어커프를 껐다. 그는 이제는 어두워진, 넷스크린이 떠 있던 자리를 빤히 바라보았다. 가슴이 두근거렸고 머릿속이 어지러웠다. 버스는 웅웅대며 칠흑 같은 밤길을 따라 덜컹거리며 나아갔다.

가브리엘라의 아빠는 VNS에서 일했다. VNS 보안부에서. 가브리엘라가 말한 것처럼, VNS 자체가 보안 업무를 담당하고 있었으니 VNS 보안부란 동어 반복인 셈이었다. 이제는 좀 더 이해가 됐다. 케인은 무슨 이유에서인지 그 연줄을 원했다. 그래서 죽음의 법칙을 통해 마이클을 잭슨의 몸으로 들여보낸 것이다. 그리고 이제 마이클은 아무리 죄책감이 들더라도 직접 그 연줄을 이용할 셈이었다. VNS에 대해 더 알아내기 위해서라도. 일이 잘 풀린다면 VNS 본부에 들어가 웨버 요원을 직접 만날 방법을 찾을 수도 있을 것이다.

마이클은 자리를 잡고 서늘한 창문 유리에 기대 눈을 감았다. 버스의 진동, 도로에 퉁퉁 부딪히는 타이어, 편안한 어둠…. 그 모든 것이 마이클을 안심시켜 잠결로 끌어들였다. 마이클은 그가 가브리엘라를, 개비를 왜 다시 보고 싶어 하는지 그 이유를 조금은 알고 있었다. 그녀는 진짜였다. 그의 새로운 인생을 원래의 근원과 연결해주는 끈. 그리고… 개비는 그를 사랑했다. 엉망진창이었다.

우스꽝스러운 기분을 느끼며, 마이클은 정신이 꿈결에 실려 가도록 놔두었다.

5

그들은 켄터키주 경계선 바로 바깥의 어느 마을에서 차를 갈아타야 했고, 어쩌다 보니 두어 시간을 보내야만 했다. 배가 고프고 지친 데다 선택지가 제한되어 있었기에 그들은 허름한 카페로 향했다. 하루가 통째로 지나고 작은 먼지투성이 마을에 어둠이 내려앉았다. 습해서 그랬는지도 모르지만, 마이클은 축축하고 가렵고 더러워진 기분이 들었다.

그리고 이제 그는 친구들에게 개비 얘기를 해주어야 했다.

그들은 칸막이가 놓인 자리에 앉아 있었다. 브라이슨이 마이클과 세라 맞은편에 자리 잡았다. 마이클은 방금 칠면조 클럽 샌드위치를 한 입 베어서 미지근한 물과 함께 삼킨 터였다. 따분해하는 웨이트리스는 온갖 생색을 내면서 얼음 딱 한 개만을 넣어 주었다. 그때, 마이클은 용기를 냈다.

"그러니까," 그는 음식을 삼키고 냅킨으로 입을 닦으며 말을 꺼냈다. "알고 보니 잭슨 포터한테 여자친구가 있더라고. 사실은 너희들을 찾기 전에 걔랑 두어 번 마주쳤어." 그는 아무렇지 않은 듯 말했지만, 가장 추잡하고 어두운 비밀을 털어놓은 것 같은 기분이었다.

브라이슨과 세라는 그저 그를 바라보기만 했다. 하지만 둘 다 음식 먹는 걸 멈추었다.

"어쩌면 케인이 하던 얘기가 그 여자친구에 관한 거였을지도 모른다는 생각이 들어." 마이클은 말을 이었다. "잭슨을 고른 데에는 이유가 있다고 한 얘기 말이야. 잭슨 여자친구네 아빠가 VNS에서 일하거든. 보안 업무를 맡고 있대. 사실은, 애틀랜타에서 말이야. 어쩌면 우리가 그 연줄을 이용할 수 있을지도 몰라. 우리한테 유리하게." 마이클은 샌드위치를 크게 베어 물었다. 마침내 이 말을 털어놓을 수 있게 되어 다행이었다.

브라이슨은 놀란 표정이었다. “대체 무슨 소리야? 왜 이제야 이 얘기를 꺼내는 건데?”

세라는 침묵을 지켰다. 말을 하지 않아도 분노의 기운이 뿜어져 나오고 있었다.

“어, 그게.” 마이클이 대답했다. “케인이 은근슬쩍 얘기하기 전까지는 대단한 문제라고 생각하지 않았거든. 그래서 어, 잭슨 여사친구한테 애틀랜타에서 만나자고 했어. 걔랑 얘기를 해봐야 할 것 같아. 걔가 우리를 도와줄 수 있는지 알아봐야지. 아니면 걔가 뭐라도 아는지. 걘 언론이나 경찰한테 쫓기는 처지도 아냐. 모르겠다.” 다 털어놓고 보니 갑자기 이 생각이 사상 최악의 계획처럼 여겨졌다.

세라가 포크를 내려놓았다. “마이클. 어떻게 다른 사람을 이 위험한 일에 끌어들일 생각을 할 수 있어?” 세라는 등받이에 기대 앉아 팔짱을 꼈다.

브라이슨은 고개를 저었다. 혼란스러운 표정이었다.

마이클은 상황을 무마해 보려 했다. “야, 걱정하지 마. 조심스럽게 했어. 무슨 일이 벌어진 건지 내가 걔한테 설명해 줘야 하는 의무도 있는 거잖아. 정말로 걔랑 얘기해 봐야 한다는 느낌이 들어. 우리 셋이 함께 말이야.”

“우리한테 먼저 물어봤어야지.” 세라가 날카롭게 말했다.

마이클은 브라이슨을 보았고, 브라이슨도 세라의 말에 동의한다는 뜻에서 고개를 끄덕였다.

“미안해.” 마이클이 말했다. “너희 말이 맞아. 너희한테 먼저 물어봤어야 했어. 그냥 별일이 아닌 것처럼 보였고, 나는… 걔랑 관계를 바로잡고 싶었어. 걔 기분을 나아지게 해주고 싶었어. 그리고 어떤 식으로든 걔가 우리를 도와줄 수 있을 거라는 느낌이 들었고. 모르겠어. 미안해."

그들은 아무 말 없이 음식만 깨작거렸다. 마이클은 바보가 된 기분이었다.

그는 물을 한 모금 마시다가, 조금 떨어진 테이블에서 젊은 커플이 자신을 똑바로 바라보는 것을 눈치채고 사레들릴 뻔했다. 젤을 바른 남자의 검은 머리는 뒤로 쓸어넘겨져 있었다. 최신 유행 스타일로 보이기도 하고, 50년쯤 유행이 지난 것처럼 보이기도 했다. 마이클로서는 잘 알 수 없었다. 그는 날씬했고 두 뺨에 여드름 흉터가 가득했다. 그와 함께 있는, 붉은 단발머리에 시든 풀빛을 띤 눈을 가진 여자는 남자의 어깨에 머리를 기대고 있었다. 그들 앞의 테이블에는 음식도, 심지어 음료 한 잔도 놓여 있지 않았다. 둘 다 마이클을 빤히 바라보고 있었다.

"저기 좀 봐." 마이클이 목소리를 낮춰 세라에게 말했다. 그는 커플이 있는 방향을 살짝 고갯짓했다. 척추를 따라 한기가 내려앉았다.

세라는 몸이 뻣뻣해졌다. "나가야겠어."

브라이슨은 그 남녀를 등지고 있었다. 하지만 그는 친구들이 자신의 등 뒤를 주목하고 있다는 것을 눈치채고 고개를 돌려 그쪽을 바라보았다. 그는 약간 창백해진 얼굴을 휙 돌렸다.

"응, 수상한데." 그가 말했다. "빨리 나가자."

세라가 웨이트리스에게 돈을 건네는 동안 마이클은 샌드위치와 감자튀김 한 줌을 집어 들고, 출구로 걸어가면서 계속 먹었다. 낯선 이들의 눈길이 그의 어깨 사이에 레이저처럼 느껴졌다. 그는 그들을 돌아보고 싶은 충동을 눌러 참았다.

친구들이 말한 건 아니지만, 마이클은 그들이 무슨 생각을 했을지 알고 있었다. 이 상황이 우연일 리 없다는 생각, 마이클이 넷을 사용하는 누군가와 연락한 직후에 저 이상한 커플이 그들을 빤히 바라봤다는 생각.

마이클은 자신이 끔찍한 실수를 저지른 게 아니기를 바랐다.

6

마이클은 새 버스에서 자리를 잡자마자 샌드위치와 감자튀김을 마저 먹었다. 그는 다섯 살짜리 아이처럼 무릎에서 음식 부스러기를 털어내고 청바지에 기름을 닦아낸 다음, 창문에 머리를 기대고 조금 떨어져 있는 카페에 시선을 두었다. 어째서인지 마이클은 심증으로 무슨 일이 일어나고 있는지 알 것 같았다. 1분도 채 되지 않아 커플은 서로 손을 잡고, 사랑스럽고 로맨틱한 동작으로 팔을 흔들어 대며 카페에서 나왔다. 그들은 돌아서서 버스 정류장으로 걸었다.

"망할." 그가 말했다.

"우릴 따라와?" 세라가 물었다.

브라이슨은 통로 건너편에 있다가 일어나서 친구들 쪽으로 고개를 숙이고 창문을 내다보았다. "저 사람들이 이 버스에 타면, 난 내릴 거야."

"우리 셋 다 마찬가지야." 마이클은 그의 여자친구를 언급하지 않은 두 친구에게 고마움을 느끼고 있었다. 아니, 잭슨의 여자친구 얘기라고 해야겠지.

마이클은 남녀가 다가오는 모습을 지켜봤다.

브라이슨은 자기 자리로 돌아가 한숨을 쉬며 털썩 주저앉았다.

"있잖아, 그렇게 오랫동안 웨이크에서 만나자는 얘기를 해왔는데….
내가 생각했던 건 이런 게 아니었어. 쫓기며 전국을 돌아다니다니.
버스를 타고."

마이클은 브라이스의 불평에 반만 귀를 기울이고, 수수께끼의 커플에게 집중했다. 그들은 계속 정처 없이 돌아다니며 두어 차례 망설이는 동작으로 거리를 건넜지만, 여전히 버스 쪽으로 다가오고 있었다. 그때쯤에는 기사가 버스에 올라 엔진에 시동을 걸고 있었다. 승객 대부분도 좌석에 앉아 있었다. 마이클은 커플이 그대로 돌아가기를 바랐다. 그는 소름 끼치는 남녀에게서 가능한 한 멀어지고 싶었다. 최대한 *빨리*.

하지만 그들은 계속 다가왔다. 그들은 머잖아 마을을 살펴보는 시늉을 그만두고, 활기차게 버스 쪽으로 걸어오기 시작했다. 마이클을 향해서. 그들은 심지어 마이클의 창문을 향해 곧장 다가오는 것처럼 보였다.

"저 사람들은 *대체* 누구야?" 마이클이 숨죽이고 말했다. 팔에 소름이 돋았다.

"탄젠트들일까?" 세라가 물었다.

마이클은 어깨를 으쓱했다. 그는 버스가 움직이기를 바랐지만, 아무 일도 일어나지 않았다. 커플은 한 걸음 한 걸음 조심스럽게 내디디며 다가왔다.

"*빨리* 좀." 마이클은 긴장해서 기사를 쳐다봤다. 기사는 장비를 확인하고 잡동사니를 옮기고 자세를 잡으며 좌석에서 꿈지럭거렸다. 운전 *빼고* 모든 걸 다 하는 듯했다.

남녀를 돌아보니, 그들은 겨우 몇 걸음 떨어진 곳까지 접근해 있었다. 마이클은 하마터면 헉하고 숨이 막힐 뻔했다. 그들이 시간이나 공간을 조종해서 갑자기 눈앞에 나타난 것만 같았다. 그러더니 그들은 마이클의 창문 바로 아래로 다가와 목을 쭉 빼고 그를 보았다. 마이클로서는 그들이 어둠 속에서 얼마나 잘 볼 수 있는지 알 수 없었다. 하지만 그들은 마이클과 눈을 마주치더니 고요해졌다.

마이클은 두말할 나위 없이 신경이 진뜩 곤두섰다. "어쩌지? 내려?"

세라가 방문자들을 더 잘 보려고 고개를 기울이며 마이클의 어깨를 꽉 잡았다. "모르겠어. 그럴까?"

마이클은 다시 한번 기사를 보았다. 그는 마침내 운전석에 제대로 앉았다. 이제야 차를 운전하려는 듯했다. 기사가 기어 쪽으로 손을 뻗었다.

마이클은 창밖의 커플에게로 고개를 돌렸다. 여자가 천천히 손을 들었다. 손바닥을 바깥쪽으로 해서, 팔이 머리 위로 완전히 들릴 때까지 약간 굽은 손가락을 쫙 뻗었다. 검지가 마이클을 가리키고 있었다. 남녀 모두 홀린 표정이었다. 그들은 경이롭다는 듯 마이클을 바라보았다. 마이클은 숨이 막혔다.

버스는 출렁하더니 퉁명스러운 굉음을 내며 움직이기 시작했다. 그 바람에 승객 모두가 기우뚱거렸다. 그렇게 버스는 그곳을 빠져나갔다. 커플은 손을 잡고 거리에 서서, 떠나는 버스를 갈망하듯 지켜보았다.

7

그들은 밤새 버스를 탔다. 이튿날 이른 아침에는 무사히 애틀랜타에 도착했다. 기진맥진한 마이클은 카페에서 이상한 커플을 만난 탓에 소름이 끼치고 오한이 나긴 했지만 푹 잤다. 그와 친구들은 버스에서 내려 간단하게 아침을 먹은 뒤, 다른 사람들과 섞이지 않기 위해 조심하며 도시를 헤매고 다녔다. 목적지가 가까웠다. 그들은 걸어다니면서 빌딩들 사이로 그 건물을 잠깐씩 볼 수 있었다.

팰컨스 경기장의 주차장이었다.

이 모든 일이 시작된 곳.

웨버 요원을 찾아내 억지로라도 그를 만나게 할 방법을 고민했을 때 마이클이 떠올린 단서는 한 가지뿐이었다. 그는 *라이프블러드 딥*이 인간의 힘으로 현실 세계를 최대한 똑같이 복제하는 방식으로 만들어졌다는 사실에 기대를 걸었다.

경기장 주차장으로 끌려갔던 날을 떠올리자 기분이 이상했다. 비밀 출입구가 열리며 아래층의 거대한 VNS 본부를 드러냈다. 그 사실이 이상했던 이유는 마이클이 슬립 속에 있었고, 그 모든 것이 현실이 아니었기 때문이었다. 마이클이 인간의 신체에 삽입된 이후 그를 찾아왔던 웨버 요원은 그들이 나누었던 모든 이야기가, 그의 임무가 진짜였다고 직접 말해준 것이나 마찬가지였다. 단지 그런 이야기가 오가고 임무를 수행했던 세상만이 현실이 아니었을 뿐.

마이클은 웨버 요원과 이야기를 해야만 했다. 반드시. 버스에서 내리기 직전, 그는 개비에게 메시지를 보내 그를 만날 수 있게 되면 바로 메시지로 알려달라고 했다. 그때까지 마이클과 친구들은 도시를 헤매고 다녔다.

그들이 작은 카페의 창문을 지나가고 있을 때, 누군가가 안에서 유리를 쾅 두드렸다. 마이클은 너무 놀라 비틀거리며 뛰어가다가 발을 헛디뎠다. 하마터면 시멘트 바닥에 넘어질 뻔했다. 돌아보니, 창밖을 내다보는 십 대 소녀가 보였다. 그녀의 눈은 마이클에게 붙박여 있었다.

발각됐어. 마이클은 비참한 마음으로 생각했다. 누군가가 뉴스밥에서 마이클을 보고 알아보는 건 당연한 일이었다. 아니면 저 소녀도 카페에서 만났던 커플 같은 경우일까? 소녀의 눈빛에 뭔가가 있었다….

"너, 쟤랑 아는 사이야?" 브라이슨이 물었다.

마이클은 고개를 저었다. 가슴에서 공포가 솟아올랐다. "계속 움직이자."

하지만 마이클이 그 말을 하는 와중에도 소녀는 창문에서 벗어나더니 곧 카페 밖으로 달려 나왔다. 마이클은 마음을 다잡았다. 도망쳐야 한다는 사실을 알면서도 진실을 알고 싶었다. 이곳에 마이클과 똑같은 다른 존재들이 있는 걸까?

"어어, 잠깐." 소녀가 마이클에게로 곧장 걸어가자 브라이슨이 말했다. 브라이슨은 두 손을 내밀고 소녀 앞에 섰다. 범죄 현장에서 물러나라고 명령하는 경찰 같았다. "물러서."

세라가 마이클 곁으로 다가와 그의 팔을 꽉 잡고 속삭였다. "가자, 여기서 빠져나가는 거야. 저 애하고는 말도 하지 마."

하지만 마이클은 최면에라도 걸린 듯했다. 소녀는 이상한 분위기를 풍기고 있었다. 묘하게 요정을 떠올리게 하는 검은 눈동자가 있는 얼굴에 긴 금발이 드리워져 있었다. 그녀는 뭔가… 동떨어져 보였다. 카페에서의 커플처럼. 그녀는 브라이슨의 어깨 너머로 마이클에게 미소 지었고, 마이클은 얼어붙은 듯 그 자리에 가만히 있었다.

"난 그냥… 나는 인사를 하고 싶었어." 그녀가 말했다. 그녀의 눈길은 한 번도 마이클을 떠나지 않았다. "내 이름은 캐럴이야. 그냥 최초인에게 인사하고 싶었어."

브라이스이 돌아섰다. 완전히 혼란스럽다는 표정이 그의 얼굴을 바꾸어 놓았다. "야, 너 애랑 모르는 사이 맞아?"

마이클은 고개를 살짝 저었다. 여전히 공포로 몸이 얼얼했지만, 뭔가 알아낼 기회가 생겼다는 기분도 들었다. 이 캐럴이라는 사람뿐 아니라 앞서 그를 빤히 쳐다보던 남녀 사이에는 무슨 관계가 있는 게 틀림없었다. 마이클은 그게 무엇인지 알아야만 했다. 뉴스밥을 보고 그의 얼굴을 알아봤다는 정도의 간단한 일일 수도 있겠지만, 어쨌든 마이클은 알아내고 싶었다.

"그냥 저 애가 얘기하게 놔둬." 그가 조용히 말했다. "어쩌면 우리한테 뭔가 말해줄지도 몰라."

브라이스은 마이클에게 의아하다는 눈길을 던지더니 고개를 저었다. 세라는 따끔거릴 정도로 마이클의 팔을 힘껏 잡았다. 하지만 마이클은 둘을 무시하고 낯선 사람에게 말을 걸었다.

"넌 누구야?" 그가 물었다. "내가 누군지 어떻게 알아?"

그녀가 다시 미소 지었다. 사실, 그녀는 미소를 멈춘 적이 한 번도 없었다. "너를… 그분이 너를 우리한테 보여주셨어. 그분은…." 그녀는 브라이스과 세라는 들어서는 안 되는 무슨 말을 하고 싶다는 듯 그들을 휙 돌아보았다. "나는 네가 지나가는 걸 보고 네가 최초인이라는 걸 알았어. 그분은 널 그렇게 부르셔."

마이클은 목구멍에 맺힌 덩어리를 삼켰다. 그는 소녀가 말하는 사람이 누군지 알고 있었지만, 소녀에게서 직접 들어야 했다. "누구?"

"당연히 케인이지! 이 모든 게 참… 흥분되지 않니?"

소녀가 키득거렸다. 방금 놀이터에서 나온 소녀 같은 웃음이었다. 하지만 그녀의 행복해하는 모습을 보자 마이클은 속이 뒤집힐 듯했다. 세라가 그의 팔을 놓아주었다. 그녀는 금방이라도 기절할 것처럼 휘청거렸다.

"내 이름을 기억해." 소녀가 말했다. "캐럴이야. 우린 분명 곧 만나게 될 거야. 있잖아, 세상이 바뀌고 있어. 케인 덕분이야. *네* 덕분이지." 그녀는 기쁜 듯 작게 꺅 소리를 내더니, 돌아서서 이리저리 사람들을 피하며 거리 저쪽으로 달려가 사라졌다.

마이클은 할 말을 잃고 그녀의 뒷모습을 바라보았다. 마침내 해가 떴지만, 세상은 더 어둡게 느껴졌다.

CHAPTER 14

평평한 문

1

마이클은 세라를 돌아보며 그녀의 어깨에 두 손을 얹었다.

"날 봐." 그가 말했다. "정말 그렇게 보여? 내가 탄젠트 같아?"

연민이 담긴 세라의 얼굴이 꿈틀거렸다. 꼭 양로원에 있는 늙은 친척어른을 문병하러 갔다가 사랑하는 사람이 치매로 무너져 가는 모습을 지켜보는 듯한 표정이었다.

"아니." 그녀가 대답했다. "너도 저 애가 하는 말 들었잖아. 케인이 널 보여줬대."

마이클은 자기도 모르게 거세게 그녀를 흔들었다. "난 대체 뭐가 문제지? 케인은 왜 날 선택한 거야?"

세라의 눈에 눈물이 차올랐다. "아파, 마이클. 그만하고 진정해. 우리 같이 알아보자."

"그래." 브라이슨이 덧붙였다. "진정해, 인마. 세라는 그만 놔줘."

마이클은 그렇게 했다. 두 손이 축 늘어졌다. 브라이슨의 말에 화가 났다. 친구의 말에는 반박할 여지가 없었기 때문이었다. 끔찍하고도 감당할 수 없는 슬픔에 마이클은 주저앉아 울고 싶어졌다. 너무 많은 감정이 동시에 느껴졌다. 마이클은 머릿속으로 이 문제를 어떻게 다루어야 할지 몰랐다. 그는 괴물이었다. 실험체 이상도, 이하도 아니었다. 인체에 쑤셔박힌 컴퓨터 프로그램. 살인자. 그런데 왠지 으스스한 느낌을 주는 소녀가 다가와서는 그를 다른 탄젠트들의 영웅 비슷한 것으로 만들어 놓았다. *최초인*으로. 마이클은 토하고 싶었다.

"마이클." 세라가 조용히 말했다.

마이클은 알지도 못하는 사이 눈을 감고 있었다. 움직인 기억은 나지 않았지만, 그는 건물 벽에 기대 있었다. 그는 얼굴을 문지르고, 캐럴이든 그를 뚫어지게 바라보는 다른 사람이든 누군가를 보게 될 거라고 생각하며 주위를 둘러보았다. 그러나 주변에 있는 것은 브라이슨과 세라뿐이었다. 둘 다 분명 마음이 씁쓸할 것이었다.

"그냥 가자." 브라이슨이 말했다. "VNS에 침입해서, 필요하다면 웨버를 의자에 묶어놓자고. 우리 말을 들을 수밖에 없도록. 그 사람들 모두가 우리 말을 들을 수밖에 없게 만드는 거야. 해결할 수 있어, 짜식아."

세라는 아무 말도 하지 않고 고개만 끄덕였다. 앞서 흘렸던 눈물이 그녀의 뺨에 흔적을 남겨놓았다.

"난 그냥…." 마이클은 그럴듯한 말을 찾고 있었다. "뭔가가 안에서 날 누르는 것 같은 기분이 들어. 그게 터져버릴 것만 같아. 숨 쉬는 것도 힘들어." 마이클은 천천히 숨을 길게 들이쉬어 폐를 채웠다가 내쉬었다. 그는 어느 때보다도 두려움에 사로잡혀 있었다. 웬 방정맞은 여자애가 키득거렸다는 이유로.

세라가 그를 안고 넌지시 말했다. "네 정체나 출신은 전혀 중요하지 않아. 무슨 말인지 알겠어? 그리고 이건 전혀 네 잘못이 아니야. 우리 셋은 우리 부모님을 구하고, 케인을 영원히 막을 거야. 알았지? 다른 건 조금도 걱정하지 마. 아무리 많은 사람들이 너를 쳐다보더라도. 다른 사람이 뭐라고 말하든 말든."

마이클의 호흡과 가차 없이 뛰던 심장이 가라앉기 시작했다. 이제는 바보가 된 기분이 들었다.

"미안." 그가 웅얼거렸다. "잠깐 정신이 나갔던 것 같아."

"나갔던 *것 같다*고?" 브라이슨이 힘 빠진 미소를 지으며 그 말을 되풀이했다.

"됐어. 자, 경기장은 어느 쪽이야?" 세라가 물었다.

마이클은 세라가 굳이 물어보지 않아도 될 것을 물어보고 있다는 걸 알고 있었다. 세라는 모든 것을 촘촘하게 계획해 두었으니까. 하지만 마이클은 신뢰를 보여주려는 그런 행동이 고마웠다.

"저쪽이야." 마이클은 세라의 등 뒤를 가리키며 말했다. 몇 분 뒤, 마이클의 이어커프가 깜빡거리며 켜졌다. 그가 설정해 둔 경고가 표시됐다. 개비가 그들을 만날 준비를 하고 도시에 와 있었다.

"왔어." 그가 친구들에게 말했다. "개비야."

브라이슨도, 세라도 달가워하는 기색이 아니었다. 마이클은 친구들이 여전히 개비와의 만남은 굉장히 위험한 일이라 여기고 있다는 걸 알았다.

"아직 경기장 얘기는 하지 마." 브라이슨이 말했다. "저쪽 카페로 오라고 해." 그가 길 건너편을 가리켰다.

마이클은 메시지를 보냈다.

2

그들은 북적거리는 사람들 사이에 몸을 숨기고 개비가 나타날 때까지 근처에서 기다렸다. 마이클은 전혀 의심하지 않았지만, 두 사람은 그녀가 혼자 오는지 확인하고 싶어 했다. 그러나 마이클은 잭슨의 몸에 들어 있는 그를 처음으로 바라본 개비의 눈빛을 기억하고 있었다. 그녀는 이 모든 일의 무고한 피해자였다. 마이클과 똑같이.

그녀가 카페에 들어가자마자 마이클과 브라이슨, 세라는 길을 건너 그녀를 따라 들어갔다. 그곳은 자리가 절반 정도 차 있었고, 개비는 칸막이가 있는 자리에 앉아 불안한 듯 주위를 두리번거리고 있었다. 마이클을 발견하고 나서야 그녀의 얼굴에는 비로소 안도한 빛이 번졌다. 마이클은 그녀를 이 상황에 끌어들인 것이 끔찍한 일처럼 여겨졌다.

"안녕." 그들이 다가오자 개비가 말했다. 그녀는 세라와 브라이슨을 유심히 바라보았다.

"안녕, 개비." 마이클이 대답했다. 이런 어색함이 너무 싫었다. 카페 안은 따뜻했고, 커피 볶는 냄새가 풍겼다. "이쪽은 브라이슨이야. 여기는 세라고. 그리고 얘는 개비야." 그녀의 별명이 벌써부터 자연스럽게 나왔다.

두 친구는 자리에 앉으며 경계하는 기색을 유지한 채 인사를 나눴다. 세라는 테이블 맞은편에서 개비를 살펴봤는데, 마이클은 그게 질투 때문인지 불신 때문인지 알 수가 없었다. 어쩌면 둘 다일지도.

"이제 이야기를 들어볼까?" 세라가 마침내 재촉했다. 모두가 마이클에게 집중했다.

마이클은 음료를 주문할 수 있었으면 좋겠다고 생각하며 침을 삼켰다. "알았어. 잘 들어, 개비…. 이 이상한 일들이 벌어진 건 미안하지만, 내가 했던 모든 말이 사실이기 때문이야."

개비의 눈이 약간 촉촉해졌다.

브라이슨이 고개를 끄덕이며 중얼거렸다. "미친 거지. 아주, 아주 미친 소리야."

마이클은 그를 노려보았다. 전혀 도움이 안 된다는 뜻을 전달하고 싶었다.

놀랍게도 대화를 이어나간 사람은 세라였다. 그녀는 테이블 너머로 손을 뻗어 개비의 손을 잡았다. "뭐라고 불러줄까? 가브리엘라, 개비?"

"개비." 소녀는 세라의 손에서 손을 뺐다. 꽤나 불편해 보였다.

"알았어." 세라가 말했다. "그럼 개비라고 할게. 저기, 우리 셋은 오랫동안 슬립 안에서 친구로 지냈어. 그러다가 마이클이 *라이프블러드 딥* 프로그램의 일부라는 걸 알게 됐어. 거기가 얼마나 현실적인지는 너도 들어봤지?"

개비는 그녀의 눈을 피한 채 고개를 끄덕였다.

세라가 말을 이었다. "이 탄젠트들은… 어떤 탄젠트는 완전히 살아 있는 거랑 똑같아. 게다가 이젠 지각능력까지 갖추게 됐어. 마이클은 이런 일이 일어나고 있다는 걸 전혀 몰랐어." 세라는 미안하다는 듯 마이클을 보았지만, 마이클은 세라가 대신 이야기해 준다는 사실에 무척 마음이 놓였다. "마이클은 탄젠트였어. 근데 다른 탄젠트가 또 있어. 케인이라는 녀석이야. 케인이 탄젠트의 지능을 인간의 두뇌에 내려받는 방법을 알아냈어. 본질적으로, 인간의 두뇌는 그냥 생물학적인 컴퓨터일 뿐이야. 사람들은 이런 일이 가능하다고 수십 년 동안 얘기해 왔어. 내가 잘 설명하고 있는지 모르겠다."

세라가 침착하면서도 정확하게 설명을 해주었다. 마이클은 속으로 놀라워하며 그녀를 지켜보았다. 세라는 개비를 설득할 수 있을 것 같았다. 좋은 징조였다. VNS 쪽 가능성이 열릴지 몰랐으니까.

개비가 테이블에 기댔다. "그러니까 너희 셋은 지금 이 순간, 바로 여기서 나한테 마이클이라는 이름의 탄젠트가… 내 남자친구의 두뇌에 다운로드됐다는 말을 하는 거야?" 그녀는 돌아서서 마이클을 마주 보았다. "그러니까 이… 사람이… 더는 잭스가 아니라고? 잭스가 그냥, 변기에서 물을 내리듯이 쓸려나가 버렸다는 거야? 나한테 하려는 말이 그거니?"

마이클은 다시 설명해야 할 생각을 하니 멀미부터 느껴지는 듯했다. "정확히 어떤 식으로 되는 건지는 몰라. 사실 나는 잭스가 어떤 식으로든, 뭐 잘 모르겠지만, 어딘가에 *저장돼* 있기를 바라. 내 말은, 이런 일이 한 방향으로 벌어질 수 있다면, 다른 방향으로 벌어지지 못할 이유도 없잖아? 어쩌면 잭스는 지금도… 어쩌면 지금도 존재할지 몰라. 아무도 모르지, 우리가 잭스를 구할 수도 있어."

개비가 웃었다. 하지만 그 웃음에는 재미있어 하는 기색이 전혀 없었다. "진심이야?" 그녀는 고개를 저으며 팔짱을 끼더니, 무겁게 숨을 내쉬며 등받이에 기댔다. "내가 어떻게 이 모든 일을 믿을 수 있을지 전혀 모르겠어."

"그냥 잭슨을 생각해 봐." 마이클이 말했다. "잭스를. 정말로 그 녀석을 잘 알았다면… 그러니까, 네가 보기엔 내가 그 녀석하고 비슷해? 조금이라도 말이야."

개비가 고개를 저었다. "아니. 전혀 안 비슷한 건 확실해." 그녀는 생각에 잠겨 잠시 말을 멈추었다. "계속 말해 봐."

그들은 한 시간 더 이야기를 나눴다. 브라이스은이 모두에게 커피와 파운드케이크를 가져다주었다. 그들은 이야기를 주고받았고, 브라이스의 낡은 넷패드를 가지고 그녀에게 이것저것을 보여주었다. 심지어 아주 오래된 넷탭까지 잠깐 꺼내 그들이 조사한, 탄젠트 목격담일지도 모르는 전 세계의 이상한 이야기도 몇 가지 들려주었다. 마이클은 개비에게 과거의 삶에 대해서, 그의 가족과 헬가와 모든 것에 대해서 말해주었다. 세라는 그녀에게 케인에 관한 정보를 주고, 그가 무슨 짓을 저질렀는지도 말해주었다. 브라이슨은 그녀에게 VNS로 들어가 웨버 요원과 대면해야 한다고 주장했다.

그들은 계속해서 이야기했고, 개비는 귀를 기울였다.

마침내 그들이 영어라는 언어를 고갈시키기라도 한 것처럼 테이블에 침묵이 내렸다. 마이클은 개비가 설득됐는지 궁금해하며 불안하게 기다렸다.

그녀는 한숨을 쉬더니 두 손을 테이블에 올려놓고, 아무 생각 없이 손톱을 뜯어댔다. "진부한 소리로 들리겠지만, 난 상관없어. 나는 지금도…." 그녀는 마이클을 힐끗 보며 잠시 망설였다. "아니, 나는 잭스를 사랑했어. 그래. 지금도 사랑해. 너무 혼란스럽다! 너희들 때문에 앞으로 영영 머릿속이 뒤죽박죽일 거야."

마이클은 아무 말도 하지 않았다. 현명하게도 친구들 역시 침묵을 지켰다.

"그러니까, 내가 뭘 믿어야 할지 모르겠어." 개비가 말을 이었다. "하지만 나는 잭스를 알고, 이 녀석이 잭스가 아니라는 것도 알아." 그녀가 엄지로 쿡 찌르듯 마이클을 가리켰다. "기분 상하게 하려고 한 말은 아니야. 그냥… 나는 잭스가 *사라졌다*는 걸 알 수 있어. 무슨 뜻인지 알아? 그리고 너희들이 보여준 이야기들도 전부… 딴 건 몰라도, 확실히 소름 끼친다."

갑자기 개비의 태도가 달라졌다. 그녀는 허리를 펴고 앉았다. 그녀의 두 눈이 밝아졌다. 얼굴에서 빛이 나는 듯했다. 마이클은 그녀가 마음을 바꿨다는 걸 확신했다. 그녀의 결정을 듣기 위해 숨을 참고 귀를 기울였다.

"난 VNS 본부 근처에서 눈에 띄면 안 돼." 그녀가 말했다. "거기엔 아빠 때문에 날 아는 사람이 너무 많거든. 하지만 너희들이 들어가게 도와줄 수는 있어."

개비가 말을 잇는 동안 그들은 그녀에게 고개를 기울이고 목소리에 집중했다.

3

팰컨스 경기장은 규모가 엄청났다. 그곳의 건물은 유리와 반짝이는 금속으로 만들어졌다. 마치 공상과학 영화에서 별들을 날려버릴 준비가 된 거대한 우주선처럼 보였다. 주차장 주변에는 수많은 자동차들을 보관할 수 있는 다층 건물이 자리 잡고 있었지만, 비수기인 지금은 실외 주차장조차 텅 빈 아스팔트 바다일 뿐이었다. 팰컨스 경기를 관람하기 위해 다른 행성에서 찾아온 누구에게든 주차할 자리를 내줄 수 있을 것 같았다.

마이클과 친구들은 드넓은 주차장을 가로질러 달려갔다. 발밑의 지면이 아침 햇볕에 달궈지기 시작했다. "*라이프블러드 딥*에서는 앞쪽에 어떤 공간이 있었어. 바닥문처럼 열리는 비밀 주차 공간 말이야. 개비가 말한 것도 그거일 거야." 마이클은 찾으려는 곳을 제대로 찾을 수 있기를 바랐다.

세라는 이미 넷스크린을 켜놓았다. 햇빛 속에서는 스크린을 보기가 어려운데, 다행히 지금은 보는 데 문제가 없었다. 개비는 경기장 주변을 떠다니는 수천 가지 신호의 범위에 들어가는 순간 어느 틈을 파고들어야 할지 알 수 있을 거라고 일러주었다. 그들은 카페에서 최대한 모든 것을 살펴봐 두었다.

"세상에." 세라가 말했다. "여기 완전 와글와글하다. 이걸 보니까 우리 집 신호는 낡은 싸구려 무선국인데. 여태껏 이렇게 많은 정보는 처음 봐. 이 주변을 날아다니고 있는데, 슬립 깊은 곳에서 본 것보다도 많아."

브라이슨이 혀를 찼다. "그래, 잘했어. 맞는 곳을 찾아왔나 보네. 내가 너랑 연결할게."

둘은 화면을 들여다보며 작업했다. 그 때문에 마이클은 홀로 남겨진 기분이 들었다. 마이클은 그들이 무엇을 하는지 알고 있었다. 이런 상황을 여러 번 겪어왔다. 친구들은 마이클을 걱정했다. 그가 예민하다고 생각했다. 특히 어제오늘 낯선 만남을 겪고 나서 날카로워졌다고 여기고 있었다. 마이클은 친구들이 그의 곁에서 조심스럽게 행동하는 것을 탓할 수 없었다. 그는 갓 태어난 아기와 다를 바가 없었다.

그들은 주차 공간의 마지막—혹은 첫 번째—줄에 도착했다. 거대한 경기장과 가장 가까운 곳이었다. 마이클은 주위를 살폈다. 경기장의 건물은 금속으로 이루어진 산처럼 그들의 머리 위로 거대한 위용을 자랑하고 있었다.

“개비 말로는 여기랬는데.” 그가 말했다. “북동쪽 구석.”

세라는 인도 가장자리에 앉았다. 그녀의 눈은 단 한 번도 넷스크린의 희미한 빛을 떠나지 않았고, 브라이슨이 그녀 바로 옆에 앉았다. 개비는 아빠를 만나러 자주 이곳에 왔을 때 알게 된 몇 가지 사실을 떠올리며 그들에게 여러 실마리를 주었다. 친구들이 그 실마리를 풀어나가는 동안 마이클은 그들 앞에 서 있었다. 시간이 갈수록 멍청이가 되는 기분이었다.

“내가 할 만한 일은 없을까?” 그가 물었다. “지난번 기억으로는, 이런 일에 관해서는 나도 꽤 머리가 좋았던 것 같은데.”

브라이슨도, 세라도 마이클의 말을 들은 척도 하지 않았다. 마이클은 억지로 웃었지만 그것도 통하지 않았다. 마이클은 포기하고 자기 넷스크린을 켠 다음, 친구들이 놓쳤을지도 모르는 무언가를 찾을 수 있을까 싶어 여기저기 뒤지기 시작했다.

셋 다 작업한 지 약 5분이 흘렀을 때, 마이클은 대단히 이상한 소리를 들었다. 느리지만 지속적인… *말발굽* 소리였다. 마이클이 눈을 든 바로 그 순간, 수백 미터쯤 떨어진 경기장 모퉁이를 돌아 말 한 마리가 다가오는 모습이 보였다. 경찰관이 말안장에 걸터앉아 있었다. 말발굽이 바닥을 내딛으며 쏟아내는 으스스한 메아리는 시간과도, 공간과도, 부산스러운 도시의 분위기와도 전혀 어울리지 않았다.

마이클은 살며시 경계심을 품었다. 경찰은 그들에게 아무 관심을 보이지 않았지만. 어쨌든, 지금까지는 말이다. 너무 이상했다. 인간의 문명은 너무도 고도화되어, 가상현실을 실제의 삶과 구분하는 것은 불가능한 일이 됐으며 기계들은 외계 우주선처럼 허공을 떠다닐 수 있었다. 그런데도 몇몇 경찰관들은 여전히 말을 타고 돌아다니는 모양이었다. 무법자들을 찾아다니는 보안관이라도 된 것처럼. 마이클은 할아버지의 할아버지의 할아버지의 몇 대째 할아버지에 대해 이야기하던 비행 경찰차의 경찰이 떠올랐다.

"애들아." 마이클이 속삭였다. "속도 좀 높여야겠어. 저기 경찰이 있어. 말을 탄 경찰."

브라이슨은 그 말에 히죽거렸지만 고개를 들지 않았다. 세라도 마찬가지였다. 그들은 작업에 집중하고 있었다. 마이클은 그게 좋은 징조이기를 바랐다.

"그래, 신경 쓰지 마." 마이클이 웅얼거렸다. 그는 자기 넷스크린으로 시선을 돌렸으나, 무슨 짓을 하든 쓸모없을 것 같다는 기분이 들었다. 친구들은 이미 그를 한참 앞서고 있었다.

두 가지 일이 벌어졌다. 너무 비슷한 순간에 벌어진 일이라, 마이클은 뭐가 먼저 일어났는지 알 수 없었다. 시끄럽게 철컹거리는 소리가 나면서 그들이 앉아 있는 곳에서 가까운 주차장의 한 자리가 흔들렸다. 그러더니 그 직사각형으로 표시된 구역이 주변의 지표면에서 분리되어 땅속으로 가라앉기 시작했다. 아래쪽에서 기계가 삐걱거리는 소리가 났다.

고마워, 개비. 마이클은 고맙다는 말을 직접 전하기 위해서라도 그녀를 다시 볼 수 있기를 간절히 바랐다.

경찰이 멀리서 뭐라고 소리쳤고, 마이클이 그를 본 순간 그 남자는 말을 타고 달려오기 시작했다. 말의 금속 말발굽이 아스팔트에 부딪히는 소리가 꼭 총소리처럼 느껴졌다.

4

"빨리!" 세라가 일어서며 소리쳤다. "기회는 지금뿐이야!"

마이클은 이미 움직이고 있었다. 그는 두 친구보다도 빨리 아스팔트가 내려간 곳으로 다가가 말을 타고 달려오는 경찰을 지켜봤다. 브라이슨과 세라도 곧 도착했다. 그들은 엎드린 다음 아스팔트가 내려앉은 가장자리로 기어갔다. 땅이 꺼진 곳이 어디로 이어지는 긴지 파악하기 위해 아래를 살펴보았다. 칠흑 같은 어둠뿐이었다. 하지만 VNS가 *라이프블러드 딥* 안에 있던 복제품으로 마이클을 속인 게 아니라면, 저 아래에는 두 번째 차고가 있을 터였다.

마이클은 바닥에 배를 밀착하고 엎드린 다음 두 다리를 가장자리 안으로 뻗었다. 숨을 참고 몸을 조금씩 기울여 아래에 있는 매끄러운 콘크리트 바닥에 내려섰다. 옆에서 세라가 내려서는 소리가 들렸다. 그다음에는 브라이슨이 마이클 위에 내려섰다. 얽히고설킨 셋이 모두 제대로 발을 내딛고 서기까지 잠시 시간이 필요했다. 이제는 위쪽에서 빛이 차고를 충분히 밝혀주고 있어서, 근처에 사람의 기척이 전혀 없다는 것을 알 수 있었다.

비밀 출입구는 끼익하고 금속성의 소리를 허공에 퍼트리며 잠시 멈춘 다음, 다시 위로 올라가기 시작했다. 아직 다 내려오지 않은 것 같았는데.

"네가 한 거야?" 마이클이 세라에게 물었다.

세라가 대답하기도 전에, 위쪽에서 어느 남자가 외치는 소리가 들렸다. 마이클은 고개를 들어 음흉한 눈빛으로 아래쪽을 내려다보고 있는 경찰을 보았다.

"머리에 피도 안 마른 애송이 놈들이 뭘 하는 거냐? 당장 올라와!"

그는 총을 꺼내 들었지만, 삐걱거리는 기계음에 놀란 말이 겁을 먹고 발을 굴렀다. 경찰은 말을 진정시키려고 고삐를 잡았다. 몇 초 후면 그들은 안전해질 터였다. 주차 자리가 올라가면서 경찰로부터 그들을 분리해 줄 테니까.

"이놈의 것 좀 멈춰!" 경찰이 소리쳤다. 그제야 그는 온 힘을 다해 *정말로* 총을 겨누었다. "무슨 일을 벌이는 거냐? 이놈들…." 그의 목소리가 잦아들었다. 그리고 그의 얼굴에 뭔가를 깨달았다는 표정이 떠올랐다. 그는 그들이 누구인지 알아보았다.

비밀 문이 쾅 닫히며 그들을 어둠 속에 내동댕이쳤다.

고마워, 개비. 마이클은 한 번 더 생각했다.

5

세라의 넷스크린이 번쩍하며 살아나더니, 그들이 서 있는 축축한 공간에 초록빛을 드리웠다. 마이클은 무슨 말을 해야 할지 몰랐다. 머릿속 모든 것이 뒤엉켰다. 하지만 최소한 이곳은 익숙해 보였다.

"좀 전에 이곳이 왜 반쯤 내려오다가 멈췄을까? 너희들이 프로그래밍한 거야? 근데 너희는 화면을 끄고 있었잖아?"

세라가 입을 열기도 전에 마이클은 이유를 알 것 같았다. "우리가 한 게 아니야. 애초에 이곳이 열리게 된 것도 개비 덕분인지 잘 모르겠어. 나도 작업은 하고 있긴 했는데, 그냥 알아서 열린 건지도 몰라."

"어쩌면 누가 우리를 *들여보내* 준 걸 수도 있어." 브라이슨이 말했다. "근데 이제 갇혔네."

"우리가 원했던 게 이런 거 아냐?" 세라가 반박했다. "어쨌든 들어

왔잖아?"

마이클은 한숨을 쉬었다. "그래, 하지만 장담하는데 무지막지한 요원들이 오고 있을 거야. 그 사람들은 우리가 웨버 요원이 있는 곳 3미터 안으로 접근하기도 전에 우리를 가둬버릴 수 있을 테고."

"말 탄 녀석은 말할 것도 없지." 브라이슨이 덧붙였다. "아마 이 도시의 모든 경찰을 불러보으고 있을걸. 우린 우주에서 가장 운 나쁜 인간들이라도 되는 거야? 그냥 한 번만이라도 행운 같은 휴식시간이 있었으면 좋겠다. 내가 바라는 건 그것뿐이야." 그는 답답한 듯 한숨을 내쉬었다. "쇼킹하다, 말 탄 경찰이라니. 말도 안 돼. 진짜."

마이클은 웃음을 터뜨릴 뻔했다. 이런 상황에서 웃음이 나오다니, 그가 미쳐가고 있다는 마지막 증거였다. 대체 뭐라고 말해야 할지 알 수 없었다.

"뭐," 세라가 말했다. "여기 앉아서 기다려 봐야 소용없어. 가자. 최소한 들어가려는 노력은 해봐야지. 그래야 숨든 어쩌든 할 수 있을 거야."

"레이디 퍼스트." 브라이슨이 팔을 휙 뻗고 허리를 굽히며 말했다.

"하필 지금 신사가 되어 보겠다는 거야? 난 널 먼저 들여보내고 싶은데."

마이클은 두리번거리며 출구로 향했다. 가상현실에서 이곳을 방문했을 때 저 문을 봤던 기억이 났다. 브라이슨과 세라가 순서대로 그의 뒤를 따랐다.

별로 놀랍지도 않지만, 문은 잠겨 있지 않았다. 누군가가 정말로 그들을 들여보내준 것이다.

브라이슨은 과장되게 기쁨의 함성을 질렀다. "야, 내가 그렇게 바라던 행운의 휴식시간이야!"

세라가 코웃음 쳤다. "이것보다는 훨씬 좋은 일이 있었으면 좋겠는데."

마이클은 문을 휙 열고 복도로 들어갔다. 천장의 비상등이 널찍한 간격을 두고 어둑하게 밝혀져 있었다. *라이프블러드*에서 봤던 모습과 똑같았다.

"웨버 요원의 사무실로 가는 길은 기억 나?" 세라가 물었다.

마이클은 고개를 저었다. "아니." 그가 잠긴 목소리로 말했다. 그는 생각에 잠겨 있었다. 한창 근무할 시간인데, 왜 이곳은 요원들로 북적거리지 않는 걸까? VNS는 그 어느 때보다도 바빠야 마땅했다. 케인이 꾸미는 음모를 생각하면.

"정말 계속 가야 해?" 브라이슨이 말했다. "이건 무슨 함정일 게 뻔해. 그렇지 않더라도, 여기엔 사람이 한 명도 없잖아. 웨버라고 꼭 여기 있겠어? 어쩌면 회사 야유회 날인지도 몰라."

"지금 돌아갈 수는 없어." 마이클이 말했다. "함정이라도 상관없어. 난 웨버 요원하고 얘기해야 해. 그 방법은 이것뿐이고."

세라가 쉿 하고 손을 들며 마이클을 조용히 시켰다. 뭔가에 집중하느라 그녀의 미간에 주름이 잡혔다. 그녀는 뭔가를 들으려고 집중하고 있었다.

"뭔데?" 브라이슨이 속삭였다.

마이클도 그 소리를 들었다. 멀리서 들려오는, 희미하게 찰칵거리는 소리였다. 그 소리는 점점 커지며 다가왔다. 찰칵거리는 소리라기보다는 뭔가를 탁탁 두드리는 소리에 가까웠다. 마이클은 문득 그 소리의 정체를 깨달았다.

"발소리야." 그가 말했다. "누가 오고 있어. 전에 들어본 적 있는 신발 소리야."

"어쩌지?" 브라이슨이 물었다. "숨어야 하나?" 그는 가까이에 있는 문 몇 개를 열어보았지만, 전부 잠겨 있었다.

마이클은 팔짱을 끼고 기다렸다. "숨을 이유 없어."

발소리가 점점 커지더니, 한 사람이 눈앞의 모퉁이를 돌아 나타났다. 치마를 입은, 키가 크고 세련된 여자였다. 긴 머리가 그녀의 어깨로 흘러내렸다. 주위가 어두워 그녀의 얼굴을 제대로 파악할 수 없었지만, 마이클은 전혀 의심하지 않았다.

웨버 요원은 또각또각 발소리를 내며 복도를 걸어와 마이클 바로 앞에 섰다. 이제야 그녀의 눈이 보였다. 까맣고, 호의라고는 없는 눈. 그녀는 날카로운 시선으로 마이클을 바라보았다. 꼭 마이클만 보이는 것 같았다.

"마이클." 그녀가 위압적인 목소리로 말했다. "딱히 이런 식으로 다시 만날 거라고는 생각 못 했지만, 뭐 괜찮겠지."

"저는… 우리는 요원님한테 할 얘기가 있어요." 마이클은 버벅거리며 입을 열었다. "엄청 많이요. 근데, 며칠 전에는 왜 절 모르는 것처럼 구셨어요?"

웨버 요원은 미소 짓더니 돌아서서 걸어가기 시작했다. 그녀는 어깨 너머로 마이클에게 말했다.

"이리 와. 다 설명할게. 하지만 서둘러야 해."

CHAPTER 15

최후의 픽셀까지

1

마이클과 친구들은 웨버 요원을 따라 복도를 연이어 나아갔다. 마침내 그들은 엘리베이터를 타고 몇 층을 내려간 다음 계단을 올라갔다. 웨버는 이동하는 내내 아무런 말도 하지 않았다. VNS는 폐쇄된 듯했고, 사무실들은 어둡고 사람이 없었다. 불안했다. 지하로 점점 더 깊숙이 들어갈 때는 특히. 아무리 생각해도 마이클은 모든 직원이 오늘 하루 다 같이 휴가를 낸 것 같지는 않았다.

웨버 요원이 대답한 몇 안 되는 질문 중 첫 질문은 시설이 비어 있는 이유가 되었다.

"내 요원들과 분석가들은 모두들 임무 때문에 사흘 동안 버트넷에 들어가 있어." 그녀가 말했다. "각자 집에서 리프트했고, 여기에는 시설 운영을 위한 최소 인력만 남아 있어." 그들은 작고 단순한 사무실로 들어갔다. 그곳에는 둥근 탁자와 의자 네 개 말고는 가구가 하나도 없었다. 사무실 뒤쪽에는 강력한 잠금장치가 달린 금속제 문이 하나 더 있었는데, 그 모습이 마이클의 호기심을 자극했다. "케인 사건으로 위험 수준이 높아졌다는 사실을 너희에게 굳이 알려줘야 할 필요는 없겠지. 우리는 케인을 찾을 때까지 가상 세계의 모든 화소 하나하나까지 훑고 있어."

마이클은 웨버가 의자에 앉으라고 권할 줄 알았지만, 그녀는 묵직한 문으로 걸어가더니 돌아서서 그들을 마주 보았다. "질문이 있다는 건 알겠지만, 답은… 어려워. 지난번에 날 찾아왔을 때 난 너희를 모른 척할 수밖에 없었어. 내가 소속된 기관에는 내 행동 방식을 탐탁지 않게 여기는 일종의… 파벌이 있어. 난 그들을 믿지 않고, 그들도 날 믿지 않아. 그래. 너희들은 보안 통신선을 통해 나한테 연락했지만, 그 보안은 바깥 세계를 상대로 이루어지는 보안일 뿐이야. VNS 내의 많은 사람들이 우리 대화를 볼 수 있었고, 난 그런 일을 인정할 수 없었어. 너희는 너희 임무가 얼마나 비밀스러운 건지 전혀 모르고 있어."

마이클은 확실히 이해할 수 있었다. "달리 말하면, 요원님 쪽 사람들이 엄청나게 일을 망쳤고 그 실수를 덮으려 한다는 거죠. 우릴 없던 일로 하려는 거예요."

웨버 요원이 아름다운 여자라는 건 의심할 여지없는 사실이었다. 하지만 마이클이 말을 마치자마자 뭔가가 그녀의 얼굴을 휩쓸고 갔다. 그 순간 웨버 요원은 끔찍할 만큼 추해 보였다. 그 표정은 곧바로 사라졌고, 웨버 요원은 마이클에게 대답했다.

"아까도 말했지만, 얘기할 시간은 없어. 이 일에는 여러 가지 문제가 얽혀 있단다, 마이클. 정치적인 문제는 사소한 문제일 뿐이야. 궁극적으로 중요한 문제는 버트넷의 보안과 버트넷을 자주 이용하는 사람들의 안전이야. 내 의무는 그거야. 그리고 나는 그 의무를 완수하기 위해서 무슨 일이든, *무슨 일이든* 할 거야. 알겠니?"

마이클은 움찔하며 한 걸음 물러났다가, 정신을 차리고 좀 더 편안하게 자세를 잡은 것처럼 행동했다. 이 여자는 무서웠다. 믿을 수가 없었다. 하지만 달리 어디에 기대야 할지도 알 수 없었다.

"브라이슨이 끼어들었다. "계속 저 녀석을 마이클이라고 부르시네요. 왜죠? 저 녀석의 이름은 잭슨 포터잖아요? 요원님은 모든 걸 알고 있는 거죠?"

웨버 요원이 브라이슨에게로 시선을 돌리는 순간 조금 전 스쳤던 분노의 감정이 다시 그녀의 얼굴에 나타났다. "잘 들어. 이럴 시간이 없다고. 그래, 케인이 우릴 속였어. 완벽하게 속였지. 너희들은 알지도 못하는 방법으로 말이야. 그래, 나는 마이클이 탄젠트였고 잭슨 포터의 몸에 삽입됐다는 걸 알고 있어. 이런 일이 전 세계에서 벌어지는 중이라는 것도 알고. 우리가 그 일을 막아야 한다는 것도 알아. 자, 너희들은 나를 돕기 위해서 여기 온 거니, 아니면 내 시간을 뺏으려고 온 거니?"

"우리가 어떻게 요원님을 믿죠?" 세라가 물었다. "요원님은 우리를 패스로 이끈 다음, 케인이 우리를 잡으려고 설치한 덫으로 우리를 곧장 끌어들였잖아요?"

이 질문에 웨버는 화난 기색을 드러내지 않았다. 그저 진심으로 답답하다는 표정을 지을 뿐이었다. 말하고 싶은 것이 수천 가지는 있는데 시간이 없다는 듯. "너희들이 잠깐만 시간을 내서 연달아 벌어진 사건들을 되돌아보면, 우리도 너희처럼 속아넘어 갔다는 걸 알게 될 거야. 우리는 케인을 찾으려고 너희를 이용했어. 그 계획이 통했고. 우리가 원했던 방식대로는 아니었지만, *통하긴* 했어. 우리는 해답을 얻었지. 우리는 다른 방식으로 알아낼 수 있는 것보다 훨씬 많은 걸 알아냈어. 이제 우리 문제는 통제할 수 없을 만큼 사태가 번지기 전에 케인을 막는 방법을 찾아내는 거야. 아직 케인의 궁극적인 목표는 모르지만, 그자의 영향력이 점점 퍼져나가고 있어. 케인이 인간으로 만들고 있는 탄젠트들만 얘기하는 게 아니야."

"또 뭐가 있는데요?" 마이클이 물었다. 마이클은 그녀를 너무 빨리 믿어서는 안 된다고 자신을 타일렀지만, 웨버 요원은 진심인 것처럼 보였다. 마이클은 그녀의 모든 동작에서 스트레스의 징후를 볼 수 있었다. 그녀는 겁을 먹고 있었는데, 마이클에게 그건 좋은 점이었다. "대체 뭐가 그것보다 나쁠 수 있어요?"

웨버 요원이 고개를 저었다. "뭐가 더 나쁘다는 말은 안 했어. 하지만 버트넷 내부의 문제들도 웨이크의 문제들만큼이나 심각하다는 거야. 케인이 버트넷과 웨이크를 모두 점령해 가고 있어. 너희들도 머잖아 그 방법을 알게 될 거야."

"그래요?" 세라가 물었다.

"그래." 웨버가 대답했다. "있잖아, 마이클. 무슨 일이 일어난 건지 알아낸 다음에 난 널 만나려고 굉장히 무리했어. 우린 같은 편이야. 지금 당장은 이야기할 시간이 없는 여러 가지 이유로 난 조심해야만 했어. 통신 업링크를 통해서, 나도 인정할 만큼 이상했던 그 대화를 나눈 이후로 나는 너희가 날 찾아올 줄 알았어. 마침 잘 왔어. 나한텐 너희들이 필요해. 너희 셋 모두가, 그 어느 때보다도."

마이클은 뭔가 말하려 했지만, 웨버 요원이 손을 들어 그의 말을 막았다.

"아니, 그만." 그녀가 말했다. 그들을 위협하려던 모든 흔적은 완전히 씻겨나가고 없었다. 그녀는 떨고 있었다. "분명히 말하지만, 우린 시간이 없어. 시간이 없다고! 난 너희 셋을 버트넷에 들여보내야 하고, 너희들은 너희만이 가진 그 능력을 발휘해야 해. 너희들은 이제부터 한 번도 받지 못했던 보호를 받게 될 거야. 약속할게."

"잠깐만요." 브라이슨이 말했다. "무슨 말이에요? 우리더러 버트넷에 들어가라니…. 여기서요?"

웨버는 안심한 듯했다. "그래." 그녀는 돌아서서 묵직한 금속제 문을 가리켰다. "너희들한테 필요한 모든 게 저 안에 있어. 다 준비돼 있단다."

2

그곳은 영안실처럼 보였다. 양쪽 벽을 따라 최소 스무 개의 너브박스들이 두 줄로 늘어서 있었다. 정말이지 관처럼 보였다. 코핀이라는 별명 그대로였다. 어슴푸레하게 밝혀진 그 방에는 기계가 웅웅거리는 낮은 소리가 가득했는데, 마치 다른 세상에 온 듯한 느낌이었다. 마치 이미 슬립에 들어와 있는 것만 같았다.

"너희들을 위해서 코핀 세 개를 마련해 놨어." 웨버 요원이 코핀 뒤쪽으로 걸어가며 말했다. 마이클 일행은 그 뒤를 따랐다. "유감이지만, 너희한테 줄 정보는 별로 없어. 케인은 처음부터 우리 쪽의 가장 뛰어난 요원들을 따돌렸고, 우리가 깊이 파고들면 파고들수록 점점 더 미꾸라지처럼 빠져나갔어. 너희들을 즉시 투입할 수 있었으면 좋았겠지만, 그건 너무 위험했어. 내가 너희들을 투입했다는 사실을 알면 아주… 기분 나빠할 사람들이 있거든."

마이클은 의심이 들었지만, 별로 내색하지 않았다. 이 여자를 믿고 그녀가 통제하는 코핀에 들어간다는 일이 굉장한 모험이라는 생각이 들었다. 하지만 이곳은 VNS였다. 그들을 믿을 수 없다면, *과연* 무엇을 믿을 수 있을까? 그리고 지금 이곳을 떠난다면, 아마 남은 평생을 감옥에서 보내게 될 터였다. 최소한 이 방법을 쓰면 일말의 희망이라도 있었다.

"우리한테 뭘 하라는 건지조차 말해주지 않았잖아요." 브라이슨이 말했다. "그냥 슬립에 뛰어들어 케인을 막기만 하면 된다는 얘긴 하지 마시고요."

웨버 요원은 마이클의 친구를 보며 얼굴을 찌푸렸다. 왜 그런 건지, 지금까지 마이클이 봐온 그녀의 얼굴에서 가장 속마음을 드러낸 표정 같았다. 안쓰러워하면서도, 후회하는 낯빛이 담긴 표정. 웨버 요원은 그들에게 다시 한번 모든 위험을 무릅써 달라고 부탁하게 되어 진심으로 죄책감을 느끼는 듯했다.

"아니, 너희들이 케인을 막을 거라고 생각하지는 않아." 그녀가 말했다. "사실 그 반대야. 정말로 너희들이 케인을 찾아내고 너희끼리 해결하려 하는 건 너무 무모한 일이 될 거야. 우린 너희들이 패스에 갔을 때처럼 너희들을 따라다닐 여유가 없어."

"VNS 안의 적들 때문이겠죠." 세라가 말했다.

웨버는 고개를 끄덕였지만, 곧바로 자신의 행동을 후회하는 것 같았다. "그 사람들은 적이 아니야. 그냥 탄젠트를 이용한다는 건 거론할 가치도 없는 문제라고 여기는… 그걸 예사롭게 여기는 것뿐이야. 기분 나쁘라고 하는 말은 아닌데, 마이클. 넌 이제 케인의 피조물이야. 사람들이 왜 널 믿지 않으려 하는지 너도 그 이유를 알 거야."

마이클은 어깨를 으쓱했다. 그녀의 말은 마이클이 받아들이지 않을 수 없을 만큼 적확했다.

"난 그냥 너희들이 케인의 위치를 알아낼 수 있기만을 바랄 뿐이야." 웨버가 말을 이었다. "실제로 거기 *가지* 않고서. 케인의 중심 코드 위치를 찾아낼 수만 있다면, 하긴 그런 게 있어야 말이지만, 만일 그걸 찾아낸다면 나한테는 케인을 파괴할 계획이 있어. *말 그대로* 파괴할 계획 말이야. 우리한테는 케인의 프로그램에 연쇄 반응을 일으켜 그의 존재를 지워버릴 수 있는 프로그램이 있어. 하지만 케인의 중앙 포트를 찾지 못하면 그 프로그램이 통하지 않을 거야."

웨버 요원은 입을 다물었다. 할 말을 다 한 것 같았다. 마이클은 하마터면 웃음을 터뜨릴 뻔했다. 지금에 비하면, *지난번* 웨버 요원은 그에게 아무런 지시도 내리지 않은 것이나 마찬가지였다. 두 번째 임무는 허둥대다 헛수고로 끝나버릴 것만 같았다. 하지만 마이클에게는 그 임무를 계속할 이유, 케인에 대해 더 알아낼 나름의 이유가 있었다. 세라의 부모님과 *그의* 부모님이었다. 원래의 잭슨 포터에게 무슨 일이라도 일어난 것인지, 만일 그렇다면 그게 어떤 일인지 알아내는 것이었다. 다름 아닌 개비를 위해서라도 마이클은 그 일을 할 수 있었다.

"그게 다예요?" 세라가 물었다. "단서도, 뭣도 없어요?"

웨버는 미안하다는 듯 미소 지었다. "우리가 찾는 게 다름 아닌 단서야."

마이클은 세라를, 그다음에는 브라이슨을 보았다. 그들의 표정을 읽기는 어려웠지만, 마이클은 그들이 무슨 생각을 하는지 알 수 있었다. 마이클도 똑같은 생각을 하고 있었으니까. 약간의 공포와 엄청난 의구심. 그리고 물론, 마이클은 그들도 마음속에서 부풀어 오르는 그 익숙한 기분을, 게임을 하고 싶은 충동을 느끼고 있으리라는 것을 알았다. 발부터 뛰어들어, 슬립을 속속들이 정복하고 싶은 충동.

하지만 마이클은 아무 말도 하지 않았다. 이 일을 마이클이 결정해서는 안 됐다. 그는 이미 브라이슨과 세라를 너무 많이 끌어들였다. 이번 결정은 그들이 내려야 했다.

"하지만 우리한테는 큰 문제가 하나 있어요." 세라가 말했다. 그녀의 말투는 마이클에게 웨버가 아직 느끼지 못했을지도 모르는 무언가를 전달했다. 그건 세 사람이 이 일에 백 퍼센트 참여하기로 했다는 사실이었다.

"하나뿐이야?" 웨버가 대답했다. "우리가 아주 운이 좋은 모양이구나."

세라는 그 말을 무시했다. "우리가 슬립에 들어갈 때마다 케인은 우리를 추적할 수 있었어요. 우리가 아무리 여러 층의 보호막을 코딩해 둘러도 소용없었죠. 케인은 무슨 이유에서인지 우리를 원해요. 아무튼, 마이클을 원하는 건 확실해요. 우리는 다시 싱크하지 않으려고 했어요."

"진심인데, 나도 알고 있어." 웨버가 말했다. "너무 잘 알지. 케인은 우리가 생각했던 것 이상으로 강력해. 하지만 일단 들어가면 기분이 좀 나아질 거야. 케인이 탄젠트라는 걸 알아낸 이후로, 나는 새로운 숨김 프로그램을 짜느라 몇 시간을 보냈어. 이 프로그램은 몇 층위 깊은 곳에 존재해서, 사실상 보이지 않아. 약속하지만, 아무도 너희가 들어갔다는 사실을 알 수 없을 거야. 너희들이 직접 만들었을 게 분명한 가짜 신분하고 조합하면 특히 그렇겠지."

대답 대신, 세라는 마이클에게 관심을 돌렸다. "넌 어떻게 생각해?"

"난 잘 모르겠어." 그가 말했다. 백 퍼센트 사실이었다.

"한 가지 단점은," 웨버가 덧붙였다. "일단 안에 들어가면 평소처럼 코드를 보지는 못하게 된다는 점이야. 그게 이 프로그램이 작동할 수 있는 유일한 방식이거든. 너희를 코드에서 숨기려면, 결국 너희한테서도 코드가 숨겨질 수밖에 없어."

"한 가지 단점이라고요?" 브라이슨이 반문했다. "워낙 사소한 얘기라 마지막 순간까지 아껴놨다 이거예요? 그건 아예 거래를 두 동강 낼 만한 사실이라고요! 코드를 조작할 수 없다면 우리가 다 무슨 소용이에요?"

마이클의 희망도 마찬가지로 뭉개졌다.

요원의 얼굴에서는 아무것도 드러나지 않았다. 그녀는 엄숙했고, 집중하는 듯한 표정이었으며, 태도는 침착했다. "어린애처럼 굴지 마. 내 말은 그냥, 너희들이 익숙한 방식으로 코드에 접근할 수는 없을 거라는 뜻이야. 그래도 너희 넷스크린은 쓸 수 있어. 구식이지, 나도 알아. 하지만 너희처럼 솜씨 좋은 선수 셋이 함께라면 해낼 수 있을 거야."

"그것도 구석에 몰리지 않아야 말이죠." 마이클이 반박했다. "우리가 넷스크린으로 할 수 있는 일이 뭐든 간에 느릴 거예요. 아마 너무 느리겠죠."

웨버 요원은 마이클의 말을 동의하며 아주 조금 고개를 끄덕였다. "하지만 이 방법을 안 쓴다면 케인이 너희를 찾아내는 위험을 감수할 수밖에 없어. 선택은 너희가 하는 거야. 둘 다 장단점이 있다는 건 나도 인정할게."

브라이슨은 마이클이 하던 바로 그 생각을 입 밖으로 꺼냈다. "케인이 우리 뒤꽁무니를 쫓아다니지 못하는 쪽을 선택해야 할 것 같네요."

"그럼 정한 거야." 웨버 요원이 말했다. 마이클로서는 아직 그 결론에까지 이르렀다는 확신이 들지 않았지만 말이다. 하지만 아무도 말대꾸하지 않았다. "24시간 후에 내가 너희를 꺼내줄게. 그때 너희들이 뭐라도 알아냈는지 볼 거야. 이제 저 코핀에 너희를 들어가게 해야겠구나."

3

마이클은 게이머의 영혼을 타고났다. 골수 게이머, 진성 플레이어. 마이클은 아빠가 팰컨스를 얼마나 좋아하는지 이야기하면서 골수니 진성이니 하는 말을 쓰는 것을 딱 한 번 들어봤지만, 그게 무슨 뜻인지는 몰랐다. 하지만 그 단어들은 마이클이 싱크에 대해 느끼는 감정에 잘 어울리는 듯했다. VNS와 케인 때문에 삶이 갈가리 찢기기 전에, 마이클은 게임으로 먹고 잠자고 숨 쉬었다. 마이클이 프로그램이든, 아니든 게임은 그의 혈관을 따라 흐르는 피였다. 게임은 그의 일부였다. 인간의 몸을 가졌든, 아니든.

게임은 마이클의 모든 것이었다. 그가 VNS 코핀에 몸을 눕히자 게임에 대한 사랑이 밀려들었다. 그 모든 위험과 난처함을 생각하면 터무니없는 일이었지만, 장치가 특유의 마법을 부리자 마이클은 참을 수 없는 익숙한 흥분을 느꼈다. 너브와이어와 리퀴젤이 활성화되고, 거품을 뿜어내는 에어퍼프가 뻗어나와 삽입됐다. 그의 *인생*이

게임이 되었다. 위험 수준은 그 어느 때보다도 높았다. 그런데도 마이클은 슬립에서 게임의 짜릿함을 즐길 준비가 되어 있었다.

웨버 요원은 그들을 사거리의 포털로 싱크하게 했다. 양옆에 마이클이 모르는 상점과 사무실 들이 늘어서 있는 곳이었다. 눈을 떴을 때 마이클은 그 무엇보다 돌아와서 기쁘다는 생각이 들었다. 웨버는 그들이 평소처럼 코드에 접근할 수 없을 거라고 말했지만—서둘러 살펴보니, 그녀의 말이 맞다는 것이 드러났다—주변 세상에는 코드가 주는 전반적인 느낌이 여전히 남아 있었다. 여기저기 보이는, 흐릿한 건물의 모서리와 하늘에 떠 있는 구름 몇 조각의 전기신호 같은 모습, 충분히 신경 써서 보면 픽셀이 보이는 도로의 작은 구역들. 가장 위대한 프로그래머조차도 모든 것을 잡아낼 수 있는 건 아니었다. 게다가 그들은 종종 일부러 작은 결함들을 남겨두었다. 너무 현실적으로 나가면, 사람들의 머리가 정말로 뒤죽박죽이 되어버리니까.

물론, *라이프블러드 딥*은 예외였다. *라이프블러드 딥*에 대해서는 모든 규칙이 바뀌었다.

"너희들 생각엔 우리가 어디 있는 것 같아?" 세라가 원을 그리듯 천천히 주위를 둘러보며 물었다. 그녀의 오라, 그리고 브라이슨의 오라는 위장되어 있었다. 서로가 서로를 알아볼 수 있을 만큼만 과거의 모습이 남아 있을 뿐이었다.

마이클은 자기 모습이 잭슨 포터의 변형일 거라고 생각하며 거리를 좀 더 자세히 살펴보았다. 여기저기서 몇몇 사람들이 움직이고 있었지만, 이곳은 조용한 마을인 것 같았다. 건물은 작았고 상점들은 뻔했으며 별로 재미있는 구석이 없었다. 이발소, 카페, 술집, 코딩 학원. 가구점까지 있었다. 그 말은, 누군가가 정말로 이곳을 진짜 마을처럼 느끼고 싶어 했다는 뜻이었다.

"난 한 번도 안 와본 곳이야." 브라이슨이 말했다.

"나도." 마이클이 말했다.

세라는 어느 거리를 아무렇게나 손가락질했다. 그곳은 거의 비어 있었다. "사람이 한 명도 없어. 한낮인데." 그 말을 강조하기라도 하듯 가벼운 산들바람이 불어와 쓰레기 조각을 흩뜨렸고, 그 쓰레기들은 소리가 울릴 정도로 요란하게 길 건너로 날아갔다. 그러자 거리가 완전히 텅 빈 것처럼 느껴졌다.

"여긴 꼭 유령마을 같다." 마이클이 말했다.

"소름 끼쳐." 세라도 같은 생각이었다. "뭘 먼저 해야 할까?"

"코드를 못 보니까 돌아버릴 것 같다." 브라이슨은 계속 눈을 감았다 떴다 하며, 눈썹이나 먼지를 떼어내려는 것처럼 깜빡였다. "슬립에서 넷스크린을 켜면 우린 멍청이처럼 보일 거야. 웨버 요원은 쿨하게 보이는 게 우리한테 얼마나 중요한 일인지 모르나 보지." 그가 고개를 저었다.

세라가 그의 등을 두드렸다. "네 자존심은 살아남을 거야. 가자, 탐험을 시작해야지."

4

그들은 그 마을에서 건물이 좀 더 많은 곳으로 향했다. 높은 건물 몇 채가 멀찍이 모습을 드러냈다. 그러나 이상한 것은, 가면 갈수록 마이클의 눈에 들어오는 사람 수가 줄어들었다는 것이다. 그보다 더 이상한 점은 그들이 *실제로* 마주친 몇 안 되는 사람들도 그들에게 전혀 반응하지 않는 것처럼 보인다는 사실이었다. 그들은 마이클 일행이 보이지 않는 듯했다. 한 여자가 멍한 표정을 지으며 옆을 지나갔는데, 브라이슨이 펄쩍 뛰며 길을 비키지 않았더라면 그녀는 그대로 브라이슨에게 부딪혔을 것이다.

"잠깐만." 마이클이 말했다. "우리, 말 그대로 모든 사람들한테 숨겨진 거야? 저 사람들이 우리를 못 보는 거냐고?"

"그건 엄청나게 불법을 저지르는 일인데." 브라이슨이 대답했다.

세라는 멀어져 가는 여자의 뒷모습을 지켜보았다. "VNS는 원하는 대로 다 할 수 있나 보지. 저것 좀 봐." 그녀가 여자를 가리켰다.

마이클은 그 여자가 멈춰섰다가, 길을 잃고 방향을 다시 찾으려는 듯 원을 그리며 도는 모습을 보았다. 그녀는 두 발을 땅에 질질 끌며 좀비처럼 몇 번이나 돌더니 길을 건너기 시작했다. 길을 건너기 전에 차가 오는지 확인할 생각조차 없는 듯했다.

자동차. 마이클은 생각했다. 자동차는 웨이크에서처럼 슬립에서도 흔했다. 실제 마을을 최대한 비슷하게 복제하려는 이런 장소에서는 특히 자동차가 많이 보였다. 하지만 마이클은 여태 근처를 지나가는 자동차를 한 대도 보지 못했다.

"저 여잔 대체 뭐가 *문제야?*" 브라이슨이 물었다.

"*이곳* 전체가 대체 무슨 문제인 걸까?" 세라가 덧붙였다.

마이클은 헤매고 다니는 여자를 등지고 섰다. "계속 가자. 저 여자를 보니까 소름 끼쳐."

시내 구역에 접어들자 상황은 더 이상해졌다. 사람들이 말 그대로 사라졌다. 건물과 보도에 균열이 나타났다가 사라졌다. 어느 순간에는 있다가 다음에 보면 없었고, 그다음에는 또 있었다. 마이클은 지나가면서 간판 없는 상점의 넓은 창문을 들여다보았다가, 거기에 아무것도 비치지 않는다는 사실을 깨달았다. 마이클 자신만이 아니라 그 어떤 것도 비치지 않았다. 그걸 보고 있자니 마이클은 자신이 어딘가 고장 난 듯한 기분이 들었다. 그 표면은 어느 모로 보나 유리 같았다. 색이 들어가 있고 반짝이는, 빛이 바깥쪽에서 비쳐서 거의 불투명한 유리 말이다. 하지만 아무것도 비치지 않았다. 마이클은 서둘러 지나갔다.

더 많은 오류들이 나타났다. 가로등은 꼭 물로 만들어진 것처럼 물결치며 아른거렸다. 맨홀 뚜껑이 비행접시처럼 거리에서 날아올랐다가 폭발해 수백만 개의 픽셀이 되었고, 그 디지털 나비들은 파닥거리며 날아가 모퉁이를 돌아서 사라졌다. 보도는 군데군데 휘어졌다가 다시 납작해졌다. 점점 더 많은 얼룩들이 건물 표면에 흉터를 냈다. 마치 코드 그 자체가 부식되려는 것 같았다. 아니면 누군가가 코드를 바꾸고 약화시키는 듯했다.

"너희 생각엔 무슨 일이 벌어지는 것 같아?" 브라이슨이 아주 침착하게 물었다.

마이클은 친구의 침착한 태도에도 놀라지 않았다. 모든 것이 약간 이상하기는 해도 두렵지는 않았다. 최소한 아직은. 그들은 이보다 이상한 일도 많이 겪어왔다. "그냥 이 장소의 특징인지도 몰라." 그가 말했다. "웨버 요원이 우리를 만남의 장소가 아니라 실제 게임에 집어넣었을 수도 있어. 어쩌면 여기가 *정말로* 유령 마을인 걸지도 모르지."

세라가 멈춰섰다. "혹시 내가 넷스크린을 켜도 될까?" 그녀는 브라이슨에게 짜증스러운 눈길을 던졌다. "사람들이 날 쿨하다고 생각하든 말든 그게 문제가 아니야. 우리가 코드에 접속하려고 하면 케인이 우릴 추적할 수 있게 될지 묻는 거야."

"웨버가 구식으로 하면 괜찮다고 했잖아. 그 점은 생각해 뒀을 거야." 마이클이 대답했다. "웨버 요원이 장담한 것처럼 우리 오라가 보호받고 있다면, 우리 넷스크린은 안전하지 않을까?"

대답 대신 세라는 이어커프를 꾹 눌러 넷스크린을 켰다. 여기저기 몇 초 동안 뒤져보던 그녀가 말했다. "이것 참, 제대로 보기가 어려워. 모든 게 계속 깜빡이고 튀어올라. 슬립에서 넷스크린으로 코딩하는 게 익숙하지 않은 것도 사실이지만, 뭔가 잘못된 것처럼 보여."

마이클도 살펴보려고 자기 이어커프를 눌렀다. 세라가 설명한 그대로였다. 마이클은 이 시점에서, 그러니까 넷스크린이 제공하는 보잘것없는 정사각형을 통해서 슬립의 코드를 본 적이 별로 없었다. 그러나 뭔가 잘못된 것처럼 보이는 것은 사실이었다. 코드는 어떤 곳에서 아무렇게나 뒤섞이고 또 어떤 곳에서는 화면 전체를 튀어다니며 점점 더 꼬였다.

"해괴하다"는 것이 마이클이 할 수 있는 최고의 표현이었다. 그는 여기저기에 코드 한 줄을 입력해 보려 했지만 아무것도 먹히지 않는 듯했다. 글자와 숫자 들은 혼란한 화면 속으로 휩쓸렸고, 마이클이 보이는 한에서는 아무 효과도 내지 않았다. "아주 해괴하네."

"난 넷스크린을 켤 필요도 없을 것 같은데?" 브라이슨이 물었다. "너희들이 좀처럼 성과를 빨리 낼 것 같지 않으니까."

세라가 대답하려 입을 열고 한 마디도 꺼내기 전에 가장 가까운 건물 모퉁이 너머에서 긴 비명이 들려왔다. 마이클은 등줄기를 따라 얼음장처럼 차가운 떨림이 번지는 걸 느끼며 눈을 들었다가 한 여자가 건물 뒤에서 달려 나오는 모습을 보았다. 그녀는 누군가가 목을 졸라 죽이려 한다는 듯 자기 목을 붙들고 있었다. 그녀는 한 번에 몇 걸음씩 앞으로 움찔움찔 걸어 나오며, 보이지 않는 어떤 힘에 맞서 싸웠다. 그녀는 거리 한가운데로 비틀거리며 들어와 쓰러졌다.

그렇게 넘어지자 여자의 등이 드러났다. 마이클은 헉하며 짧게 숨을 들이켰다. 반짝이는 파란빛으로 이루어진 작은 직사각형들이 여자의 어깻죽지를 뒤덮으며 그녀의 목과 뒤통수까지 올라가, 파닥거리면서 그녀의 머리카락에 들끓었다. 마이클은 지난번 저런 장면을 봤던 장소가 어디였는지 너무도 잘 기억하고 있었다. 블랙앤블루 클럽. 킬심들이 로니카의 디지털 영혼을 먹어 버렸을 때였다. 놈들은 그녀의 코드를 먹어 치웠을 뿐만 아니라 웨이크에서 그녀의 두뇌까지 영구적으로 파괴했다. 같은 일이 거리의 여자에게도 일어나는 것처럼 보였다. 타오르는 불씨처럼, 밝은 파란색 직사각형들이 여자의 몸 전체로 번졌다.

"저 여자를 먹고 있어." 브라이슨이 속삭였다. 마이클이 지금까지 눈으로 본 것 중 가장 소름 끼치는 광경이었다.

5

세라가 도와주려는 듯 앞으로 움직였지만, 마이클이 그녀의 팔을 낚아채 홱 당겼다. 그녀가 마이클에게 부딪혔고, 둘은 함께 휘청거렸다.

"무슨 짓이야?" 세라는 마이클에게서 벗어나려고 몸부림치며 물었다. "우린 저 사람을…." 하지만 그 순간, 세라는 아무것도 할 수 없다는 걸 깨닫고 말을 멈췄다. 그녀는 천천히 몸을 돌려 코드를 공격당한 여자가 완전히 사라지는 모습을 보았다. 그녀는 안에서부터 빛났다. 밝은 파란빛이 심장이 박동하듯 맥동했다.

"우리가 할 수 있는 일은 아무것도 없어." 마이클이 말했다. "누가 알아? 우리가 저 여자를 건드리면, 저게 우리한테까지 번질 수도 있어. 주변에 킬심들이 있다면 여기서 빨리 벗어나야 해." 굳이 할 필요도 없는 말이었지만.

발아래의 땅이 튀어오르며, 세 사람 모두를 허공으로 30센티미터 띄워올렸다. 마이클은 세라를 잡고 균형을 잡았지만, 브라이슨은 무릎을 꿇고 주저앉았다.

"이게 무슨…." 마이클이 입을 열려 했지만, 그 순간 발아래의 거리가 다시 튀어올랐다. 이번에는 마이클과 세라도 넘어졌다.

땅이 흔들렸다. 처음에는 작은 진동이었지만, 점점 그 진동이 세졌다. 마이클은 성난 바다에서 이리저리 내동댕이쳐지는 보트를 타고 있는 듯한 기분이었다. 주변의 건물들이 흔들리더니, 물리적으로 말이 안 되는 방식으로 앞뒤로 휘청거렸다. 휘어지고 일그러지는 건물들은 고무로 만들어진 것처럼 움직이더니 군데군데 금이 가고 있었다. 부서진 바위들이 그 압력에 연달아 쏘아져 나왔다. 소음이 허공을 가득 채웠다. 엄청난 굉음과 금속의 신음 소리. 마이클은 자기 탄젠트 프로그램의 부식 과정이 아닐까 생각했지만, 친구들도 그 영향을 받고 있는 건 분명했다.

마이클은 거리의 흔들리는 표면을 두 손으로 짚고 몸을 지탱한 다음, 에어 서핑보드를 타고 있는 것처럼 균형을 잡으며 천천히 일어섰다. 그는 세라에게 손을 뻗어 그녀를 일으켜 세웠다. 마치 서로를 붙잡고 춤을 추는 듯했다.

"난 이럴 기분이 아닌데!" 세라는 고막을 찢을 듯한 소음을 누르며 비꼬듯 말했다. 하지만 그녀의 얼굴은 두려워서 하얗게 질려 있었다. 마이클은 그들이 슬립에 들어와 있다는 사실을 그녀가 잠시 잊은 게 아닌지 궁금해졌다.

"애들아, 저기 봐!" 브라이슨은 그들이 향하던, 거리가 쭉 이어진 곳을 가리키며 외쳤다.

마이클은 브라이슨이 가리킨 곳을 보기 위해 오른쪽으로 한 걸음 발을 뗐다. 그 때문에 하마터면 다시 넘어질 뻔했다. 하지만 마이클은 균형을 잡고 장면을 훑어보았다. 친구가 뭘 가리키려 했던 건지 잘 알 수 없었다. 볼 게 아주 많았다.

디지털 공격을 받았던 여자는 더 이상 인간의 몸체라고 할 수 없는, 번쩍이는 푸른색 빛의 평면들 이상도 이하도 아니었다. 그 평면의 일부는 마이클이 느낄 수 없는 바람에 실려 멀어져 가기 시작했다. 그는 여자에게 무슨 일이 일어난 건지 짐작도 할 수 없었다. 킬심의 흔적은 여전히 보이지 않았다.

여자 뒤편, 거리를 따라 더 멀리 간 곳에서는 하늘에서 마치 번개처럼 이상한 색깔의 해괴한 줄무늬들이 떨어져 내리고 있었다. 스카이라인이 종이로 만들어져 있고, 발톱이 그것을 찢어발기는 것 같은 모습이었다. 초록색과 파란색과 노란색 불빛이 너무 밝게 번쩍여, 마이클이 고개를 돌리려 했을 때조차 그의 눈 속에서 춤을 췄다. 마이클은 조심스럽게 뒤를 힐끗 보고 스카이라인의 뜯긴 자국이 점점 커지고 길어져 땅에 닿는 것을 보았다. 그 자국이 마이클이 서 있는 곳까지 번져오고 있었다.

마이클은 무슨 일이 벌어지는 것인지 알게 됐다. 최소한 어떤 차원에서는. 누군가가, 어딘가에서, 이 장소의 존재 자체를 말 그대로 삭제하고 있었다. 이 장소의 파괴를 목격하겠다고 남아 있다가는 어떤 일을 겪을지 알 수 없었다.

"포털로 돌아가!" 그가 외쳤다. "당장!" 뇌사 상태에 빠져 VNS 코핀에 누워 있는 그들 세 사람의 모습이 마이클의 머릿속을 떠돌았다. "가!"

굳이 마이클이 말해줄 필요도 없었다. 그들은 달리고 휘청거리며 이미 왔던 방향으로 거리를 되짚어 가고 있었다. 독특한 소리가 공기를 가득 채우며 다른 모든 것을 집어삼켰다. 고음의, 뭔가 갈려 나가는 높은 소리였다. 마이클은 어깨 너머를 보고 그들을 향해 쏘아져 오는, 도로 위의 거대한 균열을 보았다. 보도는 흐려져 어렴풋한 디지털 신호로 이루어진, 울퉁불퉁한 선이 되어 있었다. 세상 자체가 분화되어 갔으며, 마이클의 귀는 이 모든 것의 끔찍한 소음 때문에 피가 날 것만 같았다.

땅이 그들의 발아래에서 흔들렸고, 프로그램 안의 균열이 사방에서 번개처럼 내리쳤으며, 소음은 불가능할 정도로 커졌다. 마이클은 앞쪽에서 포털의 은빛 기둥을 보았다. 그 포털조차 평소보다 실체가 없는 것처럼 보였다.

뭔가 따뜻하고 축축한 것이 그의 팔에 떨어졌다. 마이클이 보니, 푸른빛의 파편 하나가 그의 피부를 따라가며 파닥거리고 있었다. 마이클은 그것을 손바닥으로 내리쳤다. 그게 땅으로 굴러떨어져, 무너져 내리는 코드의 심연 속으로 사라지는 것으로 보았다.

"더 빨리!" 마이클이 소리쳤지만, 고막을 찢는 듯 높은 소리로 이루어진 소음 때문에 자기 목소리조차 제대로 들리지 않았다.

세라가 그의 옆에서 전력을 다해 뛰고 있었다. 그녀는 두 주먹을 꽉 쥐고 팔을 앞뒤로 흔들었다. 브라이스은 몇 걸음 앞을 달려가며 헝클어진 보도를 내딛고 있었다. 점점 확산되는 혼란 속으로 그들이 삼켜들기 일보 직전이었다.

마이클은 포털에 집중했다. 겨우 12미터, 15미터쯤 떨어진 곳이었다. 포털은 꿈에서 본 유령 같은 기둥이 되어 흐려져 가고 있었다. 그때, 포털 아래에 균열이 생겼다. 땅에 생겨난 그 거대한 구덩이가 흐려지며 무너져 가는 픽셀들과 말도 안 되는 코드들의 소용돌이로 변했다. 마이클은 경악하며 포털이 심연으로 추락하는 모습을 바라보았다. 그게 끝이었다. 사라졌다.

마이클은 멈춰섰다. 그는 빙글 돌아서면서 크게 숨을 헐떡였다. 주변의 세상이 해체되어 가는 광경을 지켜보았다. 세라가 그곳에 있었다. 마이클은 그녀를 끌어당겨 안았다. 브라이슨도 그들과 함께했다. 그들은 서로를 부둥켜안았다. 사방이 소음과 파괴였다.

세라는 마이클의 귀에 가까이 고개를 숙이고 있었고, 마이클은 그녀가 무슨 말을 한 게 분명하다고 생각했다. 그 말이 들리지는 않았지만. 세라의 따뜻한 숨결이 피부에 닿는 것을 느낀 그 순간, 발아래의 땅이 무너졌고 그들은 감염된 코드의 균열 속으로 추락했다.

빛.

소리.

바람.

추락.

마이클은 친구들을 놓치고 휩쓸려 갔다.

CHAPTER 16

끝없는 사다리

1

마이클은 어떻게, 또 언제 그 일이 끝났는지 알 수 없었다.

쾅 하며 떨어지지는 않았다. 그의 오라는 낡고 먼지 낀 마을 수 킬로미터 아래의 무슨 단단한 땅에 부딪혀 박살 나지 않았다. 소음은 사라졌다. 아예 아무런 소리가 없었다. 그저 먹먹한 침묵뿐이었다. 너무도 완전해서 귀가 아플 것 같은 침묵. 하지만 마이클은 어둡고 고요한 그곳에 등을 대고 누워 있었다.

마이클은 조심조심 몸을 옆으로 돌린 다음 일어나 앉아 몸 상태를 살폈다. 아플 거라고, 최소한 몇 군데는 쑤실 거라고 생각했지만 약간 어지러웠을 뿐 아무렇지 않았다. 주변의 어둠이 그를 내리누르는 것처럼 무겁게 느껴졌다. 마이클은 두 팔을 뻗으며 일어나 발을 질질 끌고 돌아다녔다. 벽이든 의자든, 뭐든 찾을 수 있기를 바랐다. 하지만 발아래의 단단한 땅과 귀를 울리는 듯한 침묵 말고는 아무것도 없었다.

"세라?" 마이클이 소리쳤다. 마이클 자신이 듣기에도 목소리가 이상했다. 감기에 걸려 머리가 꽉 막혔을 때의 느낌과 비슷했다. "브라이슨? 너희들 거기 있어?"

"*마이-클.*"

마이클은 몇 걸음 뒤로 펄쩍 뛰며 빙글 돌았다. 뭐든 보고 싶은 마음이 절실했다. 저 목소리. 저 목소리를 들으니 마음이 불안해졌다. …기계적이고도 유령 같은, 다른 차원에서 들려오는 것 같은 목소리.

"*마이-클.*"

마이클은 짧게 숨을 들이켜고, 다시 원을 그리며 돌아섰다. "세라? 브라이슨?" 그가 속삭였다. 그런 다음에는 소리쳤다. "얘들아! 너희야?"

"*마이-클.*" 그 목소리는 너무 이상하고 다른 세계에서 들려오는 것 같았다. 남자 목소리인지, 여자 목소리인지조차 알 수 없었다.

"*세라!*" 그가 소리쳤다. "*브라이슨!*"

답이 없었다.

마이클은 넷스크린을 떠올리고, 서둘러 이어커프를 눌러 켰다. 초록빛 때문에 거의 눈이 멀 것 같았지만 어둠 속에서는 아무것도 드러나지 않았다. 마이클은 주변을 제대로 볼 수 있을 때까지 어둠에 적응하는 편이 낫겠다고 생각하고 넷스크린을 껐다. 화면은 어둠 속에서 그의 시력을 무디게 할 뿐이었다.

마이클은 두 팔을 앞으로 뻗고 발을 끌며 목소리가 들려오는 곳을 향해 나아갔다. 그러나 그곳에는 아무것도 없었다. 마이클은 계속해서 걸었다. 어느 순간에든 벽에 부딪힐 거라는 확신이 들었다. 하지만 여전히 아무것도 없었다.

"*마이-클.*"

마이클은 멈춰섰다. 이번에는 목소리가 머리 위에서 들려오는 것 같았다. 마이클은 얼어붙은 채 숨을 고르고 기다렸다. 그는 위를 보려고 머리를 젖히고 어둠 속을 살폈다. 몇 초 뒤, 마이클은 마침내 30미터쯤 위의 검고 별 하나 없는 하늘을 떠다니는 희미한 빛을 본 것 같았다.

마이클은 입 주변에 손나팔을 만들어 최대한 크게 소리쳤다. *"세라! 브라이슨!"*

아무 반응도 없었다.

하지만 그 빛은 여전히 그 자리에 있었다. 희미하지만, 분명히 존재했다.

마이클은 땅에 앉아 고개를 숙였다. 생각해야 했다. 코드로부터 차단되자 미칠 것 같았다. 그는 살면서 단 한 번도 슬립 안에서 프로그래밍을 하기 위해 넷스크린을 써야 했던 적이 없었고, 자신이 그런 일을 잘해낼 수 있는지도 알 수 없었다. 버트넷의 코드는 웨이크에서와는 너무도 달랐다. 더 시각적이고 직관적이었다. 하지만 시도해 봐야 했다. 마이클은 저 빛이 있는 곳까지 올라가야 했다. 어떻게든.

마이클은 불을 붙이듯 화면을 환하게 켜고 작업을 시작했다.

2

한 시간이 걸렸다. 아마 마이클 평생에 겪었던 가장 길고도 고문에 가까운 한 시간이었을 것이다. 그 끔찍한 어둠과 압박감을 주는 침묵에 둘러싸인 채 땀을 흘리며, 집중하며, 끝없이 이어지는 여러 줄의 코드를 파헤치다니. 그렇게 온갖 노력을 기울여서 마이클이 얻은 것은?

사다리였다.

마이클은 결국 *단상 위의 당나귀*들이라는, 아주 오래전에 해본 게임에서 그 사다리를 훔쳐 오게 됐다. 모든 사람이 사랑하게 될 만큼, 말도 안 되게 엉성한 종류의 게임이었다. 플레이어는 다리와 경사로, 아치, 층계참으로 이루어진 복잡한 미로를 헤쳐나가야 했다. 그 모든 것이 너무 복잡하게 뒤섞여 있는 데다 개연성도 떨어졌다. 동시에 플레이어는 끝없이 이어지는 함정과 무시무시한 짐승들을 피해야 했다. 잃어버린 당나귀들을 찾은 다음, 스쿠터라는 이름의 남자가 있는 집으로 데려다줘야 했다.

결국 마이클은 지루함을 느끼고 코딩으로 거대한 무중력 사다리를 만들어 시스템을 망가뜨렸다. 잭슨 포터가 된 지금도 그 사다리를 다시 복제하는 것은 그리 어렵지 않았다.

그 사다리 중 하나가 이제는 마이클의 머리 위로 거대한 모습을 드러내며, 저 멀리 위쪽에 있는 빛을 향해 어둠 속으로 뻗어나가고 있었다.

마이클은 올라가기 시작했다.

3

마이클이 올라갈수록 먼 곳의 빛은 점점 밝아졌고, 그 경계선도 더 뚜렷해졌다. 거의 파란색에 가까운 차가운 빛이었다. 빛은 완벽한 원처럼 보이는 구멍 너머에서 비추는 듯했다. 마이클은 사다리가 제대로 된 방향으로 자신을 이끌어 주도록 프로그램을 조정하느라 몇 번이나 멈춰야 했다. 멀리 아래에서는 사다리가 마이클의 의지에 따라 움직이며 바닥에 쓸렸다. *슬립의 기적이지.* 마이클은 경이로웠다.

마이클은 위로, 위로, 위로 올라갔다. 그러는 내내 빛을 향해 갔다. 지혜로운 사람이라면 이 상황을 아주 그럴듯하게 철학적인 비유로 표현해 냈겠지만, 마이클이 생각할 수 있는 것이라고는 두 손이 땀에 젖어 있고 친구들이 무척 보고 싶다는 것뿐이었다.

그 불가능한 사다리를 30분은 족히 올라간 뒤, 마이클은 빛이 나오는 곳의 모서리에 이르렀다. 그는 구멍 아래 몇 미터 떨어진 곳에 멈춰서서 가짜 하늘을 올려다보았다. 회색 구름들이 푸른 하늘을 가르고 지나갔다. 마이클은 잠시 멈춰서서 마지막으로 숨을 크게 내쉬고 나머지 사다리를 올라갔다. 맨홀을 통해 하수도 아래에서 붐비는 도시의 거리로 기어올라가는 정비공처럼, 뭔가가 다가와 그의 머리를 쓸어내는 일만은 없기를 바라며.

빛 아래의 두 번째 가로대에 이르렀을 때 마이클은 멈춰섰다. 그는 소리에 너무 놀라, 처음에는 무슨 일이 벌어지는지 깨닫지 못했다. 아주 짧은 시간이기는 했지만 마이클은 정적에 익숙해져 있었다. 이제 그에게 들리는 것은 또렷하고도 익숙한 소리였다. 바다에 파도가 밀려드는 웅장한 소리.

바다라고?

호기심을 느낀 마이클은 마지막 몇 미터를 빠르게 올라가, 조심스럽게 둥근 구멍을 내다보았다. 머리 위에서 나오는 빛에 눈이 조금씩 익숙해졌지만, 완전히 밖으로 나왔을 때는 아직 적응하지 못한 상태였다. 그 빛에 눈이 보이지 않고 소리에 귀가 먹먹해진 그가 주변을 인식하기까지 잠시 시간이 필요했다. 그리고 마침내 인식하게 된 순간 그의 입이 쩍 벌어졌다.

그는 각지고 검은 바위 표면 위로 나왔다. 바위는 거대한 보랏빛 바다에서 소용돌이치는 물 위에 떠 있었다. 파도가 바위에 부딪쳐 스파클링 와인처럼 보이는 거대하고 투명한 물기둥을 일으켰다. 그 소리는 밀려드는 굉음처럼 허공을 가득 채웠다. 흩뿌려진 자두 색깔의 물이 그의 얼굴을 쓸어내렸다. 너무 차가워서 마이클은 숨을 들이켰다. 그는 눈에서 물을 닦아내며, 살짝 따가운 소금기를 느꼈다. 기분이 들떴다. 오랜만에 제대로 깨어 있는 듯한 느낌이 들었다.

마이클은 눈을 가늘게 뜨고 사방으로 끝없이 펼쳐진 바다를 살펴보았다. 파도가 이는 바다의 표면은 흰 거품으로 가득해, 보랏빛 케이크 위에 뿌려진 설탕 가루 같았다. 배도, 새도, 이렇다 할 바다 생명체나 육지도 없었다. 그 단조로움을 깨는 것은 다른 바위 두 개뿐이었다. 그 바위들은 똑같이 수십 미터 정도 되는 거리를 두고 떨어져서, 마이클이 딛고 선 곳과 삼각형을 이루었다. 마이클은 처음에 그 사실을 알아차리지 못했지만, 다른 바위들을 바라보다가 각 바위마다 사람이 한 명씩 앉아 있다는 사실을 깨달았다. 그리고 그 사람들이 누구인지 잘 알 것 같았다.

브라이슨과 세라.

마이클은 구멍 가장자리에 무릎을 꿇었다. 마이클은 두 팔을 흔들며 친구들의 이름을 목청껏 불렀지만, 포효하는 바람과 파도가 그의 목소리를 휩쓸어 갔다. 결국은 두 친구가 손을 흔드는 마이클을 발견하고 그에게 마주 손짓했다. 마이클은 그들이 있는 곳이 어디인지, 또 거기 있는 이유는 무엇인지 떠올릴 수 없었지만 그 순간은 정말이지 상관없었다. 그저 브라이슨과 세라와 다시 함께하게 되어 마음이 놓였다.

마이클은 자신이 기어 나온 구멍을 내려다보고, 그것이 사라지는 광경을 지켜보았다. 구멍은 작은 바위로 대체되었다. 그 자리는 처음부터 아무것도 없었던 것처럼 보였다.

여긴 뭐지? 마이클은 궁금했다.

그는 이 바다를 헤엄쳐 건널 용기가 있었으면 좋겠다고 생각하며 발밑의 파도를 훑어보다가, 색깔이 보라색이라는 것 외에도 이 바다에 뭔가 이상한 점이 있다는 것을 알아차렸다. 그 바다는 웬 전기신호 같은 형태를 가지고 있는 듯 그 속의 선이 깜빡이고 번쩍거리며 아른거렸다. 그 모든 선들이 바다 생물들처럼 물속에서 움직였다. 바닷물의 색깔을 좀 더 집중해서 생각하자, 마이클은 버트넷 내부의 적나라한 프로그램 자료 구역, 그러니까 코드로 틀을 잡을 때까지 기다리고 있는 미개발 구역에 갇혀 있던 때가 떠올랐다.

헤엄을 친다는 건 좋은 생각이 아닌 듯했다. 마이클이 어떻게 하면 코딩으로 다리를 만들어 낼 수 있을지 생각하고 있는데, 세라가 먼저 그 일을 해버렸다. 초록색 광선이 갑자기 그녀의 바위에서 허공으로 뻗어나갔다. 그것은 폭이 1미터쯤 되는 단순하고 납작한 평면으로, 누군가가 거대한 마커 펜으로 그리기라도 하듯 그들 사이의 거리를 가로질렀다. 마이클은 온몸에 끼얹어졌던 차가운 물의 감촉을 여전히 느끼면서 미소 지었다. 그는 세라가 이 멋진 녀석의 코드를 어디에서 구해 왔는지 정확히 알고 있었다. 이 코드는 *다리*라는 단순한 이름이 붙은 게임에서 나온 것이었다. 딱 이름을 들었을 때 생각나는 정도로만 재미있는 게임이었다. 그들은 몇 차례 그 게임을 해본 다음 더 규모도 크고 나은 게임으로 옮겨갔다.

그 다리가 마이클에게 닿기도 전에 또 다른 다리가 세라의 바위를 브라이슨의 바위와 연결하기 시작했다. 브라이슨의 바위에서는 그가 일광욕하는 사람처럼 앉아서 몸을 뒤로 젖히고, 구름이 태양을 가리고 있는데도 잿빛 하늘 쪽으로 얼굴을 내놓고 있었다. 그걸 보자 마이클은 브라이슨이 안에서 너무 오랜 시간을 보낸 게 아닌가 하는 생각이 들었다.

또 한 번의 파도가 그의 섬에 부딪혀 엄청나게 물을 튀기자 마이클은 일어서서 바람에 맞서 자기 몸을 끌어안았다. 그는 웃으며 다시 얼굴을 닦아냈다. 잠깐 그는 앞서 일어난 모든 일을 잊고, 세상의 왕이라도 된 것 같은 기분으로 미소를 지었다.

빛으로 만들어진 세라의 다리가 도착하자마자 마이클은 그 위로 뛰어올라 세라에게 전력으로 달려갔다. 다리 표면은 게임에서의 기억과 똑같이 고무 느낌이 났다. 바람이 축축한 옷을 마구 후려치자 피부에 소름이 쫙 끼쳤고, 그 느낌은 마이클에게 더 큰 힘을 전해주었다. 마이클은 속도를 올렸다.

6미터 정도 거리를 남겨두고 거의 도착할 즘 다리가 사라지며 그에게는 오직 빈 공간만을 남겨주었다. 마이클은 심장이 목구멍으로 튀어 오르는 것만 같은 느낌을 받으며 비명을 질렀다. 그는 성난 보라색 물속으로 곤두박질쳤다.

4

얼음처럼 차가운 물이 그를 삼켰다. 그 충격으로 마이클의 신경은 불이 붙은 듯했고 심장은 마구 두방망이질 쳤다. 마이클은 발버둥치고 몸을 위쪽으로 끌어당기며, 자줏빛을 반짝이며 수면으로 올라왔다. 그는 물을 차면서 세라의 바위를 올려다보았다. 바위는 이제 겨우 몇 미터 앞으로 다가와 있었다. 세라가 그를 내려다보는 모습이 보였다. 브라이슨이 그녀의 곁에 서 있었다.

"미안!" 세라가 소리쳤다. "게임에서 다리에 예측 불가능한 타이머가 걸려 있다는 걸 까먹었어." 세라는 웃음을 터뜨렸다가, 안 그런 척하려다가 다시 웃었다. 브라이슨은 심지어 재미있어하는 기색을 감추려고도 하지 않았다. 허리 아래가 딱딱하게 얼어버릴 것 같은 기분만 들지 않았더라면 마이클도 웃었을 것이다.

"네가 *그렇게* 느린 줄은 몰랐다!" 브라이슨이 그를 내려다보며 소리쳤다.

마이클은 얼굴을 닦고 이상한 보라색 물을 뱉어낸 다음 친구들을 향해 헤엄쳐 갔다. 갑자기 그는 옆에서 뭔가를 보았다. 뭔가가 미끄러지듯 움직이고 있었다. 하나가 아니었다. 스치는 공포를 느끼며 마이클은 서둘러 앞으로 나아갔다. 그는 미친 듯이 수영한 끝에 바다 쪽으로 뻗어 나온 나지막한 검은 돌판에 이르렀고, 그 위로 올라갔다. 그는 허둥지둥 물가에서 벗어나 울퉁불퉁한 바위벽에 등이 닿았다.

거대한 파도가 그를 돌에 팽개치려는 순간, 마이클이 몸을 숙였다. 파도가 물러났을 때 그는 재빨리 더 높은 곳으로 올라갔다. 그곳에서 그는 바위 표면에 손과 발을 넣어둘 만한 틈을 아주 많이 찾아냈다. 반쯤 올라갔을 때, 그는 평평하고 튀어나온 곳을 발견하고 걸음을 멈추었다. 그는 배를 깔고 엎드렸다. 몸을 바위 밖으로 뻗고 물을 내려다볼 생각이었다. 그 기이한 바다 안에 도사리고 있는 것이 무엇인지 미친 듯이 궁금했다.

아래쪽에서는 또 한 번 차가운 파도가 부딪혀, 고개를 숙이고 있는 마이클 위로 흰 포말을 끼얹었다. 파도가 물러나자 마이클은 얼굴을 닦고 침을 뱉으며 머리카락을 뒤로 쓸어 넘겼다. 그리고 빤히 내려다봤다.

물속에서 미끄러지듯 돌아다니는 것은 뱀장어나 물고기가 아니었다. 그것들은 접합된 코드였다. 정말로, 말 그대로, 숫자와 문자 들로 이루어진 문장이었다. 그것들이 감전당한 지렁이처럼 움찔거리며 주변을 뛰어다니고 있었다.

마이클은 친구에게 소리쳤다. 그의 말이 목구멍을 찢고 튀어나올 듯했다. "이리 내려와!"

5

브라이슨과 세라가 다가왔다. 마이클은 자리에서 일어나 있었다. 그는 두 손을 무릎에 대고 상체를 숙인 채 아래쪽의 물을 들여다보았다. 친구들은 마이클 옆으로 다가오지 않고 바위 가장자리에 앉아서 바위 다리를 허공으로 대롱대롱 늘어뜨렸다. 파도가 부딪혀 오며 그들 모두에게 물을 끼얹었다. 세라가 비명을 지르더니 웃었다.

"우와!" 브라이슨은 여기저기를 가리키며 외쳤다. "저게 뭐지? 저것들이 대체…." 마이클은 자신이 본 것을 브라이슨도 봤다는 것을 알아차렸다. 세라도 마찬가지였다. 그들이 앉아 있는 축축한 바위만큼이나 그녀의 얼굴이 굳어졌으니까.

"코드야." 친구들도 알고 있을 거라 생각하며 마이클이 말했다. 그들이 본 것의 정체를 부정할 방법은 없었다. 그것들은 너무 익숙했다. 지나칠 정도로 익숙했다. 문자와 숫자의 그 조합들은 그들이 수천 번은 봤던 것이었으니까. 이 보랏빛 바다는 헤엄치고 꿈틀거리며 미끄러지듯 움직이는 여러 줄의 코드로 가득했다. 그리고 그것들은 모두 절박하게 어떤 프로그램을 만들고 싶어 하는 것처럼 행동했다.
"감염되거나 어떤 식으로든 파괴된 코드들이야. 아마 그래서 우리가 코드 자체를 볼 수 있는 거겠지. 하지만 어쨌든 코드야."

"그렇구나." 세라가 마음을 가라앉히려는 듯 두 손을 뻗으며 말했다. "머리를 모아 보자. 우리가 지금 보는 게 정확히 뭐지?"

"우린 여기에 어떻게 온 거고?" 브라이슨이 덧붙였다. "우리가 있었던 그 마을은 어떻게 된 거야? 여긴 어디고? 그리고 여기 있는 동안 햄버거를 먹고 싶으면 어디서 구해야 돼?"

마이클은 최면에라도 걸린 기분이었다. 친구들의 말이 거의 들리지 않았다. 그는 거품이 이는 발아래의 보랏빛 물을 빤히 바라보았다. 파도가 서로 부딪혔고 물거품이 공기를 가득 채웠다. 어디를 보든 코드들이 서로에게 부딪혀 튕겨 나왔다. 그런 코드가 너무 많아서, 마이클은 바닷물 자체가 그것들로 이루어져 있을지 모른다고 생각했다.

브라이슨은 팔꿈치로 그를 부드럽게 쿡 찔렀다. "저기, 정신 차리시죠, 선생님."

마이클은 살짝 고개를 흔들었다. 그렇게 작은 것들에 그토록 오랫동안 집중하고 나니 눈을 여러 번 깜박여야 했다. "미안. 그냥 너무 이상해서."

"그러게." 브라이슨은 그렇게만 말했다. 하지만 몇 초 후 그는 덧붙였다. "빠른 시일 내에 햄버거를 먹을 수는 없을 것 같네."

"그러게."

"물은 그냥 환각이야." 세라가 말했다. 실체 없이 목소리만 들려오는 것 같았다. 마이클은 이 이상한 세계에 도착하고 나서 그녀가 열심히 머리를 굴려 이미 어떤 가설을 세웠다는 걸 알아차렸다. 마이클은 옷이 젖어 있든 말든 그녀를 끌어안고 싶었다. 그 순간 마이클 자신의 머릿속은 아무짝에도 쓸모없는 곤죽이었으니까.

“설명 좀 해주시겠습니까?” 브라이슨이 물었다.

세라가 그들을 돌아본 순간, 또 한 번 파도가 발아래에 부딪혀 보라색 물을 흠뻑 끼얹었다. 마이클은 재빨리 눈가의 물을 닦아냈다. 그녀가 하려는 말을 듣고 싶은 마음이 굴뚝같았다.

세라는 두 손으로 얼굴을 닦아내더니 젖은 머리를 쥐고 있는 힘껏 물기를 짜냈다. “뭐랄까,” 그녀가 말했다. “난 케인이 슬립의 일부를 파괴하고 있다고 생각해. 이리 들어와서, 그냥 코드를 지우고 있는 것 같아. 갈가리 찢어발기는 거지. 그 코드들이 모두 이곳으로 흘러 들어오는 것 같고.” 세라는 주변의 광활한 바다를 향해 두 팔을 흔들어 댔다. “이 모든 게… 이게 문자 그대로 코드 쓰레기장과 이 쓰레기장을 붙들어 두는, 저 보라색 건축용 블록 같은 거야. 웨버 요원의 프로그램 덕분에 보호받지 못했다면, 우리 처지도 심각했을 거란 생각이 들어.”

“잠깐, 무슨 뜻이야?” 브라이슨이 물었다. “우리가 분해되고, 그냥 코드 조합 덩어리가 돼서 여기에 버려졌을 거라고 생각한다는 거야?”

세라가 고개를 끄덕였다. “비슷해. 케인이 일부러 이 바다를 이런 식으로… 뭐라고 해야 할까… 구현한 건지, 아니면 케인이 한 짓의 자연스러운 결과가 이런 건지는 모르겠어. 하지만 우리는, 우리를 보호하는 그 방법 때문에 어떤 식으로든 의도치 않게 이 바위 섬들을 만들어 낸 것 같아. 그게 아니었으면 우리도 물고기들처럼 헤엄치고 있을지 모르지. 그리고 내 생각이 맞다면, 저 바깥 코핀에서는 뇌사 상태에 빠졌을 테고. 아니면 뇌사랑 비슷하게 처참한 상태가 됐든지."

"우리가 봤던 그 여자 말이야." 마이클이 말했다. "아까 그 마을에서. 해체돼서 그 파란색 불꽃 같은 것들로 변했어. 로니카한테 일어났던 일이랑 똑같아. 어쩌면 우리도 그렇게 됐을지 몰라." 그 생각에 마이클은 몸을 떨었다.

"거너 스케일의 이름을 걸고, 대체 이런 걸 어떻게 다 생각해 낸 거야?" 브라이슨이 세라에게 물었다. 진심인 듯했다. 그는 세라를 믿는 것 같았다. 브라이슨을 보며 마이클은 자신도 세라의 말을 믿고 있다는 걸 깨달았다. 그리고 마이클은 어느 무의식적 차원에서 자신이 이런 탈출구를 만들어 낸 게 아닌지 궁금해졌다. 케인이 죽음의 법칙의 방아쇠를 당겨, 그를 잭슨 포터의 머릿속으로 보내버리기 직전에 본능적으로 코드를 조작했던 그때가 다시 떠오른 것이다.

세라는 골똘히 생각에 잠긴 마이클을 보고 어깨를 으쓱하며 쑥스러운 듯 미소 지었다. "가끔은 나도 내가 놀랍다니까."

세 사람은 아무 말 없이 그 모든 것을 깊이 이해해 보려 했다. 마이클은 세라가 어떻게 결론에 이르렀는지 알고 있었다. 슬립의 재료를 무한히 오래 파헤치고 다니다 보니 본능적으로 그 작동 방식을 이해하게 됐다. 그냥 말이 됐다. 다음에 떠오른 생각도 마찬가지였다.

"우리가 뭘 해야 할지 알겠어." 그가 말했다.

그런 다음, 마이클은 친구들에게 머릿속에 떠오른 생각을 말해주었다.

CHAPTER 17

코르크 스크루

1

보랏빛 바다의 소용돌이치는 물속으로 다시 뛰어들었을 때 느껴진 얼음장 같은 한기에 마이클은 숨이 멎을 것 같았다. 그는 흰 물거품을 밀어내려고 몸부림치며 공기를 들이마시려고 헐떡거렸다. 브라이슨과 세라가 그의 바로 옆에서, 떠 있으려고 발버둥 치고 있었다.

"안 통하면 알아서 해!" 브라이슨이 포효하는 파도와 맞서며 마이클에게 소리쳤다.

"너도 통할 거라는 거 알잖아!" 마이클이 마주 소리쳤다.

추위 때문에 떨고 있는 세라의 입술은 그녀의 주변에서 철벅거리는 물과 거의 같은 색깔로 변해 있었다. "어쨌든, 우리가 여기서 진짜 공기로 숨을 쉬는 게 아니라는 사실만 기억해. 전부 환상이야. 일단 우리가… 어려운 상황만 해결하고 나서, 웨버 요원을 만나 싱크하고 나면 그 어느 때보다 집에 온 것 같은 기분이 들 거야."

"어려운 상황?" 브라이슨이 반문했다. "무시무시한 상황이라고 해보지 그래. 그게 더 나은 단어 같은데. 우리 평생을 통틀어서 최악의 몇 초가 될 거야."

마이클이 미소 지었다. 그러자 얼어붙은 얼굴에 통증이 느껴질 만큼 주름이 잡히면서, 금방이라도 부스러져 산산조각이 날 것 같은 기분이 들었다. 하지만 마이클은 친구의 의견에 전적으로 동의했다. 그들이 지금부터 하려는 일은 인간의 모든 본능에 반대되는 것이었다.

그러다 죽지만 않기를 바랄 뿐.

"해보자." 그가 친구들한테 말했다. "분명 통할 거야." 그는 마지막 한마디를 하면서 또 한 번 활짝 웃었다.

"분명 통한다?" 브라이슨이 별로 달가워하지 않으며 물었다.

"99퍼센트는." 솔직히, 방금 한 말이 진실이었다. 마이클은 그 1퍼센트가 파멸을 의미하지 않기를 바랄 뿐이었다.

세라는 물 밑에서 마이클의 손을 찾아 꽉 쥐었다.

"좋아." 그녀가 말했다. "격려 연설은 보통 내가 맡았지만, 실은 겁이 나. 내가 이 일을 할 수 있을지 모르겠어."

"할 수 있어." 마이클이 고집을 부렸다. "얘기는 이제 그만."

그는 크게 숨을 들이쉰 다음 그녀를 끌고 물속으로 들어갔다. 마이클은 눈을 뜨고 따가운 소금기를 느꼈지만, 억지로 눈꺼풀을 들어 올리며 주변에 있는 물질을 바닷물이라 상상하고 있을 뿐이라고 자신을 타일렀다. 갑자기 따가운 느낌이 사라졌고, 마이클의 시야가 맑아졌다.

세라와 브라이슨이 그의 앞에서 눈을 꽉 감고, 두 뺨을 부풀린 채 둥둥 떠 있었다. 머리카락이 후광처럼 그들의 머리 주변을 떠다녔다. 보라색 물을 가르며 햇빛이 비스듬하게 들어와, 수백만 가닥의 코드를 비추었다. 숫자와 문자와 기호 들이 한데 엉켜 있었다. 사방에. 피라미처럼, 그것들은 앞뒤로 빠르게 헤엄쳐 다니고 서로의 주변을 빙빙 돌았다.

마이클과 친구들은 계속 가라앉았다. 천천히, 하지만 멈추지 않았다. 무엇을 할지 결정한 지금은 이 상황에 적용되는 물리적 법칙이 사라져 버린 것만 같았다. 그들은 두 팔을 휘젓고 발장구를 치며 점점 아래로 내려갔다.

마이클은 손을 뻗어 두 사람을 톡톡 두드렸다. 그러자 둘이 눈을 떴다. 그런 다음, 세 친구는 서로를 바라보고 있었다. 마이클은 그의 얼굴과 눈에 떠오른 두려움이 친구들의 얼굴과 눈에 보이는 두려움과 다를 바 없다는 걸 알았다. 끔찍한 두려움. 그들은 아무리 용감한 인간이라도 두려워할 행동을 할 작정이었다.

그들은 익사할 생각이었다.

2

마이클은 이렇게 해야만 한다는 것을 보여주려고 자기 입을 가리켰다. 지금 아니면 기회가 없었다. 마이클의 폐가 불타오르며 숨을 들이쉬라고 애걸했다. 정신적 충격을 통해 조만간 몸에서 벗어나지 못하면, 그들은 의식을 잃고 죽을 수도 있었다.

세라가 고개를 끄덕였고, 브라이슨도 그렇게 했다.

아이디어를 낸 사람은 마이클이었으므로, 마이클은 자기가 가장 먼저 실행할 생각이었다. 온몸의 분자 하나하나가 수면으로 빨리 올라가라고, 바다 위 세상을 가득 채운 풍부한 산소를 들이쉬라고 비명을 질렀다. 하지만 마이클은 버텼다. 마지막으로 친구들을 딱 한 번, 절망적인 눈빛으로 바라본 그는 입을 벌려 물이 밀려들게 한 다음, 그 물을 목구멍과 폐로 빨아들였다.

오직 공포의 감정으로만 이루어진 몇 초가 흘렀다. 그의 가슴은 고통으로, 산소를 갈구하는 쓰라림으로 가득 찼다. 경련이 그의 몸을 흔들었고, 마이클의 심장은 갑자기 텅 비고 움직임이 둔해지며 뛰는 속도가 느려졌다. 마이클은 왼쪽으로, 그다음에는 오른쪽으로 몸을 비틀거리며 본능적으로 주변의 바닷물을 계속해서 빨아들였다. 노력하기만 하면 물고기처럼 물에서 산소를 빨아들일 수 있다는 듯이. 그는 친구들도 그가 했던 행동을 따라 하는 모습을 보았다. 그들의 입에서 기포가 줄줄이 나왔고, 그들의 눈은 두려움으로 크게 뜨여 있었다. 질식할지도 모른다는 생각이 든 바로 그 순간, 마이클은 갑작스러우면서 거부할 수 없는 고요가 자신의 몸속 구석구석 번져가는 것을 느꼈다. 그렇게 그의 두 폐가 공기로 가득 찼다. 그의 심장은 다시 완전해져 쿵쾅거렸다. 약간 빠르게 뛸 뿐이었다.

이런 변신은 순식간에 이루어졌다. 익사할 뻔한 사람이 새로 수면에 떠오른 것과는 전혀 달랐다. 그리고 마이클은 무슨 일이 일어났는지 알고 있었다. VNS의 코핀 속에 안전하게 들어 있는 그의 몸과 마음이 슬립 내의 환각 상태에서 평범하게 기능하는 상태로 전환된 것이다. 죽음이 임박했다는 환상으로부터 '시스템 이상 무' 상태로. 그 결과 마이클은 더 이상 물 비슷한 그 어떤 것에도 가라앉지 않게 되었다. 차가운 것, 축축한 것, 바다, 먹먹해진 소리…. 그 모든 것이 사라지고 탁 트인 공기로 대체되었다. 마이클은 여전히 물에, 어딘가에 떠 있는 듯한 기분이 들었고 코드들로 둘러싸여 있었지만 숨을 쉴 수 있었다. 공기가 폐를 가득가득 채울 때마다 천국에 온 것 같은 기분이 들었다.

세라는 겨우 몇 미터 떨어진 곳에 있었다. 마이클은 그녀가 편안해하는 모습을 보고 변신을 마쳤다는 것을 알 수 있었다. 거리는 좀 더 멀었지만, 브라이스도 세라가 변신하고 몇 초 뒤에 다가왔다. 그들은 함께 보라색 빛과 코드로 이루어진 초현실적 세계를 떠다녔다. 이 모든 것을 다시 합쳐줄 누군가가 절실하게 필요했다.

"*정말*로 내 평생 최악의 순간이었어." 세라가 말했다. 그녀의 목소리는 약간… *고장 난* 듯했다. 기계음 같았다. 전기신호로 가득한 듯. "나중에 내가 수영하러 가겠다고 하면, 절대 그러지 말라고 말려줘."

브라이스이 팔을 퍼덕거렸다. 덩치가 엄청나지만 정신 나간 새 같았다. 하지만 그 동작을 마이클이 따라 해 보니 두 친구에게 가까이 다가갈 수 있었다. "엿 같음 점수를 매기자면, 방금 건 9점이었어. 아까 같은 일을 다시 겪느니 차라리 *라오스의 도마뱀*들한테 잡아먹힐래."

"그래도 통했잖아?" 마이클이 물었다. '내가 뭐랬어?'라는 식으로 들리게 말하려던 건 아니었다. 그저 물에 빠져 죽지 않았다는, 터무니없을 만큼 큰 안도감이 마음에 가득했을 뿐이었다. 수년간 가상현실 속에서 살해당했던 무수히 많은 경험 중에, 어째서인지는 몰라도 이번 경험이 가장 현실적으로 느껴졌다.

"어, 그런 거 같다." 브라이스은 두 손으로 주변의 이상한 세상을 가리키며 중얼거렸다. "이게 통한 거라면 말이지만. 난 도서관 같은 게 나타났으면 좋겠다고 생각했는데. 최소한 의자라도 있든지."

세라는 심각하게 심오한 생각을 하고 있다는 걸 보여주듯 말했다. "있잖아, 이상하지 않아? 웨버 요원은 케인이 찾지 못하게 하겠다고 우리를 온갖 프로그램으로 싸놨어. 그런데 그 프로그램 때문에 꼭 우리가 차단되는 것 같더라. 최소한 우리가 익숙하게 여기던 것들로부터 말이야. 그런데 여기에 오다니. 사방에 코드가 있어. 평소랑 거의 비슷해. 슬립에서 눈을 감고, 어디든 우리가 들어가 있던 프로그램에 접근했을 때랑 말이야."

"*거의*라는 말이 핵심이지." 마이클이 대답했다. "난 우리가 이 모든 걸 가지고 뭔가 할 수 있었으면 좋겠어. 그게 안 되면 웨버가 우리를 불러들였을 때 우리가 변명이랍시고 할 수 있는 말은 수영하러 가서, 익사하는 기분이 어떤 건지 느껴봐야 한다는 것뿐일 테니까. 우린 케인에 대해서 알아낸 게 아무것도 없어."

"그건 그렇고, 시간이 얼마나 지났을까?" 브라이슨이 물었다.

세라가 넷스크린을 켰다. 코드가 날아다니는 세상에서는 그 빛이 기이하게 보였다. 그녀는 몇 가지를 훑어보더니 넷스크린을 다시 닫았다.

"웨버가 우리를 다시 꺼내줄 때까지는 엄청 많이 남았어." 그녀가 말했다. "열세 시간쯤. 그래서, 너희들은 뭘 하고 싶어?"

마이클의 생각은 분명했다. "할 수 있는 건 하나뿐이야. 우리는 이 코드 일부를 조합해야 해. 이 모든 게 우리가 있었던 마을처럼 케인한테 파괴당한 거라면, 케인의 흔적이 남아 있을 거야. 케인 밑에서 일하는 녀석의 흔적이라든지. 아니면 케인 대신 이 일을 한 놈의 흔적이라도. 아무튼, 거꾸로 작업을 해나갈 수 있을 것 같아. 운이 좋으면 케인이 어디 숨어 있는지까지 알아낼 수 있을지도 모르지."

브라이슨이 코웃음 쳤다. "무슨 샌드위치라도 만들겠다는 식으로 말하네. 이 일은 *파괴의 악마*들보다도 어려울 거라고, 친구."

"맞아." 마이클이 대답했다. 실제로 그랬다.

"그렇게까지 나쁘지는 않을 거야." 세라가 말했다. "머리만 쓰면 해결할 수 있어, 얘들아. 너희도 다 컸지? 시작하자."

브라이스이 마이클을 보았다. "탄젠트였던 게 *쟤*가 아니었던 거, 맞지? *뤼네빌의 고대 유적 발굴*에 나왔던, 그 재수 없는 조연 프로그램이었다든지? 쟤가 그런 프로그램 중 하나였을 것 같다는 확신이 드는데."

마이클은 두 팔을 휘저어 친구들을 등지는 것으로 대답을 대신했다. 보라색 불빛이 눈앞에서 비쳤다. 신비로운 형체들이 흐릿하고 아른거리는 모습으로 저 멀리에 도사리고 있었다. 백만 마리의 애벌레들이 다가오는 것처럼 코드들이 그의 주변에서 웡웡거렸다. 마이클이 분해해 다시 조합하도록 준비한 것 같았다. 예전에는 한 번도 해본 적 없는 방식의 프로그래밍이었다. 마이클은 흥분 이상의 흥분을 느꼈다.

그는 집중하느라 눈을 가늘게 뜨고, 앞으로 손을 뻗어 말 그대로 파고들었다.

3

코드를 조작하는 이 새로운 방식에 익숙해지기까지는 시간이 좀 걸렸다. 마이클은 어린 시절이 다시 생각났다. 조작되고 프로그램으로 만들어진, 그의 가짜 어린 시절이. 그 시절, 마이클은 *라이프블러드 딥*의 가상 세계에서 살아가며 장난감을 가지고 놀았다. "형아들"이 슬립에서 하는 게임에는 씰블록, 비비카, 심레이저 등 수없이 많은 가상 물체가 나왔는데, 마이클이 가지고 논 것은 그런 물체를 본떠서 진짜로 만지고 놀 수 있게 한 장난감이었다. 아이들은 여덟 살이 될 때까지 버트넷으로 싱크하는 것이 허용되지 않았다. 뇌의 적절한 발달이나 사회성 발달을 염려해서 법을 만들었던 것이다. 단, 규제 대상 나이는 몇 년에 한 번씩 바뀌었다.

그 시절 마이클은 두 손을 가지고 놀며 결국 자신을 가상현실 속의 너무도 많은 장소로 이끌어갈 상상력을 발달시켰다.

지금도 그때와 같았다. 놀이. 물리적인 놀이. 프로그램의 건축용 벽돌을 만지고, 느끼고, 꽉 쥐어보고, 그 본질에 닿아 그 기원을 읽어보고, 그들이 이루고 있던 존재의 더 큰 그림을 이해하는 것.

마이클은 *라이프블러드 딥*의 일부였다. 문자 그대로. 마이클만큼 이 일을 할 자격을 갖추고 있는 사람은 없었다.

마이클은 코드들을 한 조각 한 조각 살펴보았다. 추론했다. 만들었다. 조작했다.

놀았다.

4

마이클이 잊고 있는 가운데 시간이 빠르게 흘렀다. 그는 프로그래밍의 재미에 푹 빠져 있었다. 코핀 안에 있는 그의 신체가 약해지고, 마침내는 코핀의 도움마저도 받을 수 없게 될 때까지 쉬지 않고 작업을 할 만큼.

누군가가 어깨를 툭 쳐 마이클을 그 상태에서 끄집어냈다.

"뭐 나왔어?" 세라가 물었다.

마이클은 몸을 돌려 친구를 마주 보았다. 세라는 지쳤지만 만족한 듯한 표정이었다. 브라이스은 저 멀리 떨어져 있었다. 코드를 조작하고 싶다는 열정에 그는 주변을 완전히 잊고 있었다. 브라이스은의 몸 뒤쪽, 보랏빛의 뒤편에서 알아볼 수 없는 그림자가 불안하게 다가왔다. 거대한 고래가 다가오는 것만 같았다.

"많이 나왔지." 마이클이 세라에게 관심을 돌리며 대답했다.

"나도. 우리끼리 연결할 시간인 것 같아." 그녀는 잠시 말을 멈추고 주위를 둘러보았다. "뭐, 여기서는 못 하겠네. 그럼 머리를 모아 보자."

"좋아."

그들은 퍼덕거리며 브라이슨에게 다가갔다. 미친 새가 춤추는 듯한 둘의 동작을 보고 그의 얼굴에 미소가 떠올랐다.

5

작업을 마쳤을 때 마이클은 온몸이 아팠고, 배에서는 꼬르륵 소리가 났다. 그들이 찾은 모든 프로그램을 조립하는 데는 정신적인 *것뿐 아니라* 육체적 노동도 필요했다. 마이클은 배가 고파 죽을 것 같았다. 그게 슬립의 본성이었다. 코핀이 그에게 필요한 영양분을 공급하고, 그를 상당히 건강한 모습으로 유지해 주는 것은 사실이었다. 그렇더라도 정신이 깃든 그의 가상현실 속 몸은 핫도그 하나를 먹겠다고 한 방에 가득 모인 사람들을 죽일 수 있을 지경에 이를 수 있었다.

논리적인 코드로 이어진 하나의 세계가 마이클의 눈이 닿지 않는 곳까지 이어졌다. 아름답고도 아름다운 모습이었다. 세 사람은 새로 알아낸 세부사항을 잊지 않도록 넷스크린에 옮겨 적어가며, 지난 한 시간가량을 맹렬하게 일했다. 덕분에 그들은 웨이크로 돌아가자마자 이 모든 것을 VNS와 공유할 수 있을 터였다.

마이클은 넷스크린을 눌러 껐다. 작업이 재미있기는 했지만, 더는 할 수 없었다. 공식적으로 종료. 배가 고픈 마이클의 몸속에서 아프지 않은 구석은 한 군데도 없었다. 허기를 달랜 다음에는 자리를 잡고 오랫동안 낮잠을 자고 싶었다.

"난 이 녀석이 믿기지 않아." 마이클은 자기 목소리의 기계음 같은 메아리에 익숙해진 채로 말했다. "케인이 인간이 되고 싶어 하는 이유는 알 수 있을 것 같아. 하지만 버트넷의 절반을 지워버린다는 건, 나로서는 전혀 이해를 못 하겠어."

"내가 아직도 이해 못 하는 게 뭔지 알아?" 세라가 물었다. "왜 케인이 인간이 되고 *싶어* 하느냐는 거야. 내 말은, 우리 또래 누군가의 몸에 다운로드돼도 백 년만 지나면 죽잖아. 슬립에서는 불사신인데. 안 그래? 영원히 살 수 있다고."

"뭐," 브라이슨이 말했다. "케인도 부식되겠지."

세라가 어깨를 으쓱했다. "탄젠트의 뇌를 인간한테 내려받을 수 있다면, 그걸 피할 방법도 분명 알아낼 수 있을걸."

브라이슨이 웃었다. "케인 녀석이 이 모든 일을 해놓고 어떤 사람 몸에서 깨어난 다음, 다음 날 버스에 치이면 진짜 웃기겠다. 그 녀석 장례식에라도 가고 싶은데."

마이클은 천천히 고개를 저었다. 브라이슨이 말한 뭔가가 그에게 충격을 주었다. "말도 안 돼." 생각이 천천히 맞물리기 시작하자 그는 중얼거렸다. "그렇게 쉬울 리가 없어. 케인이 인간의 몸을 그냥 한번 써보고 싶어 한다니. 다른 뭔가가 벌어지고 있는 거야. 훨씬 더 큰 어떤 일이. 케인이 죽음의 법칙이란 *불멸*을 위한 계획이라고 했던 거 기억 나? 내 말은, 케인이 자기 지능을 20년에 한 번씩 새롭고 젊은 인간에게로 이동시키고 정말로 버스에 치일 때를 대비해 버트넷에 백업을 보관할 계획을 세우고 있을 수도 있다는 뜻이야."

"뭐, 최소한 케인을 찾아갈 단서는 얻었으니까." 세라가 말했다. "우린 케인이 어디에 있었는지, 무슨 일을 했는지, 그리고 케인이… 힘든 하루를 보내고 나서 무슨 일을 할 때 어디에 숨어 있는지 알고 있어."

"케인이 잠은 잘까?" 브라이슨이 물었다. "넌 잤지, 마이클? 하지만 그건 너를 코딩한 사람들이 네가 사람이라고 생각하기를 바랐기 때문이잖아."

마이클은 멍하니 먼 곳을 바라보며 어깨를 으쓱했다. 그곳에서는 그 모든 기이한 그림자들이 커졌다가 작아지며 보랏빛의 물거품 뒤편에서 합쳐졌다. 피로했지만, 마이클은 망가진 코드에서 그들이 모은 풍부한 정보에 흥분을 느꼈다. *놈을 갈가리 찢어버릴 갈가리 삼총사 앞에 VNS는 허리를 숙여야 해.* 그는 생각했다.

"시간은 얼마나 남았어?" 브라이슨이 물었다.

세라가 그때까지 빛나고 있던 넷스크린을 보았다. "약 45분. 우리가 아직 웨버 요원한테 연결돼 있기만 바라자. 이 지역에는 포털이 별로 안 보이는데."

"연결은 돼 있어." 마이클이 말했다. 너무 자신감에 차 있어서, 두 사람은 대답조차 하지 않았다. 가끔 마이클은 그냥 알았다.

세라가 뭔가 말하려 했지만, 주변의 빛이 어두워지자 그녀의 입이 딱 다물어졌다. 마이클이 그 사실을 이해하기까지는 오래 걸리지 않았다. 불편한 느낌이 가슴속을 기어들었다.

코드로 이루어진 이상한 세상을 밝혀주던 빛은 확 타오르더니,

깜빡거리다 꺼졌다. 조명은 하나씩 하나씩, 터진 전구처럼 펑 하며 꺼져버렸다. 어둠이 깊어졌다. 아니면, 그 이상한 그림자들이 커지고 있다고도 할 수 있었다. 어쨌든 그건 중요하지 않았다. 뭔가 잘못됐다.

"웨버를 기다릴 수는 없을 것 같아." 마이클이 말했다. "다른 프로그램으로 들어가야 해." 마이클은 세라가 어떤 대답을 할지, 그녀가 하는 말이 정답이 되리란 걸 알고 있었다.

세라는 실망시키지 않았다. "방법이 없어. 여기에서 연결된 곳이 아무 데도 없거든. 여긴 그냥 쓰레기장일 뿐이야. 출구를 찾으려면, 케인을 찾으려고 코드를 역추적했을 때만큼 시간이 오래 걸릴 거야."

"다른 프로그램에 들어갈 수 있다고 하더라도," 브라이슨이 덧붙였다. "어디로 가겠어? 우리가 케인의 살인 프로그램한테 잡아먹혀, 바로 이 시궁창으로 쓸려 내려오고 말 확률은 여전히 있어. 두 번째에는 살아남지 못할지도 모르고."

마이클이 투덜거렸다. "너희들, 함께하기에 아주 유쾌한 녀석들이구나."

사방에서 빛이 번쩍이는 속도가 점점 빨라졌다. 기하급수적으로 증식하는 바이러스에게 공격당하기라도 한 것 같았다. 그림자도 커졌다. 어둠이 안개처럼 밀려들며 한때 보랏빛으로 가득하던 세상이 어두워졌다.

"시간은 얼마나 남았어?" 마이클이 불안하게 물었다.

"내가 언제부터 공식 스톱워치가 된 거야?" 세라는 이렇게 대꾸하면서도 넷스크린을 확인했다. "20분 뒤면 우리를 빼줄 거야. 그때까지만 기저귀에 오줌 흘리지 마."

마이클은 세라에게 너무 큰 만족감을 안겨줄 법한 웃음을 억지로 참았다. 세라가 대체 언제부터 저렇게 건방져진 걸까?

"기나긴 20분이 되겠네." 브라이슨이 숨을 죽이고 웅얼거렸다.

웬 우주적인 코드의 수호자가 그의 말을 듣기라도 한 듯 바람이 거세졌다. 보랏빛 파편들이 소용돌이치더니 점점 어두워져 가는 푸른색의 성긴 구름으로 변해갔다. 점점 더 강해지는 돌풍이 마이클의 옷과 머리카락을 잡아당겼다. 빛은 계속해서 춤추고 확 타올랐다가 잦아들었다. 이제는 조명의 3분의 2 이상이 사라졌다. 어둠은 거의 완전해졌다.

그때, 천둥소리가 들려온 한순간, 모든 것이 더 강해졌다.

바람은 허리케인처럼 세게 불며 마이클과 친구들을 할퀴었다. 구름과 검은 물안개의 줄기가 주변을 빙빙 돌았고, 불협화음이 공기를 가득 채우며 마이클의 귀를 완전히 멀어버리게 할 것처럼 위협해 왔다.

그때, 마이클은 시야 가장자리에서 그것을 보았다. 그는 더 자세히 보려고 머리를 홱 돌렸다. 오직 어둠을 담은 깊은 구멍이, 그가 지금껏 본 것 중 가장 시꺼먼 것이 점점 더 크게 입을 벌리더니 수십 미터에 이르렀다.

그 안 어딘가에서, 마이클은 노란 눈을 본 것만 같았다.

6

마이클 뒤쪽에서 굉음이 울렸다. 소리가 진동하며 마이클이 떠 있는 물질을 뒤흔들었다. 진동 때문에 마이클은 보라색 코드 안에서 앞으로 몇 미터 떠밀렸다. 마이클은 돌아서서 *다른* 구멍이 생겨나는 광경을 지켜보았다. 약 30미터쯤 떨어진 곳이었다. 하지만 이번 구멍은 검지 않았다. 이번 구멍은 어둠을 가르는, 실체 없는 주황색으로 빛났다. 그 안에서 형체들이 나타났다. 온갖 모양과 크기의 사람 실루엣이었다. 그것들이 움직이며, 마이클과 친구들에게 곧장 다가왔다.

마이클은 다시 휙 돌아서서 검은 구멍을, 그 눈을 보았다. 그림자에 겹쳐진 그림자를. 그 안에도 형체들이 있었다. 마이클은 그들을 본다기보다는 느꼈다. 놈들은 빠르게, 빠르게 다가오고 있었다. 어두운 형체들이 벌어진 구멍에서 갑자기 튀쳐나왔다.

마이클은 너무 깜짝 놀라, 두려움을 느낄 겨를조차 없었다. 그는 손을 뻗어 친구들을 가까이 당겼다.

“대체 무슨 일이야!” 그가 소리쳤다.

“어쩌지?” 세라가 소리쳤다. “웨버가 우리를 리프트하기까지는 아직 10분이 남았어!”

브라이슨이 마이클의 손아귀에서 몸을 비틀어 빼내더니 두 주먹을 들어올렸다. “싸워야지. 저놈들을 오랫동안 막아야 하는 것도 아니니까!”

뭘 해야 할지 알 수 없는 마이클은 일단 브라이슨처럼 방어 자세를 취했다. 두 팔을 들어 올렸지만 아무짝에도 쓸모없을 것 같다는 기분이 들었다. 형체들이 양쪽에서 나타났다. 주황빛에서 나온 사람들과 검은 구멍에서 나온, 어둠의 생명체들. 정말로 살해당한다면 어떻게 되는 걸까? 마이클은 궁금해졌다. 이곳은 도무지 예측할 수 없는 곳 같았다. 케인이 이 모든 것의 배후에 있다면? 그들에게서 생명이 빨려나갈 수 있다면?

마이클은 도망치고 싶었지만, 도망칠 곳이 없었다. 바람이 포효했고, 소음이 공기를 가득 채웠으며, 서로 반대되는 두 방향에서 적들이 돌격해 왔다.

뭐 이딴 인생이 다 있담.

7

마이클과 친구들은 눈 깜짝할 사이 자신들에게 달려드는 자들을 해독해야만 했다. 어둠 속에서는 검은 피부의 생명체들이, 깡충깡충 뛰고 미끄러지듯 움직이고 덤벼들었다. 형태도, 크기도 다양했다. 어떤 짐승도 서로 같지 않았고, 마이클은 그중 한 짐승도 본 적이 없었다. 킬심이 노란 눈을 가진, 비틀리고 부자연스러운 형체로 변신한 것 같았다.

눈이 멀 듯한 주황빛에서는 이상하기는 해도 좀 더 알아볼 수 있는 형체들이 다가왔다. 그들 모두가 다양한 버트넷 게임에서 나온 듯했다. 도끼를 든 전사들, 레이저 총을 들고 우주복을 갖춰 입은 우주인들, 나무 곤봉을 든 거인들, 불붙은 지팡이를 휘두르며 독버섯을 타고 있는 여자, 로봇 말을 탄 로봇 기사, 백사자 무리를 거느린 선파이어(1970년대 마블 코믹스의 히어로 캐릭터—옮긴이), 그렌델린의 전투 사제, 그 외에도 수많은 캐릭터들이 있었다. 그들은 대형을 이루어, 그들의 리더처럼 보이는 인물의 뒤를 따라 행진했다.

그 인물은 여자였다. 키가 크고 강력했으며, 미래에서 볼 법한 번쩍거리는 갑옷으로 멋을 낸 그녀는 팔이 네 개였고 무기도 네 개를 들고 있었다. 한 손에는 끝에 빙빙 돌아가는 날이 달린 두꺼운 원통을 쥐고 있었고, 다른 손에는 금방이라도 불타오를 것처럼 맥동하는 푸른 불빛의 자루를 들고 있었다. 또 다른 손에는 한쪽 끝에 구멍이 뚫린, 위협적인 검은 상자가 들려 있었고 네 번째 팔에는 고대 전쟁터에서 가져온 대포와 똑같아 보이는 긴 총신이 안겨 있었다.

그녀가 달려가자 그녀의 발밑에 벽돌들이 차례차례 나타나더니 길을 만들었다. 그녀의 나머지 군대는 각자가 만들어 낸 길을 딛고 돌격했다. 그 길이란 납작한 광선과 돌투성이 자갈밭, 돌이나 풀로 이루어진 땅때기였다. 그들이 지르는 전쟁의 함성이 허공을 가득 채웠다. 그들의 눈은 분노로 번뜩였다.

마이클은 그 모든 것을 알아보았다. 아마 겨우 몇 초쯤 걸렸을 것이다. 그가 본 것 중 가장 이상한 광경이 제 모습을 드러내려고 시간을 천천히 흐르게 하는 것만 같았다. 마이클은 시간이 *정말로* 느려졌다고 생각했다. 프로그램 자체가, 파괴된 가상현실 속 수없이 많은 땅으로 이루어진 코드 시궁창이 이 광경을 목격하고 싶어 하는 듯했다. 마이클의 친구들은 여전히 곁에서 그가 본 것을 보고 있었다. 그들의 움직임은 꿀에 빠진 날벌레처럼 굼떴다.

그때, 바람이 훅 불어오고 끼익하는 날카로운 소리가 나며 모든 것이 다시 순식간에 원래의 속도를 찾았다.

전사들이 밀려들었다. 한쪽에서는 타오르는 불같은 노란 눈이, 으르렁거리고 입을 딱딱거리고 미끄러지듯 움직이고 껑충껑충 뛰어다니는, 암흑보다 더 검은 형체에 박혀 있었다. 다른 쪽에서는 수십 년의 게임에서 나온 영웅들이 마법의 길을 따라 돌격하고 있었다. 그들을 이끄는 사나운 여자는 마이클과 친구들에게서 겨우 수십 미터 밖에 떨어져 있지 않았으며, 목청을 돋워 고함을 질렀다. 돌이 쪼개지고 천둥이 울리는 것 같은 소리였다.

"비켜라, 햇병아리들아! 오늘은 너희가 죽을 날이 아니다!"

이 사람들은 누굴까? 어디에서 온 거지?

마이클의 정신이 채 사태를 파악하기도 전에 그의 본능이 그를 휘어잡았다. 마이클은 두 친구를 잡고 끌어당겼다. 그런 다음 손을 뻗어 코드를 휘저으며, 정신을 다잡고 그것들을 조작했다. 그는 어떤 깊은 차원에서 사신이 할로우드 라빈에서 했던 일을 이해하고 있었다. 주변 모든 것이 조작된 것, 연속적인 문자와 숫자와 상징 들의 시각적 구현이었다. 브라이스과 세라와 그 자신도 마찬가지였다. 마이클은 오직 생각만을 활용해 그 모든 것을 공격했다.

그와 친구들은 갑자기 하늘로 쏘아져 올라갔다. 세 개의 인간 미사일이 위쪽으로 쏘아져 올라간 것이다. 바로 그 순간, 아래쪽에서는 빛과 어둠의 군대가 통제를 벗어난 두 대의 화물 열차처럼 충돌했다.

8

마이클은 전투가 벌어지는 곳 위, 수백 미터 떨어진 곳에서 비행을 멈추었다. 그는 끈적거리는 물질로 이루어진 천상의 세상에 매달려 있었다. 그의 정신은 회오리바람처럼 수백만 가지 생각으로 빙빙 돌았다. 온몸에 맹렬하게 솟구치는 아드레날린이 그 생각들을 뒷받침했다.

세라는 겁먹은 얼굴로 그를 보았다. 그녀는 *마이클*을 두려워하는 듯했다.

"그냥 웨버 요원이 하라는 대로 했어." 그가 말했다.

"봐!" 브라이슨이 아래쪽을 가리키며 소리쳤다.

낙오자 둘이 전쟁터에서 떨어져 나왔다. 하나는 노란 눈을 가진, 긴 어둠의 줄무늬였다. 다른 것은 최소 열두 개의 팔과 다리가 달린, 부피가 큰 덩어리였다. 둘 다 빠른 속도로 마이클과 친구들에게 날아오고 있었다.

"우릴 데려가줘, 슈퍼맨." 브라이슨이 말했다.

"조금만 버티면 웨버가 우리를 리프트해 줄 거야." 세라가 덧붙였다.

마이클은 정신이 차단되어 가는 것처럼 느껴졌다. 군대로부터 먼 곳으로 그들을 빼내려는 빠르고 폭발적인 코딩이 마이클의 모든 정신력을 무너뜨린 것만 같았다. 마이클은 혹시나 하는 마음으로 방금 했던 일을 다시 해보려고 노력했지만, 시도하자마자 소용없다는 걸 알아차렸다.

"미안." 그가 웅얼거렸다. "딱 한 번 쓸 수 있는 필살기였어, 애들아."

"저 아래에서는 대체 무슨 일이 일어났던 거야?" 세라가 물었다. 아지랑이처럼 그들에게 곧장 솟아오르는, 두 마리의 끔찍한 어둠의 생명체 따위는 안 보인다는 듯한 태도였다. "우릴 도우러 왔던 저 사람들은 누구야? 케인은 우릴 어떻게 찾은 거고?"

"나중에 얘기하면 안 될까?" 브라이슨이 소리쳤다. "보아하니 어쨌든 싸우게 될 것 같은데." 브라이슨이 주먹을 말아쥐었다. 그러면 무슨 도움이라도 될 것처럼.

그때, 짐승들이 그들에게 덤벼들었다.

길고 뱀처럼 생긴 형체가 마이클에게 향했다. 공성추 같은 놈의 머리가 마이클의 가슴을 쾅 들이받았다. 마이클은 거의 번뜩이는 노란 눈을 보기도 전에, 몸이 뒤집어진 채로 어두워져 가는 보라색 진액을 뚫고 내동댕이쳐졌다. 마이클은 거칠게 두 팔을 휘두르며 자세를 잡은 덕에 늦지 않게 그 눈을 다시 볼 수 있었다. 눈은 마이클 바로 앞에 있었다. 입이 쩍 벌어지더니 검은 이빨이 번쩍거리고 그를 향해 딱딱거리며 다가왔다.

마이클은 휙 피하면서, 두 손을 뻗어 그 두려운 존재의 목을 잡으려 했다. 마이클은 그것의 매끄러운 근육질 피부를 꽉 쥐고, 입을 벌렸다 다물었다 하는 놈을 막았다. 그 입은 마이클의 머리를 물어서 떼어내려는 듯 계속해서 딱딱거렸다. 마이클은 왼쪽으로, 그다음에는 오른쪽으로 피하고 짐승의 목을 앞뒤로 비틀어 거리를 벌리려고 했다.

놈이 마이클의 상체를, 그다음에는 마이클의 다리를 둘둘 말았다. 머잖아 마이클은 머리부터 발끝까지 감싸인 채 어둠 속에 갇혀 있었고, 그 짐승은 숨도 쉬지 못하게 마이클을 쥔 손아귀에 더욱 힘을 주었다. 마이클은 숨을 헐떡이며 빠져나올 방법을 찾아보았지만, 그런 방법은 없었다. 마이클은 남은 모든 힘을 다해 싸우며 그 더러운 존재의 머리를 뜯어내려고 애썼다.

갑작스러운 움직임이 그들 한 쌍을 코르크 스크루처럼 회전시켰다. 마이클은 현기증을 못 이기고 손을 놓쳤다. 짐승의 목이 그의 손아귀에서 미끄러져 벗어났다. 한순간, 그 짐승이 입을 벌리더니 번개처럼 빠르게 공격했다. 짐승이 마이클을 조여왔고, 갑자기 세상이 검어졌다. 마이클의 머리가 짐승의 입속으로 들어가 있었다. 놈의 턱에 힘이 들어갔고, 그 이빨이 마이클의 피부를 꿰뚫었다. 마이클은 자기 비명조차 들리지 않았다. 그 비명은 두려움과 공포로 이루어진, 입이 틀어막힌 안개 같은 것이었다.

괴물과 함께 죽음의 회전을 계속하면서, 마이클은 짐승의 입속에 반쯤 들어간 채로 발버둥 쳤다. 마이클은 참을 수 없는 현기증과 맞서 싸우며 그의 목을 꿰뚫는 거대한 송곳니를 막으려고 애썼다. 근육에 힘이 들어갔고, 토할 것 같은 느낌에 배 속이 들끓었다. 짐승의 긴 근육질 몸체가 계속해서 점점 더 세게 마이클을 죽이려 들었다. 그 바람에 숨 쉬기가 불가능해졌다. 현기증은 머리가 멍해지는 느낌으로 바뀌었다. 시야 속에 별과 반짝이는 빛 들이 헤엄쳐 다녔다. 마이클의 머릿속에서 심장이 쿵쾅거리는 것 같았다. 마이클은 킬심들을 떠올렸다. 그들이 먹이에서 디지털 생명을 빨아내는 모습을.

그들이 로니카를 죽이고, 하마터면 마이클 자신까지 죽일 뻔했던 일을.

그의 몸을 감고 있는 이 멍청한 녀석은 킬심의 사촌 비슷한 존재였다. 마이클은 그 사실을 알고 있었다. 그는 빙빙 돌았다거나 고통이 느껴졌다는 이유만으로 현기증을 느끼는 것이 아니었다. 이것은 그의 목숨을 끊으려는 총공격이었다.

마이클은 사력을 다해 거대한 뱀 모양 짐승의 입을 당기면서 비명을 질렀다. 짐승의 이빨이 움직이면서 천천히 그의 피부에서 미끄러져 나가기 시작했다. 마이클의 목에 난 상처에서 피가 스며 나왔다. 그는 더욱 힘껏 당겼다. 주둥이는 삐걱거리며 점점 더 넓게 벌어졌고, 그 틈새가 넓어지면서 마이클의 머리를 압박하는 힘은 약해졌다. 현기증과 번쩍임도 나아졌고, 댐을 무너트리는 물살처럼 감각이 몸속에서 솟구쳤다. 고통과 아드레날린과 환희와 불. 마이클은 다시 비명을 내질렀고, 이번에는 자기 목소리가 들렸다. 날것 그대로의, 귀청을 찢을 듯하고 목이 졸리는 것만 같은 소리였다. 그는 짐승의 입을 더 크게 벌렸다. 보라색 세상이 눈앞으로 돌아왔다.

괴물의 입이 조금씩 열릴수록 마이클은 자신감이 생겼다. 그는 뼈가 부러지고 힘줄이 찢어지는 소리, 싸움에서 진 짐승이 울부짖는 소리를 들을 수 있었다. 마이클을 억누르던 힘이 약해지더니 몸은 아예 사라졌다. 마이클은 마지막으로 남은 힘을 다해 쓰러지더라도 괴물의 머리를 찢어버릴 작정이었다.

하지만 퍽 소리가 났다. 엄청나게 소음이 몰아치고 빠르게 스쳐가는 색채들이 흐리게 보였다. 세상이 기울어지고 구부러지고 빙빙 돌았다. 어둠이 그 모든 것을 휩쓸어 갔다. 다음 순간, 마이클은 눈을 깜빡이고 숨을 헐떡이며 웨버 요원의 관 뚜껑을 올려다보고 있었다.

웨버 요원이 그들을 슬립에서 리프트시켰다. 온몸에서, 그의 살갗에서 물러나며 미끄러지듯 숨는 구멍으로 들어가는 너브와이어가 깔끄럽게 느껴졌다.

마이클은 돌아왔다.

CHAPTER 18

랜스 코드

1

마이클은 흠뻑 젖어 있었다. 리퀘젤의 영향도 있었지만, 온몸에서 번질거리는 땀 때문이기도 했다. 숨을 들이쉬려고 헐떡이는 그의 가슴이 들썩거렸다. 폐를 만족시킬 만큼의 산소는 영영 얻을 수 없을 것만 같은 기분이었다. 마이클은 어떻게든 정신을 차리고 잠금쇠를 찾아 튕겨 올린 다음, 조바심을 내며 기다렸다. 경첩에 달린 뚜껑이 휙 열리기까지는 100년 정도 걸린 것 같았다. 따뜻한 빛이 방에서 흘러들어왔고, 마이클은 그 자리에 서서 그를 내려다보고 있는 웨버 요원을 마주했다. 그녀의 얼굴이 흐려 보였다. 마이클의 시야가 아직 적응되지 않았던 것이다.

의식의 경계선에서, 마이클은 이번 여행을 떠나기 전에 반바지를 입고 있었다는 사실을 천만다행으로 여겼다. 보통 그는 코핀 안에서 느낄 수 있는 감각적 효과들을 최대한 경험하기 위해 완전히 옷을 벗었다. 하지만 태어났을 때의 모습 그대로 드러눕는다는 것이 이번에는 별로 좋은 생각 같지 않았다. 맞는 생각이었다.

"괜찮니?" 웨버 요원이 물었다.

마이클은 눈을 몇 번 깜빡였다. 그녀가 초점 안에 들어왔다. 웨버 요원의 얼굴에 떠오른 걱정스러운 표정은 충분히 진정성 있게 보였다. 게다가 그녀는 그들을 다시 데려오겠다는 약속을 지켰다.

마이클은 몸을 일으켜 앉았다. 움직일 때마다 머리가 세차게 핑핑 돌았지만 무시했다.

"세라!" 그가 외쳤다. "브라이슨!"

"걔들은 괜찮아." 웨버는 코핀 옆에 무릎을 꿇고 앉으며 말했다. "내가 약간 일찍 꺼내줄 수 있었어. 너를 리프트하는 건 왜 그렇게 어려웠는지 잘 모르겠지만. 뭔가… 뭔가가 방해했어. 시스템이 네 신호를 잘 포착하지 못하는 것처럼. 미안해. 정말이야. 저 안에서 일이 잘못 돌아간 모양이구나."

마이클은 그녀의 걱정을 쫓아내려는 것처럼 손을 내저었다. 마이클은 무슨 일이 일어난 건지, 또 자신을 리프트하는 것이 왜 그렇게 힘들었는지 아주 잘 알고 있었다. 그 짐승은, 킬심의 그 뒤틀린 버전은 마이클의 디지털 본질을 빨아내고 있었다. 영구적인 뇌 손상을 입기 일보 직전이었다는 깨달음이 밀려오자 숨 쉬는 것조차 버거웠다. 그는 더듬거리고 미끄러지면서 공기를 깊이 빨아들였다. 놈의 주둥이를 홱 잡아당겨 열지 않았더라면, 놈을 머리에서 떼어내지 못했더라면? 그는 죽음에 얼마나 가까이 있었던 걸까?

웨버 요원이 곁에서 그의 어깨를 어루만졌다.

"그렇게 나빴니?" 그녀가 속삭였다.

마이클은 고개를 끄덕였다. 그는 로니카나 그녀에게 일어났던 일을 생각하지 않으려 애썼다. "괜찮아요. 그냥… 제가 공격을 당했거든요, 그… 케인의 짐승한테요. 케인이 우리를 어떻게 찾았을까요? 전 요원님의 숨김 코드가 엄청나게 복잡한 걸로 알고 있었는데."

웨버가 날쌘 동작으로 하이힐을 딛고 일어서더니 마이클이 일어나도록 도와주었다.

"케인이 구체적으로 널 찾았던 건 아니야." 그녀가 말했다. "브라이슨과 세라한테는 이미 얘기했지만. 케인은 너희 셋이 하던 엄청난 양의 프로그래밍 작업을 눈치채고 기사단을 보낸 거야. 하지만 세라 말로는, 너희들이 케인의 정보를 찾으려고 역추적하는 것을 케인이 눈치채기 전에 자기가 코드 구조를 삭제할 수 있었대. 그렇더라도, 난 겨우 24시간 만에 일이 잘못될 거라고는 생각 못 했어. 한 번 더 말하지만, 미안해."

"괜찮아요." 그가 말했다. 웨버를 탓하기는 힘들었다. 이번에도 그들이 부주의했던 것이다. 가장 중요한 건, 그녀가 그들을 안전한 곳으로 데리고 *돌아왔다*는 점이었고.

웨버가 문을 가리켰다. "뭐, 너희는 모두 돌아왔고 다들 괜찮아. 세라 말을 들어보면, 꽤 훌륭한 정보를 찾아낸 것 같던데. 내 말이 맞니?"

마이클의 마음속에서 자긍심이 솟구쳤다. 웨버 요원이 표정으로 그런 기색을 알아채지 못했으면 했다. "네, 찾아냈어요. 빨리 작업해야 해요. 케인이 눈치채고 근거지를 옮기기 전에요."

웨버는 하이힐로 또각또각 소리를 내며 문으로 걸어갔다. "이미 내가 믿을 수 있는 사람을 몇 명 모으고 있어. 전시 작전실로 호출해 뒀어. 다들 올 때까지 너희는 샤워하고 뭘 좀 먹어. 이 일에는 우리가 가진 모든 게 필요할 거야. 그러니까 좀 자둬."

마이클에게는 좋은 얘기로 들렸다. 정말 좋은 얘기로.

2

겨우 잠깐 눈을 붙인 것 같았는데, 누군가가 가만히 옆구리를 찔러 그를 깨웠다. 그는 움찔하며 일어나 앉아서 주위를 둘러보았다. 그의 몸은 케인의 괴물이 돌아올 순간을 기다리고 있었던 것만 같았다.

"어이, 카우보이!"

브라이슨과 세라가 그의 곁에 서 있었다. 현실에서 그들의 모습을 보니 이상한 기분이 들었다. "그렇게 혈기왕성해질 필요는 없잖아."

마이클은 눈을 감았고, 안심하면서 다시 침대에 쓰러졌다. 사실 그건 제대로 된 침대라기보다는 다른 간이침대들과 함께 어둡고 서늘한 방에 처박혀 있는 매트리스에 가까웠다. 마이클이 샤워를 하고 음식을 먹었을 때쯤 그의 친구들은 이미 깊이 잠들어 코를 골고 있었다. 마이클은 그들을 깨울 용기가 나지 않았지만 깨우고 싶었다. 깨워서 안아주고 싶었다. 뭐, 어쨌든 세라는 말이다. 하지만 대신 마이클은 쓰러져서, 곧바로 잠들었다.

세라는 팔짱을 끼고 마이클의 간이침대 발치에 서서, 미소를 지으며 그를 내려다보고 있었다. 마이클은 그녀가 그 미소를 감추려고 애쓰고 있다는 걸 알고 있었다. 세라는 마이클을 봐서 기뻐하고 있었다. 그녀의 눈에서 그런 빛이 보였다.

"좀 어때?" 그녀가 물었다.

마이클은 앓는 소리를 내며 일어나 앉아 다리를 바닥으로 늘어뜨리고 눈을 비볐다. 그런 다음 사실대로 말했다. "쓰레기 같아. 몸을 못 가누겠어. 아프고. 근육이 할머니 근육이 된 것 같아." 하지만 최소한, 마이클은 더 이상 머리가 아프지 않았다. 코핀이 킬심과의 싸움을 시뮬레이션으로 제시했던 장면만이 어렴풋하고 둔하게 욱신거렸다. 그것도 놈이 *진짜* 킬심이었다면 말이지만.

"어떻게 알아?" 브라이스는이 물었다.

"응?"

"할머니의 근육이 무슨 느낌인지 네가 어떻게 아냐고?"

"*할머니의 티타임*을 해봤으니까. 너도 해본 거 다 아니까 시치미 떼지 마."

그와 브라이스은 교실 뒷자리에 앉은 중학생들처럼 낄낄대기 시작했다.

세라는 휙 두 손을 들었다. "다 떠들었어? 난 너희들 생각보다 그 게임에 대해서 잘 알아. 자, 됐고. 그보다 좀 더 중요한 것들에 대해서 얘기 좀 하자."

"그래, 맞아." 브라이스은이 갑자기 진지하게 말했다.

세라가 간이침대 위, 마이클 옆자리에 앉아 몸을 숙이더니 그의 뺨에 입을 맞췄다. "브라이스은 절대 못 받는 거야." 세라가 속삭였다. 두 사람의 친구는 그 말을 듣든 말든 관심이 없어 보였다.

"누가 받고 싶대?" 브라이스은은 두 뺨을 붉히면서 반박했다.

세라는 미소 지으며 마이클의 눈에서 시선을 떼지 않았다. 마이클은 갑자기 훨씬, 훨씬 기분이 나아졌다.

"좋아." 그가 말했다. "계획이 뭐야? 웨버는 어디 있어?"

"웨버가 우릴 깨웠어. 잠시 후에 돌아온대." 세라가 대답했다. "우리랑 만나려고 기다리는 사람들이 한 팀 있는 것 같더라고. 우리는 웨버 요원이 전시 작전실이라고 부르는 곳으로 가서, 우리가 아는 걸 그 사람들한테 알려줄 거야."

마이클이 고개를 끄덕였다. "응, 나한테도 그런 식으로 말했어."

"뭐라고 하지?" 브라이슨이 물었다. "작년 가을에는 삑사리 내지 않고 양서류 관련 발표를 하는 것도 힘들었는데."

"삑사리?" 세라가 반문했다. 그녀는 브라이슨을 살짝 토닥이더니 마이클을 돌아봤다. "발표는 네가 다 하는 게 어때?"

"*나*?" 마이클의 목소리가 한 옥타브나 높아졌다. "왜 나야? 브라이슨이 작년 가을에… 양서류 관련 발표를 삑사리 내면서 하고 있을 때 난 인간도 아니었어. 어쩌면 난 성대를 제대로 쓰는 법조차 모를 수도 있어."

브라이슨이 코웃음 쳤다.

"알았어, 내가 할게." 세라가 말했다.

마이클과 브라이슨이 눈길을 주고받았다. 발표할 사람이 결국 자기가 되리라는 걸 세라는 분명 처음부터 알고 있었을 것이다. 마이클이 고맙다는 인사를 하기도 전에 노크 소리가 나더니 문이 홱 열렸다. 웨버 요원이 늘 그렇듯 자신감 있는 모습으로 들어왔다.

"시간 됐어." 그녀가 말했다. '너희들이 거의 죽을 뻔했다니 미안해' 하던 식의 인간적인 감정은 이미 사라져 있었다. 그녀는 다시 완전히 사무적인 모습으로 돌아왔다.

"준비 안 됐어요." 브라이슨이 말했다. "무슨 말을 해야 할지 계획해야 한다고요."

하지만 세라는 이미 간이침대에서 일어나 문으로 걸어가고 있었다. 그녀는 웨버 요원에게 이르러 멈춰서더니, 돌아서서 친구들을 보았다.

"가자." 그녀가 말했다. "즉흥적으로 하는 거야."

3

전시 작전실.

웨버 요원의 안내를 받고 안으로 들어서면서, 마이클은 자기도 모르게 몇 초 동안 숨을 쉬지 않았다. 그는 잠시 멈춰서서 그 모든 것을 살펴보았다. 거대한 방의 한쪽 면에는 좌석이 여러 줄 늘어서 있었다. 마치 극장 혹은 경기장에 온 기분이었다. 그렇게 늘어선 의자들은 온갖 인종의 남녀로 반쯤 차 있었다. 각 사람의 앞에서는 넷스크린이 빛나고 있었으며, 대부분 사람들은 그것을 들여다보며 바쁘게 일하느라 새로 온 사람들을 인식하지도 못했다. 마이클은 왜 이 방이 겨우 반밖에 차 있지 않은 건지 궁금했다.

방의 반대편에는 마이클이 여태 보았던 것 중 가장 거대한 축에 드는 3차원 디스플레이가 허공에 떠 있었다. 보통 이런 디스플레이는 게임이나 영화 전용으로 쓰는 것이었지만, 이 디스플레이는 어마어마하게 컸다. 폭이 최소 30미터는 되는 듯했고, 높이도 그와 비슷했다. 깊이는 얼마나 되는지 알 수 없었다. 영원히 이어지는 것처럼 보였으니까. 디스플레이에는 지도와 도표와, 프로그램으로 만든 장소며 현실의 장소에서 보내온 생중계 장면이 있었다. 거대하고 자세한 지구본이 한가운데에 걸려 천천히 돌아가고 있었다. 반짝이는 그 표면 전체에 기호와 점 들이 흩어져 있었다.

마이클은 전 세계를 점령할 준비가 된 고위급 스파이라도 된 듯한 기분이 들었다. 그때, 그는 웨버 요원과 그의 친구들이 모두 자신을 바라보고 있다는 것을 깨달았다.

"죄송해요." 그가 웅얼거렸다. "그냥 생각하느라."

웨버는 떠 있는 지구본 바로 아래의 강단을 손짓했다. 강단 바로 옆에는 의자 몇 개가 줄지어 서 있었다. "자." 웨버 요원이 말했다. "우리 쪽 사람들은 엄청나게 많은 요주의 상황을 처리하고 있어. 필요 이상으로 이 사람들 시간을 빼앗고 싶지는 않아."

마이클은 믿을 수 없어서 그녀를 빤히 쳐다보았다. 그런 말을 하다니, 그녀가 과연 지금 무엇이 위험에 빠진 건지 알 수나 있을지 의문이 생겼다. 마이클이 뭔가 말하려 하는데, 브라이슨이 앞으로 나서 대신 그 말을 해주었다.

"엄청나게 많은 상황이라고요?" 그가 물었다. "장난해요? 요원님, 혹시…."

세라가 그의 말을 끊었다. "그냥 시작하면 안 될까?" 마이클은 세라가 초조해하는 모습을 보고 놀랐다.

그는 청중을 돌아보았다. VNS 요원들 대부분은 하던 일을 멈추고 새로 도착한 사람들을 주목하고 있었다. 그는 멍청한 사람이 된 것 같은 기분으로 조심스럽게 손을 흔들었다. 아무도 마주 손을 흔들어 주지 않았다.

"어쨌든," 웨버 요원이 다시 강단을 손짓하며 말했다. "네가 하고 싶은 대로 말해. 나는 통제실에 있을게. 전시 작전판에 뭐든 띄우고 싶으면, 그냥 내 시스템에 연결해."

"이것도 전시 작전, 저것도 전시 작전." 브라이슨이 소리를 낮추고 마이클에게 웅얼거렸다. "버트넷이나 감시하는 사람들이 쓰기에는 이상한 말이네. 여기 오니까 오싹오싹해."

"오싹오싹?" 마이클이 반문했다.

"오싹오싹."

세라는 이미 넓은 방 가운데로 움직였다. 웨버 요원이 그녀와 한 걸음 한 걸음 보조를 맞추었다. 마이클은 브라이슨의 셔츠를 잡고 서둘러 그들을 따라갔다. 이 상황 전체가 조금 이상해 보였지만, 달리 뭘 기대하겠는가? 컴퓨터 프로그램이 인류 전체를 차지하려고 들 때는 온 세상이 약간 이상하기 마련이었다.

웨버는 강단으로 올라가 마이크를 가까이 끌어당겼다. 그 사이 마이클과 다른 두 사람은 웨버 요원 바로 뒤에 자리 잡았다. 웨버 요원이 입을 열기 전에 작전실은 조용해졌고, 웅얼웅얼 대화하던 소리가 즉시 끊어졌다.

"안녕하세요." 웨버가 말을 시작했다. 그녀의 목소리가 울렸다. "급박하게 공지했는데도 이렇게 참석해 주셔서 감사합니다. 여러분 중 몇 분은 가상현실을 통해 이 자리에 참석해 주셨습니다. 많은 분들이 직접 와주셔서 다행입니다. 저는 여러 해에 걸쳐 저와 단단한 신뢰 관계를 구축해 온 분들만 초청했습니다."

마이클은 호기심을 느끼며 작전실을 훑어보았다. 아니나 다를까, 예전에는 보지 못한 것이 보였다. 열 명 중 세 명 정도의 요원이 홀로그램 투사체로 자리에 앉아 있었다. 얼굴에 이상한 빛이 나거나, 여기저기 가끔 피드를 방해하는 오류가 있다는 점만 제외하면 그들이 진짜가 아니라는 점을 알아채기가 어려웠다.

"우리 모두 잘 알다시피," 웨버가 말을 이었다. "버트넷은 우리 기관이 약 50년 전에 설립된 이후 가장 위험한 상황에 직면해 있습니다. 아주 오래된 인용문을 말씀드리자면, '우리 앞에는 가장 지독한 일이 가로놓여 있습니다.'(윈스턴 처칠의 연설문—옮긴이) 제가 오늘 여러분을 이 자리에 오시도록 한 것은…."

마이클은 웨버가 지루하게 말을 이어가는 동안 그녀의 말에서 주의를 돌려 방을 둘러보았다. 뭔가 신경에 거슬렸고, 불편한 감정이 커져만 갔다. 남녀를 가리지 않고 엄청나게 다양한 전통 복장을 하고 있는 그 모든 요원들을 보니 문득 생각나는 것이 있었다. 강렬하게. 뭔가가 어긋나 있었고 마이클은 그 이유를 알 것 같았다.

"세라." 그가 세라에게 고개를 기울이며 속삭였다.

세라는 화난 표정으로 마이클의 입을 다물게 했다.

마이클은 고개를 저었다. 그는 예전에 그들이 찾아간 우중충한 사무실에서 사용했던 업링크에서 보인 웨버 요원의 연기를 떠올렸다. 그녀는 처음에 모든 것을 부정했다가, 그들이 VNS 본부에 침입해 정면으로 문제를 제기했을 때에야 자신에게는 선택지가 없었다고, 수상쩍은 의도를 가지고 있을지도 모르는 기관 내의 사람들이 걱정돼서 그랬다고 말했다.

그럼 왜 그들은 이곳에, 모든 사람의 눈앞에 서서 시상식의 수상자처럼 소개되는 것일까? 그들에게 발부됐던 그 모든 체포영장은 또 어떻고? 사라진 잭슨 포터에 대한 수색은?

마이클은 갑자기 친구들의 손을 잡고 작전실에서 나가고 싶은 충동을 느꼈다. 아직 도망칠 수 있을 때 도망치고 싶었다. 하지만 너무 많은 사람들이 그들을 봤다. 그들이 할 수 있는 건 없었다. 여기서는.

마이클이 주의를 기울이는 사이 세라는 강단으로 향하고 있었다. 그녀는 목소리를 가다듬고 넷스크린을 열어 메모를 불러왔다. 웨버가 다가와 마이클 곁에 서더니, 그의 머릿속을 해킹이라도 한 듯 고개를 숙여 속삭였다.

"내가 완전히, 전적으로 믿을 수 있는 사람들만 불렀어. 하지만 저 사람들조차 모든 걸 알지는 못해. 넌 날 믿어야 해."

그녀는 생각에 잠긴 표정으로 작전실을 훑어보며 잠시 말을 멈췄다. 마치 모든 것을 마지막으로 생각해 보는 듯했다. 그러더니 낮은 목소리로 말했다. "나한테 계획이 있어."

"글쎄요." 마이클이 말했다. "세라를 이런 늑대들한테 던져주기 전에 그 작전을 세라한테 말해줬어야 한다고 생각하지 않으세요?"

웨버는 아주 살짝 고개를 저었다. "이 사람들은 아이스크림을 핥아보기도 전에 아이스크림콘에 어떻게 접근할지 고민부터 하는 작자들이야. 이 사람들이 세라가 하는 말을 가지고 뭔가 달성할 만큼 상황을 진척시켰을 때는 문제가 해결됐을 거라고. 저 사람들은 사실상 내 비상용 대비책일 뿐이야."

"무슨 뜻이에요?"

"너도 곧 알게 될 거야."

4

마이클은 달리 무슨 말을 해야 할지 몰라 그녀를 물끄러미 보았다. 아직 그녀를 믿을 수 있을지 알 수 없었지만, 그가 할 수 있는 일이라고는 고개를 끄덕이는 것뿐이었다. 웨버는 만족하는 듯했다. 그녀는 커다란 시스템 조종장치가 기다리고 있는 작전실 뒤쪽으로 향했다. 마이클은 세라에게로 관심을 돌렸다. 그녀가 마침내 입을 열었다.

"저희가 본…." 마이크에서 끼익하는 잡음이 나자 그녀가 말을 멈추고 마이크를 조금 밀어놓은 다음 다시 말했다. "저희가 본 것에 관해 말씀드릴 기회가 생겨서 기쁩니다. 제 친구들과 저는….” 그녀는 돌아서서 마이클과 브라이슨을 가리켰다. “많은 것들을 봤거든요. 우리 모두가 걱정해야 하는, 아주 많은 것들을요. 저희가 지금부터 말씀드릴 것들은 이 기관에서 시급하게 해결해야 할 것들입니다. 신속하게 움직여야 하고요.”

마이클은 거의 신음할 뻔했다. 그는 세라를 무척 좋아했다. 정말이었다. 하지만 빨리 본론을 꺼내면 더 좋을 것 같았다.

“여러분 모두가 지금쯤은 케인이라고 알려진 탄젠트를 너무 잘 알고 계실 거라고 생각합니다.” 세라가 말을 이었다. “친구들과 저는 케인이 자기만의 지각 능력을 가지고 있으며, 그 능력을 인류에게 이로운 일에 쓰지 않으려고 한다는 사실을 직접 확인했습니다. 이 문제가 다소 복잡한 이유는, 전통적인 탄젠트들과 달리 케인이 특정한 한 가지 프로그램의 일부로서만이 아니라 모든 곳에 동시에 존재하는 것처럼 보인다는 점 때문입니다. 죽음의 법칙에 대해 여러분이 얼마나 설명을 들으셨는지는 잘 모르겠지만, 무슨 일이 일어나고 있는 건지는 아신다고 가정하겠습니다. 다만 여러분들이 모르실지도 모르는 한 가지 사실은 여기 마이클이….” 그녀가 다시 손짓했다. “죽음의 법칙이 성공적으로 실행된 첫 사례라는 겁니다. 마이클은 한때 탄젠트였지만, 그의 의식과 지능과 기억이, 마이클을 마이클로 만드는 모든 것이 인간의 신체로 이전됐습니다. 제 동료들과 저는 케인을 막을 방법에 관한 아주 중요한 정보를 공유할 준비가 되어 있습니다.”

이번에도 마이클은 조금 신음했다. 제 동료들이라니? 브라이슨은 생각을 잘 숨기고, 그저 청중을 바라보기만 했다.

세라는 계속 밀고 나가며 점점 열을 냈다. "저희는 슬리… 버트넷 안의 마을에 방문했습니다. 거의 플레이어가 하나도 없는 곳이었어요. 그리고 저희가 본 플레이어들은 뭔가 어려움을 겪고 있거나 감정이 없는 것처럼 보였습니다. 저희는 예전에도 봤던 어떤 존재에게 공격당한 한 아주머니를 보았습니다. 그 존재는 아주머니를 디지털상에서 찢어발기도록 고안된 프로그램이었어요. 정신을 차리고 보니…."

세라는 계속 말을 이어갔다. 말을 할수록 그녀는 이런 일을 수천 번이나 경험해 본 것처럼 자신감을 얻어갔다. 마이클은 언젠가 세라가 VNS의 고위직이 될지도 모른다고 생각했다. 세라라면 분명 그럴 수 있을 것이다. 그녀는 넋이 빠질 만큼 집중하고 있는 요원들에게 차근차근 그녀와 마이클, 브라이슨이 보고 겪은 것 전부를 자세히 말해주었다. 마을의 파괴에서부터 보라색 바다, 그리고 그들이 케인이나 그가 하고 있던 일에 관한 그림을 그리느라 헤엄쳤던 코드로 이루어진 거대한 웅덩이까지. 마이클은 집중해서 들었지만, 때때로 자기도 모르는 사이 생각이 딴 데로 샜다. 웨버 요원에 대한 생각을 멈출 수가 없었다. 그 여자는 수수께끼였다.

"…코드를 역추적하여 케인이 얼마나 많은 곳을 파괴했는지 볼 수 있었습니다. 케인이 왜 그런 일을 하는지는 모릅니다. 케인이 하고 있는 또 한 가지 일은 상거래 사이트를 점령하고, 개인 ID 코드를 훔쳐내고, 금융 시장을 조작하는 것입니다. 그런 일을 하는 이유야 명백하죠. 그 탄젠트는 상당한 부를 축적하고 있습니다."

축적한다. 마이클은 생각했다. 세라는 정말이지 전문가같이 말했다. 누군가가 질문을 하기 위해 그녀의 말을 끊으려 했지만, 세라는

그에게 자기 말이 끝날 때까지 기다리라고 명령했다. 부탁한 게 아니라, *명령했다.*

가장 중요한 내용을 마지막까지 남겨놓은 그녀는 말을 이어나갔다. "저희는 그 모든 코드를 조합해 봤습니다. 이 코드들은 제가 기록해서 웨버 요원에게 사본을 전송했고요. 그리고 저희는 케인의 위치를 알게 되었습니다. 제 말은, 케인이 돌아다니거나 가상의 음식을 먹거나 다음엔 뭘 할지 음모를 세우며 앉아 있는 곳을 알아냈다는 뜻이 아닙니다. 저희는 그보다 훨씬 중요한 것을 발견했습니다." 그녀는 잠시 말을 멈추고 모두가 집중하고 있는지 주위를 둘러보았다. "저희는 케인의 중심 프로그램 위치를 알고 있습니다."

이 말에 요원들이 꽤 웅성거렸고, 마이클은 다시 한번 자부심이 솟구치는 것을 느꼈다. 이 사람들은 얼마나 많은 교육을 받았을까? 얼마나 경험이 많을까? 케인을 수색하느라 얼마나 많은 시간을, 얼마나 많은 날을 보냈을까? 케인이 탄젠트가 아니라 실제 게이머라고, 인간이라고 믿었던 그 시절부터. 그런데도 결국 케인을 찾아낸 사람은 세 명의 껄렁껄렁한 십 대 청소년들이었다. 마이클과 세라와 브라이슨, 방화와 약탈의 삼총사. 마이클은 미소를 참느라고 얼굴에 힘을 주었다.

"저희는 그 프로그램의 위치를 압니다." 세라가 말을 이었다. "케인의 소스 코드를, 지능을 찾아냈습니다. 케인이 필요한 곳이면 어디든지, 언제든지 쉽게 갈 수 있는 걸로 보아 케인의 중심 프로그램이 버트넷 구조를 이루는 엄청난 코드 배열의 일부이거나, 최소한 그와 가까운 곳에 자리 잡고 있다고 생각하기 쉽지만 실제로는 그렇지 않습니다."

다시 침묵이 흘렀고, 마이클은 세라가 조금은 심하게 과장하는 게 아닌지 궁금해졌다. 그때, 세라가 결국 처음부터 그 한 문장이었으면 충분했을 말을 꺼냈다.

"케인은 게임 내의 탄젠트입니다. 케인은 *라이프블러드 딥* 내부에 있습니다."

5

또 한 번 질문과 대화의 폭풍이 작전실 안에서 터져 나왔다. 마이클은 등 뒤에서 *또각또각* 하는 소리를 듣고, 고개를 돌려 웨버 요원이 조그마한 원격 장치를 들고 강단으로 걸어가는 모습을 보았다. 그녀는 세라의 곁에 이르자마자 버튼을 눌렀다. 갑자기 그들의 머리 위에서 회전하던 지구본이 사라지고 공중에는 3차원의 도시 모습이 나타났다. 곧이어 도시의 한 구역이 확대되었다. 그 아래에, 그렇게 가까이 서 있으니 마이클은 가슴속이 울렁거렸다. 무엇을 보게 될지 짐작한 마이클은 서둘러 눈을 돌렸다.

애틀랜타 시내. 화면의 초점은 지나가는 사람 누구도 다시 돌아보지 않을 법한 작은 건물에 맞춰져 있었다. 케인은 자신의 가상현실 속 집을 버트넷 보안부의 코앞이라고 할 수 있는 곳에 숨겨놓았다. 아마 그저 자기 생각을 밝히려고, 자신의 능력을 과시하려고 그랬을 터였다.

사소하고 멍청한 일이었지만, 그 때문에 마이클은 그가 조금 더 싫어졌다. 그 탄젠트는 모든 움직임을 구식 영화에서 배운 듯했다.

"케인의 존재는 슬립 전체에서 느껴집니다." 세라가 말했다. 그녀는 굳이 신경 써서 더 정확한 단어를 쓰려고 말을 고치지 않았다. 그러기에는 너무 흐름을 타고 있었다. "하지만 아무리 강력해졌다 한들 케인도 여느 탄젠트와 똑같습니다. 케인은 여전히 프로그램이에요. 아무리 복잡해도 결국 코드로 이루어져 있죠. 그리고 그 프로그램은 다른 모든 프로그램과 마찬가지로 어느 한 곳에 중심적으로 자리 잡고 있습니다. 케인은 그 프로그램을 잘 숨겨줬어요. 하지만 저와 친구들은 케인을 아주 잘 알게 됐죠. 그리고 저희는 방금 탈출한 코드의 바다를 비교해 저희의 다른 경험들과 교차 분석해서 케인의 본부로 들어가는 뒷문을 만들어 낼 수 있었습니다. 쉽지는 않았지만, 해냈어요."

"애초에 케인을 프로그래밍한 사람이 누굽니까?" 누군가가 청중석에서 외쳤다.

세라는 마이클을 돌아보았다. 마이클은 어깨를 으쓱했다. 그래봐야 추측이었으니까.

"사실 잘 모릅니다." 그녀가 말했다. "하지만 케인의 기원은 인터넷이 시작되던 시절까지 거슬러 올라가는 것으로 보입니다. 저희가 알 수 있는 한에서 보면, 배우고 성장할 수 있도록 프로그래밍된 케인은 그 이후로 계속해서 지각 능력을 얻는 쪽으로 작동해 왔습니다." 그녀는 목을 가다듬고 망설였다. 이야기가 본론에서 벗어날까 봐 걱정하는 듯했다. "이제 다시 케인의 코드가 있는 곳으로 돌아가 보면…."

머리 위에 떠 있는 거대한 영상이 문제의 건물로 좁혀 들어갔다. 두 개의 고층 건물 사이에 있는 작은 3층짜리 건물이었다. *라이프블러드 딥* 속의 애틀랜타는 실제 도시의 정확한 복제품이었고, 케인의 집은 역사적 건물로 분류되어 있었다. 벌써 오래전에 철거되었어야 할 그 건물이 남아 있는 이유는 그것뿐이었다. 무법자 탄젠트가 숨을 장소로는 완벽했다.

"케인은 언제든지 슬립에서 발견됐으므로," 세라가 말을 이었다. "그가 죽음의 법칙을 자신에게 사용했을 가능성은 없다고 생각합니다. 그러기에는 너무 이른 거죠. 케인은 감히 직접 시도해 보기 전에 훨씬 더 많은 실험을 해보고 싶어 할 겁니다. 그러니까, 케인이 여기 있다는 점은 거의 확실합니다."

웨버 요원이 마이크가 있는 강단으로 다가왔고, 세라는 미리 연습이라도 한 것처럼 자연스럽게 옆으로 비켜섰다. 마이클은 그게 신경에 거슬렸다. 그는 프레젠테이션의 핵심이 나온 지금, 웨버 요원이 모든 영광을 차지하고 싶어 한다는 확신이 들었다.

"고마워, 세라." 웨버는 세라에게 미소를 보이며 말했다. 이제 자신이 신경 쓰는 것은 머릿속 생각을 말로 풀어내는 것뿐이라는 뜻을 담은 프로 요원다운 미소였다. 그녀는 청중을 돌아보았다. "우리가 세라와 세라의 친구들에게 얼마나 많은 빚을 지고 있는지는 제가 굳이 말씀드릴 필요도 없겠죠. 이들은 믿을 수 없을 만큼 심한 스트레스를 받고 있습니다. 이들이 우리를 위해 믿을 수 없을 만큼 위험한 임무를 맡은 것이 한두 번이 아닙니다. 우리가 이들에게 크나큰 빚을 지고 있다는 것만 말씀드리죠."

그녀는 잠시 말을 멈추었고, 다른 요원들은 그 신호를 알아듣고 마침내 갈채를 터뜨렸다. 마이클은 두어 명이 환성까지 지르는 소리를 들었다.

그 소리가 잦아들자 웨버가 말을 이었다. "우리의 어린 친구들이 모아온 정보는 놀랍습니다. 우리 모두가 감동할 만하다고…. 아니,

감동 *받아야만* 한다고 생각합니다. 이들은 24시간 안에 우리 중 누구도 달성하지 못한 일을 해냈습니다. 케인의 탄젠트 프로그램 중심 코드를 분리해 냈습니다. 이제 완전한 분석을 실시하고 공격 작전을 짤 수 있도록 그 코드를 여러분 모두에게 전송하겠습니다. 우리의 목표는, 가볍게 하는 말이 아닙니다만…." 웨버 요원은 마지막 한마디가 여운을 남길 수 있도록 몇 초 동안 뜸을 들였다. "우리의 목표는 7일 안에 움직이는 것입니다."

이 말에 사람들이 격하게 속삭이기 시작했다. 가당치도 않은 생각이라는 투였다. 마이클은 얼굴을 찡그렸다. 시간이 너무 길다는 걸까, 충분하지 않다는 걸까? 마이클 생각에, 그들은 어제부터 활동하고 있었어야 했다. 케인은 언제든 본부를 옮길 수 있었다. 하지만 그러려면 일단 저 사람들이 준비되어야 했다.

웨버는 사람들을 조용히 시키려고 두 손을 들었다. "시간이 핵심입니다. 마지막으로 자세한 내용을 훑은 다음, 여러분이 즉시 작업에 착수하도록 하겠습니다. 애틀랜타의 지도에서 볼 수 있듯…."

브라이슨이 마이클 쪽으로 고개를 기울였다. "이 사람들이 모든 걸 망치고 말 거야. 확-실-해." 그는 속삭이자마자 대답을 기다리지도 않고 원래 자세로 돌아갔다.

마이클은 브라이슨의 말에 전적으로 동의했고, 그 사실이 마음에 들지 않았다.

6

한 시간 뒤, 마이클은 작은 방의 식탁에 앉아 핫도그를 여러 개 먹고 있었다. VNS의 전시 작전실에서 열린 회의에 참가하고 난 뒤 할 만한 가장 멋진 일이라고는 할 수 없었다.

브라이슨이 그의 옆에서 하필 샐러드를 깨작거리고 있었다. 세라는 탁자 맞은편에서 칠리소스와 치즈를 듬뿍 바른 핫도그를 먹고 있었다. 웨버는 그들에게 행동 계획을 결정하기 전에 몇 가지 세부 사항을 처리해야 한다고 말했다. 어쨌거나, 그들 세 사람은 법을 피해 도망치고 있는 중이었다. 사이버 테러나 납치를 저지르지 않았다는 사실을 VNS에게만은 납득시킨 듯했지만.

웨버는 그들을 휴게실에 데려다주면서, 간이식당에서 온 한 남자를 그들에게 소개해 주며 그에게 뭐든 셋이 원하는 것을 가져다주라고 지시했다. 그래서 그들은 핫도그와 샐러드를 먹게 됐다.

"인정해야지." 브라이슨이 상추를 씹으며 말했다. "그 아줌마가 입을 열자마자 나는 완전히 신경을 꺼버렸어. 어쨌든 우리는 이미 알고 있는 내용이니까."

마이클은 반쯤 먹은 핫도그를 접시에 다시 내려놓았다. 충분히 먹었다. 배가 그 사실을 알아차린 뒤로 몇 입 더 먹은 뒤에야 깨닫게 됐지만 말이다. 마이클은 의자 등받이에 기대며 신음했다. "으윽. 너무 많이 먹었어."

"아 그래?" 브라이슨이 비난하듯 말했다. "전혀 몰랐네." 그는 마이클의 접시를 못마땅하다는 듯 바라보았다.

"다음에는 우리도 네가 먹는 것 같은 앙증맞은 샐러드를 시켜야겠어." 세라가 대답했다. "그리고 30분쯤 지나서 배가 고파 죽을 것 같으면, 핫도그를 더 먹어야지."

브라이슨은 채소를 한입 크게 퍼먹는 것으로 대답했다. 그는 샐러드를 으적거리며 즐거운 듯 신음했다.

"너 잘하더라." 마이클이 세라에게 말했다. "진심이야. 공식적으로 내 견해를 밝히자면 서른 살이 됐을 때쯤 너는 VNS의 수장이 될 거고, 그런 다음, 마흔 살 때는 이 나라 대통령이 될 거야. 너희들한테 최초로 내 예언을 들려주는 거야."

브라이스은이 휴 소리를 냈다. "그때까지 우리 모두 살아 있으면 말이지."

아마 브라이스은도 그렇게까지 침울하게 말하려던 건 아니었을 것이다. 휴게실은 침묵에 잠겼다. 단 몇 초지만 마이클은 그들의 문제를 잊고 있었다.

"생각나게 해줘서 고맙다." 그가 툴툴댔다.

"응?" 브라이스은이 물었다.

"아무것도 아냐." 반항하듯, 그는 이제 식어버린 핫도그를 한 입 더 먹었다. 그의 배가 말을 할 수 있었다면 귓속 가득 불평이 들렸을 것이다.

그들 모두가 생각에 잠겨 있는 동안 방은 다시 조용해졌다. 누군가가 문을 시끄럽게 두드리자 마이클은 깜짝 놀랐다. 지체 없이 문이 홱 열리고, 당연하게도 웨버 요원이 들어왔다.

"다 먹었니?" 그녀는 진심으로 들리기에는 너무 명랑한 목소리로 물었다.

마이클은 배를 쥐고 허리를 숙인 채 과장된 신음을 냈다. 이 여자가 너무 편하게 느껴지기 시작했다. 세라가 키득거렸다.

"다 먹었다는 뜻으로 알아들을게." 웨버가 말했다. 그녀는 식탁으로 다가와 브라이스은의 어깨를 내려다보며 섰다. 브라이스은은 올려다보고 싶은 눈치였지만 그러지 않았다.

"너희한테 먹고 쉴 기회가 있어서 다행이다." 이곳의 주인이 말을 이었다. "이제 가야 하거든."

그 말에 마이클은 귀를 쫑긋 세웠다. "뭐라고요? 어딜 가요?"

"너희 셋을 다시 너브박스로 데려가야 해."

마이클은 제대로 들은 게 맞는지 의심스러웠다. 그는 친구들과 혼란스러운 눈길을 주고받았다. 세라가 마침내 그들 모두가 하던 생각을 입 밖으로 냈다.

"무슨 뜻이에요? 전 웨버 요원님이랑 다른 요원들이 데이터를 검토한 다음에야 무슨 일이든 할 줄 알았는데요."

"그것도 그렇고, 왜 *우리*를 코핀에 넣고 싶어 하는 거예요?" 브라이슨이 덧붙였다. "우리 일은 끝난 줄 알았는데. 우리가 모든 걸 요원님들한테 털어놓은 이유가 그거 아니에요?"

마이클은 대답을 기다리며 웨버 요원을 빤히 바라보았다. 이번에도 그들은 커다란 절벽 끝에 선 채, 그 너머로 떠밀리기 일보 직전이었다.

"내 요원들은 할 일이 아주 많아." 웨버가 말했다. "너희들을 추적하고, 지원하고, 너희들한테 도움이 필요한 바로 그 순간 도와주고. 가장 중요한 건, 세라 부모님의 위치를 찾는 거야. 난 여기에 머물면서 요원들과 함께 작업할 생각이야. 일단, 우리는 이 죽음의 법칙이라는 것으로 변형된 모든 사람을 추적해야 해. 무슨 일인지 슬슬 알아봐야지. 또한 *너희 셋*을 버트넷으로 돌려보내 작업을 마무리할 거야. 너희들은 여러 차례 실력을 입증했어. 다른 누구에게도 감히 이 사건에 대한 단서를 믿고 맡길 수 없어. 너희는 다른 누구보다도 케인을 잘 알고, 이 작전은 은밀하게 진행되어야 하니까."

마이클은 친구들을 보았다. 그들은 마이클만큼이나 충격을 받은 표정이었다.

"그럼, 그 *임무*를 받아들이겠다는 뜻으로 알게." 웨버가 승리했다는 듯 두 손을 포개며 말했다. "자, 가자. 보여줄 게 있어."

7

그녀가 보여주고 싶다는 것은 존재하지도 않았다.

어쨌든, 현실 세계에는.

그들은 웨버의 사무실에서, 커다란 투사체 주변에 모여 있었다. 투사체는 천천히 원을 그리며 도는 영상과 단어 들의 모음이었다. 개 사진도 있었다. 골든리트리버였다. 그 옆에는 작은 남자아이가 무릎을 꿇고 앉아 있었다. 아이는 지금껏 본 적이 없는 환한 미소를 얼굴 가득 짓고 있었다. 그 사진을 보자 너무 많은 생각이 마이클의 머릿속을 스쳐 지나갔다. 하지만 가장 많이 느껴진 것은 웨버 요원도 결국 진짜 사람이라는 느낌이었다.

웨버 요원은 아무런 소개도 없이 투사된 구체를 두드리고 만지더니 그 모든 것이 날아가고 단 하나의 이미지로 대체될 때까지 이것저것을 움직였다. 긴 직사강혁의 금속 상자였다. 철사와 전극이 그 표면을 덮고 있었다. 마이클과 다른 사람들이 지켜보는 가운데, 그 상자는 제자리에서 빙빙 돌았다.

"저게 뭐예요?" 브라이슨이 물었다.

웨버는 투사체 안으로 손을 뻗었다. 그녀의 손가락이 상자의 양쪽 끝을 건드리는 것처럼 보였다. 웨버 요원은 손가락에 힘을 주더니 상자가 훨씬 커지도록 그 모든 것을 벌렸다. 마이클은 이미지가 아닌 실제 장치가 얼마나 클지 혹은 작을지 전혀 알 수 없었다.

"너희들이 케인을 쓰러뜨릴 때 사용할 물건이야." 웨버가 말했다. 그녀의 목소리에는 만족감이 가득했다. 마이클은 그녀의 태도가 좀 과해 보였다. 그렇다고 거슬린 것은 아니었지만. 웨버 요원은 마이클만큼이나 그 탄젠트를 싫어하는 게 분명했다. "이건 내가 오랫동안 작업해 온 프로젝트야. 아주 오랫동안. 엄청난 업적이기도 해, 내 입으로 말하긴 뭐해도."

웨버는 자랑스러운 표정으로 그 상자를 바라보더니 이 방에 다른 사람들이 있다는 사실을 막 깨달은 것처럼 재빨리 눈을 깜빡이고 목을 가다듬었다.

"미안." 그녀가 말했다. "그냥… 이걸 개발하느라 엄청나게 많은 피와 땀과 눈물을 흘렸거든. 이걸 마침내 쓸 수 있게 되다니 좀 흥분되네. 이해해 줘."

이번에는 세라가 뻔한 질문을 던졌다. "저게 *뭔데요?*"

요원은 이미지가 계속 회전하게 놔두고 의자 등받이에 기대앉았다. "난 저걸 랜스(마상 경기용 창을 말한다—옮긴이)라고 불러. 너무 잘 어울려서."

브라이슨과 세라는 그저 쳐다보기만 할 뿐 아무 말도 하지 않았다. 마이클은 이제 자기가 물어볼 차례가 됐다는 걸 알았지만, 질문하는 것이 왠지 멍청한 행동처럼 느껴졌다. 그래서 그는 웨버 요원이 그 물건의 정체를 말해줄 때까지 고집스럽게 기다렸다. 그녀는 잠깐 창조물을 감상한 뒤 다시 말했다.

"프로그램이야, 물론. 내가 조합할 수 있었던 가장 복잡한 코드의 집합체지. 최대한 쉽게 어딘가에 놓고 폭발시킬 수 있도록 내가 저런 시각적 형태를 부여했어."

마이클은 몸이 근질거릴 정도로 흥미가 생겨 침묵을 깼다. "어딘가에 놓고 폭발시킨다고요?" 그가 반문했다.

그녀가 천천히 고개를 끄덕였다. "그래. 버트넷 안에서 만나자. 거기서 너희들한테 이 프로그램을 전달해 줄게. 이 장치의 형태로 말이야. 내가 말한 것처럼 쉽지는 않겠지만, 너희들이 해야 할 일이라고는 케인의 프로그램이 있는 곳으로 가서 랜스를 집어넣고, 카운트다운을 시작하는 여덟 자리 암호를 입력해 활성화시킨 다음 빠져나오는 것뿐이야. 랜스는 폭발하면서 탄젠트를 소멸시킬 거야. 중심 코드만 파괴하는 게 아니라, 케인의 오라가 어디에 있든 삭제해 버릴 연쇄 반응을 일으키게 되지."

그녀는 마이클 일행이 그 정보를 제대로 이해할 수 있도록 잠시 말을 멈추었다. 마이클은 이해해야 할 게 끔찍하게 많다고 생각했다. 그런 다음 그녀가 말을 이었다. "난 이 프로그램을 짜느라 여러 해를 보냈어. 언젠가는 필요할 줄 알았거든. 이걸로 케인은 죽을 거야. 대담한 주장이라는 건 알지만, 그래도 그렇다고 믿어. 우리가 해야 할 일은 너희들을 *라이프블러드 딥* 안에, 그 게임 속 애틀랜타에 있는 이 건물에 집어넣는 것뿐이야. 나머지 일은 랜스가 처리할 테고."

마이클은 피할 수 없는 문제점에 대해 이야기를 나눌 순간을 기다리고 있었다. "그 건물은 둘째치고, 우리가 어떻게 눈에 띄지 않고 *라이프블러드 딥*에 들어갈 수 있다고 생각하는 거예요? 숨김 프로그램이 우리를 코드의 눈에 띄지 않게 만들어 주기는 하죠, 대부분의 경우에는요. 근데 우리가 그 보라색 바다에서 했던 일을 한다면, 그건 '야, 케인! 와서 우릴 잡아봐!'라고 적혀 있는 커다란 간판을 내

거는 거나 마찬가지예요." 마이클은 웨버 요원의 얼굴에 떠오른 망설이는 표정을 걱정스럽게 바라보며 덧붙였다. "계획이 있겠죠?"

웨버의 표정은 그녀의 다음 말과 정확히 어울렸다. "그래. 아마 이 부분은 마음에 들지 않겠지만."

마이클은 폭탄이 떨어지기를 기다렸다.

웨버 요원이 크게 한숨을 내쉬었다. 랜스에 대한 그녀의 흥분은 사라지고 없었다. "너희들을 손쉽게 들여보낼 방법은 없어. 그 시스템에 딥이라는 이름이 붙은 데는 이유가 있어. 그중에서도 *라이프블러드*는 무엇과도 비교할 수 없이 까다롭지. 그 시스템 전체가 적절한 접근 경로로 들어오지 않는 사람들을 차단하는 걸 목표로 삼고 있으니까. 너희 셋 모두 딥에 이르는 게 얼마나 어려운지 잘 알고 있을 거야. 아무리 너라도 힘들겠지, 마이클. 너는 예전의 네가 아니니까. 우리가 어떤… 극단의 조치를 취하지 않으면, 너희 셋을 들여보내는 순간 사방에서 경고가 울릴 거야."

브라이스과 세라는 자리에 앉은 채로 몸을 움찔거렸지만, 마이클은 꼼짝도 하지 않았다. 그는 사태가 얼마나 악화될지 들을 준비가 되어 있었다.

"우리는 너희를 스퀴즈(압착이라는 뜻—옮긴이)해서 넣어야 해." 웨버가 마침내 말했다.

마이클은 브라이슨을, 그다음에는 세라를 보았다. 그들은 서로를 보고, 다시 마이클을 보았다.

스퀴즈.

마이클은 *스퀴즈*라는 용어를 살면서 몇 번밖에 들어보지 못했다. 대개는 철모르는 아이들이 자기들이 전혀 모르는 일에 대해 주고받을 때 충동적으로 입에 올리는 말이었다. 사람들은 스퀴즈 얘기를 하지 않았다. 불법이었으니까. 그건 누군가의, 심지어는 자기 자신의 코어 프로그램에 장난을 치는 것만큼 나쁜 일이었다. 마이클이 만났던 그 누구도 스퀴즈를 해보거나 당해본 적이 없었다. 마이클은 자기가 제대로 들었는지 확인하고 싶은 마음에 하마터면 웨버에게 그 말을 다시 해달라고 부탁할 뻔했다.

하지만 그는 자신이 제대로 들었다는 사실을 아주 잘 알고 있었다.

웨버 요원은 그들을 *라이프블러드 딥*으로 *스퀴즈*해 넣으려는 생각이었다.

세상에. 그가 생각했다.

CHAPTER 19

스퀴즈

1

마이클은 옷을 완전히 입은 채로 변기 뚜껑에 앉았다. 화장실에 갈 필요는 없었지만, 혼자 있고 싶은 마음이 너무 절실했다. 단 몇 분만이라도. 그들을 슬립으로 당장 돌려보내고 싶다는 웨버 요원의 말은 진심이었고, 그의 친구들은 떠날 준비가 되어 있었다. 하지만 마이클은 아니었다. 그는 혼자 보낼 시간이 좀 더 필요했다. 생각을 정리할 시간이.

웨버가 너무 많은 소식을, 너무 많은 계획을 동시에 쏟아놓은 탓에 마이클은 심장이 뛸 때마다 머릿속에서, 목에서, 심지어 발목의 핏줄에서 맥박을 느낄 수 있었다. 위험한 일이라면 그들도 충분히 해보았고, 세상으로 다시 나가 체포될 위험을 감수한다는 것은 사실 선택할 수 있는 일이 아니었다. 하지만 마이클은 정말로 *이* 일을 할 준비가 돼 있는지 확신이 서지 않았다.

그들의 모든 문제를 풀어줄 거라는, 평범하게만 보이는 직사각형 금속 상자 랜스. 이번이 마지막이라고 생각하며 목숨을 걸고 지금 곧장 슬립으로 다시 들어간다는 사실. *라이프블러드 딥*에서 그 건물을 찾아 보안 방화벽을 뚫고 들어가서 장치를 설치하고 폭발시킨 다음 빠져나오는 일. 달성하기에는 너무 과한 일이었다. 애초에 딥으로 들어가기 위해서 해야 하는 스퀴즈는 말할 것도 없었고.

스퀴즈.

너무도 두렵고 고통스러우며 끔찍한 일을 부르기에는 너무 단순한 단어로 보였다. 물론 마이클은 스퀴즈에 대해서 한 번도 제대로 생각해 본 적이 없었지만, 떠도는 이야기는 끔찍했다. 그 이야기 중 오직 절반만이 사실이고 그나마 과장된 것이라 해도, 스퀴즈는 즐거운 경험이 아니었다.

스퀴즈라는 과정은 이름이 주는 느낌 그대로였다. 숨김 코드로 단단히 감싸인 오라가 프로그램 한 줄 넓이의 좁은 공간으로 쑤셔넣어지게 된다. 마이클은 지금까지 해온 모든 일을 잘 알고 있으면서도 스퀴즈가 어떻게 작동하는 건지는 쉽게 이해할 수 없었다. 하지만 스퀴즈는 여러 면에서 말 그대로의 과정이었다. 외부인들로부터 *라이프블러드 딥*을 지키는 엄청나게 복잡한 방화벽을 피하고, 발각되지 않으려면 벽에 나 있는 가상의 균열로 몸을 찌부러뜨려 넣어야 하는 것이다. 대부분 사람들은 그것이 원자 사이로 들어갈 수 있을 만큼 몸을 쭉 늘여서 벽을 뚫고 걸어가려는 행위와 비슷하다고 설명했다. 불가능하게 들렸지만, 코드의 세계에서는 거의 모든 일이 가능했다.

그 결과를 감당할 의지만 있다면야.

그리고 웨버 요원은 마이클과 친구들에게 그런 의지가 있다고 생각한 게 분명했다.

화장실 출입문이 삐걱거리며 열리더니 쾅 닫혔다.

"마이클?"

브라이슨이었다.

"왜?" 마이클이 웅얼거렸다. 정말로 가야 하는 걸까? 지금? 하룻밤만 더 자면 안 될까? 그는 두 손으로 얼굴을 괴었다.

"너 식단에 식이섬유를 좀 더 넣어야겠다." 브라이슨이 마이클의 칸막이 문 바로 바깥에 서서 말했다. "인마, 너 벌써 20분째야. 가끔은 그냥 안 나올 때도 있어, 이 친구야."

마이클은 피식거렸다. 자기도 모르게 웃음이 터졌다.

"최소한 아직 살아 있긴 하네!" 브라이슨이 대답했다.

마이클은 일어나서 한숨을 쉬고 칸막이에서 걸어 나왔다.

"어, 저기요?" 브라이슨이 물었다. "물 안 내리세요?"

"그럴 필요 없어. 그냥 앉아 있었거든. 식단에 어떻게 하면 식이섬유를 더 넣을 수 있을까 생각하면서."

브라이슨이 그를 한참 동안 똑바로 바라보았다. "야, 인마. 너 괜찮아? 도움이 될지는 모르겠지만, 나는 너희 둘보다 더 겁먹고 있어. 난 그냥 심술을 부려서 그런 기분을 감출 뿐이야."

마이클은 깊이 숨을 들이마셨다가 내쉬었다. "응, 괜찮아. 웨버가 우리한테 이런 일을 해달라고 부탁하다니 말도 안 된다는 생각이 들 뿐이야. 저 잘나신 요원들을 마음대로 부릴 수 있는데. 세라의 엄마랑 아빠는… 여기에는 그분들 목숨이 달려 있다고."

"하지만 우리는 우리 능력을 증명했잖아." 브라이슨이 어깨를 으쓱하며 말했다. "솔직히, 정말 다른 사람한테 이 일을 믿고 맡길 수 있어? 우리가 해야 된다고, 친구야. 방화와 약탈의 삼총사가. 이 일은 너랑 나, 세라 아니면 해낼 수가 없어. 들어가서 우리가 할 일 하고, 미친놈한테서 이 세상을 구한 다음 나오는 거야. 세라의 부모님은 웨버의 요원들이 찾겠지. 짜잔. 그럼 우린 은퇴해도 돼.”

당황스럽게도, 마이클은 친구를 끌어안고 싶은 갑작스러운 충동을 느꼈다. 그는 누군가가 용기를 북돋워 주었으면 했고, 방금 그 말을 들었다. 브라이슨은 그의 팔을 툭 쳤고, 마이클은 그거면 충분했다.

그들은 함께 화장실에서 나왔다. 케인을 파괴할 준비가 되어 있었다.

2

코핀에 들어갈 준비를 하면서는 아무도 별다른 말을 하지 않았다. 단백질이 풍부한 그래놀라 바를 몇 입 먹고, 가장 큰 병에 담긴 영양분이 풍부한 음료수를 마신 다음, 속옷만 남기고 옷을 모두 벗었다. 악수와 포옹. 마이클은 그런 의식이 싫었다. 그럴 의도는 없었지만, 그들은 지금이 서로를 보는 마지막 순간인 것처럼 굴고 있었다.

거의 벌거벗고 있는데 웨버 요원이 그 방에 함께 있다는 사실이 누군가에게는 거슬렸을 수도 있었다. 하지만 그렇다 해도 티를 내는 사람은 없었다.

“나도 개인 너브박스에 들어갈 거야.” 웨버가 말했다. “바로 위층 내 사무실에서. 15분 뒤, 만나기로 한 장소에서 보자. 나한테 랜스 장치를 받아 가면 돼.”

그게 다였다. 더 이상의 설명도, 질문할 시간도 없었다.

웨버는 떠났다. 마이클은 자기 코핀으로 들어가 뚜껑을 닫았다.

너브와이어들은 젖은 그의 피부를 타고 넘으며 뱀처럼 기어왔고, 마이클은 눈을 감았다.

3

눈을 떴을 때 마이클은 커다랗고 하얀 대리석 방에 서 있었다. 일종의 유독성 액체가 흐르기라도 하는 것처럼 돌의 결이 맥동했다. 세라는 먼저 와 있었다. 브라이슨도 마찬가지였다. 웨버 요원도. 그들 셋은 모두 옷을 벗기 전, 웨이크에서와 똑같은 복장이었다.

"다시 만났네." 웨버가 딱딱하게 고개를 끄덕이며 말했다. 그녀는 일행에게 돌아서서 밝은 벽 한 곳으로 걸어가더니 손을 뻗어 벽면의 무늬를 톡톡 두드렸다. 잠시 후, 뭔가가 쉿 소리와 딱 소리를 냈다. 그러더니 서랍이 미끄러지듯 열렸다.

"여기 있어." 그녀는 끈이 달린 검은 가방을 꺼내 조심스럽게 다루며 말했다. 안에는 상자 같은 것이 들어 있었다. 그게 무엇인지는 뻔했다.

랜스.

웨버는 돌아서서 그들을 마주 보더니, 이 소중한 장비를 누구에게 맡기는 게 가장 좋을지 생각하듯 마이클과 친구들을 한참 바라보았다. 그 프로그램을 짜느라 여러 해를 보냈다고 했으니까.

"받아라, 마이클." 결국 그녀가 마이클에게 가방을 건네며 말했다.

왜 자신을 선택했는지 영문을 알 수 없는 마이클은 잠시 망설인 다음 그것을 받아들고 어깨에 끈을 걸쳤다. 그는 가방이 엉덩이에 닿아 있는 채로 지퍼를 열어 안을 들여다보았다. 그가 예상하던 바로 그 물건이 보였다. 반짝이는 금속과 알록달록한 전선들. 웨버가 몸을 기울였다. 그녀의 머리카락이 마이클의 얼굴에 닿았다. 그녀는 안으로 손을 넣어, 장치 옆면의 작은 키패드를 가리키더니 보호용 덮개를 위로 젖혔다.

"저거 보여?" 그녀가 말했다. "열고 나면 숫자 여덟 개를 입력해야 해. 암호는 지금쯤이면 외웠겠지?"

"그게 다예요?" 마이클은 멍청해진 기분으로 물었다. "이걸 활성화시키면 우리의 모든 문제가 해결된다고요?"

웨버는 물러서서 고개를 끄덕였다. "내가 말한 그대로야. 건물을 찾아서 침입한 다음, 뭔지는 몰라도 케인의 중심 프로그램을 나타내는 걸 찾아. 랜스 장치를 집어넣고 암호를 입력해. 결과는 엉망진창일 거야. 빨리 벗어나서 포털을 찾아. 아니면 너희들이 임무를 완수했다는 걸 알게 되는 대로 내가 직접 너희를 리프트할게. 그렇게 위험한 일은 없었으면 좋겠지만."

"일이 그렇게 매끄럽게 풀리지 않을 거라는 기분이 드는 건 왤까요?" 세라가 마이클의 엉덩이에 걸쳐진 가방을 바라보며 팔짱을 낀 채 물었다.

"그래서 내가 너희 셋을 보내는 거야." 웨버가 대답했다. "난 너희를 믿어. 난 너희들이 어떤 일을 해낼 수 있는지 봤어. 내 요원들 사이에서는 일이… 아주 복잡하게 돌아가. 이번 작전은 은밀하게 정예 요원들만으로 움직여야 돼."

"숨김 코드는요?" 브라이슨이 물었다. "그것들도 전부 아직까지 잘 작동하는 건가요?"

웨버가 단호하게 고개를 끄덕였다. "당연하지. 케인은 너희들이 온다는 걸 전혀 모를 거야. 전과 똑같아. 너희들은 예전처럼 코드를 볼 수 없을 테고, *라이프블러드 딥*은 너희들이 직접 보기 전까지는 전혀 믿지 못할 수준으로 현실적일 거야. 필요하다면 넷스크린을 써."

그녀는 마이클에게 무안한 듯한 시선을 던졌다. 마이클은 인생 대부분을 딥이 현실 세계라고 생각하며 살아왔다. 딥은 마이클이 잃어버린 모든 것을 고통스럽게 상기시켰다.

"자, 파견되기 전에 질문할 게 있니?" 웨버는 그들을 작업에 착수시키고 싶어 안달 난 표정이었다.

마이클과 친구들은 시선을 주고받았다. 그리고 어깨를 으쓱했다.

웨버 요원은 만족한 듯 미소를 머금었다.

"좋아." 그녀가 말했다. "너희들을 딥 안으로 스퀴즈할 시간이야."

4

마이클은 세라와 브라이슨 사이 대리석 벽에 등을 대고 있었다. 웨버가 그들에게 손을 잡으라고, 아무리 상황이 나빠져도 절대 그 손을 놓지 말라고 했다. 브라이슨의 손은 살이 많고 땀으로 축축했으며, 세라의 손은 앙증맞고 부드러웠다. 마이클은 세라의 손이 훨씬 더 좋았다.

웨버는 몇 걸음 떨어진 곳에 서서 그들을 마주 보았다. 얼굴에는 심각한 표정을 띠고 있었다. "이 작업은 대부분 내가 할 거야." 그녀가 말했다. "너희들이 해야 할 일은 눈을 감고 경험할… 강렬한 감각을 견디는 것뿐이야."

"참을 수 없는 고통을 말하는 거겠죠." 브라이슨이 투덜거렸다. "울고 싶어지는 고통이요."

마이클은 살며시 미소 지었으나, 심장은 아주 오래전 동영상에서 봤던, 만화 속의 긴장한 토끼 발처럼 쿵쿵댔다. 마이클은 얼른 이 시간이 지나갔으면 했다.

"맞아, 고통." 웨버가 대답했다. "하지만 고통보다 나쁜 것들도 있어. 그냥 서로를 붙잡고, 당황하지 않도록 해봐. 그러고서… 견뎌. 너희들이 생각하는 것만큼 길게 지속되지는 않을 거야. 일단 들어가면, 최대한 빨리 임무를 처리해." 그녀는 마이클이 어깨에 걸친 가방을 보았다. 마이클은 가방이 떨어지지 않도록 가방끈을 가슴에 사선으로 걸치고 있었다. "뭘 해야 할지는 알지?"

마이클은 뻣뻣하게 고개를 끄덕였다. 얼른 출발하고 싶어 조바심이 났다.

요원은 그들에게 따뜻한 미소를 지었다. 마이클이 보기에는 안쓰러워하는 기색이 역력했다. 그러한 표정을 지으며 그녀의 얼굴에 주름이 도드라졌는데, 마이클에게는 그게 도움이 됐다. 혼자였다면, 마이클은 그녀를 끌어안고 작별 인사를 했을지도 몰랐으니까.

"좋아." 웨버가 말했다. "눈 감아."

5

1~2분이 족히 흐르고 나서야 그 과정이 시작됐다. 마이클은 잠깐 초를 거꾸로 세다가, 불안이 더더욱 심해지자 그만두었다. 그가 처음으로 알아챈 것은 빛이 어둑해진다는 사실이었다. 어둠이 그들을 휩쓸었고, 마이클은 눈을 뜨고 싶은 충동을 느꼈다. 마이클은 웨버의 말이 눈을 감고 *있어야만* 한다는 뜻인지, 눈을 감으면 그냥 도움이 될 거라는 뜻인지 잘 몰랐다. *엿 같네.* 마이클은 생각했다. 물어봤어야 하는데.

"혹시 너희 생각에…." 마이클은 뭔가 말하려 했지만, 시끄럽게 웅웅거리는 소리가 그의 말을 잘랐다.

공기에 갑자기 무게가 생긴 것 같았다. 공기는 묵직하게 웅웅거리며 그의 고막을 눌러오는 듯했다. 마이클은 살갗이 얼얼해졌고, 점점 더 몸이 불편해지는 것을 느끼며 발을 움찔거렸다. 그가 할 수 있는 일이라고는 세라와 브라이스의 손을 꽉 잡고 놓지 않는 것뿐이었다. 무슨 일이 있어도. 마이클에게는 그들이 필요했다. 그는 생각했던 것보다 훨씬 심하게 두려워하고 있었다. 이토록 심한 두려움이 느껴지는 건 아마 불확실성 때문이었을 것이다.

세상이 밀려들었고 소리는 점점 시끄러워졌다. 마이클은 코핀으로 돌아갔을 때의 리퀴젤이, 마치 그가 딱딱하게 얼어붙은 물에 누워 있는 것처럼 그의 피부에 밀려드는 모습을 상상했다. 그는 다시 몸을 움직이려 했지만 아무 소용이 없었다. 힘을 주자 심장이 뛸 때마다 맥박이 하나하나 느껴졌고, 관자놀이와 목으로, 팔꿈치 안쪽으로, 곳곳으로 피가 밀려드는 것이 느껴졌다.

쿵.

쿵.

쿵.

뭔가가 그를 브라이스과 세라에게서 떼어내려 당겼지만, 마이클은 친구들을 꽉 잡았다. 그는 친구들이 미끄러져 멀어지지 않도록 두 사람의 손가락을 자기 손가락으로 힘껏 말아쥐었다. 본능적으로 눈이 탁 뜨이자 어둠이 그의 시야를 가득 채웠다. 그래서 그는 다시 눈을 감았다. 무엇인가 잡아당기는 힘은 계속됐다. 하지만 이번에는 그 느낌이 친구들을 마이클의 손아귀에서 빼내려는 대신 마이클의 몸에, 몸속에서 작용했다. 어떤 힘이 그의 근육과 뼈와 피와 힘줄을, 모든 것을 잡아당겨 찢어놓으려는 것 같았다. 그를 믿을 수 없을 만큼 늘려놓는 듯했다. 아팠다. 1초, 1초가 지날수록 고통스러운 압력이 심해졌다. 그런 다음 고통이 찾아왔다. 마이클이 숨을 들이켜게 하는, 여러 번의 작은 충격. 마이클의 일부가 *부러지고* 있었다.

이건 슬립이야. 마이클은 공포가 밀려드는 가운데 자신을 타일렀다. *진짜가 아니야. 진짜로 벌어지는 일이 아니야. 견뎌. 놓지 마.* 마이클은 브라이슨이 뭔가 말하려는 소리를 들었을지도 모른다는 생각이 들었다. 하지만 브라이슨의 그 말은 마이클의 몸속 모든 핏줄에서 느껴지는, 심장 박동과 박자를 맞추어 웅웅거리는 소리에 묻혔다.

쿵.

쿵.

쿵.

마이클의 심장 박동. 맥동하는 소음이 그의 귀를, 얼굴을, 피부를 눌러 왔다.

쿵.

쿵.

쿵.

그 힘은 마이클에게 계속해서 작용하며 그를 앞뒤로 늘려 긴 선으로 만들었다. 자기 몸이 어떤 모습일지, 얼마나 가늘고 기괴할지 생각하자 마이클은 몸이 떨렸다. 고통은 강해지며 그의 신경을 꿰뚫고 참을 수 없는 것이 되었다. 뭔가가 그의 몸에 있는 모든 분자를 찢어발기려는 듯한, 잔혹한 고통이 지속적으로 밀려들었다. 마이클은 비명을 질렀지만, 기계음에 삼켜진 소리의 뭉툭한 기억 같은 것만이 나올 뿐이었다. 그 힘은 마이클을 잡아당기고 가늘게, 무한한 길이로 늘리며 그의 맥박을 더욱 강하고 시끄럽게 만들었다.

쿵.

쿵.

쿵.

머릿속 멀리 한구석에서, 마이클은 자신의 손가락이 여전히 세라와 브라이슨의 손을 잡고 있다는 것을 알았다. 하지만 모든 것이 실처럼, 고통으로 가득한 가느다란 신체 조직처럼 느껴졌다.

쿵.

쿵.

쿵.

더 가늘게.

더 세게.

고통.

폭풍처럼 몰아치는 웅웅대는 소리와 기계음, 쿵쿵거리는 소리.

비명.

마이클의 존재가 거기 있다고도 할 수 없는 여러 줄의 코드에, 말도 안 되는 무언가에 매달려 있다.

세계가, 무너져내린다.

고통. 아, 고통스럽다.

빙빙 돈다.

쾅 부딪힌다.

더 이상 버틸 수 없게 된 마이클의 정신이 마침내 포기하고 닫혀버린다.

모든 것이 허무가 된다.

쿵 소리조차 들리지 않는다.

CHAPTER 20

설치하고 폭파하다

1

그는 허공을 둥둥 떠다녔다. 시간이 흐르는 것이 전혀 의식되지 않았다. 그 무엇도 별로 의식되지 않았다. 고통은 잦아들었고, 어둠은 그를 안아주었다. 마이클은 잠을 잤다.

그는 어떤 빛을, 빨갛게 빛나는 무언가를 느꼈다. 그 빛이 마이클을 깨웠다. 마이클은 몇 차례 눈을 깜빡인 다음, 계속 눈을 뜨고 있으려고 가늘게 찡그렸다. 그는 누워 있었다. 머리 위 먼 곳에 하늘이 있었고, 마이클에게는 보이지 않는 무언가를 향해 뻗은 손가락처럼 몇몇 건물이 푸른 하늘 속 어느 지점으로 모여들고 있었다.

마이클은 머리가 어지러웠다. 몸을 가누지 못할 정도로 피곤했다. 옆으로 몸을 돌려봤지만 소용없었다. 금방이라도 토할 것 같은 느낌이었다. 마이클은 잠시 멈춰서 가까운 곳에서 여전히 잠들어 있는 세라와 브라이슨을 보았다. 그들은 긴 골목 끄트머리에 있었다. 두 친구 외에 보이는 사람은 아무도 없었다. 사실, 시멘트와 먼지와 쓰레기 말고는 별다를 게 아무것도 없었다. 공기의 축축한 온기에 마이클은 기름이 끼는 듯 끈적끈적한 기분이었다.

실제 세계와 다를 바 없을 만큼 선명한 주변 풍경을 보며 마이클은 웨버 요원이 해냈다는 것을 깨달았다. 웨버 요원이 정말로 해냈다.

마이클과 친구들은 *라이프블러드 딥* 안에 들어와 있었다. 웨버 요원이 어마어마하게 복잡한 그 코드를 뚫고 그들을 스퀴즈해 넣었다. 마이클은 집에 와 있었다. 그가 언제나 살았던 곳에 돌아와 있었다. 그는 어떤 기분이 들어야 하는지, 무슨 생각을 해야 할지 알 수 없었다. 어쩌면, 그냥 가정이지만, 그의 부모님과 헬가가 딥 어딘가에 있을지도 몰랐다. 갇히거나 그 비슷한 상태로. 그들은 정말 그냥 사라진 걸까? 그들의 코드가 지워져 버린 걸까? 마이클은 그들을 찾아보겠다고, 필요하다면 모든 코드의 마지막 숫자 하나까지 뒤져보겠다고 맹세했다. 일단 케인을 처리한 다음에.

그렇게 마음먹자 모든 것이 다시 생각나면서 공포가 솟아올랐다.

"브라이슨!" 그는 소리치며, 웨버의 가방이 아직 있는지 재빨리 옆구리 쪽을 살펴보았다. 가방 끈은 여전히 그의 가슴에 사선으로 걸쳐져 있었다. 마이클은 랜스 덩어리를 만져보았다. 그 날카롭고 딱딱한 모서리의 감촉에 잠시나마 안도감이 들었다. "세라! 일어나!"

마이클의 친구들은 신음하고 눈을 비볐다. 마이클이 그랬던 만큼 눈을 깜빡이고 가늘게 떴다. 하지만 곧 그들은 자리에서 일어섰다. 스퀴즈라는 재앙은 이제 과거의 일이었다. 마이클이 예상했던 것보다 빨리 기억에 불과하게 되었다.

"여기 끝내준다." 세라는 다른 행성에 착륙하기라도 한 것처럼 빙 돌며 말했다. "너무… *현실적이야.*" 세라는 손을 뻗어 가장 가까운 건물의 거친 시멘트를 만져보았다. 그 건물은 머리 위로 수십 층은 뻗어 있었다. "우리가 슬립에 들어와 있다는 걸 알 방법이 거의 없어."

"내 말이." 마이클이 별생각 없이 중얼거렸다. 가족의 모습이 그의 머리를 가득 채웠지만, 그들은 움직여야 했다. 낭비할 시간은 없었다. 웨버 요원이 숨김 코드에 대해서 뭐라고 말하든, 마이클은 케인이 그들을 찾을 수 없을 거란 생각은 두 번 다시 하지 않을 작정이었다. "시작하자."

마이클이 입을 다물자 브라이스은 감고 있던 눈을 떴다. "지난번에 웨버가 우릴 들여보냈을 때랑 똑같네. 코드가 없어. 웨버의 프로그램이 그 어느 때보다도 강력한 거야."

"정보는 전부 받아놨어." 세라가 대답했다. "잠깐만." 그녀가 빠르게 이어커프를 한 번 꾹 누르자 초록색 넷스크린이 그녀의 눈앞에 투사됐다. 세라는 몇 번 손으로 화면을 쓸고 두드렸다. "와. 웨버 잘하는데. 우릴 정말 가까운 곳으로 스퀴즈해 넣었어. 목적지가 여기서 800미터도 안 돼."

마이클은 가방을 다시 내려다보았다. 최대한 빨리 랜스를 없애고 싶었다. "가자, 그럼." 뭔가 좀 더 기운을 북돋워 주는 말을 했어야 할 듯했지만, 마이클이 할 말은 그것뿐이었다.

브라이슨이 손나팔을 하고 소리쳤다. "케인! 우리가 잡으러 간다!"

세라는 그의 어깨를 탁 때렸다. "무슨 짓이야?"

"그러게." 마이클이 덧붙였다. "네가 여태 했던 짓 중에 제일 멍청한 짓 같다."

브라이슨은 어깨를 으쓱했다. "나는 그 쥐새끼 같은 쓰레기가 싫어." 그럼 브라이슨을 탓하기는 어려웠다.

셋은 케인이 있는 곳을 향해 골목을 달려갔다.

2

그들이 들어가려고 하는 건물 앞 보도에는 수많은 보행자들이 걸어다니고 있었다. 건물은 웨버 요원이 VNS의 전시 작전실에 띄워놓았던 거대한 지도에서 본 것과 똑같았다. 커다란 두 개의 건물 사이에, 작은 창문 몇 개를 뚫어놓은 3층짜리 건물이 쐐기처럼 박혀 있었다. 강철과 시멘트를 이리저리 뒤섞어 만들어 놓은 듯했다. 흉물이었다. 마이클은 이 건물에 대체 어떤 역사적 의미가 있다는 건지 짐작도 가지 않았다. 여태 지어진 것 중 가장 끔찍하고 특징 없으며 쓸모없는 건물이기 때문일까?

"흠." 브라이슨이 말했다. "난 케인이 궁전이나 성에서 살고 있을 거라고 생각했는데." 세 친구는 한 블록쯤 떨어진 곳에서 케인의 집을 살펴보았다.

"그건 너무 뻔하잖아." 세라가 대답했다.

브라이슨은 바닥에 침을 뱉었다. "못 참겠다, 이 일을 빨리 끝내야지."

"난 할 수 있어." 마이클이 말했다. 마음속에서 분노가 붉은 태양처럼 떠올랐다.

"뭐?" 브라이슨과 세라가 동시에 말했다.

마이클은 건물에서 시선을 돌렸다. "난 랜스를 설치할 거야. 폭파도 할 거야." 마이클은 어떻게 해야 다음 말을 가장 그럴듯하게 전할 수 있을지 궁리하며 잠시 입을 다물었다. "내 손으로 놈을 죽일 수 있어서 다행이야."

친구들은 아무 말도 하지 않았다. 브라이슨이 고개를 끄덕였다. 세라는 땅을 내려다보았다. 마이클이 걱정되는 것 같았다. 아니면 자기 부모님을 생각하고 있거나. 하지만 이 일은 마이클이 해내야만 했다. 케인은 그에게서 가족을, 인생을, 헬가를 빼앗아갔다. 마이클이 가짜였다는 사실, 그가 그저 프로그램일 뿐이었다는 사실은 중요하지 않았다. 그는 부모님을 사랑했다. 헬가를 사랑했다. 그는 행복했었다. 그의 지능을 둘러싼, 진짜 살과 뼈로 이루어진 주머니를 갖게 됐다고 해서 응어리가 풀린 건 아니었다.

랜스의 효과가 웨버가 염려한 대로 엉망진창이라고 해도 마이클은 케인을 죽일 생각이었다. 슬립 안에 있는 최후의 킬심까지 모두 그에게 덤벼든다 하더라도, 마이클은 쓰러지기 전에 랜스를 폭파할 터였다.

"우리, 준비된 거야?" 브라이슨이 물었다. "시간만 흐르는데."

"난 준비됐어." 마이클이 말했다.

세라는 다시 단호한 표정을 지었다. "나도. 좀 더 나은 계획이 있었으면 좋겠지만. 코드 속을 헤엄치지 않고 이런 일을 해내는 건 너무 어려운 일이야." 그녀는 이어커프 쪽으로 휙 손을 들었다. 그것 때문에 역겹다는 듯한 표정이었다. "이 멍청한 고물로도 어떻게든 되겠지."

"응." 마이클이 말했다. "될 거야." 마이클은 그들이 건물에 들어가 임무를 마무리할 수 있으리라는 사실을 의심하지 않았다. 그가 걱정했던 부분은 다시 *나오는* 것이었다. 침입자가 있다는 것을 알아차리자마자 케인은 자기 짐승들을 건물로 떼 지어 몰려들게 할 터였다. "바로 옆의 고층 건물 문 앞에 푹 꺼진 벽감이 있어. 케인의 보안 시스템을 뚫을 때는 거기 숨어 있으면 될 거야."

"괜찮은 계획 같네." 브라이슨이 말했다. "그 건물에 갈 때까지는 얼빠진 *딥* 관광객처럼 보이도록 하자. 우리가 들어가려는 건물은 빤히 쳐다보지 말고."

"너무 빨리 걷지도 말아야 해." 세라가 덧붙였다. "너무 느리게도."

"그리고…" 브라이슨이 입을 열었지만, 마이클은 이미 걷기 시작했다.

"그냥 가자." 1초도 더 기다릴 수 없는 그가 말했다.

3

그들은 무사히 옆 건물의 벽감에 도착했다. 아무도 그들에게 눈길 한 번 주지 않는 듯했다. 가방을 사선으로 멘 녀석과 이미 넷스크린을 번쩍이는 세라를 포함한 십 대들은 영락없이 학생처럼 보였다. 앉아서 작업하는 모습도 그런 인상에 보탬이 됐다. 마이클은 주변 모든 사람에 대해 생각했다. 그들이 어떻게든 *라이프블러드 딥*으로 들어왔다는 사실이 이상하게 부러웠다. 물론, 그중 여럿은 라이프블러드 딥 안의 세상을 최대한 현실적이게 보이도록 프로그래밍된 탄젠트들이겠지만.

마이클 일행은 일을 나누어 맡았다. 마이클은 모든 경보 시스템을 차단하는 업무를 담당했다. 경비원들과 호기심을 느낀 사람들을 불러올지 모르는 청각 경보와, 이번에는 대체 뭐가 될지 알 수 없는 케인의 군대를 불러올지 모르는 통신 경보 모두를 막아야 했다. 세라는 방화벽을 몰래 지나갈 방법을 찾아보았다. 브라이슨은 카메라와 잠금장치를 맡았다.

마이클은 작업을 해나가면서 로니카의 블랙앤블루 클럽에 침입하려 했던 때를 계속 떠올렸다. 그때가 꼭 백만 년 전처럼 느껴졌다.

멍청한 경비원 두어 명을 속여넘기는 단순한 방법으로 침입을 할 수 있었던 그 시절이 무척 그리웠다.

"이거… 이상하다." 한동안 작업에 몰두하던 세라가 말했다.

마이클은 그녀의 말이 무슨 뜻인지 알았다. 시스템은 마이클이 여태 마주쳤던 그 무엇과도 달랐다. 아주 기본적이었고, 다층적이고 단단히 보안이 걸려 있긴 했지만 평소의 세련된 기술은 거의 존재하지 않았다.

"난 이유를 알겠어." 브라이스는이 자기 화면을 골똘히 들여다보며 대답했다. "아빠가 옛날 프로그래밍에 대해서 좀 가르쳐 줬거든. 이건 *엄청나게* 오래된 시스템을 본떠서 패턴화 시킨 거야. 그러니까, 수십 년쯤 된 것 말이야. 케인이 왜 그런 짓을 했을까?"

"의심을 피하려고." 마이클이 말했다. 그는 친구들을 힐끗 보았지만, 그들은 작업에 집중하느라 고개를 들지 않았다. "케인이 정말 고급 기술이 적용된 무거운 프로그램을 갖췄다면 사람들은 안에 뭐가 있는지 *진심*으로 알고 싶어 했을 거야. 케인이 있는 곳이 슬립에서도 최고 중 최고에 속하는 게이머들과 해커들이 있는 곳이라는 점을 생각해 보면, 그건 별로 좋은 일이 아니지. 숨기려면 뻔히 보이는 곳에 숨기라는, 오래된 교훈이야."

세라는 의심스러워하는 듯했다. "너무 쉬워 보이는데. 30분만 더 있으면 준비될 거야. 나는 여덟 시간이나 아홉 시간쯤 이 일에 매달리게 될 줄 알았는데. 그 정도 시간을 들이더라도 들어갈 수 있으면 행운이라고 말이야."

"그래, 맞아." 브라이스는이 말했다. "케인이 사람들을 속여서 그냥 지나치게 하는 방법을 써보니 빵빵한 보안을 선택할 거라고 생각하는 게 당연하지."

마이클은 어깨를 으쓱했다. "모르겠다. 그럴 수도 있지. 그래도 난 내 얘기가 말이 된다고 생각해. 그냥 들어가서 놈의 정신을 산산조각 날려버리자."

케인이 그 멍청한 건물 안에 있었다. 마이클은 케인을 추적하는 스스로를 다독이며 기운을 북돋워 주었다. 어쨌든 마이클은 이 일을 끝내버리고 싶었다. 이 이상 시간을 낭비했다가는 케인이 중심 프로그램의 위치를 옮겨버릴지도 몰랐다. 마이클은 계속해서 작업했다. 흥분이 분노에 맞먹을 만큼 쌓여갔다.

4

세라는 공언한 대로 30분 후에는 넷스크린을 껐다. 그녀는 이어커프를 꾹 누르며 크게 숨을 쉬었다. "좋아. 난 준비됐어."

브라이슨은 몇 분 전에 작업을 마친 터였다. "나도. 모든 카메라는 한 시간 전부터 이전 화면을 반복해서 보여주고 있어. 건물 옆 작은 골목을 통해서 접근할 수 있는 뒷문이 하나 있어. 그 문은 잠금장치가 풀려 있고, 그곳을 날려보내고 싶어서 안달 난 미친 사람 세 명을 반갑게 맞아줄 거야. 그리고 현장에 경비원은 전혀 없어, 내가 확인한 바로는."

마이클은 친구가 그 말을 마친 순간 작업을 끝냈다. "경보장치도 전부 차단했어." 그는 승리감을 느끼며 화면을 껐다. "그리고 너희 말이 맞아. 너무 쉬워. 일단 들어가면, *정말로* 침입자를 대비해 케인이 설치해 놓은 초소형 부비트랩을 조심해야 해."

"난 진심으로 네 생각이 맞다고 봐." 세라가 말했다. "케인이 게이

머든 탄젠트든 여기에서 경비를 맡길 만큼 누군가를 신뢰할 거라는 생각은 안 들어. 함정이 아주 많을 거야. 우리가 들어가자마자 뭐가 튀어나올지 누가 알아? 킬심은 당연히 나올 테고."

"그래도 가는 거지?" 브라이슨이 물었다.

마이클이 재빨리 말했다. "당연하지."

세라는 잠시 말을 멈췄다가 대답했다. "백 퍼센트."

"그럼 해버리자." 브라이슨이 긴장된 미소를 지으며 말했다.

5

문제의 건물 뒤쪽으로 이어지는 골목이 좁다는 브라이슨의 말은 농담이 아니었다. 마이클은 옆으로 돌아서야만 했다. 발을 질질 끌며 걸어가는데 가슴과 등이 벽돌 벽에 쓸렸다. 그가 앞장섰고, 세라와 브라이슨이 바로 뒤를 따랐다. 눈앞에는 콘크리트 계곡이, 발밑에는 수십 년은 쌓였을 법한 쓰레기가 있었다. 한 발 한 발 내딛는 것이 모험이었다. 태양도 그들을 짓눌러 오는 높다란 절벽을 꿰뚫지 못했고, 골목에는 온통 소름 끼치는, 황혼녘 같은 느낌이 감돌았다.

목적지까지 절반쯤 나아갔을 때, 마이클은 잠시 멈춰서서 뒤를 돌아보았다. "지금까진 괜찮아. 아무것도 뛰쳐나와서 우리 목을 찢어 놓지 않았으니까."

"계속 드는 생각인데." 세라가 대답했다. "*라이프블러드 딥*에 대해서 말이야. 현실 세계를 복제하고 싶었다는 말, 정말 진심이었나 봐. 상상이 돼? 마이클 너는 이곳이 가짜라는 것조차 몰랐어! 난 여기 프로그래밍이 이렇게 놀라울 정도로 현실과 똑같다니 믿을 수가 없어. 마치 웨이크에서 실제로 적용되는 것과 같은 물리적 규칙을 따라야 하는 것 같아."

브라이슨은 코웃음 치는 소리를 냈다. "저주 걸지 마. 그 규칙을 깰 수 있는 사람은 케인뿐이야. 장담하는데, 케인은 우리가 저 뒷문을 넘어오기만을 기다리고 있다가 슬립에서 고통을 일으켰던 모든 걸 우리한테 퍼부을 거라고."

"늘 저렇게 긍정적이라니까." 마이클이 대꾸했다. 그는 돌아서서 계속 골목을 걸어가며, 죽은 쥐를 넘어갔다. 세라가 그 모습을 보지 않았으면 했다. 결국, 마이클이 막을 겨를도 없이 비명을 지른 사람은 브라이슨이 되고 말았다.

그들은 결국 좁은 통로 끝에 이르렀다. 마이클은 건물이 뒤쪽으로 얼마나 멀리까지 이어져 있는지 확인하고 놀랐다. 정면에서 봤을 때는 아주 작은 건물이었는데. 하지만 이곳은 슬립이었고, 그들의 감각을 어지럽히는 거대한 고층 건물이 두 채 있기도 했다.

그는 호흡을 가다듬고, 벽 사이에서 고개를 내밀어 주위를 살폈다. 훨씬 넓은 다른 골목이 문제의 건물과 그 옆의 다른 건물들 뒤편을 가로지르고 있었다. 멀리서 차 소리와 사람 소리가 들렸지만, 이 구역은 인적이 드물고 어두웠으며 조용했다. 갑자기 바람이 몰아쳐 커다란 쓰레기통의 천 덮개가 펄럭였다. 그 소리에 마이클은 화들짝 놀랐다. 경첩이 삐걱거리다가 점점 느려져 다시 멈췄다. 이상은 전혀 없었다.

"가자." 그가 더 넓은 골목으로 나가며 친구들에게 속삭였다. 거기서부터는 브라이슨이 앞장서 케인의 건물 뒷문으로 그들을 이끌어 갔다. 그가 잠금장치를 해제했다던 문이었다. 손잡이 대신 은색 걸쇠가 달린 단순한 금속제 문. 갈라지고 닳아빠진 시멘트 계단 세 개가 입구로 이어졌다. 브라이슨은 계단 바로 옆의 바깥쪽 벽에 등을 붙였고, 마이클과 세라도 그의 옆에 늘어섰다. 마이클은 숄더백에 들어 있는 랜스의 단단한 모서리를 손가락으로 만져보았다. 빨리 그것을 쓰고 싶어 안달이 났다.

"코딩으로 무기를 들여와 볼까?" 세라가 물었다. "저 안에서 뭐가 기다리고 있을지 누가 알아?"

"안 통할 거야." 마이클은 대답하면서 제안을 한 세라도 그런 일이 불가능하다는 사실을 알 거라 생각했다. 그들 자신이 딥으로 스퀴즈해 들어오는 것만도 충분히 힘든 일이었다. 다른 뭔가를 들여오는 위험을 감수할 방법은 전혀 없었다. "주먹이랑 팔꿈치로 싸워. 놈들이 총이나 레이저, 폭탄을 쏘면 고개를 숙이고."

"고마워." 세라가 대답했다. "도움이 된다."

"들어가는 것밖에 방법이 없어." 브라이슨이 말했다. 숨을 크게 들이쉬느라 가슴이 부풀어 올랐다. 그렇게 들이쉰 숨을 너무 시끄럽게 뱉어냈다. 그는 마이클과 세라에게 고개를 한 번 까딱 끄덕이더니, 벽을 밀치며 재빨리 입구로 달려갔다. 세라가 다음 차례, 그다음이 맨 아래에서 기다리고 있던 마이클이었다. 마이클은 브라이슨이 잠깐 망설이다가 걸쇠를 들어올리는 모습을 지켜보았다. 걸쇠에서 철컥 소리가 났고, 문이 탁 열렸다.

셋 모두는 어떤 무시무시한 짐승이 울부짖으며, 그들의 생명을 빨아낼 태세로 튀어나올 거라고 생각하며 얼어붙었다. 그러나 아무 일도 일어나지 않았다. 마이클이 고개를 숙이고 보니 문이 열려 있는 곳의 검은 선이 보였다. 가슴에 찌르는 듯한 아픔을 느끼며, 마이클은 언젠가 그가 어렸을 때 헬가가 해주었던 농담을 떠올렸다.

문이 문이 아닐 때가 언제게? 그녀는 독일어 억양이 짙게 묻어나는 목소리로 말했다.

언제예요? 마이클이 물었다.

열려 있을 때.

마이클은 헬가를 사랑했다. 부모님을 사랑하는 만큼. 그런데 케인이 그들을 마이클에게서 빼앗아 가버렸다.

"가자!" 그가 사납게 속삭였다. "지금이야!"

브라이슨이 문을 열어젖혔고, 세 사람은 안으로 슬쩍 들어갔다.

6

그들은 창고로밖에 보이지 않는 방으로 들어갔다. 크고 먼지투성이인 그 방에는 상자가 가득했고, 상자 대부분은 가운데가 처지고 찌그러진 선반에 놓여 있었다. 물건 대부분은 기계 부속품 같았다. 철사와 금속 조각, 노출된 회로판 따위였다. 방을 가로지르는 몇 초 동안 마이클은 딥의 거의 완벽한 프로그램에 다시 한번 감탄했다. 황폐화된 구역까지 선명하고 현실적이라니.

하지만 그들은 멈춰서서 쳐다보고 있지만은 않았다. 세라는 넷스크린을 켰다. 건물의 지도와 구조도가 그녀의 눈앞에서 환하게 빛났다.

"인기척은 없어." 그녀는 그렇게 말하더니, 길고 어두운 복도에 곧장 들어갔다. "아무데도. 최소한 열 감지 신호를 보면 그래."

"이거 너무 쉬운 거 아니야?" 브라이슨이 대답했다. "긴장되는데."

"*이제야?*" 마이클이 대꾸할 말은 그것뿐이었다. "가자, 세라. 중앙컴퓨터까지 안내해 줘. 여기서 케인의 프로그램처럼 보이는 곳으로.” 마이클의 손가락이 가방 표면에서 근질거렸다. 마치 어느 순간에든 당길 수 있는 방아쇠가 그 자리에 있는 것 같았다.

“꼭대기 층이야.” 세라가 말했다. “건물 중앙 기둥에 있어. 기둥은 세로로 건물 전체를, 지하까지 가로지르는 것 같아. 하지만 거기에 접근할 수 있는 가장 쉬운 방법은 위에서 접근하는 거야. 사일로(큰 탑 모양의 곡식 저장고—옮긴이)에 들어갈 때처럼. 어떤 모양인지 설명을 못 하겠어.”

마이클이 듣기에는 이상했다. 하지만 상관없었다. 그들은 이곳까지 왔고, 그들이 할 수 있는 일이라고는 앞으로 나아가는 것뿐이었다.

“계단.” 세라가 갑자기 복도를 따라 앞으로 튀어나가며 말했다.

마이클은 그녀를 바짝 뒤따랐다. 브라이슨이 그의 바로 곁에 있었다. 그들은 모퉁이를 돌아, 어슴푸레하게 밝혀진 또 다른 홀로 달려 들어갔다. 세라가 첫 번째 문에서 멈춰 그 문을 열더니 안으로 들어갔다. 계단실이었다. 그들은 여러 단을 건너뛰며, 달려서 올라가기 시작했다. 지금까지는 아무도 나타나지 않았다. 마이클에게 들리는 소리라고는 그들 자신의 발소리뿐이었다. 경비원들이 있었다면, 지금쯤 덤벼들었을 것이다. 마이클은 그 점을 전혀 의심하지 않았다.

그러니까, 경비원은 없었다.

그 말은 그들이 가려는 곳에 이르렀을 때 아마도 그보다 나쁜 것이 있으리라는 의미였다. 마이클은 킬심의 입을, 그 주둥이와 숨결과 으르렁거리는 무시무시한 디지털 효과음을 떠올렸다. 마이클은 머릿속에서 그 생각을 밀어내고 계단을 올랐다.

2층, 3층. 또 다른 계단이 지붕으로 이어졌지만, 세라는 그 계단을 오르는 대신 꼭대기 층으로 들어가는 문을 열었다. 그들은 복도로 접어들었다. 세라는 넷스크린을 켜서 밝기를 최대로 했다. 지도가 빛났다. 복도를 지나 다음 복도로 들어갔다. 돌고 또 돌았다. 그런데도 사람의 흔적은 없었다. 오직 그들의 소리만이 들렸다. 마이클은 천장과 벽, 모퉁이를 살펴보며 의심스러운 것이 있는지 찾아보았지만 아무것도 없었다. 건물은 마이클이 발을 들여놓았던 다른 건물들과 똑같았다.

세라는 다른 것들보다 때가 타지 않아 보이는 커다란 금속제 문 앞에서 멈췄다. 그녀가 손잡이를 잡아당기자 무거운 문이 홱 열렸다. 브라이스이 제대로 일 처리를 한 것이다. 푸르스름한 빛이 복도로 흘러나와 심장처럼 맥동했다. 처음으로 그들은 소음을 들었다. 나직하고 기계적인 웅웅 소리가 빛과 함께 요동치며, 그 빛과 똑같은 박자를 유지하고 있었다.

"저 안에 있어." 세라가 말했다.

마이클은 망설이지 않았다. 그는 세라와 브라이스을 지나 방을 빙 두르며 이어지는 보행자용 통로에 곧장 접어들었다. 발밑을 본 마이클은 세라가 지도에서 보면 사일로처럼 보인다고 했던 곳에 들어왔다는 걸 알아챘다. 그곳은 수 킬로미터나 아래로 이어지는 듯한 둥근 공간이었다. 그 높이를 보자 마이클은 잠시 숨이 멎었다. 공간 자체가 삐걱거리는 듯했다. 맥동하는 빛, 오존과 금속의 냄새. 사방에 기계가 있었다. 벽의 안쪽에는 회로와 버튼과 스위치와 철사와 파이프 들이 덧대어 있었고, 그 모든 것이 깜빡이는 빛에 덮여 있었다.

마이클이 안으로 들어와 본체에 가까워질수록 그 진동하는 소리는 점점 더 심장 소리처럼 들렸다.

쿵덕.

쿵덕.

쿵덕.

쿵덕.

쿵덕.

마이클은 브라이스과 세라가 바로 등 뒤에 있는 것을 알아차리고 소스라치게 놀랐다. 마이클은 주변의 광경에 일시적으로 최면에 빠진 것 같은 기분이었다. 하지만 두 사람은 마이클이 놀라는 반응을 거의 알아차리지 못했다. 그들도 웅웅거리는 수많은 것들을 내려다보고 있었다.

"좋아." 마이클은 거의 혼잣말처럼 속삭이며 무릎을 꿇고 앉아 어깨에서 가방을 내렸다. 그는 보행자용 통로의 철망에 가방을 조심스럽게 내려놓고 지퍼를 열어, 가방 윗부분을 넓게 벌렸다. 그런 다음 마이클은 손을 넣어 조심스럽게 랜스를 꺼냈다. 단 한 번만 잘못 건드려도 랜스가 터져 그들 모두가 죽을 수 있었기에 조심스럽게 손을 움직였다.

이건 현실이 아니야. 마이클은 자신을 타일렀다. *이것들 중 현실은 하나도 없어.* 얼마나 이상한 일인가? 그렇게 오랜 시간이 지난 뒤에, 그렇게 게임을 많이 한 뒤에, 그 모든 일이 일어난 뒤에…. 슬립 안에서의 삶이 얼마나 이상할 수 있는지에 관한 생각이 처음으로 마이클에게 와닿았다. 그들의 세상, 사실은 마이클의 것이라고 할 수도 없는 세상이 얼마나 변해버렸는지.

그가 랜스를 보행자용 통로에 내려놓은 바로 그때 세라가 말했다. "아, 이런."

그가 세라를 올려다보았다. "왜?"

"결국 우리 운도 다했나 봐." 그녀가 넷스크린을 바라보며 말했다. 그녀의 뺨으로 땀방울이 흘러내렸다. "건물 바깥에서 온통 열 신호가 보여. 최소한 열두 명, 그보다 많을 수도 있어."

브라이슨이 입을 꽉 다물고 고개를 저었다. 마이클은 가슴속에서 도사리던 공포가 꿈틀대는 것을 느꼈다.

"누군지는 몰라도 들어오고 있어." 세라가 말했다.

7

마이클은 머릿속의 전원이 꺼지는 것 같았다. 생각할 시간이 없었다. 오직 본능뿐. 돌아설 기회는 없었다. 이제는 앞으로 나아가야 할 뿐이었다.

랜스를 설치하고 폭파한다.

케인을 죽인다.

그 이후로 무슨 일이 일어나든 중요하지 않았다.

임무에만 집중하며, 마이클은 조심스럽게 장치를 집어 들고 살펴보았다. 그는 키패드를 찾아 덮개를 위로 젖히고 암호를 입력했다. 친구들이 침착하게 그의 곁에 서 있었다. 그들은 마이클에게 서두르라고 재촉할 만큼 어리석지 않았다.

힐끗 보니, 이 방 저편에 사다리가 하나 있었다. 사다리는 보행자 통로에서부터 기계 깊은 곳까지 이어졌다. 마이클은 그쪽으로 걸어갔다.

"손님들이 이 건물 맨 아래층 곳곳에 퍼져 있어." 세라가 놀라울 정도로 담담하게 말했다. 마이클은 그녀가 자신을 배려해서 침착하게 행동하고 있다는 걸 알고 있었다. 그녀는 계속해서 마이클에게 상황을 알려줘야 했지만, 마치 쿠키를 굽는 법을 가르쳐 주는 듯한 말투로 이야기했다. "확실히 수색 모드야. 군대처럼 몇몇씩 무리를 이뤄서 흩어졌어."

어, 그래. 마이클이 생각했다. *쿠키 굽는 방법이랑은 좀 다르네.* 마이클은 사다리까지 이동해 난간 너머로 고개를 숙이고 기계와 철사와 관 들의 미로를 살펴보았다. 마이클에게 최면을 걸어 잠재우려는 듯 맥동하는, 깜빡이는 불빛들. 케인의 중심 프로그램은 지구 속까지 내려가는, 지옥으로 직행하는 터널처럼 보였다. 적절한 묘사였다. 그리고 마이클은 그 터널을 폭파할 준비가 되어 있었다.

세라가 실황 중계를 이어갔다. "양쪽 계단을 모두 올라오기 시작했어. 우리가 올라왔던 계단이랑, 건물 반대편에 있는 계단이야. 엘리베이터를 타고 올라오는 놈들도 있어. 셋씩 무리를 나눈 것 같아. 그래도 형체를 보면 인간이야. 킬심은 아니야."

그들이 오고 있었다. 빠르게 오고 있었다.

"무기를 가지고 있어?" 브라이슨이 물었다.

"음, 그런 것 같아." 세라가 대답했다. 말투를 읽기 어려웠다.

마이클은 친구들을 등지고 돌아서 있었다. 그는 사다리의 첫 가로대에 닿는 감촉이 느껴질 때까지 발을 내렸다. 왼손으로 난간을 꽉 붙잡고 오른팔에 랜스를 끌어안았다.

쿵덕.

쿵덕.

쿵덕.

맥박 소리가 그의 온몸을 채웠다.

쿵덕.

쿵덕.

쿵덕.

마이클은 가로대를 하나 더, 하나 더 내려갔다. 그는 랜스를 놓치지 않으려고 신경 쓰면서 계속 나아갔다. 등이 뒤쪽의 돌출된 회로에 긁혔다. 이곳 전체가 금속과 철사로 뒤엉킨 덩어리였다. 마이클은 가로대 하나를 더 내려갔다. 손바닥에서 땀이 나기 시작했다.

세라와 브라이슨은 어느 사이에 보행자 통로를 돌아와, 마이클 바로 위에 서 있었다.

"곧 3층에 도착해. 계단이야." 세라가 아래쪽으로 소리쳤다. "엘리베이터를 탔던 놈들은 도착했어. 이제 문이 열리고 있어."

마이클은 세라가 말을 하는 동안에도 가로대 몇 개를 더 내려갔다. 그는 잠시 멈춰 위를 보았다. 세라는 침착했고, 브라이슨은 초조해 미치려는 듯 발을 번갈아 구르고 있었다.

쿵덕.

쿵덕.

쿵덕.

그때, 마이클은 보았다.

그는 어림잡아 6미터쯤 내려와 있었다. 조심스럽게 몸을 비틀어 왼팔로 가장 가까운 가로대를 끌어안고, 오른팔에는 여전히 랜스를 안은 채 마이클은 주변 세계를 가득 채우고 맥동하는 쿵덕, 쿵덕, 쿵덕 소리와 함께 천천히 번쩍이며 타오르는 푸른빛의 덩어리를 바라보았다. 그 덩어리 안에서는 모든 것이 더 밝고 뜨겁고 반짝였다. 한데 모여 두근거리고 있었다. 공기가 진동했다. 마이클은 피부에 닿아 웅웅거리는 공기를 느낄 수 있었다. 목과 등에 소름이 쫙 끼쳤다.

이곳에 심장이 있다면, 저 덩어리가 바로 그 심장이었다.

"복도로 달려오고 있어!" 세라가 아래쪽으로 소리쳤다. 마이클은 이제 더 이상 그녀의 모습조차 보이지 않았다. "몇 초 남지 않았어!"

브라이스는 마침내 냉정을 잃었다. "서둘러, 인마! 제기랄, 왜 그렇게 오래 걸리는 거야?"

마이클은 그의 말을 못 들은 체하고 사다리에서 자세를 바로잡았다. 그는 팔 아래쪽으로 랜스를 조금 흘러내리게 한 다음 조심스럽게 손을 그 장치의 모서리로 옮겨 꽉 잡았다. 땀 때문에 손가락이 미끄러웠고, 하마터면 랜스가 손아귀에서 떨어질 뻔했다. 마이클은 몸을 홱 숙여 갈비뼈로 랜스를 받았다.

"문까지 왔어!" 세라가 소리쳤다.

"거의 다 됐어!" 마이클이 위쪽을 보며 소리쳤다.

맥동하는 소리 사이로 측정되는 시간이 늘어나는 것만 같았다.

쿵덕.

마이클은 랜스를 잡은 손에 힘을 준 다음, 빛과 철사 덩어리 쪽으로 몸을 숙였다.

쿵덕.

먹먹하게 들리는 고함이 위쪽에서 한 번 걸러져 들려왔다. 문이 쾅 하며 열리는 소리.

쿵덕.

마이클은 두근거리는 빛 사이에서 철사로 이루어진 작은 둥지를 찾아, 랜스를 그 안에 부드럽게 밀어넣고 단단히 고정될 때까지 위아래로 움직였다. 천천히, 마이클은 자기가 손을 떼기 전에 랜스가 떨어지지 않는지 확인했다.

쿵덕.

쿵쾅거리는 발소리가 보행자 통로를 뒤흔들더니, 한 남자가 고함을 치고 한 여자가 소리를 질렀다.

"끝장내 버려, 마이클!" 세라가 소리쳤다. "웨버가 우리를 리프트해 줄 거야!"

쿵덕.

뒤쪽 사다리를 잡고 있던 손이 미끄러지며 마이클은 앞으로 홱 기울어졌다. 그는 케인의 정신으로 이루어진 뜨거운 덩어리에 얼굴을 처박았다. 그는 철사들의 바다에 얽혔다. 금속이 그의 얼굴에 화상을 입혔다. 랜스가 바로 눈앞에 있었고, 키패드가 손가락 끝에 닿을락 말락 했다.

쿵덕.

세라는 비명을 질렀다. 이어 쿵 소리가 들려오며 머리 위의 보행자 통로를 뒤흔들었다. 브라이슨은 목이 졸린 듯한 고함을 질렀다. 또 한 번 쿵 소리. 덜컥거리는 소리. 고함. 더 많은 발소리.

마이클은 암호의 첫 숫자를 입력했다.

쿵덕.

한 남자가 아래를 보고 소리 질렀다. 모든 것을 눌러버릴 듯한 쩌렁쩌렁한 목소리였다.

"무슨 짓을 하는 거냐! 당장 그만둬!"

마이클은 그를 무시하고 다음 숫자를 눌렀다. 또 다음 숫자. 또 다음 숫자.

쿵덕.

마이클은 사다리에서 진동을 느꼈다. 누군가가 사다리를 타고 내려오고 있었다. 손가락이 미끄러져 다음 번호를 찾아 눌렀다. 다음 숫자. 다음 숫자.

쿵덕.

다시 남자의 목소리가 더 가까이에서, 더 시끄럽게 들렸다.

"꼼짝 마! 더 이상 움직이면 *진짜* 쏜다!"

마이클은 암호의 마지막 숫자를 누르고 철컥 소리를 들었다.

8

총성이 울려퍼졌고, 총알이 마이클의 귀 바로 옆에 있는 무언가에 부딪히는 소리를 냈다.

"알았어요, 알았다고요!" 마이클이 소리쳤다. 그는 행동을 멈췄다는 걸 보여주려고 두 손을 들었다. 상관없었다. 일은 끝냈으니까. *우릴 리프트해 줘요.* 그는 생각했다. 거의 웨버 요원에게 기도하는 기분이었다. *제발, 지금요. 우릴 지금 리프트해 주세요.*

"거기서 나와, 천천히 장치에서 물러나." 남자가 훨씬 침착하게 말했다. "이쪽으로 돌아와, 당장."

"알았어요." 마이클이 말했다. 하지만 그는 랜스에 시선을 맞춘 채 무슨 일이 벌어질지 기다리고 있었다. 마이클은 천천히 몸을 움직여 철사 둥지에서 나오면서 지켜보았다. 기다렸다. 희망을 걸었다. 지금까지는 아무 일도 벌어지지 않았다.

마이클의 두 발이 마침내 사다리에 닿았다. 그는 가장 가까운 가로대에 발을 디뎠다. 철사와 배관 들 맨 위에 웅크리고 몸을 뒤쪽으로 밀었다가, 돌아선 다음 사다리를 끌어안았다. 커다란 총을 든 남자가 머리 바로 위에 있었다.

"천천히." 남자가 말했다. "이제 나랑 같이 올라간다. 아무 짓도 하지 마. 장담하는데, 이번에는 빗나가지 않을 거다."

마이클은 고개를 끄덕인 다음, 마지막으로 랜스를 어깨 너머로 바라보았다. 남자의 명령을 성실하게 따를 작정이었다. 웨버가 그들을 이 모든 것에서 꺼내주기만을 바라며….

갑자기 마이클의 가슴속에 서늘한 기운이 감돌았다. 랜스에 모든 신경을 집중하면서 돌아서려는 순간, 그는 자신의 눈에 들어온 것이 정확히 뭔지 확신하지 못한 채 빤히 바라보았다. 그 모든 것이… 녹아내리고 있었다. 랜스의 귀퉁이는 더 이상 사각형이 아니었고, 모서리도 더 이상 날카롭지 않았다. 랜스는 일그러지고 구부러지며 은이 녹으면서 생겨난 액체로 된 찐득찐득한 수프로 변해갔다. 옆에 붙어 있던 철사들이 떨어져 처졌다. 은은 녹으면서 붙어 있던 철사들에서 스며 나와 방울방울로 변하더니 아래쪽 회로로 빗방울처럼 떨어졌다.

마이클은 은이 녹아 액체가 되어 떨어지는 광경을 바라보았다. 몇 방울은 랜스 *위로* 떨어졌다. 몇 초 만에 랜스는 작은 은 방울을 여러 번 맞고 녹더니, 물리 법칙을 거역하며 사방으로 날아갔다. 일종의 자기력이 작용했다고, 마이클은 그렇게 생각하는 수밖에 없었다.

그는 총을 든 경비원을 올려다보았다. 여전히 아래쪽을 내려다보고 있던 남자가 마이클과 눈을 마주쳤다.

"뭘 한 거냐?" 그가 물었다. 화가 났다기보다는 긴장한 말투였다. "저게 뭐야?"

"솔직히 말해요?" 마이클이 대답했다. "저도 전혀 모르겠어요. 아저씨보다 훨씬 돈 많은 어떤 사람이 저더러 저 물건을 저기에 놔두고 버튼을 누르라고 했어요. 그래서 그렇게 했죠."

남자에게는 대답할 겨를이 없었다. 소란스러운 소리가 갑자기 허공을 가득 채웠다. 그러더니 장치에서 불꽃이 뿜어져 나왔다. 맥동하며 웅웅거리는 소리가 멈추었고, 거대한 금속판이 우그러지는 듯한 소리가 울렸다.

"무슨 일이야?" 남자가 소리쳤다. 공포가 그의 얼굴에 불을 붙였다. 이제 그 얼굴은 땀으로 번들거렸다.

마이클도 두려웠다. 그가 할 수 있는 일은 어깨를 움츠리는 것뿐이었다.

"위로 올라가." 경비원이 명령을 내리더니 사다리를 기어오르기 시작했다.

마이클은 머리 위의 다음 가로대로 손을 뻗었다. 그 가로대를 붙들자마자 모든 것이 흔들리기 시작했다. 소리가 점점 커졌다.

마이클은 건물 전체가 격렬하게 흔들리는 동안 기어올라갔다. 케인의 코어 프로그램 사이로 흩어진 조명들의 푸른 바다가 확 타오르고 번쩍이며 터지고 폭발했다. 회로판이 벽에서 분리돼 떨어지기 시작했다. 그렇게 곤두박질하면서, 회로판은 코어의 다른 부분에 걸려 덜컥거렸다. 열기가 빠르게 올라가며, 사다리를 오르는 마이클을 그을렸다.

마이클은 경비원을 따라 보행자용 통로로 몸을 끌어올리며 브라이슨과 세라를 보았다. 그들은 등 뒤로 수갑을 찬 채 경비원들이 이끄는 대로 출구로 향하고 있었다. 세상이 마구 진동하면서 구조물도 앞뒤로 흔들렸다. 손을 자유롭게 쓸 수 있는 사람은 누구나 몸을 기댈 만한 것을 붙들었다. 코어가 와르르 무너져내리자 아래쪽에서 불꽃이 혀를 날름거렸다. 소음이 견딜 수 없을 만큼 심했다.

마이클을 잡으러 왔던 남자가 그의 얼굴에 총을 겨누고 소리쳤다. "일단 이 건물을 나가서 처리해 주마! 자, 가라! 가는 동안 계속 내가 네 등 뒤에 있을 거다!"

마이클은 고개를 끄덕였다. 웨버 요원이 그들을 *라이프블러드 딥*에서 리프트해 줄 것이다. *반드시.*

그래서 그는 나아갔다. 비틀거리고 몸이 앞으로 고꾸라지기도 하며 보행자용 통로를 빙 돌았다. 뜨거웠지만, 그는 다른 경비원들처럼 난간을 붙들었다. 맹렬한 열기가 무너져 내리는 그 공간의 한가운데에서 올라왔다. 땀이 온몸을 적셨고, 마이클은 계속해서 움직였다. 경비원이 그의 등에 총을 대고 밀쳐댔다.

마이클은 문까지 걸어갔다. 그는 복도로 나갔다.

등 뒤에서 뭔가가 폭발했다. 소리와 공기가 순식간에 찢어졌다. 건물이 들썩였다.

마이클은 복도를 달려가 모퉁이를 돌았다. 그는 발을 헛디뎠지만 균형을 잡고 계단실로, 친구들과 다른 감시자들이 있는 곳으로 달려갔다.

그들은 폴짝폴짝 뛰며 계단을 내려갔다.

또 한 번의 폭발.

건물이 세차게 흔들렸다.

마이클은 넘어졌다.

마이클은 2층 층계참에 있었다. 더 많은 계단을 내려갔다. 그들은 1층에 이르러 비틀거리며 복도로 들어갔다. 또 한 번 모퉁이를 돌았다. 이번에 그들은 다른 방향으로 가고 있었다. 뒷문이 아니라 앞문으로 향했다. 몇 차례 폭발이 허공을 찢어발겼다. 마이클뿐 아니라 모두가 납죽 엎드렸다. 다시 일어났다. 먼지 때문에 숨이 막혔다. 그들은 계속 움직여 출구에 이른 뒤, 햇빛이 비치는 거리로 나갔다.

무기를 든 다른 남녀가 밖에서 기다리고 있었다. 그들 뒤쪽으로는 사람들이 모여 소동을 지켜보고 있었다. 소방차들이 거리를 따라 늘어서 있었고, 바퀴가 달린 경찰차나 비행 경찰차 들도 사람 없이 그 자리에 세워진 채 경광등을 번쩍이고 있었다.

마이클은 머리가 빙빙 돌았고 근육이 타는 듯했다. 갑작스러운 빛에 더해 땀으로 시야가 흐려져 거의 보이지 않았다. 건물 밖으로 나오자 그를 밀치던 남자가 거칠게 붙들고 더 멀리, 다른 사람들이 브라이슨과 세라를 붙잡아 둔 곳으로 끌고 갔다. 커다란 검은색 트럭 앞이었다. 남자 두 명이 그 트럭의 문을 막 열었다.

"웨버." 마이클은 비틀비틀 나아가며 숨죽여 말했다. 두 발을 딛고 서 있기가 힘들었다. "웨버." 그는 머리를 휙 돌리며 포털을 찾아보았다. 포털까지 달려갈 수 있을지 궁금했다. 뭔가가 잘못됐다. 마이클은 이런 것까지 생각해 보지 않았다. 지금 눈앞에서는 다른 상황이 펼쳐지고 있어야 했다.

랜스를 설치하고 폭파한다. 리프트된다.

갑자기, 꿈속 세상이라도 되는 것처럼 *개비*가 나타났다. 그녀는 군중 가운데서 사람들을 밀치고 나와 마이클에게 달려왔다. 마이클은 그녀를 바라보았다. 이해할 수 없었다.

"잭스!" 그녀가 비명을 질렀다. 그를 향해 있는 힘껏 질주하는 그녀의 얼굴에는 공포가 가득했다. 경찰 두 명이 그녀를 쫓아갔다. "마이클!"

"개비?" 그가 속삭였다. 자기 목소리도 거의 들리지 않았다. 대체 무슨 일일까?

"진짜가 아니야!" 그녀가 소리쳤다. 그 순간, 경찰 한 명이 그녀의 팔을 잡았다. "내 말은, 이 상황은 진짜가 *맞다고!* 그 사람들이 널 속였어! 너희를 도우면 안 되는 거였는데…." 다른 경찰이 경찰봉으로 그녀의 머리를 후려쳤고, 개비는 쓰러졌다.

입조차 제대로 뗄 수 없는 마이클은 비명을 질렀다. 그 자신의 귀를 꿰뚫을 듯한 오싹한 비명이었다. 비명은 그의 몸속 구석구석에서 나왔다. 혼돈과 고통에서 태어난, 밴시의 울음 같은 소리였다. 누군가가 앞으로 떠미는 바람에 마이클은 더 이상 개비를 볼 수 없었다.

그들은 마이클의 친구들을 트럭 뒤에 던져넣었다. 마이클의 마음속에서 공포가 솟아올랐다. 안 돼, 안 돼, 안 돼. 모든 게 너무나 *잘못돼* 있었다.

"개비!" 그가 외쳤다.

마이클은 몸을 홱 젖히고, 그를 잡은 사람에게서 몸을 비틀어 빼내며 눈으로 개비를 찾았다. 남자가 손을 놓치자 마이클은 비틀거리다가 뒤돌아 달리기 시작했다. 개비에게로.

잘못됐다.

모든 것이.

그녀는 군중에게 둘러싸여 있었다. 저기까지만 갈 수 있으면. 개비를 찾아서 도와주고, 군중 틈으로 몸을 숨겨야지.

한 여자가 마이클 앞으로 나왔다. 그녀는 온통 검은색의 전투 장비를 입고 있었으며 경찰봉도 가지고 있었다. 그녀가 길고 가느다란 곤봉을 마이클의 얼굴에 곧장 휘둘렀다. 곤봉은 마이클의 이마에 닿았다. 강력한 일격이었다. 온 세상이 밝은 빛과 고통으로 터져 들어갔다. 마이클은 쓰러져 몸을 웅크렸다. 그러다가 콘크리트에 머리를 세게 부딪혔다.

하늘과 건물 꼭대기들이 머리 위에서 소용돌이쳤다. 마이클은 하마터면 의식을 잃을 뻔했지만, 정신력을 다해 버텼다. 힘이 빠졌다. 사라졌다.

"개비." 그가 속삭였다. "웨버. 어디예요?"

다음 순간, 마이클은 공중으로 들어올려지고 있었다. 트럭으로 운반되어 안으로 내던져졌다.

문이 쾅 닫혔다. 길고 날카로운 소리에 이어 우레 같은, 울리는 굉음이 들렸다. 마이클과 친구들은 어둠 속에 남겨졌다.

마이클은 눈을 감았다.

CHAPTER 21

범죄자

1

마이클은 의식이 오락가락했다. 사람들이 그를 옮길 때 정신을 차려 번쩍이는 빛과 얼굴들을, 흐릿한 움직임을 보았다. 머리가 아팠다. 극심한 통증이 느껴지면서 부식의 경험이 너무도 생생히 떠올랐다. 지난 모든 일이. 케인이. 견딜 수 없이 구역질이 났다.

마이클은 잠들었다.

2

"마이클." 누가 속삭였다. "마이클. 너 괜찮아?"

세라. 세라였다. 마이클은 몇 번 눈을 깜빡이다가 완전히 떴다. 그녀가 마이클을 내려다보고 있었다. 마이클은 뭔가 아주 단단한 것에 누워 있었다. 머리가 훨씬 나은 듯했고, 현기증도 잦아들었다. 마이클은 신음하며 몸을 일으켰고 세라가 그를 도와주었다. 마이클은 자신들이 있는 곳을 보고 가슴이 철렁했다.

그는 벤치에 있었다. 사방에 철창이 둘러진, 어슴푸레하게 밝혀진

방에 세라와 브라이슨과 함께 있었다. 감방이었다. 다른 사람은 아무도 보이지 않았다. 리프트된 걸까?

"친구." 브라이슨이 말했다. "그 아줌마가 널 때려서, 네 뇌의 절반은 귀로 빠져나왔을 거야, 틀림없어. 내가 봤어. 넌 꽤 오래 정신을 잃고 있었어."

"무슨…." 마이클이 신음했다. 말을 하자니 아팠다.

세라가 그의 곁에 있었다. 그의 손을 잡고.

"모든 게 거짓말이었어." 세라가 말했다. "우리한테 별말을 안 해주려고 해. 그냥 우리가 체포됐다는 말뿐이야. 여기 경찰들은 끔찍해."

"무슨…." 마이클이 다시 말했다. 어쩌면, 마이클은 심각한 두뇌 손상을 입어 평생 그 한마디밖에 내뱉지 못하게 된 걸지도 몰랐다. "개비는 봤어?"

마이클은 브라이슨을 돌아보았다. 브라이슨은 그의 말을 듣지 못한 듯했다. 그는 온기를 일으키듯, 철창으로 이루어진 벽을 바라보면서 두 손을 비벼댔다. "웨버. 웨버가 우리를 함정에 빠뜨렸어. 처음부터 끝까지, 이 모든 걸 계획한 거야. 언젠가 기회가 있으면… 딱 5분만 있으면 돼. 나한테 필요한 시간은 그뿐이야."

마이클은 대체 그게 무슨 말인지 묻고 싶었지만, 호흡에 집중해야 했다.

"웨버가 한 짓인지는 몰라." 세라가 말했다. "사실, 웨버 요원이라면 아예 말이 안 돼. 웨버가 우리를 슬립 안으로 싱크시킨 다음에 다른 사람이 들어와서 작전을 맡았던 게 분명해."

브라이슨은 그 말에 코웃음 쳤다.

마이클은 시간이 갈수록 너무 세게 맞아서 회복할 수 없을 거란 확신이 들었다. "잠깐…. 무슨 일이 벌어지고 있는 거야? 너희가 아는 건 뭔데?"

세라가 다시 말을 했지만, 마이클의 물음에 대답하는 것 같지는 않았다. "우리가 웨버한테 랜스 장치를 받고 나서 틀림없이 그런 일이 벌어진 거야. 그게 어떤 식으로든 스퀴즈와 연결된 거야. 내 말은, 우리 모두가 정신을 잃었잖아. 얼마나 오래 잠들어 있었는지 아무도 모르는 채로. 놈들에게는 그 짓을 할 시간이 충분히 있었어."

"장담하는데 웨버라니까." 브라이슨이 말했다. 그는 벤치 뒤의 시멘트 벽에 기대앉았다. "웨버가 우리한테 그 랜스라는 걸 준 다음 우리를 슬립에서 리프트시켰는데, 갑자기 다른 사람들이 끼어들었다고 볼 순 없어. 그런 설명은 너무 편리하잖아. *웨버가* 우리를 함정에 빠뜨린 거야."

"하지만 *왜*?" 세라가 물었다. "우리는 체포당할 이유가 이미 엄청나게 많아. 마이클은 테러리스트라는 혐의를 받고 있고, 온 세상 사람들은 내가… 우리 부모님한테 무슨 짓을 저질렀다고 생각해." 세라는 잠시 말을 더듬었지만, 금방 회복했다. "우리가 슬립에서 법을 어겼던 수많은 일들은 말할 것도 없고. 아귀가 안 맞아. 만약에 웨버든 다른 사람이든 우리를 감옥에 넣고 싶었다면, 그저 신고하기만 하면 됐어. 경찰을 부르면 됐다고."

마이클은 그저 점을 잇는 듯한 시선으로 친구들을 오갈 뿐이었다. 브라이슨이 생각에 잠겨 천천히 고개를 끄덕였다.

"흠." 그가 말했다. 그러더니 그 말을 되풀이했다. "흠."

"애들아." 마이클은 앉은 자리에서 몸을 움직이며, 여전히 가시지 않은 통증을 느끼며 움찔했다. "날 멍청하다고 생각해도 좋아. 근데 대체 무슨 소리를 하는 거야? 아까 개비가 한 말은 무슨 뜻이야? 아직 우리를 *딥*에서 리프트해 주지 않은 거야? 우린 *대체* 어디에 있는 거야? 무슨 일이 일어났어? 여긴 진짜 감옥이야, 아니면….”

“마이클.” 세라가 조용하면서도 단호한 목소리로 말했다. “마이클. 그 사람들이 우리를 속였어. 누군가가.”

“어떻게?” 마이클이 물었다. “뭘 했는데?”

세라는 *끔찍*하게, *끔찍*하게 슬퍼 보였다.

“우리는 한 번도 *라이프블러드 딥*에 들어간 적이 없어.” 그녀가 말했다. “어느 순간, 놈들이 우리한테 약을 먹인 게 틀림없어. 모르겠어, 우리가 코핀에 들어간 뒤 정신을 잃게 했겠지. 그런 다음 우리를 리프트해서 웨이크에, *진짜* 애틀랜타에 떨어뜨려 놓은 거야. 그것만이 말이 되는 설명이야.”

마이클의 머리가 다시 빙빙 돌기 시작했다.

세라는 그의 손을 세게 쥐었다. “그 건물 안에 있던 게 뭐든, 우리가 진짜로 파괴해 버렸어. *웨이크*에서 말이야, 마이클. 그게 케인하고 조금이나마 관계가 있는 거였는지도 잘 모르겠어.”

CHAPTER 22

두 면회객

1

마이클은 비좁은 방의 작은 간이침대에 누워 있었다. 바닥, 천장, 벽 세 곳은 석재 벽돌로 이루어져 있었다. 한 줄로 서 있는 굵은 철창이 네 번째 벽을 이루었다. 유일한 빛은 하나밖에 없는 외로운 전구로, 그 전구는 지직거리는 소리를 내며 몇 분에 한 번씩 확 타올랐다. 마이클은 여태 알았던 적이 없는 깊은 슬픔에 압도된 채 우두커니 천장을 바라보았다. 그는 자신이 죽은 것이기를 바랐다.

왜 이렇게까지 절망적으로 슬픈 기분이 드는지 정확한 이유는 알 수 없었다. 상황이 최악으로 치달은 지도 꽤 오래됐다. 하지만 갇혔다는 것, 그것도 몇 시간 전 교도관 때문에 친구들과도 떨어져 감금됐다는 건 다른 문제였다. 덕분에 마이클에게는 자신의 문제에 대해 생각할 고요한 시간이 충분히 생겼다.

그래서 마이클은 생각했다.

영원히 사라진 탄젠트 부모님에 대해서. 마찬가지로 사라진, 그의 사랑하는 탄젠트 유모 헬가에 대해서. 부모님이 아직도 실종된 채로, 그런 실종의 배후에 있다는 혐의를 받고 있는 세라에 대해서. 그녀를 도왔다는 혐의를 받는 브라이슨에 대해서. 마이클이 아는 게 맞다면, 제멋대로 돌아다니며 시간이 갈수록 더 많은 몸을 차지해 가는 케인에 대해서. 세라와 브라이슨을 제외하면 그가 유일하게 믿었던 사람인 웨버 요원이 그를 배신했다는 사실에 대해서.

마이클은 잭슨 포터에 대해서도 생각했다. 그 아이의 삶이 도둑맞았다는 사실에 대해서.

마이클은 의도했든 의도하지 않았든 살인자였다.

개비에 대해서도 생각했다. *마이클이* 그녀를 이 일에 끌어들였다. 그가 볼 수 있는 것이라고는 상처를 입은 채 길거리에 쓰러져 웅크리고 있던 개비의 모습뿐이었다.

너무 지나쳤다.

마이클은 징징거리지 않는 자신을 언제나 자랑스럽게 여겨왔다. 그게 최근에 바뀌었다. 머리 위의 조명이 흐릿하게 번져 보였다. 뺨을 긁으려고 손을 위로 뻗어 보니 손가락이 축축해졌다.

마이클은 몸을 굴려 웅크리고 벽을 마주 보았다.

그런 다음 울음을 터뜨렸다. 가슴이 들썩거리고 목이 막히고 어깨가 떨리는 울음이었다. 콧물이 흐르는 울음, 우는 소리와 훌쩍거리는 소리가 암울한 침묵을 깨는 그런 울음.

마이클은 *흐느꼈다*.

2

어느 순간, 마이클은 잠들었다. 철창을 시끄럽게 두드리는 소리를 듣고 공허한 꿈에서 깨어났을 때에야 마이클은 자신이 잠들었다는 사실을 깨달았다. 어리둥절한 상태로 그는 간이침대에서 일어나 앉았다.

교도관이 총을 빼들고 질겅질겅 껌을 씹으며 그 자리에 서 있었다. 바로 그 총을 철창에 끌어대는 바람에 소리가 난 것이었다. 마이클은 정신을 차리고 주의를 기울였다. 남자가 총을 다시 총집에 집어넣었다.

"면회객이 있다." 교도관이 지루한 듯 말했다. "사실은 두 사람이야. 남자 하나, 여자 하나. 누구부터 만날래?"

이 말에 마이클은 완전히 잠이 깼다. 그는 일어섰다. "누구… 누군데요?"

"몰라, 관심도 없고. 누구로 할까?"

마이클은 열심히 생각했다. 이 모든 상황이 이상했다. 대체 누굴까? 결국 마이클은 그냥 말했다. "일단, 남자부터 만날게요."

교도관은 심드렁하게 고개를 끄덕이더니 멀어져 갔다. 마이클은 그 자리에 가만히 서서 철컹 소리와 몇 마디 속삭이는 소리, 그다음에는 발소리를 들었다. 곧 어느 남자가 마이클의 시야에 들어왔다. 그는 청바지와 검은 셔츠를 입고 있었다. 머리카락은 갈색이었고, 아래턱에 까칠하게 수염이 나 있었으며 물기 어린 푸른 눈을 가지고 있었다.

마이클은 한 번도 본 적 없는 사람이었다.

"엄청난 문제들을 일으켰더구나, 마이클." 남자가 말했다. 친절한 말투는 아니었지만 적대적이지도 않았다. 그저 무미건조했다.

"누구세요?" 마이클이 물었다.

"이름은 중요하지 않아."

마이클은 그가 더 말하기를 기대했지만, 남자는 입을 다물었다. 그는 얼음장같이 차가운 눈길로 마이클을 빤히 바라보았다.

"저기…." 마이클은 할 말을 찾았다. "얼마나 심했던 거예요? 경찰은 우리한테 아무것도 말해주지 않으려고 해요. 우린 슬립에 들어가 있는 줄 알았어요. 우리가… 우리가 사람을 죽였나요?" 마이클은 그 생각을 회피하고 있었다. 모두가 결국 무사했을 거라는 희망에 매달리고 있었다. 하지만 그들은 최소한 살인을 *시도한* 것 같은 취급을 당하고 있었다.

"사람들?" 남자가 코웃음 쳤다. "너희는 사람들을 죽이는 것보다 훨씬 나쁜 짓을 했어. 너희는 VNS를 죽여버렸다."

"무슨… 그게 무슨 말이에요?" 마이클의 가슴이 들썩였다. 그는 남자의 말을 이해하려 애썼다.

낯선 사람이 슬픈 미소를 지었다. "다만, *죽였다*는 말은 너무 심하지. *망가뜨렸다*는 게 더 적절한 말이겠구나. 심각하게 말이지. 오래 갈 거야. 너희가 설치했던 장치가 뭔지는 모르겠지만… 심각하더구나, 얘야. 그 장치가 VNS 시스템 전체에 연쇄 반응을 일으켰어. 물리적인 바이러스처럼 말이지. 이 기지에서 저 기지로 번지면서 모든 걸 파괴했다. 완전히 연결을 끊어버렸어. VNS의 중앙컴퓨터가 숨겨진 위치를 너희들이 어떻게 알아냈는지는 나도 영영 모를 거다. 솔직히, 관심도 없어. 그 때문에 여기 온 것도 아니고."

마이클은 바위처럼 가만히, 조용히 있었다. 마이클도 머리가 나쁜 편은 아니었지만, 지금 듣는 말은 이해할 수가 없었다.

남자가 철창으로 다가와 가까이 고개를 기울였다. "내 말 잘 들어라, 꼬마야. 내가 널 만나러 온 건 세상이 변하고 있기 때문이야. 모두의 코앞에서 변하고 있지. 그리고 너는 원하든, 원하지 않든 그 변화의 한 축이야. 네가 이 안에 얼마나 오래 머물러야 할지는 전혀 알 수 없다만, 나는 머잖아 그때가 올 거라고 생각한다. 그때가 오면… 이런저런 상황으로 넌 자유롭게 될 거야. 난 네가 내 얼굴을 기억했으면 한다. 잘 기억해 둬."

"나는…." 마이클은 뭔가 논리적인 말이나 질문거리를 필사적으로 떠올리려고 했다. "케인 밑에서 일하세요? 웨버 요원인가요? 이게 죽음의 법칙과 어떤 식으로든 관련이 있는 건가요? 당신은 *누구예요?*"

"친구일까?" 낯선 이가 생각에 잠긴 말투로 말했다. "적일까? 앞으로 몇 주 안에 결정되겠지."

마이클은 대답할 말이 없었다.

남자는 말을 이었다. "이젠 가마. 위기가 닥치기 전에 생각할 시간은 충분히 있을 거다. 그 건물에서 일어난 일에서 값진 교훈을 얻었기 바란다. 버트넷의 속성에 대해서. 현실의 속성에 대해서."

"무슨 뜻이에요?"

"인간이 이 세상과 너무도 비슷한 세상을 만들 수 있게 되면," 낯선 이가 말했다. "무엇이 현실이고 무엇이 현실이 아닌지, 어떻게 알 수 있을까? 난 지금 당장 너를 리프트해서 너브박스에서 꺼내줄 수도 있어. 그럼 네가 '아! 현실 세계로 돌아왔어!'라고 말하겠지. 그다음 내가 너를 또 한 번 리프트해 주는 거다. 그러면 너는 놀라겠지만, 이번에는 네가… 너희 같은 꼬마들이 부르는 말이 뭐더라? …그래, 웨이크에 와 있다고 확신할 거야."

남자는 두 손을 들어올리더니 손마디가 하얗게 질릴 정도로 철창을 꽉 쥐었다. "난 너를 백 번은 리프트해 줄 수 있어. 천 번도. 마이클, 대체 넌 네가 현실 세계에 있다는 걸 어떻게 정말로, 정말로 알 수 있을까? 하긴, 현실 세계가 *존재한다*는 말을 할 수 있는 사람은 또 누구고?"

마이클은 너무 당황해 무릎에 힘이 풀렸다. 하마터면 바닥에 주저앉을 뻔했다. 그의 말이 헛소리였기 때문이 아니었다. 그건 오히려 남자의 말이 여태 마이클이 들었던 이야기 중 단연코 가장 두려운 이야기였기 때문이었다.

"그 점을 생각해 봐라." 남자가 그렇게 말하더니 철창에서 물러섰다. "인류에게 불멸성을 주려 한다는 이유로 누군가가 사악하다고 할 수 있을지 말이야. 이 모든 것과 그 이상을 생각해 봐라. 너한테는 시간이 있을 테니까." 그는 돌아서서 떠나려 했다.

"잠깐!" 마이클이 소리쳤다. "그냥… 당신이 누군지만 말해줘요."

"지금은 말해줄 수 없다, 마이클. 그러면… 너한테 감정적으로 힘들 테니까. 하지만 나는 너한테 얼굴을 보여주고 싶었다. 언젠가는, 그리 멀지 않은 언젠가 그 점이 중요해질 거다. 그때 만나자." 그는 짧게 고개를 끄덕이더니, 돌아보지 않고 멀어져 갔다.

"잠깐만요!" 마이클이 다시 소리쳤지만, 돌아오는 대답은 메아리치는 그 자신의 목소리뿐이었다.

3

마이클은 간이침대에 앉아 있었다. 남자의 방문에 너무 멍해져 정신이 몸에서 분리된 것 같았다. 의식은 도무지 설명할 수 없는 낯선 정신 세계를 떠다니는 것만 같았다. 감방 안에는 무언가 악의적인 기운이 감돌았다. 슬립에서 리프트되어 다른 사람의 몸에 들어갔던 그 끔찍한 순간에나 비교할 수 있을 듯한 기분이었다.

그때, 마이클은 하이힐이 *또각또각* 부딪히는 소리를 들었다.

믿을 수가 없었다. 감히 얼굴을 비치다니?

마이클은 그녀가 철창 저편에서 모습을 드러내는 순간 눈을 들었다.

"장난해요?" 그가 물었다. "나를 *면회하러* 와요? 내가 여기 갇혀 있는 게 다행인 줄 알아요."

웨버 요원이 멈춰 섰다. 그녀의 표정을 전혀 읽을 수 없었다.

"마이클." 그녀가 말했다. "네가 모르는 것들이 있어. 나에 대해서는 특히 그렇고. 왜 이런 식으로 일이 돌아가야 했는지에 대해서도."

마이클은 심장이 빠르게 뛰었다. 세차게 숨을 몰아쉬면서 그의 가슴이 오르내렸다. 말조차 나오지 않았다.

"여기에서 하는 말은 전부 녹음돼." 그녀가 말을 이었다. "난 조심해서 말할 수밖에 없어. 하지만 네가 나에 대해서 하는 생각이 사실이 아니라는 것만 알아둬. 너랑 나는 같은 편이야. 나는… 하나 말하자면 나는 예전의 내가 아니야." 그 말을 할 때 웨버 요원의 눈이 살짝 타올랐다. 마이클에게 비밀 메시지를 전해주고 싶어 하는 것처럼. "그리고 VNS의 역할은 네 생각보다 훨씬 더 복잡해."

그녀가 아주 가까이 고개를 숙이고 너무 조용히 속삭여서, 마이클은 그녀의 목소리가 거의 들리지 않았다. "VNS가 케인을 *창조했어*, 마이클. 하지만 이제는 케인이 통제를 벗어나버렸지. 그리고 케인은 *라이프블러드 딥* 안에 있는 그 건물로 너희들을 일부러 유인한 거야. 너희가 *현실* 세계에서 그곳으로 가도록. *내가* 너희들을 바꿔치기한 게 아니야. 목숨을 걸고 말할게. VNS의 그 누구도 더는 믿을 수 없어. 케인은 VNS와 맺고 있는 모든 관계의 증거를 파괴하고 싶어 했어." 웨버 요원은 한 걸음 물러섰다. 방금 그녀가 내뱉은 겨우 몇 문장만으로 마이클의 온 세상은 팽이처럼 빙빙 돌고 있었는데, 그건 자기 것이 아니라는 것처럼.

마이클은 분노로 부들부들 떨며 가만히 서 있었다. 그런 다음 날카로운 눈빛으로 그녀의 눈을 노려보았다. 아, 정말이지 친구들이 그리웠다. 브라이슨만 간이침대에 앉아 농담을 던져대고 있었다면 마이클은 해낼 수 있었을 것이다. 이 순간을 감당할 수 있을 것이다. 세라가 그의 손을 잡고 곁에 있기만 했다면.

"가기 전에 한마디만 더 할게." 웨버가 말했다. "이건 아주 중요한 일이야." 그녀는 잠시 말을 멈추고 좌우를 살피더니 다시 마이클을 보았다. "인간의 지능은 결코 파괴할 수 없어. *프로그램으로* 만들어진 지능도. 내 말 알겠니? 지능은 저장되는 거야. 전부 다. 인간의 것이든, 탄젠트의 것이든. 부식이 그 지능을 일부 혼란스럽게 만들지는 몰라도, 지능은 계속 *존재해*. 다시 한데 모을 수 있어. 이 점이 앞으로…." 그녀는 적절한 표현을 찾아 머릿속을 뒤지는 것처럼 보였다. "내 생각엔, 이 점이 앞으로 일어날 대결에서 모든 것을 바꿔 놓을 거야. 상황이 바로잡힐 경우의 얘기지만."

마이클은 잠시 다른 생각들을 접어 두었다. 그녀가 자신에게 왜 이런 말을 하는지 알 수 없었지만, 그 말을 듣자 마이클은 두려워서 감히 물을 생각조차 하지 못했던 질문이 떠올랐다. 그리고 그녀에게 물어보았다.

"당신 말을 한 마디라도 믿을 수는 없겠지만요," 그가 말했다. "그 얘기는 우리 부모님이… 제 진짜 부모님, 탄젠트 부모님 말이에요.

그분들이 아직 살아 있다는 뜻인가요? 잭슨 포터도 아직 살아 있고? 누군가가 인간의 정신을 내려받는 방법을 알아냈다는 뜻이에요?"

웨버는 한 걸음 물러서더니 다시 한번 왼쪽을, 그다음에는 오른쪽을 확인하고 마이클을 보았다.

"결국은 다 좋아지겠지만, 그 전에는 일단 상황이 나빠질 거야." 그녀가 말했다. "하지만 난 그들이 나아질 수 있다고, 또 *나아질* 거라고 믿어. 잘 있어, 마이클."

이번에 마이클은 굳이 기다리라고 소리치지도 않았다. 그래봐야 소용없을 터였다.

웨버가 복도 저편으로 사라지면서, 그녀의 하이힐이 *또각또각* 특유의 스타카토 박자를 맞췄다.

4

마이클은 대부분의 접속 수단을 빼앗겼지만, 넷을 매우 제한적으로만 이용할 수 있는 이어커프 하나는 쓸 수 있었다. 오락용 프로그램 몇 개. 간단한 게임들. 현실로는 충분하지 않은 세계에서는 범죄자들도 그런 것을 받았다.

마이클은 간이침대에 누워 멍하니 넷스크린을 들여다보았다. 빛나는 초록색 평면이 거의 비어 있었다. 마이클은 두 면회객에게서 들은 말 때문에 머릿속이 어지러웠다. 정보가 너무 많았다. 이상한 정보가. VNS가 케인을 *창조했다고*? 그의 가족과 헬가가 아직 저 바깥 어딘가에 있을지도 모른다고? 마이클이 감히 꿈꾸었던 그대로였다.

마이클의 정신은 그 모든 것을 다루기가 벅찼다. 그는 구치소 바깥의 세상이 그리웠다. 앞으로 무슨 일이 일어날지 궁금했다. 걱정스러웠다. 모든 것이.

하지만 그 순간 마이클은 무엇보다도 친구들이 그리웠다.

넷스크린에서 작게 반짝이는 빛이 그의 주의를 끌었다.

마이클은 그 점을 바라보았지만, 점은 사라지고 없었다.

몇 초 후, 점이 다시 깜빡였다. 초록색 화면을 배경으로 빛나는 흰색 점이었다. 이어서 그 점이 사라졌다.

마이클은 지켜보며 기다렸다.

또 한 번의 빛 점. 이번에는 점이 더 오래 떠 있었다.

그러더니 두 단어가 나타났다. 처음부터 그곳에 있었던 것처럼 선명하고 밝은 글자들이었다.

나 왔어. S.

마이클의 가슴이 부풀어 올랐다. 긴장이 풀렸다. 마음이 녹아내렸다.

세라.

오직 그녀만이 방금 해낸 것과 같은 일을 해낼 배짱과 깊은 연민을 지니고 있었다. 겉보기에는 간단했지만, 마이클은 그 일을 해내는 데 얼마나 많은 노력이 필요했을지 알고 있었으며 자신도 똑같은 일을 해낼 수 있을지 의심스러웠다. 그들은 매의 눈으로 감시당하고 있었다. 하지만 당연히, 시도는 해볼 것이다.

세라. 그녀가 와 있었다. 지금은 그걸로 충분했다.

마이클은 답장을 보내는 작업을 시작했다. 들키지 않고 구치소 시스템의 무거운 보안을 뚫는 데는 한 시간이 걸렸다. 하지만 마이클은 이 일을 해낼 때까지 잠자리에 들지 않을 생각이었다. 마침내 그는 메시지를 보냈고, 절실하게 필요한 잠을 자려고 다시 누웠다. 그가 보낸 메시지는 적절해 보였다. 어쨌거나 그들은, 모든 것을 떼어 내고 보면 게이머였으니까. 그날 밤 남은 시간 동안에는 그 메시지가 등대처럼 그의 생각과 꿈속을 떠다녔다.

우리가 이길 거야.

EPILOGUE

이틀 후, 마이클은 세 번째 면회객을 맞이했다. 단, 이번에는 교도관이 와서 알려주지 않았다. 연달아 윙윙거리는 소리와 금속이 맞물리는 철컥 소리가 구치소의 복도에 메아리쳤다. 마이클은 침대에 누워 있다가 이상한 소리를 듣고 일어나 앉아 귀를 기울였다. 묵직한 발소리가 점점 다가오고 있었다. 감방 철창의 문이 삐걱거리며 살짝 열렸다. 그러더니 한 남자가 들어와, 이곳의 주인이라도 된 것처럼 자리를 잡고 섰다.

"가자, 마이클." 새로 온 사람이 말했다. "감방에서 보내는 시간은 끝났어."

세라의 아빠 제러드였다.

마이클은 목구멍에 맺힌 덩어리를 삼키고 말을 해보려 했지만 아무 말도 나오지 않았다. 당연히 꿈이겠지.

"아니면… 떠나기 전에 낮잠이라도 자든지." 마이클은 감방 문이 활짝 열려 있는데 왜 다시 자라는 건지 혼란스러웠다. 그러다가 잠깐 시간이 지나서야 그 말이 비꼬는 말이라는 것을 알아차렸다.

"*마이클.*" 제러드가 힘주어 말했다. "*일어나.* 가자."

"알겠어요." 마이클은 간신히 새된 소리를 내며 일어서, 세라의 아빠에게로 서둘러 갔다. "알겠어요. 근데…."

"그래, 안다. 내 입장에서도 상황이 더 혼란스러워진 건 마찬가지야. 그냥 가자."

마이클은 고개를 끄덕인 다음 제러드를 따라 감방을 벗어난 뒤 복도를 나아갔다. 그는 모든 문이 열려 있는 것을 눈치챘다. 구치소는 비어 있었다.

"세라요." 마이클이 말했다. "브라이슨도. 둘은 어디 있어요?"

"걱정하지 마라, 우리랑 같이 있어." 마이클은 제러드를 따라 묵직하게 보강되어 있지만 열려 있는 문들을 지나갔다. "그 아이들은 다른 감호동에 있었어. 지금은 차 안에서 내 아내랑 함께 기다리고 있다. 2분 뒤면 너도 그 애들을 만날 거다. 자, 좀 더 서두르자."

제러드는 가볍게 달리기 시작했고 마이클도 그 뒤를 따랐다. 세라의 부모님이 멀쩡히 살아 있었다. 마이클과 친구들은 풀려났다. 천천히, 그 모든 것이 실감 나기 시작했다. 마이클의 가슴속에서 참을 수 없는 환희가 솟구쳤다.

그들은 다른 보안문을 지나 구치소 로비에 도착했다. 그곳은 완전히 비어 있었다. 교도관도, 그 누구도 보이지 않았다.

"어떻게 된 건가요?" 마이클은 제러드를 쫓아 뛰면서 물었다. 둘은 바깥에서 기다리는 햇볕을 향해 다가가고 있었다.

제러드는 멈춰서더니 돌아서서 마이클을 마주 보았다. 그는 숨을 몰아쉬고 있었다. "어떤 단체에 속한 사람들이 나와 아내를 구해줬어. 그런 다음 이 모든 일을 준비했다." 그는 두 손을 들어올리며 주위를 둘러보았다. “자기들이 탄젠트라는 둥 하는 얘기를 하더구나. *예전에* 탄젠트였다고 말이야. 난 그 말이 이해되지 않아. 하지만 나한테 그게 문제였겠니? 우리가 안전해졌고, 다시 딸과 함께할 수 있게 됐는데.”

마이클은 그를 따라잡아 어깨를 잡아챘다. 갑자기 경계심이 밀려들었다. “탄젠트요?” 그가 물었다. “정말 그렇게 말했어요?”

제러드가 고개를 끄덕였다. “그래, 웬 여자가 지도자라고 했어. 이름이 헬가라는구나.” 그는 마이클을 마주 잡고 출입문으로 데려가 탁 트인, 해가 내리쬐는 곳으로 나갔다. 마이클은 세라의 아빠를 따라갔다. 엔진을 부릉거리며 거리에서 기다리고 있는 자동차를 향해 달려갔다. 마음속에서 희망의 불꽃이 타올랐다.

-3권 <생존 게임>으로 이어집니다

옮긴이 강동혁

서울대학교 영문학과와 사회학과를 졸업하고 같은 학교 대학원에서 영문학 석사학위를 받았다. 옮긴 책으로는《해리 포터》시리즈,《신비한 동물사전 원작 시나리오》,《일곱 건의 살인에 대한 간략한 역사》,《레스》,《이 소년의 삶》등이 있다.

죽음의 법칙 2: 생각의 법칙

초판 1쇄 인쇄 2022년 1월 5일
초판 1쇄 발행 2022년 1월 21일

지은이 | 제임스 대시너
옮긴이 | 강동혁
발행인 | 강봉자, 김은경

펴낸곳 | (주)문학수첩
주소 | 경기도 파주시 회동길 503-1(문발동633-4) 출판문화단지
전화 | 031-955-9088(대표번호), 9530(편집부)
팩스 | 031-955-9066
등록 | 1991년 11월 27일 제16-482호

홈페이지 | www.moonhak.co.kr
블로그 | blog.naver.com/moonhak91
이메일 | moonhak@moonhak.co.kr

ISBN 978-89-8392-889-4 04840
978-89-8392-887-0 (세트)